DUNGEONS & DRAGONS®

Outros títulos de literatura da Jambô

Dragon Age
O Trono Usurpado

Dungeons & Dragons
A Lenda de Drizzt, Vol. 1 — Pátria
A Lenda de Drizzt, Vol. 2 — Exílio
A Lenda de Drizzt, Vol. 3 — Refúgio
A Lenda de Drizzt, Vol. 4 — O Fragmento de Cristal
A Lenda de Drizzt, Vol. 7 — Legado
Crônicas de Dragonlance, Vol. 1 — Dragões do Crepúsculo do Outono
Crônicas de Dragonlance, Vol. 2 — Dragões da Noite do Inverno

Profecias de Urag
O Caçador de Apóstolos
Deus Máquina

Tormenta
A Deusa no Labirinto
A Flecha de Fogo
A Joia da Alma
Trilogia da Tormenta, Vol. 1 — O Inimigo do Mundo
Trilogia da Tormenta, Vol. 2 — O Crânio e o Corvo
Trilogia da Tormenta, Vol. 3 — O Terceiro Deus
Crônicas da Tormenta, Vol. 1
Crônicas da Tormenta, Vol. 2

Universo Invasão
Espada da Galáxia

Para saber mais sobre nossos títulos,
visite nosso site em www.jamboeditora.com.br.

R. A. SALVATORE

A Lenda de Drizzt, Vol. 5

RIOS DE PRATA

Tradução
Carine Ribeiro

JAMBÔ
Livros divertidos

DUNGEONS & DRAGONS®
FORGOTTEN REALMS®
A Lenda de Drizzt, Vol. 5 — Rios de Prata

©2005 Wizards of the Coast, LLC. Todos os direitos reservados.
Dungeons & Dragons, D&D, Forgotten Realms, Wizards of the Coast, The Legend of Drizzt e seus respectivos logos são marcas registradas de Wizards of the Coast, LLC.

Título Original: The Legend of Drizzt, Book 5: Streams of Silver
Tradução: Carine Ribeiro
Revisão: Elisa Guimarães
Diagramação: Guilherme Dei Svaldi e Vinicius Mendes
Ilustração da Capa: Todd Lockwood
Cartografia: Todd Gamble
Ilustrações do Miolo: Dora Lauer e Walter Pax
Editor-Chefe: Guilherme Dei Svaldi
Equipe da Jambô: Guilherme Dei Svaldi, Rafael Dei Svaldi, Leonel Caldela, Guiomar Soares, J. M. Trevisan, Vinicius Mendes, Karen Soarele, Freddy Mees, Maurício Feijó, Diego Alves

Rua Coronel Genuíno, 209 • Porto Alegre, RS
CEP 90010-350 • Tel (51) 3391-0289
contato@jamboeditora.com.br • www.jamboeditora.com.br

Todos os direitos desta edição reservados à Jambô Editora. É proibida a reprodução total ou parcial, por quaisquer meios existentes ou que venham a ser criados, sem autorização prévia, por escrito, da editora.

1ª edição: junho de 2020 | ISBN: 978858365130-7

Dados Internacionais de Catalogação na Publicação

S182f Salvatore, R. A.
　　　　Rios de prata / R. A. Salvatore; tradução de Carine Ribeiro. — Porto Alegre: Jambô, 2020.
　　　　352p. il.

　　　　1. Literatura norte-americana. I. Ribeiro, Carine. II. Título.

CDU 869.0(81)-311

*Como tudo o que eu faço,
à minha esposa, Diane,
e às pessoas mais importantes
em nossas vidas,
Brian, Geno e Caitlin.*

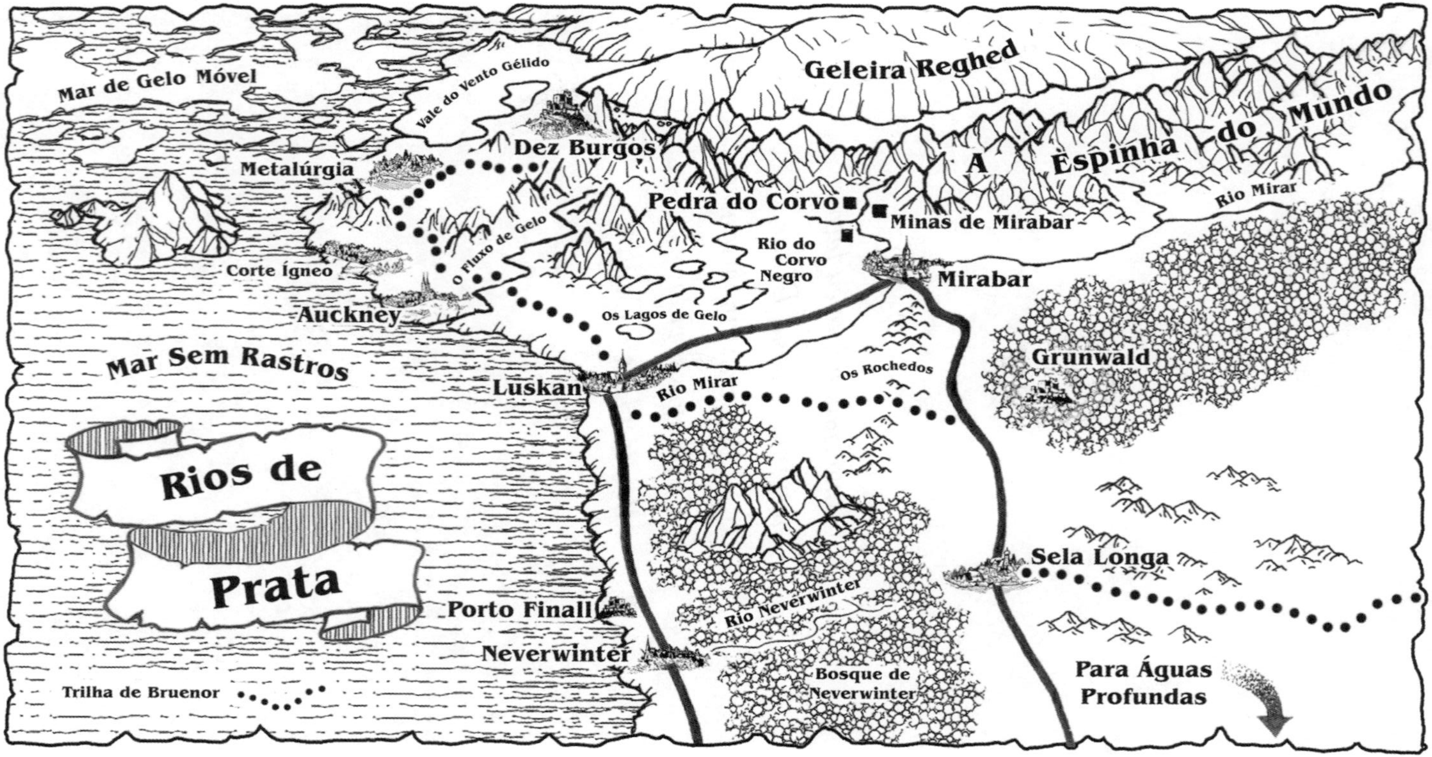
Rios de
Prata
Mar de Gelo Móvel
Vale do Vento Gélido
Geleira Reghed
Dez Burgos
Metalúrgia
A Espinha do Mundo
Rio Mirar
Pedra do Corvo
Minas de Mirabar
O Fluxo de Gelo
Corte Ígneo
Rio do Corvo Negro
Mirabar
Auckney
Os Lagos de Gelo
Mar Sem Rastros
Grunwald
Os Rochedos
Luskan
Rio Mirar
Sela Longa
Porto Finall
Rio Neverwinter
Neverwinter
Bosque de Neverwinter
Para Águas Profundas
Trilha de Bruenor

Buracos, cavernas de casa
Vai-se um goblin na cova rasa
Trabalho que logo se faça
Minas por onde vão os rios de prata

Sob a pedra, o metal brilha
Veio de prata à luz cintila
Longe do sol aqui se guarda
Minas por onde vão os rios de prata

Martelo tine no mitral
Velhos anões tiram o metal
Labor das mãos que nunca para
Minas por onde vão os rios de prata

Canto aos deuses anões se espalha
Outro orc em uma cova rasa
Nosso trabalho nunca acaba
Minas por onde vão os rios de prata

Prelúdio

Em um trono escuro em um lugar sombrio empoleirava-se o dragão das sombras. Não era a maior das criaturas, mas era mais sórdida. Sua presença era escuridão; suas garras, espadas usadas em mil milhares de mortes; sua boca, sempre quente com o sangue das vítimas; seu sopro negro, desespero.

Suas escamas impecáveis lembravam a penugem de um corvo, tão ricas em negrume que brilhavam em cores, uma fachada cintilante de beleza para um monstro sem alma. Seus lacaios lhe deram o nome de Prefulgor Soturno e prestavam-lhe homenagem.

Reunindo suas forças ao longo dos séculos, como os dragões fazem, Prefulgor Soturno mantinha as asas dobradas para trás e não se mexia, exceto para engolir um sacrifício ou punir um subalterno insolente. Ele havia feito sua parte para garantir esse lugar, derrotando a maior parte do exército anão que enfrentara seus aliados.

Quão bem o dragão havia comido naquele dia! O couro dos anões era duro e musculoso, mas uma mandíbula com dentes de navalha era bem adequada para essa refeição.

E agora os muitos escravos do dragão faziam todo o trabalho, trazendo comida e atendendo a todos os seus desejos. Chegaria o dia em que eles precisariam do poder do dragão novamente, e Prefulgor Soturno estaria pronto. O monte de tesouros empilhados embaixo dele alimentava a força do dragão e, nesse aspecto, Prefulgor Soturno não era superado por nenhum outro de seu tipo, possuindo um tesouro além da imaginação dos reis mais ricos.

E uma hoste de servos leais, escravos voluntários do dragão das trevas.

O vento frio que dava o nome ao Vale do Vento Gélido assobiava em seus ouvidos e seu gemido incessante eliminava a conversa casual da qual os quatro amigos geralmente desfrutavam. Moviam-se para o oeste através da tundra deserta, e o vento, como sempre, vinha do leste, por trás deles, acelerando seu ritmo já intenso.

Sua postura e a determinação de seus passos refletiam a ânsia de uma busca recém-iniciada, mas a expressão no rosto de cada aventureiro revelava uma perspectiva diferente da jornada.

O anão, Bruenor Martelo de Batalha, inclinado para a frente a partir da cintura, com suas pernas atarracadas se movendo poderosamente por baixo dele e seu nariz pontiagudo aparecendo acima da barba ruiva que se sacudia, liderava o caminho. Com exceção das pernas e da barba, parecia feito de pedra. Seu machado de muitas ranhuras era empunhado firmemente em suas mãos retorcidas. Seu escudo, estampado com o estandarte da caneca de espuma, estava amarrado na parte de trás da mochila cheia. Sua cabeça, protegida por um elmo com chifres lascados, nunca se virava para nenhum dos lados. Seus olhos também não se desviavam do caminho e raramente piscavam. Bruenor havia iniciado essa jornada para encontrar a antiga pátria do Clã Martelo de Batalha, e, embora ele tenha percebido que os salões prateados de sua infância estavam a centenas de quilômetros de distância, caminhava com o fervor de alguém cujo objetivo tão esperado está claramente à vista.

Ao lado de Bruenor, o enorme bárbaro também estava ansioso. Wulfgar caminhava suavemente, com os grandes passos de suas longas pernas acompanhando facilmente o ritmo do anão. Havia um senso de urgência nele, como um cavalo selvagem em uma rédea curta. O fogo faminto por aventura ardia em seus olhos claros tão obviamente quanto nos de Bruenor, mas, ao contrário do anão, o olhar de Wulfgar não estava fixo na estrada reta diante deles. Um jovem que queria ver o mundo inteiro, ele olhava continuamente ao redor, absorvendo todas as visões e sensações que a paisagem tinha a oferecer.

Wulfgar estava aqui para ajudar seus amigos em sua aventura, mas também para expandir os horizontes de seu próprio mundo. Toda a sua jovem vida foi passada dentro dos limites naturais do Vale do Vento Gélido, limitando suas experiências aos modos antigos de sua tribo bárbara e do povo fronteiriço de Dez Burgos.

Havia mais por aí, Wulfgar sabia, e estava determinado a conhecer o máximo possível.

Menos interessado estava Drizzt Do'Urden, a figura encapuzada trotando facilmente ao lado de Wulfgar. Sua marcha flutuante mostrava que ele era de herança élfica, mas as sombras de seu capuz baixo sugeriam outra coisa. Drizzt era um drow, um elfo negro, habitante do subterrâneo sem luz. Havia passado vários anos na superfície, negando sua herança, mas descobriu que não podia escapar da aversão ao sol inerente ao seu povo.

E assim, ele se afundava na sombra de seu capuz, seu passo indiferente e até resignado, essa viagem sendo apenas uma continuação de sua existência, outra aventura em uma série de aventuras ao longo da vida. Abandonando seu povo na cidade escura de Menzoberranzan, Drizzt Do'Urden havia embarcado de bom grado na estrada nômade. Sabia que nunca seria verdadeiramente aceito em lugar algum na superfície; as percepções sobre seu povo eram vis demais para que até as comunidades mais tolerantes o aceitassem. A estrada era sua casa agora; ele estava sempre viajando para evitar a dor inevitável de ser forçado a partir de um lugar que pudesse ter começado a amar.

Dez Burgos fora um santuário temporário. O assentamento abandonado no meio do nada abrigava uma grande proporção de bandidos e párias e, embora Drizzt não fosse abertamente bem-vindo, sua reputação conquistada com muito esforço como guardião das fronteiras das cidades havia lhe concedido uma pequena medida de respeito e tolerância de muitos dos colonos. Porém, Bruenor o considerava um amigo de verdade, e Drizzt partiu voluntariamente ao lado do anão na jornada, apesar de sua apreensão de que uma vez que chegasse além da influência de sua reputação, o tratamento que receberia fosse menos que civilizado.

De vez em quando, Drizzt recuava mais ou menos uns dez metros para verificar o quarto membro do grupo. Bufando e arfando, Regis, o halfling, seguia na retaguarda do grupo. Não por opção. Com uma barriga redonda demais para a estrada, e pernas curtas demais para acompanhar os passos do anão, o halfling pagava agora pelos meses de luxo que desfrutara na casa palaciana de Bryn Shander. Regis amaldiçoou o destino que o forçara a ir à estrada. Seu maior amor era o conforto e ele trabalhava no aperfeiçoamento das artes de comer e dormir tão diligentemente quanto um jovem rapaz, com sonhos de atos heroicos, brandia sua primeira espada. Seus amigos ficaram surpresos quando ele se juntou a eles na estrada, mas ficaram felizes em tê-lo junto a si. Até Bruenor, tão desesperado para ver sua antiga terra natal novamente, tomou o cuidado de não definir o ritmo muito além da capacidade de Regis de acompanhá-los.

Certamente Regis se esforçou até seus limites físicos, e sem as queixas habituais. Ao contrário de seus companheiros, cujos olhos olhavam para a estrada à frente, ele continuava olhando por cima do ombro, na direção de Dez Burgos e do lar que havia abandonado tão misteriosamente para participar da jornada.

Drizzt observou isso com certa preocupação.

Regis estava fugindo de alguma coisa.

Os companheiros mantiveram o curso a oeste por vários dias. Ao sul, os picos nevados das montanhas irregulares, a Espinha do Mundo, eram paralelos à jornada. Esse intervalo marcava o limite sul de Vale do Vento Gélido, e os companheiros estavam de olho no seu fim. Quando os picos mais a oeste desaparecessem em terreno plano, eles iriam para o sul, descendo a passagem entre as montanhas e o mar, saindo completamente do vale e descendo a última extensão de cento e sessenta quilômetros até a cidade costeira de Luskan.

Na trilha, iniciavam todas as manhãs, antes do sol nascer às suas costas, e continuavam percorrendo até as últimas linhas rosadas do pôr-do-sol, parando para acampar na última oportunidade antes que o vento frio da noite predominasse.

Depois voltavam à trilha antes do amanhecer, cada um correndo dentro da solidão de suas próprias perspectivas e medos.

Uma jornada silenciosa, exceto pelo murmúrio sem fim do vento oriental.

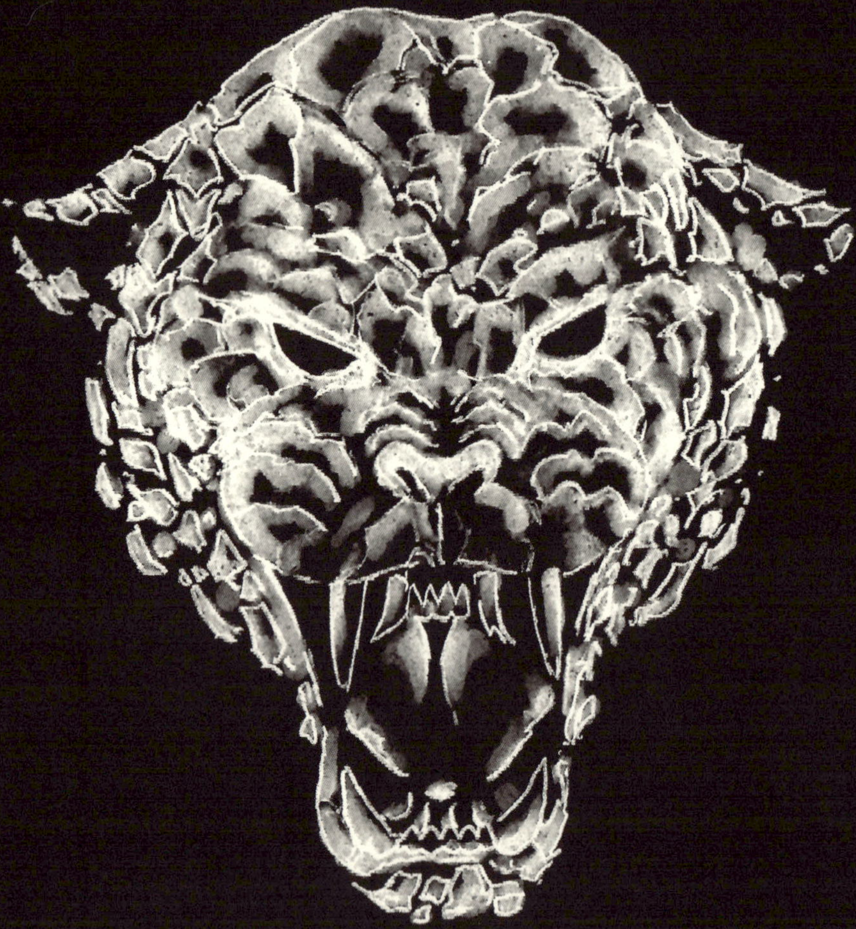

Parte 1
Buscas

Rezo para que o mundo nunca fique sem dragões. Digo isso com toda sinceridade, apesar de ter desempenhado um papel na morte de uma dessas criaturas. Porque o dragão é o inimigo quintessencial, o maior inimigo, a epítome invencível da devastação. O dragão, acima de todas as outras criaturas, até dos diabos e demônios, evoca imagens de grandeza sombria, da maior fera adormecida no maior tesouro. Eles são o teste final do herói e o maior medo da criança. Eles são mais velhos que os elfos e mais ligados à terra que os anões. Os grandes dragões são a fera sobrenatural, o elemento básico da besta, a parte mais sombria da nossa imaginação.

Os magos não sabem dizer a origem deles, apesar de acreditarem que um grande mago, um deus dos magos, deve ter desempenhado algum papel na primeira aparição dessa fera. Os elfos, com suas longas fábulas explicando a criação de todos os aspectos do mundo, têm muitos contos antigos sobre a origem dos dragões. Em privado, porém, admitem que no fundo não têm ideia de como os dragões surgiram.

Minha crença é mais simples e, ao mesmo tempo, mais complexa. Acredito que os dragões apareceram no mundo imediatamente após o surgimento da primeira raça pensante. Não atribuo a nenhum deus dos magos sua criação, mas sim à imaginação básica, forjada de medos invisíveis, daqueles primeiros mortais racionais.

Fizemos os dragões como fizemos os deuses, porque precisamos deles, porque, em algum lugar no fundo de nossos corações, reconhecemos que um mundo sem eles é um mundo que não vale a pena ser vivido.

Há muitas pessoas na terra que querem uma resposta definitiva para tudo na vida, até mesmo para tudo após a vida. Elas estudam e testam, e porque encontram respostas para algumas perguntas simples, supõem que existam respostas para todas as perguntas. Como era o mundo antes de haver pessoas? Não havia nada além de escuridão antes do sol e das estrelas? Havia alguma coisa? O que éramos, cada um de nós, antes de nascermos? E o que, mais importante de tudo, seremos depois que morrermos?

Por compaixão, espero que esses questionadores nunca encontrem o que procuram.

Um profeta autoproclamado veio a Dez Burgos negando a possibilidade de uma vida após a morte, alegando que aquelas pessoas que haviam morrido e foram ressuscitadas por clérigos na verdade nunca haviam morrido, e que suas supostas experiências além-túmulo eram um truque de seus próprios corações, um ardil para facilitar o caminho para o nada.

Pois isso era tudo o que havia, disse ele, um vazio, um nada.

Nunca na minha vida ouvi alguém implorando tão desesperadamente que alguém provasse que ele estava errado.

Pois o que nos resta se não existir mistério? Que esperança podemos encontrar se soubermos todas as respostas?

O que há dentro de nós, então, que quer desesperadamente negar a magia e desvendar o mistério? Medo, eu presumo, baseado nas muitas incertezas da vida e na maior incerteza da morte. Deixe esses medos de lado, digo eu, e vivamos livres deles, porque se dermos um passo para trás e observarmos a verdade do mundo, descobriremos que há de fato magia ao nosso redor, inexplicável por números e fórmulas. Qual é a paixão evocada pelo discurso emocionante do comandante antes da batalha desesperada, se não magia? Qual é a paz que uma criança pode conhecer nos braços de sua mãe, se não magia? O que é amor, senão magia?

Não. Eu não gostaria de viver em um mundo sem dragões, como não gostaria de viver em um mundo sem magia; pois esse seria um mundo sem mistério e esse seria um mundo sem fé.

E isso, temo eu, para qualquer ser consciente e capaz de raciocinar, seria o truque mais cruel de todos.

— Drizzt Do'Urden

Capítulo 1

Uma adaga às suas costas

ELE MANTINHA A CAPA PUXADA COM FORÇA, APESAR de pouca luz penetrar pelas janelas cortinadas, pois essa era a sua existência, secreta e sozinha. O caminho do assassino.

Enquanto outras pessoas seguiam suas vidas aproveitando os prazeres da luz do sol e a visibilidade de seus vizinhos, Artemis Entreri ficava nas sombras, as pupilas dilatadas de seus olhos focadas no caminho estreito que ele deveria seguir para cumprir sua missão mais recente.

Era um profissional, possivelmente o melhor de todos os reinos em sua arte sombria, e quando farejava o rastro de sua presa, ela nunca escapava. Portanto, o assassino não se incomodou com a casa vazia que encontrou em Bryn Shander, a principal cidade dos dez assentamentos na tundra de Vale do Vento Gélido. Entreri suspeitava que o halfling tivesse escapado de Dez Burgos. Mas não importava; se de fato era o mesmo halfling que ele seguira desde Porto Calim, há milhares de quilômetros ao sul, havia feito um progresso melhor do que jamais poderia ter esperado. Seu alvo não tinha uma vantagem de mais do que duas semanas e a trilha logo ficaria fresca novamente.

Entreri percorreu a casa silenciosa e calmamente, buscando indícios da vida do halfling aqui que lhe dariam a vantagem em seu inevitável confronto. A desordem o cumprimentou em todos os cômodos. O halfling havia saído às pressas, provavelmente ciente de que o assassino estava se aproximando. Entreri considerou isso um bom sinal, aumentando ainda mais suas suspeitas de que esse halfling, Regis, era o mesmo Regis que havia servido a Pasha Pook naqueles anos atrás, na cidade distante ao sul.

O assassino sorriu maliciosamente ao pensar que o halfling sabia que estava sendo perseguido, aumentando o desafio da caça quando Entreri colocava sua proficiência em perseguição contra a capacidade da vítima de se ocultar. Mas ele sabia que o final era previsível: uma pessoa assustada invariavelmente cometia um erro fatal.

Entreri encontrou o que procurava em uma gaveta da mesa no quarto principal. Fugindo às pressas, Regis havia negligenciado tomar precauções para esconder sua verdadeira identidade. O assassino levantou o pequeno anel diante de seus olhos brilhantes, estudando a inscrição que claramente identificava o halfling como um membro da guilda de ladrões de Pasha Pook, em Porto Calim. Fechou o punho sobre o sinete, com um sorriso maligno se alargando no rosto.

— Encontrei você, ladrãozinho — riu no vazio da sala. — Seu destino está selado. Não há como fugir!

Sua expressão mudou abruptamente para um estado de alerta quando o som de uma chave na porta da casa palaciana ecoou pelo corredor da escadaria. Largou o anel na bolsa e deslizou, silencioso como a morte, para as sombras dos postes superiores do corrimão da escada.

As grandes portas duplas se abriram e um homem e uma jovem entraram na varanda à frente de dois anões. Entreri conhecia o homem, Cassius, o porta-voz de Bryn Shander. Esta já fora sua casa, mas ele a havia cedido vários meses antes para Regis, depois das ações heroicas do halfling na batalha da cidade contra o mago maligno, Akar Kessell, e seus servos goblins.

Entreri já havia visto a humana antes, embora ainda não tivesse descoberto sua conexão com Regis. Mulheres bonitas eram uma raridade nesse cenário remoto, e essa jovem era de fato a exceção. Mechas brilhantes castanho-avermelhadas dançavam alegremente sobre seus ombros e o brilho intenso de seus olhos azuis era o suficiente para prender qualquer homem em suas profundezas.

O nome dela, o assassino havia aprendido, era Cattibrie. Morava com os anões em seu vale ao norte da cidade, principalmente com o líder do clã dos anões, Bruenor, que a adotara uma dúzia de anos antes, quando um ataque de goblins a deixara órfã.

"Essa pode ser uma reunião valiosa", pensou Entreri. Ele inclinou uma orelha pelos postes do corrimão para ouvir a discussão abaixo:

— Ele se foi há apenas uma semana! — argumentou Cattibrie.

— Uma semana sem uma palavra — retrucou Cassius, obviamente chateado. — E deixou minha linda casa vazia e desprotegida. Ora, a porta da frente estava destrancada quando passei por aqui há alguns dias!

— Você deu a casa para Regis — Cattibrie lembrou ao homem.

— Emprestei! — rosnou Cassius, embora na verdade a casa tivesse sido realmente um presente. O porta-voz rapidamente se arrependeu de ter entregado a Regis a chave deste palacete, a maior casa ao norte de Mirabar. Em retrospecto, Cassius entendeu que havia sido pego no fervor daquela tremenda vitória sobre os goblins, e suspeitava que Regis havia levantado suas emoções ainda mais um pouco, usando os renomados poderes hipnóticos do pingente de rubi.

Como outros que foram enganados pelo halfling persuasivo, Cassius tinha chegado a uma perspectiva muito diferente sobre os eventos que ocorreram, uma perspectiva que pintava Regis desfavoravelmente.

— Não importa como chame — Cattibrie admitiu —, você não deve ter tanta pressa em decidir que Regis abandonou a casa.

O rosto do porta-voz ficou vermelho de fúria.

— Quero tudo fora hoje! — exigiu ele. — Você tem minha lista. Quero todos os pertences do halfling fora da minha casa! Qualquer coisa que restar quando eu voltar amanhã se tornará meu pelos direitos de posse. E lhe aviso, serei muito bem compensado se alguma das minhas propriedades estiver faltando ou danificada — ele se virou e saiu pisando duro.

— Ele está bem irritado por causa disso — riu Fender Mallot, um dos anões. — Nunca vi alguém com mais amigos que passam da lealdade ao ódio do que Regis!

Cattibrie concordou com a observação de Fender. Ela sabia que Regis brincava com encantamentos mágicos e imaginou que as relações paradoxais dele com aqueles ao seu redor eram um efeito colateral infeliz de suas brincadeiras.

— Você acha que ele está com Drizzt e Bruenor? — perguntou Fender. — Escada acima, Entreri se mexeu ansiosamente.

— Não duvido — respondeu Cattibrie. — Durante todo o inverno, pediram que ele participasse da busca pelo Salão de Mitral e, com certeza, ao Wulfgar se juntar a eles aumentou a pressão.

— Então o pequenino está a meio caminho de Luskan, ou ainda mais longe — argumentou Fender —, e Cassius está certo em querer sua casa de volta.

— Então vamos começar a arrumar tudo — disse Cattibrie. — Cassius tem o suficiente sem somar as coisas de Regis a seu tesouro.

Entreri recostou-se no corrimão. O nome do Salão de Mitral era desconhecido para ele, mas ele conhecia bem o caminho para Luskan. O homem sorriu de novo, imaginando se poderia pegá-los antes que chegassem à cidade portuária.

Porém, primeiro sabia que ainda havia informações valiosas a serem coletadas aqui. Cattibrie e os anões começaram a tarefa de coletar os pertences do halfling e, enquanto se moviam de um cômodo para outro, a sombra negra de Artemis Entreri pairava sobre eles. Eles nunca suspeitaram de sua presença, nunca teriam imaginado que a suave ondulação nas cortinas não era o vento que fluía pelas bordas da janela, ou que a sombra atrás de uma cadeira era desproporcionalmente longa.

Ele conseguiu ficar perto o suficiente para ouvir quase toda a conversa. Cattibrie e os anões falaram de pouca coisa além dos quatro aventureiros e sua jornada ao Salão de Mitral. Mas Entreri aprendeu pouco por seus esforços. Já conhecia os famosos companheiros do halfling, pois todos em Dez Burgos falavam neles com frequência. Drizzt Do'Urden, o elfo drow renegado, que havia abandonado seu povo de pele escura nas entranhas dos Reinos e percorria as fronteiras de Dez Burgos como um guardião solitário contra as invasões do deserto de Vale do Vento Gélido. Bruenor Martelo de Batalha, o líder rabugento do clã anão que vivia no vale perto do Sepulcro de Kelvin. E acima de tudo, Wulfgar, o poderoso bárbaro, que fora capturado e criado até a idade adulta por Bruenor, que voltou com as tribos selvagens do vale para defender Dez Burgos contra o exército dos goblins e então iniciou uma trégua entre todos os povos de Vale do Vento Gélido. Uma barganha que salvou, e prometeu enriquecer, a vida de todos os envolvidos.

— Parece que você se cercou de aliados formidáveis, halfling — refletiu Entreri, recostando-se no encosto de uma grande cadeira, enquanto Cattibrie e os anões se moviam para uma sala adjacente. — Mas eles serão de pouca ajuda. Você é meu.

Cattibrie e os anões trabalharam por cerca de uma hora, enchendo dois sacos grandes, principalmente com roupas. Ela ficou impressionada com o estoque de bens que Regis havia coletado desde seu momento heroico contra Kessell e os goblins – em sua maioria presentes de cidadãos gratos. Bem ciente do amor do halfling pelo conforto, ela não conseguia entender o que o tinha possuído para fugir pela estrada atrás dos outros. Mas o que realmente a surpreendeu foi que Regis não havia contratado carregadores para trazer pelo menos alguns de seus pertences. E quanto mais via dos seus tesouros que descobria ao se mover pelo palacete, mais esse cenário de pressa e impulso a incomodava. Era muito atípico de Regis. Tinha que haver outro fator, algum elemento que faltava, com o qual ela ainda não tinha contado.

— Bem, já temos mais do que podemos carregar, e é a maioria das coisas, de qualquer forma — declarou Fender, colocando um saco no ombro robusto. — Deixe o resto para Cassius resolver!

— Não vou dar a Cassius o prazer de reivindicar qualquer uma das coisas de Regis — rebateu Cattibrie. — Ainda pode haver itens valiosos aqui. Levem os sacos de volta para nossos quartos na estalagem. Vou terminar o trabalho aqui.

— Ah, você é boa demais para Cassius — Fender resmungou. — Bruenor estava certo quando disse que ele tem muito prazer em contar o que possui!

— Seja justo, Fender Mallot — retrucou Cattibrie, embora seu sorriso de concordância traísse qualquer severidade em seu tom. — Cassius serviu bem às cidades na guerra e tem sido um excelente líder para o povo de Bryn Shander. Você já viu como Regis tem talento para se meter em confusão.

Fender riu em acordo.

— Por todas as suas maneiras de conseguir o que quer, o pequeno deixou uma ou duas dezenas de vítimas irritadas! — ele deu um tapinha no ombro do outro anão e ambos se dirigiram para a porta principal.

— Não se atrase, garota —gritou Fender para Cattibrie. — Vamos voltar para as minas. Amanhã ainda, sem atrasos!

— Você se preocupa demais, Fender Mallot! — Cattibrie disse, rindo.

Entreri considerou a última troca de palavras e mais uma vez um sorriso se alargou em seu rosto. Ele conhecia bem como funcionavam os encantos mágicos. As "vítimas irritadas" das quais Fender falou descreveram exatamente as pessoas que Pasha Pook havia enganado em Porto Calim. Pessoas encantadas com o pingente de rubi.

As portas duplas se fecharam com um estrondo, deixando Cattibrie sozinha na casa imensa. Ou assim ela pensava.

Ela ainda estava refletindo sobre o desaparecimento incomum de Regis. Suas suspeitas de que algo estava errado, de que alguma peça do quebra-cabeça estava faltando, começaram a fomentar dentro dela a sensação de que algo estava errado na casa, também.

Cattiebrie de repente ficou atenta a todo barulho e sombra ao seu redor. O tiquetaque de um relógio de pêndulo. O farfalhar de papéis sobre uma mesa em frente a uma janela aberta. O movimento de cortinas. O barulho de um rato dentro das paredes de madeira.

Seus olhos voltaram para as cortinas, ainda tremendo um pouco desde o último movimento. Poderia ter sido uma brisa através de uma fenda na janela, mas a mulher alerta suspeitou de algo diferente. Agachando-se e pegando a adaga no quadril, ela se dirigiu para a porta aberta a alguns metros ao lado das cortinas.

Entreri se moveu rapidamente. Suspeitando que ainda mais pudesse ser aprendido com Cattibrie, e não disposto a deixar passar a oportunidade oferecida pela partida dos anões, ele havia ficado na posição mais favorável para um ataque e agora esperava pacientemente no alto da porta estreita, equilibrado tão facilmente quanto um gato no peitoril da janela. Ouviu a aproximação dela, com sua adaga virando casualmente em sua mão.

Cattibrie sentiu o perigo assim que alcançou a porta e viu a forma negra caindo ao seu lado. Mas, por mais rápidas que fossem suas reações, sua própria adaga não estava a meio caminho da bainha antes que os dedos finos de uma mão fria se prendessem sobre sua boca, sufocando um grito, e a borda afiada de uma adaga incrustada de joias tivesse marcado uma linha fina em sua garganta.

Ela ficou atordoada e horrorizada. Nunca antes vira um homem se mover tão rapidamente, e a precisão mortal do ataque de Entreri a enervou. Uma tensão repentina em seus músculos assegurou-lhe que, se ela persistisse em sacar sua arma, estaria morta antes de poder usá-la. Soltando o punho, não fez mais nenhum movimento para resistir.

A força do assassino também a surpreendeu quando ele a ergueu facilmente até uma cadeira. Era um homem esguio, esbelto como um elfo e quase tão alto quanto ela, mas todos os músculos de sua estrutura compacta estavam tonificados em sua melhor forma de combate. Sua própria presença exalava uma aura de força e uma confiança inabalável. Isso também enervava Cattibrie, porque não era a arrogância impetuosa de um jovem exuberante, mas o ar frio da superioridade de quem já tinha visto mil lutas e nunca fora superado.

Os olhos de Cattibrie nunca se afastaram do rosto de Entreri enquanto ele rapidamente a amarrava na cadeira. Suas feições angulares, maçãs do rosto proeminentes e uma mandíbula firme, pareciam ainda mais marcadas pelo corte reto de seus cabelos negros. A sombra da barba que escurecia seu rosto fazia parecer que não importasse quantas vezes ele se barbeasse, jamais sumiria. Porém, longe de ser desleixado, tudo sobre o homem gritava controle. Cattibrie poderia até considerá-lo bonito, exceto por seus olhos.

O cinza deles não mostrava nenhum brilho. Sem vida, desprovidos de qualquer indício de compaixão ou humanidade, marcavam esse homem como um instrumento da morte e nada mais.

— O que você quer de mim? — Cattibrie perguntou quando conseguiu reunir sua coragem.

Entreri respondeu com um tapa ardente em seu rosto.

— O pingente de rubi! — exigiu ele abruptamente. — O halfling ainda usa o pingente de rubi?

Cattibrie lutou para reprimir as lágrimas que brotavam em seus olhos. Desorientada e desprevenida, não pôde responder imediatamente à pergunta do homem.

A adaga engastada de joias brilhou diante de seus olhos e lentamente traçou a circunferência de seu rosto.

— Não tenho muito tempo — declarou Entreri categoricamente. — Você vai me dizer o que preciso saber. Quanto mais tempo você levar para responder, mais dor sentirá.

Suas palavras eram calmas e ditas com honestidade.

Cattibrie, endurecida sob a tutela de Bruenor, se viu nervosa. Ela já havia enfrentado e derrotado goblins antes, até mesmo um troll horrendo uma vez, mas esse assassino de sangue frio a aterrorizava. Tentou responder, mas sua mandíbula trêmula não permitiu palavras.

A adaga apareceu novamente.

— Regis usa! — Cattibrie gritou, uma lágrima traçando uma linha solitária em cada uma de suas bochechas.

Entreri assentiu e sorriu levemente.

— Ele está com o elfo negro, o anão e o bárbaro — disse ele com naturalidade. — E eles estão a caminho de Luskan. E de lá, para um lugar chamado Salão de Mitral. Fale sobre o Salão de Mitral, querida. — Ele raspou a lâmina em sua própria bochecha, sua fina ponta pungentemente raspando um pequeno pedaço de barba. — Onde fica?

Cattibrie percebeu que sua incapacidade de responder provavelmente significaria seu fim.

— Eu não sei — ela gaguejou corajosamente, recuperando uma medida da disciplina que Bruenor havia lhe ensinado, embora seus olhos nunca deixassem o brilho da lâmina mortal.

— Uma pena — respondeu Entreri. — Um rosto tão bonito...

— Por favor — disse Cattibrie o mais calmamente que conseguia com a adaga se movendo em sua direção. — Ninguém sabe! Nem mesmo Bruenor! Sua missão é achar o lugar.

A lâmina parou de repente, e Entreri virou a cabeça para o lado, com seus olhos estreitados e todos os músculos tensos e alertas.

Cattibrie não ouvira a maçaneta da porta, mas a voz profunda de Fender Mallot ecoando pelo corredor explicava as ações do assassino.

— Cadê você, garota?

Cattibrie tentou gritar: "Corra!" e sua própria vida seria condenada, mas o rápido golpe de Entreri a deixou atordoada e expulsou a palavra como um grunhido indecifrável.

Com a cabeça inclinada para o lado, ela apenas conseguiu focar sua visão quando Fender e Grollo, com machados de batalha na mão, invadiram a sala. Entreri estava pronto para encontrá-los, com um punhal de joias em uma mão e um sabre na outra.

Por um instante, Cattibrie se encheu de alegria. Os anões de Dez Burgos eram um batalhão de guerreiros endurecidos com punhos de ferro. E no clã, as proezas de Fender em batalha perdiam apenas para as de Bruenor.

Então ela se lembrou de quem eles enfrentavam e, apesar da aparente vantagem, suas esperanças foram destruídas por uma onda de conclusões inegáveis. Ela testemunhou o borrão dos movimentos do assassino e sua precisão sobrenatural.

Com repulsa brotando em sua garganta, ela não podia nem arfar para os anões fugirem.

Mesmo que soubessem as profundezas do horror no homem diante deles, Fender e Grollo não teriam recuado. A indignação cega um guerreiro anão em relação a qualquer questão de segurança pessoal, e quando esses dois viram sua amada Cattibrie amarrada à cadeira, sua investida em Entreri veio por instinto.

Alimentados por uma raiva desenfreada, seus primeiros ataques rugiram com toda a força que eles podiam invocar. Por outro lado, Entreri começou devagar, encontrando um ritmo e permitindo que a pura fluidez de seus movimentos aumentasse seu ímpeto. Às vezes ele mal parecia capaz de aparar ou desviar dos golpes ferozes. Alguns erravam o alvo por apenas um centímetro e os quase acertos incitavam Fender e Grollo ainda mais.

Mas mesmo com seus amigos pressionando o ataque, Cattibrie entendeu que eles estavam com problemas. As mãos de Entreri pareciam conversar entre si, tão perfeito era o complemento de seus movimentos enquanto posicionavam a adaga cravada de joias e o sabre. Os arrastões síncronos de seus pés o mantinham em total equilíbrio durante todo o combate. Era uma dança de esquivas, desvios e contra-golpes.

Era uma dança da morte.

Cattibrie já tinha visto isso antes, os métodos reveladores do melhor espadachim de todo o Vale do Vento Gélido. A comparação com Drizzt Do'Urden era inevitável; sua graça e movimentos eram tão parecidos, com todas as partes de seus corpos trabalhando em harmonia.

Mas eles continuavam sendo surpreendentemente diferentes, uma polaridade moral que alterava sutilmente a aura da dança.

O ranger drow em batalha era um instrumento belo de se ver, um atleta perfeito seguindo seu rumo escolhido de justiça com fervor inigualável. Mas Entreri era meramente horripilante, um assassino sem paixão descartando obstáculos em seu caminho.

O ímpeto inicial do ataque dos anões começou a diminuir, e Fender e Grollo pareciam surpresos com o fato do chão ainda não estar vermelho com o sangue de seu oponente. Mas enquanto seus ataques estavam diminuindo, o impulso de Entreri continuou a crescer. Suas lâminas eram um borrão, cada estocada seguida por outras duas que deixavam os anões na defensiva.

Seus movimentos eram sem esforço. Sua energia era infinita.

Fender e Grollo mantiveram uma postura unicamente defensiva, mas mesmo com todos os seus esforços dedicados ao bloqueio, todos na sala sabiam que era apenas uma questão de tempo até que uma lâmina assassina passasse por suas defesas.

Cattibrie não viu o corte fatal, mas viu vividamente a linha brilhante de sangue que apareceu na garganta de Grollo. O anão continuou lutando por alguns momentos, alheio à causa da sua incapacidade de encontrar o fôlego. Então, surpreso, Grollo caiu de joelhos, agarrando a garganta, e gorgolejou até encontrar a escuridão da morte.

A fúria estimulou Fender além de sua exaustão. Seu machado cortava e fatiava loucamente, gritando por vingança.

Entreri brincou com ele, chegando até mesmo ao ponto de lhe dar um tapa no lado da cabeça com a superfície plana do sabre.

Indignado, insultado e plenamente consciente de que fora derrotado, Fender se lançou em uma investida final, suicida, na esperança de levar o assassino consigo.

Entreri contornou a investida desesperada com uma risada divertida, e terminou a luta, empurrando a adaga de joias profundamente no peito de Fender e seguindo com um golpe do sabre de cortar o crânio quando o anão passou tropeçando por ele.

Horrorizada demais para chorar, horrorizada demais para gritar, Cattibrie observou inexpressivamente enquanto Entreri pegava a adaga do peito de Fender. Certa de sua própria morte iminente, ela fechou os olhos quando a adaga veio em sua direção, sentiu o metal, quente do sangue do anão, contra a sua garganta.

E então o arranhão provocador de sua ponta contra sua pele macia e vulnerável quando Entreri girava lentamente a lâmina na mão.

Irresistível. A promessa, a dança da morte.

Então se foi. Cattibrie abriu os olhos no momento em que a pequena lâmina voltava à bainha no quadril do assassino. Ele deu um passo para trás.

— Então — ele ofereceu em uma explicação simples de sua misericórdia —, eu mato apenas aqueles que se opõem a mim. Talvez, então, três de seus amigos na estrada para Luskan escapem da lâmina. Eu quero apenas o halfling.

Cattibrie recusou-se a ceder ao terror que ele provocava. Ela manteve a voz firme e prometeu friamente:

— Você os subestima. Eles vão lutar com você.

Com uma confiança calma, Entreri respondeu:

— Então eles também morrerão.

Cattibrie não podia vencer uma disputa de nervos com o assassino vazio. Sua única resposta para ele foi seu desafio. Ela cuspiu nele, sem medo das consequências.

Ele retrucou com um único golpe ardente com as costas de sua mão, e, com olhos borrados de dor e lágrimas que brotavam, Cattibrie caiu na escuridão. Mas enquanto ficava inconsciente, ela ouviu por mais alguns segundos, o riso cruel e sem emoção desaparecendo enquanto o assassino saía da casa.

Irresistível. A promessa da morte.

Capítulo 2

Cidade das Velas

— Lá está ela, rapaz, a cidade das velas — disse Bruenor a Wulfgar enquanto os dois olhavam para Luskan a partir de uma pequena colina a alguns quilômetros ao norte da cidade.

Wulfgar observou a vista com um suspiro de admiração. Luskan abrigava mais de quinze mil pessoas, pequena em comparação com as grandes cidades do sul e sua vizinha mais próxima, Águas Profundas, a algumas centenas de quilômetros ao longo da costa. Mas para o jovem bárbaro, que passara todos os seus dezoito anos entre tribos nômades e as aldeias de Dez Burgos, o porto marítimo fortificado parecia grande. Um muro cercava Luskan, com torres de guarda espaçadas estrategicamente em intervalos variados. Mesmo a essa distância, Wulfgar conseguia distinguir as silhuetas escuras dos muitos soldados que passavam pelos parapeitos, com as pontas das lanças brilhando na luz do novo dia.

— Não é um convite promissor — observou Wulfgar.

— Luskan não recebe visitantes com facilidade — disse Drizzt, que veio atrás de seus dois amigos. — Eles podem abrir seus portões para os comerciantes, mas os viajantes comuns geralmente são rejeitados.

— Nosso primeiro contato está lá — rosnou Bruenor. — E eu vou entrar!

Drizzt assentiu e não insistiu no argumento. Ele dera uma boa olhada em Luskan durante sua jornada original para Dez Burgos. Os habitantes da cidade, principalmente humanos, olhavam para outros rostos com desdém. Até elfos da superfície e anões eram frequentemente impedidos de entrar. Drizzt suspeitava que os guardas fariam mais com um elfo drow do que simplesmente expulsá-lo.

— Acenda o fogo do café da manhã — continuou Bruenor, seus tons de raiva refletindo sua determinação de que nada o afastaria de seu curso. — Devemos desmontar o acampamento mais cedo e chegar até os portões antes do meio dia. Onde está aquele maldito Pança-Furada?

Drizzt olhou por cima do ombro na direção do acampamento.

— Dormindo — respondeu ele, embora a pergunta de Bruenor fosse totalmente retórica. Regis era o primeiro a dormir e o último a acordar (e nunca sem ajuda) todos os dias desde que os companheiros partiram de Dez Burgos.

— Então dá um chute nele! — Bruenor ordenou. Ele voltou para o acampamento, mas Drizzt colocou a mão em seu braço para pará-lo.

— Deixe o halfling dormir — sugeriu o drow. — Talvez seja melhor se chegarmos ao portão de Luskan na luz menos reveladora do crepúsculo.

O pedido de Drizzt confundiu Bruenor por um momento – até que ele olhou mais atentamente para o rosto soturno do drow e reconheceu a apreensão em seus olhos. Os dois se tornaram tão próximos em seus anos de amizade que Bruenor muitas vezes esquecia que Drizzt era um pária. Quanto mais longe eles estivessem de Dez Burgos, onde Drizzt era conhecido, mais ele seria julgado pela cor de sua pele e pela reputação de seu povo.

— Sim, deixa ele dormir — concedeu Bruenor. — Talvez eu também faça o mesmo!

Eles levantaram o acampamento mais tarde aquela manhã e estabeleceram um ritmo lento, apenas para descobrir mais tarde que haviam julgado mal a distância da cidade. Já passava do pôr do sol e chegava às primeiras horas da escuridão quando finalmente chegaram ao portão norte da cidade.

A estrutura era tão hostil quanto a reputação de Luskan: uma única porta de ferro, encostada na parede de pedra entre duas torres quadradas e curtas, estava bem fechada diante deles. Uma dúzia de cabeças cobertas de pele apareceu do parapeito acima do portão e os companheiros sentiram muito mais olhos, e provavelmente arcos, sobre eles vindo da escuridão no topo das torres.

— Quem são vocês que vêm aos portões de Luskan? — veio uma voz da parede.

— Viajantes do norte — respondeu Bruenor. — Um grupo cansado que vem de Dez Burgos do Vale do Vento Gélido!

— O portão se fechou ao pôr do sol — respondeu a voz. — Vá embora!

— Filho de um gnoll sem pêlos — resmungou Bruenor baixinho.

Ele bateu o machado nas mãos como se quisesse arrombar a porta.

Drizzt colocou a mão calmamente no ombro do anão, seus ouvidos sensíveis reconhecendo o som distinto de uma besta sendo armada.

Então Regis inesperadamente assumiu o controle da situação. Ele endireitou a calça, que caíra abaixo da barriga, e prendeu os polegares no cinto, tentando parecer um pouco importante. Jogando os ombros para trás, saiu na frente de seus companheiros.

— Seu nome, bom senhor? — perguntou ele ao soldado na parede.

— Eu sou o Vigia do Portão Norte. Isso é tudo que você precisa saber! — veio a resposta áspera. — E quem--

— Regis, primeiro cidadão de Bryn Shander. Sem dúvida, você ouviu meu nome ou viu minhas esculturas.

Os companheiros ouviram sussurros lá em cima, depois uma pausa.

— Vimos a arte de um halfling de Dez Burgos. Você é ele?

— Herói da guerra dos goblins e mestre em escultura em ossos de truta cabeça-dura — declarou Regis, curvando-se. — Os porta-vozes de Dez Burgos não ficarão satisfeitos ao saber que fui deixado ao relento durante a noite no portão de nosso parceiro comercial preferido.

Novamente vieram os sussurros, depois um silêncio mais longo. Então, os quatro ouviram um som irritante atrás do portão, uma porta sendo levantada, Regis sabia e, em seguida, o bater dos ferrolhos da porta sendo destravados . O halfling olhou por cima do ombro para seus amigos surpresos e sorriu ironicamente.

— Diplomacia, meu bruto amigo anão — ele riu.

A porta se abriu apenas uma fresta e dois homens saíram, desarmados, mas cautelosos. Era óbvio que eles estavam bem protegidos da parede. Soldados de rosto sombrio se amontoavam ao longo dos parapeitos, monitorando cada movimento que os estrangeiros faziam através das vistas das bestas.

— Eu sou Jierdan — disse o mais corpulento dos dois homens, embora fosse difícil julgar seu tamanho exato por causa das muitas camadas de pêlo que ele usava.

— E eu sou o Vigia — disse o outro. — Mostre-me o que você trouxe para vender.

— Vender? — ecoou Bruenor com raiva. — Quem foi que falou em vender? — ele bateu o machado nas mãos novamente, fazendo os soldados se remexerem nervosamente lá em cima. — Isso parece a lâmina de um comerciante fedorento?

Regis e Drizzt moveram-se para acalmar o anão, embora Wulfgar, tão tenso quanto Bruenor, ficasse do lado, com os braços enormes cruzados diante dele e o olhar severo perfurando o porteiro impudente.

Os dois soldados recuaram defensivamente e o Vigia falou novamente, desta vez à beira da fúria.

— Primeiro cidadão, — ele exigiu saber de Regis — por que você vem à nossa porta?

Regis parou na frente de Bruenor e se firmou diante do soldado.

— Er... Um exame preliminar de mercado — soltou, tentando inventar uma história à medida que avançava. — Tenho algumas esculturas especialmente boas para o mercado nesta temporada e queria ter certeza de que tudo nesse sentido, incluindo o preço pago pela arte, esteja de acordo para haver a venda.

Os dois soldados trocaram sorrisos cúmplices.

— Você percorreu um longo caminho com esse objetivo — sussurrou o Vigia severamente. — Não seria mais adequado você simplesmente descer com a caravana carregando a mercadoria?

Regis se contorceu desconfortavelmente, percebendo que esses soldados eram experientes demais para cair na sua história. Lutando contra seu melhor julgamento, alcançou debaixo da camisa o pingente de rubi, sabendo que seus poderes hipnóticos poderiam convencer o Vigia a deixá-los passar, mas temendo mostrar a pedra e, assim, abrir mais a trilha para o assassino que ele sabia não estar muito atrás.

Jierdan se tensionou de repente, no entanto, ao notar a figura ao lado de Bruenor. A capa de Drizzt Do'Urden havia se mexido um pouco, revelando a pele negra de seu rosto.

Como se fosse uma deixa, o Vigia também ficou tenso e, seguindo o olhar de seu companheiro, rapidamente discerniu a causa da reação repentina de Jierdan. Relutantemente, os quatro aventureiros puseram as mãos nas armas, prontos para uma luta que não queriam.

Mas Jierdan acabou com a tensão mais rápido que havia começado colocando o braço no peito do Vigia e abordando o drow abertamente.

— Drizzt Do'Urden? — perguntou calmamente, buscando confirmação da identidade que ele já havia adivinhado.

O drow assentiu, surpreso com o reconhecimento.

— Seu nome também veio para Luskan com as histórias de Vale do Vento Gélido — explicou Jierdan. — Perdoe nossa surpresa — ele se curvou. — Não vemos muitas de sua raça em nossos portões.

Drizzt assentiu novamente, mas não respondeu, desconfortável com essa atenção incomum. Nunca antes um porteiro se incomodou em perguntar-lhe seu nome ou o que desejava. E o drow passou a entender rapidamente a vantagem de evitar os portões, deslizando silenciosamente sobre o muro de uma cidade na escuridão e buscando o lado mais desprezível, onde ele poderia pelo menos ter a chance de passar despercebido nos cantos escuros com os outros renegados da sociedade. Será que seu nome e heroísmo lhe trouxeram uma certa dose de respeito até mesmo tão longe de Dez Burgos?

Bruenor virou-se para Drizzt e piscou, sua própria raiva dissipada pelo fato de que seu amigo finalmente recebera o devido de um estranho.

Mas Drizzt não estava convencido. Ele não se atreveu a esperar por uma coisa dessas – o deixava muito vulnerável a sentimentos que havia lutado muito para esconder. O drow preferia manter suas suspeitas e guarda tão imóveis quanto o capuz escuro de sua capa. Ele levantou uma orelha curiosa quando os dois soldados se afastaram para manter uma conversa particular.

— Eu não ligo para o nome dele — ouviu o Vigia sussurrar para Jierdan. — Nenhum elfo drow vai passar pelo meu portão!

— Você erra — respondeu Jierdan. — Estes são os heróis de Dez Burgos. O halfling é verdadeiramente o Primeiro Cidadão de Bryn Shander, o drow um ranger com uma reputação mortal, mas inegavelmente honrosa, e o anão – observe o padrão de caneca de espuma em seu escudo – é Bruenor Martelo de Batalha, líder de seu clã no vale.

— E o bárbaro gigante? — perguntou o Vigia, usando um tom sarcástico na tentativa de parecer impressionado, embora ele estivesse obviamente um pouco nervoso. — Que renegado ele pode ser?

Jierdan deu de ombros.

— Seu tamanho, sua juventude e uma medida de controle além de seus anos... Parece-me improvável que esteja aqui, mas ele pode ser o jovem rei das tribos que os contadores de histórias falaram. Não devemos mandar esses viajantes embora; as consequências podem ser graves.

— O que Luskan poderia temer dos assentamentos insignificantes em Vale do Vento Gélido? — rebateu o Vigia.

— Existem outros portos comerciais — replicou Jierdan. — Nem toda batalha é travada com uma espada. A perda da arte de Dez Burgos não seria vista favoravelmente por nossos comerciantes, nem pelos navios comerciais que chegam a cada estação.

O Vigia examinou os quatro estranhos novamente. Ele não confiava neles, apesar das muitas reivindicações de seu companheiro, e não os queria em sua cidade. Mas ele também sabia que, se suas suspeitas estivessem erradas e fizesse algo para comprometer o comércio da arte nos ossos das trutas, seu próprio futuro seria sombrio. Os soldados de Luskan respondiam aos comerciantes, que não perdoavam facilmente os erros que esvaziavam suas bolsas.

O Vigia levantou as mãos em derrota.

— Entrem, então — disse ele aos companheiros. — Sigam a muralha e desçam até as docas. Na última travessa fica a Cutelo, e vocês estarão quentes o bastante lá.

Drizzt estudou os passos orgulhosos de seus amigos enquanto passavam pela porta, e imaginou que eles também haviam ouvido trechos da conversa. Bruenor confirmou suas suspeitas quando se afastaram das torres de guarda, pela estrada ao longo da muralha.

— Aqui, elfo — bufou o anão, cutucando Drizzt obviamente satisfeito. — Então a palavra foi além do Vale e somos ouvidos até mesmo tão pro sul. O que tem a dizer sobre isso?

Drizzt deu de ombros novamente e Bruenor riu, supondo que seu amigo estava apenas envergonhado pela fama. Regis e Wulfgar também compartilharam da alegria de Bruenor, e o homenzarrão deu ao drow um tapa amigável nas costas enquanto assumia a dianteira do grupo.

Mas o desconforto de Drizzt decorria de mais do que vergonha. Ele notou o sorriso no rosto de Jierdan quando eles passaram, um sorriso que ia além da admiração. E, embora ele não tivesse dúvidas de que algumas histórias da batalha contra o exército de goblins de Akar Kessell haviam chegado à Cidade das Velas, Drizzt achou estranho que um simples soldado soubesse tanto sobre ele e seus amigos, enquanto o porteiro, o único responsável por determinar quem entrava na cidade, não sabia de nada.

As ruas de Luskan estavam cheias de prédios de dois e três andares, um reflexo do desespero das pessoas em se amontoar na segurança do muro alto da cidade, longe dos perigos sempre presentes do norte selvagem. Uma torre ocasional, um posto de guarda, talvez, ou a maneira de um cidadão ou associação de destaque mostrar superioridade, brotavam da linha do telhado. Sendo uma cidade cautelosa, Luskan sobreviveu, e até floresceu, na perigosa fronteira, mantendo-se firme em uma atitude de alerta que muitas vezes ultrapassava os limites da paranoia. Era uma cidade de sombras, e os quatro visitantes desta noite sentiram profundamente os olhares curiosos e perigosos que espreitavam de todos os buracos escuros à medida que avançavam.

As docas abrigavam a parte mais perigosa da cidade, onde ladrões, bandidos e mendigos abundavam em seus becos estreitos e recantos sombrios. Uma névoa perpétua flutuava sobre o solo vinda do mar, borrando as avenidas já escuras em caminhos ainda mais misteriosos.

Assim era a travessa que os quatro amigos se viram adentrando, a última antes do cais, uma rua particularmente decrépita chamada Rua da Meia-Lua. Regis, Drizzt e Bruenor souberam imediatamente que haviam entrado em um campo de coleta para vagabundos e rufiões, e cada um colocou a mão em sua arma. Wulfgar andava abertamente e sem medo, embora também sentisse a atmosfera ameaçadora. Não entendendo que a área era atipicamente suja, ele estava determinado a encarar sua primeira experiência com a civilização com uma mente aberta.

— Aí está o lugar — disse Bruenor, indicando um pequeno grupo, provavelmente de ladrões, reunido diante da porta de uma taverna. A placa desgastada pelo tempo acima da porta chamava o lugar de Cutelo.

Regis engoliu em seco, com uma mistura assustadora de emoções brotando dentro dele. Nos seus primeiros dias como ladrão em Porto Calim, frequentara muitos lugares como este, mas sua familiaridade com o ambiente apenas aumentava sua apreensão. O fascínio pelos negócios feitos nas sombras de uma taverna perigosa, ele sabia, poderia ser tão mortal quanto as facas escondidas dos bandidos em todas as mesas.

— Vocês realmente querem entrar ali? — perguntou timidamente a seus amigos.

— Não discuta! — retrucou Bruenor. — Você sabia como seria quando se juntou a nós no Vale. Sem choramingar agora!

— Você está bem protegido — Drizzt acrescentou para confortar Regis.

Orgulhoso em sua inexperiência, Wulfgar foi ainda mais além:

— Por que eles nos fariam algum mal? Certamente não fizemos nada de errado — destacou. Então, reivindicou em voz alta para desafiar as sombras. — Não tema, amiguinho. Meu martelo afastará qualquer um que estiver contra nós!

— O orgulho da juventude — resmungou Bruenor, enquanto Regis e Drizzt trocavam olhares incrédulos.

❉

A atmosfera dentro do Cutelo combinava com a decadência e a ralé que marcavam o lugar do lado de fora. A parte do local que funcionava como taverna era uma única sala aberta, com um longo bar posicionado defensivamente no canto da parede traseira, diretamente em frente à porta. Uma escada subia do lado do bar até o segundo nível da estrutura, uma escada usada com mais frequência por mulheres pintadas e excessivamente perfumadas e seus últimos companheiros do que por hóspedes da pousada. De fato, os marinheiros mercantes que desembarcavam em Luskan costumavam vir em terra apenas por breves períodos de empolgação e entretenimento, retornando à segurança de seus navios, se conseguissem chegar lá antes que o inevitável sono bêbado os deixasse vulneráveis.

Mais do que qualquer outra coisa, porém, a taverna no Cutelo era uma sala dos sentidos, com uma infinidade de sons, imagens e cheiros. O aroma do álcool, indo de cerveja forte e vinho barato a bebidas mais raras e poderosas, permeava todos os cantos. Uma névoa de fumaça de ervas exóticas sendo fumadas, como a do lado de fora, borrava a dura realidade das imagens em sensações mais suaves e oníricas.

Drizzt liderou o caminho para uma mesa vazia ao lado da porta, enquanto Bruenor se aproximou do bar para providenciar sua estadia. Wulfgar começou a ir atrás do anão, mas Drizzt o deteve.

— Para a mesa — explicou ele. — Você está empolgado demais para lidar com isso; Bruenor pode cuidar da nossa estadia.

Wulfgar começou a reclamar, mas foi interrompido:

— Vamos lá — ofereceu Regis. — Sente-se comigo e com Drizzt. Ninguém vai incomodar um velho anão duro, mas um pequeno halfling e um elfo magro podem parecer um bom esporte para os brutos aqui. Precisamos do seu tamanho e força para impedir essa atenção indesejada.

O queixo de Wulfgar endureceu com o elogio e ele caminhou ousadamente em direção à mesa. Regis deu a Drizzt uma piscadela de reconhecimento e se virou para segui-lo.

— Há muitas lições que você aprenderá nesta jornada, jovem amigo — Drizzt murmurou para Wulfgar, baixinho demais para o bárbaro ouvir. — Tão longe de casa.

Bruenor voltou do bar com quatro garrafões de hidromel e resmungando baixinho.

— Vamos terminar nossos negócios logo — disse ele a Drizzt — e voltar pra estrada. O preço de um quarto neste buraco de orcs é um roubo!

— Os quartos não foram feitos para serem ocupados por uma noite inteira —riu Regis.

Mas a carranca de Bruenor permaneceu:

— Beba — disse ao drow. — O Beco do Rato fica a uma curta caminhada, segundo as informações da garçonete, e talvez dê pra entrar em contato ainda esta noite.

Drizzt assentiu e tomou um gole do hidromel, sem realmente querer beber, mas esperando que uma bebida compartilhada relaxasse o anão. Mantendo seu capuz puxado à luz bruxuleante da taverna, o drow também estava ansioso por partir de Luskan, com medo de que sua própria identidade pudesse lhes trazer mais problemas. Se preocupava ainda mais com Wulfgar, jovem e orgulhoso, e fora de seu elemento. Os bárbaros de Vale do Vento Gélido, embora impiedosos em batalha, eram honrosos, baseando a estrutura de sua sociedade inteiramente em códigos rígidos e inflexíveis. Drizzt temia que Wulfgar fosse presa fácil para as traições da cidade. Na estrada, nas terras selvagens, o martelo de Wulfgar o manteria seguro, mas ali ele provavelmente se encontraria em situações enganosas envolvendo lâminas disfarçadas, em que sua poderosa arma ofereceriam pouca ajuda.

Wulfgar engoliu o jarro em um único gole, limpou os lábios com zelo e se levantou.

— Vamos lá — disse ele a Bruenor. —A quem buscamos?

— Sente-se e feche a boca, garoto — repreendeu Bruenor, olhando em volta para ver se alguma atenção indesejada caíra sobre eles. — O trabalho desta noite é para mim e para o drow. Não há lugar para um guerreiro grande demais como você! Você fica aqui com Pança-Furada e mantém a boca fechada e as costas pra parede!

Wulfgar recuou em humilhação, mas Drizzt estava feliz que Bruenor parecia ter chegado a conclusões semelhantes sobre o jovem guerreiro. Mais uma vez, Regis salvou um pouco do orgulho de Wulfgar:

— Você não vai sair com eles! — ele retrucou para o bárbaro. — Não tenho vontade de ir, mas não ousaria ficar aqui sozinho. Deixe Drizzt e Bruenor se divertirem em algum beco frio e fedorento. Vamos ficar aqui e desfrutar de uma noite bem merecida de alto entretenimento!

Drizzt deu um tapa no joelho de Regis sob a mesa em agradecimento e se levantou para sair. Bruenor bebeu seu garrafão e pulou da cadeira.

— Vamos lá, então — disse ele ao drow. E então para Wulfgar — Cuide do halfling e cuidado com as mulheres! São malignas como ratos famintos, e a única coisa que pretendem morder é a sua bolsa!

Bruenor e Drizzt viraram no primeiro beco vazio além do Cutelo, com o anão mantendo uma guarda nervosa em sua entrada enquanto Drizzt descia alguns degraus na escuridão. Convencido de que estava sozinho e em segurança, Drizzt tirou de sua bolsa uma pequena estatueta de ônix, meticulosamente esculpida à semelhança de um gato caçando e a colocou no chão diante dele.

— Guenhwyvar — ele chamou suavemente. — Venha, minha sombra.

Seu sinal estendeu-se através dos planos, até o lar astral da entidade da pantera. A grande gata se mexeu de seu sono. Muitos meses se passaram desde que seu mestre chamara e a gata estava ansiosa para servir.

Guenhwyvar saltou sobre o tecido dos planos, seguindo um lampejo de luz que só poderia ser o chamado do drow. E então a gata estava no beco com Drizzt, imediatamente alerta ao ambiente desconhecido.

— Receio que entramos em uma teia perigosa — explicou Drizzt. — Eu preciso de olhos aonde os meus não podem ir.

Sem demora e sem som, Guenhwyvar saltou para uma pilha de escombros, para um patamar quebrado e até os telhados. Satisfeito e se sentindo muito mais seguro agora, Drizzt voltou para a rua onde Bruenor esperava.

— Bem, onde está aquela maldita gata? —perguntou Bruenor, com um tom de alívio em sua voz ao notar que Guenhwyvar não estava realmente com o drow. A maioria dos anões suspeitava de magia, além dos encantamentos mágicos colocados nas armas, e Bruenor não tinha amor pela pantera.

— Onde mais precisamos dela — foi a resposta do drow. Ele começou a descer a Rua da Meia-Lua. — Não tema, poderoso Bruenor, os olhos de Guenhwyvar estão sobre nós, mesmo que os nossos não possam retornar o olhar protetor deles!

O anão olhou ao redor nervosamente, com gotas de suor visíveis na base do elmo com chifres. Ele conhecia Drizzt há vários anos, mas nunca se sentira à vontade com a gata mágica.

Drizzt escondeu o sorriso embaixo do capuz.

Cada travessa, cheia de pilhas de entulho e lixo, parecia a mesma, enquanto seguiam pelas docas. Bruenor olhou para cada nicho sombreado com suspeita, em alerta. Seus olhos não eram tão precisos à noite quanto os do drow, e se ele tivesse visto a escuridão tão claramente quanto Drizzt, teria agarrado ainda mais firmemente o cabo do machado.

Mas o anão e o drow não estavam tão preocupados. Eles estavam longe de ser típicos bêbados que geralmente tropeçavam nessas partes à noite, e não eram presas fáceis para ladrões. As muitas ranhuras no machado de Bruenor e o balanço das duas cimitarras no cinto do drow serviam como amplo impedimento para a maioria dos rufiões.

No labirinto de ruas e becos, eles levaram um longo tempo para encontrar o Beco do Rato. Junto ao cais, corria paralelo ao mar, aparentemente intransitável através da névoa espessa. Armazéns longos e baixos alinhavam-se de ambos os lados, e caixas e mais caixas quebradas entulhavam o beco, reduzindo a passagem, já estreita em muitos lugares, à largura de uma única pessoa.

— Bom lugar para passear em uma noite sombria — afirmou Bruenor categoricamente.

— Você tem certeza de que essa é a travessa? — Drizzt perguntou, igualmente pouco entusiasmado quanto a área diante deles.

— Pelas palavras do comerciante de Dez Burgos, se há alguém vivo que pode me dar o mapa, essa pessoa é o Sussurro. E o lugar para encontrar Sussurro é o Beco do Rato – sempre o Beco do Rato.

— Então continue — disse Drizzt. — É bom acabar rápido com o trabalho sujo.

Bruenor liderou lentamente o caminho para o beco. Os dois mal tinham andado três metros quando o anão pensou ter ouvido o clique de uma besta. Ele parou e olhou para Drizzt.

— Eles nos viram — sussurrou.

— Na janela fechada acima e à nossa direita — explicou Drizzt, com suas excepcionais visão noturna e audição já discernindo a fonte do som. — Uma precaução, espero. Talvez seja um bom sinal de que seu contato está próximo.

— Nunca chamei uma besta apontada para mim dem bom sinal! — argumentou o anão. — Mas em frente, então, e vê se fica em prontidão. Este lugar fede a perigo! — ele começou a andar de novo pelos escombros.

Um farfalhar à esquerda lhes disse que haviam olhos sobre eles vindos dali, também. Mas eles continuaram, entendendo que não poderiam esperar um cenário diferente ao sair do Cutelo. Contornando um monte final de tábuas quebradas, eles viram uma figura esbelta encostada em uma das paredes do beco, a capa puxada com força contra o frio da névoa da noite.

Drizzt se inclinou sobre o ombro de Bruenor.

— Pode ser esse? — sussurrou ele.

O anão deu de ombros e disse:

— Quem mais? — ele deu mais um passo à frente, plantou os pés firmemente, afastados e dirigiu-se à figura. — Estou procurando um homem chamado Sussurro —disse. — Seria você?

— Sim e não — veio a resposta. A figura virou-se para eles, embora a capa rasgada revelasse pouco.

— Que brincadeira é essa? — revidou Bruenor.

— Sussurro sou eu — respondeu a figura, deixando a capa recuar um pouco. — Mas com certeza não sou homem nenhum!

Eles podiam ver claramente agora que a figura se dirigindo a eles era de fato uma mulher. Uma figura sombria e misteriosa, com longos cabelos negros e olhos atentos e inquietos, que mostravam experiência e um profundo entendimento da sobrevivência na rua.

Capítulo 3
Vida noturna

O CUTELO FOI FICANDO MAIS CHEIO COM O PASsar da noite. Marinheiros mercantes vinham aos montes de seus navios e os locais eram rápidos em se preparar para se aproveitar deles. Regis e Wulfgar permaneceram à mesa lateral, o bárbaro de olhos arregalados de curiosidade pelas vistas ao seu redor, e o halfling concentrado em observação cautelosa.

Regis reconheceu problemas na forma de uma mulher que passeava em direção a eles. Não era uma mulher jovem, e tinha a aparência abatida familiar a esse lugar à beira do cais, mas seu vestido, bastante revelador, escondia todas suas falhas físicas por detrás de uma barreira de sugestões. A expressão no rosto de Wulfgar, com o queixo quase nivelado com a mesa, pensou Regis, confirmou os medos do halfling.

— Olá, grandão —ronronou a mulher, deslizando confortavelmente para a cadeira ao lado do bárbaro.

Wulfgar olhou para Regis e quase riu alto, incrédulo e constrangido.

— Você não é de Luskan — continuou a mulher. — Você também não tem a aparência de nenhum comerciante ancorado no porto. De onde você é?

— Do norte — gaguejou Wulfgar. — Do Vale... do Vento Gélido.

Regis não via tanta ousadia em uma mulher desde seus anos em Porto Calim, e ele sentiu que deveria intervir. Havia algo de perverso nessas mulheres - uma perversão de prazer extraordinária demais. O fruto proibido sendo fácil. Regis de repente sentiu saudades de Porto Calim. Wulfgar, não seria páreo para as artimanhas desta criatura.

— Somos pobres viajantes — explicou Regis, enfatizando os "pobres" em um esforço para proteger seu amigo. — Não nos resta uma moeda, mas ainda temos muitos quilômetros pela frente.

Wulfgar olhou com curiosidade para o companheiro, sem entender bem o motivo por trás da mentira.

A mulher examinou Wulfgar mais uma vez e bateu nos lábios.

— Que pena — gemeu e depois perguntou a Regis —Nem uma moeda?

Regis deu de ombros, impotente.

— É uma pena — repetiu a mulher, e se levantou para sair. O rosto de Wulfgar ficou vermelho quando ele começou a compreender os verdadeiros motivos por trás de sua chegada.

Algo também agitou Regis. Um anseio pelos velhos tempos, correndo por Porto Calim, impulsionou seu coração além de sua força para resistir. Quando a mulher passou por ele, a agarrou pelo cotovelo.

— Nem uma moeda, — explicou ele — mas tenho isso — ele puxou o pingente de rubi debaixo do colete e o fez girar no final da corrente. Os brilhos chamaram a atenção do olhar ganancioso da mulher de uma vez só, e a pedra mágica a sugou para em um transe hipnótico. Ela se sentou novamente, desta vez na cadeira mais próxima de Regis, seus olhos nunca deixando as profundezas do maravilhoso rubi giratório.

Somente a confusão impediu Wulfgar de irar-se em indignação com a traição, o borrão de pensamentos e emoções em sua mente mostrando-se apenas como um olhar vazio.

Regis captou o olhar do bárbaro, mas deu de ombros com sua propensão típica por descartar emoções negativas, como culpa. Deixasse o próximo amanhecer expor sua manobra pelo que era; a conclusão não diminuia sua capacidade de aproveitar esta noite.

— A noite de Luskan tem um vento frio — disse ele à mulher.

Ela colocou a mão no braço dele.

— Encontraremos uma cama quente para você, não tema.

O halfling sorriu de orelha a orelha.
Wulfgar teve que se segurar para não cair da cadeira.

Bruenor recuperou a compostura rapidamente, não querendo insultar Sussurro, ou deixá-la saber que sua surpresa ao encontrar uma mulher lhe dava uma vantagem sobre ele. Ela sabia a verdade, porém, e seu sorriso deixou Bruenor ainda mais perturbado. Vender informações em um local tão perigoso quanto o porto de Luskan significava lidar constantemente com assassinos e ladrões, e mesmo dentro da estrutura de uma intrincada rede de apoio era um trabalho que exigia uma casca mais grossa. Poucos que procuraram os serviços de Sussurro puderam esconder sua surpresa óbvia ao encontrar uma mulher jovem e atraente praticando esse tipo de atividade.

O respeito de Bruenor pela informante não diminuiu, apesar de sua surpresa, porque a reputação que Sussurro conquistara tinha chegado a ele através de centenas de quilômetros. E ainda estava viva, esse fato por si só disse ao anão que ela era formidável.

Drizzt ficou consideravelmente menos surpreso com a descoberta. Nas cidades escuras dos elfos drow, as mulheres normalmente mantinham um status do maior que os homens, e muitas vezes eram mais mortais. Drizzt compreendeu a vantagem que Sussurro carregava sobre clientes do sexo masculino que tendiam a subestimá-la nas sociedades dominadas por homens da perigosa região norte.

Ansioso por terminar esse negócio e voltar à estrada, o anão foi direto ao objetivo da reunião:

— Preciso de um mapa, — disse — e me disseram que foi você quem o pegou.

— Eu possuo muitos mapas —respondeu a mulher friamente.

— Um do norte — explicou Bruenor. — Do mar ao deserto, nomeando corretamente os lugares, da maneira que as raças vivem lá!

Sussurro assentiu.

— O preço deve ser alto, bom anão — disse ela, os olhos brilhando à mera noção de ouro.

Bruenor jogou-lhe uma pequena bolsa de pedras preciosas.

— Isso deve pagar pelo seu problema — rosnou, nunca satisfeito em perder dinheiro.

Sussurro esvaziou o conteúdo em sua mão e examinou as pedras ásperas. Ela assentiu enquanto as colocava de volta na bolsa, ciente de seu valor considerável.

— Pare! — Bruenor chiou quando começou a amarrar a bolsa no cinto. — Você não tirará nenhuma pedra de mim até eu ver o mapa!

— É claro — a mulher respondeu com um sorriso desarmante. — Esperem aqui. Voltarei em breve com o mapa que você deseja.

Ela jogou a bolsa de volta para Bruenor e girou de repente, sua capa levantando e carregando uma rajada de neblina. Na agitação, houve um clarão repentino e a mulher não estava mais ali.

Bruenor deu um salto para trás e agarrou o cabo do machado.

— Que artimanha arcana é essa? — gritou.

Drizzt, nem um pouco impressionado, pôs a mão no ombro do anão.

— Calma, poderoso anão — disse. — É um truque menor, nada mais, mascarando sua saída na neblina e no clarão — ele apontou para uma pequena pilha de tábuas. — Nesse esgoto.

Bruenor seguiu a linha do braço do drow e relaxou. A borda de um buraco aberto mal era visível, com a grade encostada na parede do armazém alguns metros mais adiante no beco.

— Você conhece esse tipo melhor do que eu, elfo — afirmou o anão, perturbado por sua falta de experiência em lidar com os bandidos de rua da cidade. — Ela pretende negociar de forma justa, ou vai nos deixar aqui, prontos para os cachorros ladrões dela saquearem?

— Não para os dois — respondeu Drizzt. — Sussurro não estaria viva se ela deixasse seus clientes para os ladrões. Mas eu dificilmente esperaria que qualquer acordo que ela pudesse fazer conosco fosse uma pechincha justa.

Bruenor notou que Drizzt havia escorregado uma de suas cimitarras para fora da bainha enquanto falava.

— Não é uma armadilha, hein? — o anão perguntou novamente, indicando a arma pronta.

— Pelo pessoal dela, não — respondeu Drizzt. — Mas as sombras escondem muitos outros olhos.

※

Mais olhos do que apenas os de Wulfgar caíram sobre o halfling e a mulher.

Os malandros endurecidos das docas de Luskan costumavam se divertir muito atormentando criaturas de menor estatura física, e os halflings estavam entre seus alvos favoritos. Naquela noite em particular, um homem enorme de sobrancelhas peludas e com uma barba suja da espuma de sua caneca sempre cheia dominava a conversa no bar, vangloriando-se de feitos impossíveis de força e ameaçando todos ao seu redor com uma surra, se o fluxo de cerveja diminuísse o mínimo.

Todos os homens reunidos ao redor dele no bar, homens que o conheciam, ou sabiam dele, acenavam com a cabeça em acordo entusiasmado a cada palavra sua, colocando-o em um pedestal de elogios para dissipar seus próprios medos dele. Mas o ego do homem gordo precisava de mais esporte, uma nova vítima para intimidar, e quando seu olhar flutuou pelo perímetro da taberna, naturalmente caiu sobre Regis e seu grande, mas obviamente jovem, amigo. O espetáculo de um halfling cortejando a dama mais cara do Cutelo apresentava uma oportunidade tentadora demais para o homem ignorar.

— Aqui agora, moça bonita — ele babou, com cerveja jorrando com cada palavra. — Acha que um meio-homem vai garantir a noite para você? — a multidão ao redor do bar, ansiosa para manter a alta consideração do homem gordo, explodiu em risadas excessivamente zelosas.

A mulher havia lidado com esse homem antes e tinha visto outros caírem dolorosamente diante dele. Ela lançou-lhe um olhar preocupado, mas permaneceu firmemente amarrada à força do pingente de rubi. Regis, no entanto, desviou imediatamente o olhar do homem gordo, voltando sua atenção para onde suspeitava que o problema provavelmente começaria – para o outro lado da mesa com Wulfgar.

Ele viu que suas preocupações eram justificadas. As juntas do orgulhoso bárbaro embranqueciam com força com a que agarrou a mesa, e o olhar ardente em seus olhos disse a Regis que ele estava prestes a explodir.

—Deixe as provocações passarem! — Regis insistiu. — Não vale um momento do seu tempo!

Wulfgar não relaxou nem um pouco, seu olhar nunca deixando seu adversário. Ele podia afastar os insultos do valentão, mesmo aqueles que atacavam Regis e a mulher. Mas Wulfgar entendia a motivação por trás desses insultos. Através da exploração de seus amigos menos capazes, Wulfgar estava sendo desafiado pelo valentão. "Quantos outros foram vítimas desse nojento imenso?", ele se perguntou. Talvez fosse hora do homem gordo aprender alguma humildade.

Reconhecendo algum potencial de empolgação, o grotesco valentão se aproximou alguns passos.

— Ô, sai daí, meio-homem — exigiu, acenando para Regis.

Regis fez um rápido inventário dos clientes da taverna. Certamente havia muitos aqui que poderiam agir contra o homem gordo e seus companheiros detestáveis. Havia até um membro da guarda oficial da cidade: um grupo respeitado em todas as seções de Luskan.

Regis interrompeu o exame por um momento e olhou para o soldado. Quão fora de lugar o homem parecia em uma espelunca infestada de cães como o Cutelo. Mais curioso ainda, Regis notou que o homem era Jierdan, o soldado no portão que reconheceu Drizzt e providenciou para que eles entrassem na cidade apenas algumas horas antes.

O gordo chegou um passo mais perto e Regis não teve tempo de refletir sobre as implicações.

Mãos nos quadris, o homem enorme olhou para ele. Regis sentiu o coração disparar, o sangue escorrendo pelas veias, como sempre acontecia nesse tipo de confronto que marcara seus dias em Porto Calim. E agora, como então, ele tinha toda a intenção de encontrar uma maneira de fugir.

Mas sua confiança se dissipou quando se lembrou de seu companheiro menos experiente e, Regis seria rápido em dizer, menos sábio. Wulfgar não deixaria o desafio sem resposta. Um salto de suas longas pernas o impulsionou facilmente sobre a mesa e o colocou diretamente entre o homem gordo e Regis. Ele devolveu o olhar ameaçador do homem com a mesma intensidade.

O gordo olhou para os amigos no bar, ciente de que o senso de honra distorcido do orgulhoso jovem oponente impediria um primeiro ataque.

— Ah, olha isso — ele riu, os lábios voltados para trás babando de antecipação — parece que o jovem tem algo a dizer.

Ele começou lentamente a se virar para Wulfgar, depois se lançou sobre ele de repente, até a garganta do bárbaro, esperando que sua mudança de ritmo o pegasse de surpresa.

Mas, apesar de inexperiente nos modos das tavernas, Wulfgar entendia a batalha. Ele treinara com Drizzt Do'Urden, um guerreiro sempre alerta, e tonificara seus músculos até a forma mais apropriada para o combate. Antes que as mãos do valentão chegassem perto de sua garganta, Wulfgar bateu uma de suas próprias patas enormes no rosto do oponente e enfiou a outra na virilha do homem.

Seu oponente atordoado se viu subindo no ar. Por um momento, os espectadores ficaram surpresos demais para reagir, exceto Regis, que bateu a mão no rosto, incrédulo, e deslizou discretamente sob a mesa.

O homem gordo superava três homens comuns, mas o bárbaro o ergueu com facilidade por cima de sua estrutura de mais de dois metros de altura, e ainda mais alto, até a extensão total de seus braços.

Uivando de raiva impotente, o gordo ordenou que seus apoiadores atacassem. Wulfgar esperou pacientemente pelo primeiro movimento contra ele.

A multidão inteira pareceu pular de uma vez. Mantendo a calma, o guerreiro treinado procurou a concentração mais densa, três homens, e lançou o míssil humano, notando suas expressões horrorizadas logo antes que as ondas de gordura rolassem sobre eles, lançando-os para trás. Então o tumulto combinado deles quebrou uma seção inteira do bar de seus suportes, empurrando o infeliz estalajadeiro para longe e fazendo-o cair nas estantes que guardavam seus melhores vinhos.

A diversão de Wulfgar durou pouco, pois outros rufiões o atacaram rapidamente. Ele firmou os calcanhares onde estava, determinado a manter-se de pé, e golpeou com seus grandes punhos, acertando seus inimigos de lado, um por um, enviando-os para os cantos mais distantes da sala.

A briga irrompeu por toda a taverna. Homens que não podiam ser instigados a agir se um assassinato tivesse sido cometido a seus pés brotaram um contra o outro com raiva desenfreada com a visão horripilante de bebida derramada e um bar quebrado.

Poucos apoiadores do valentão foram dissuadidos pela briga geral, porém. Eles se lançaram contra Wulfgar, onda após onda. Ele se manteve firme, pois ninguém poderia atrasá-lo o tempo suficiente para os reforços deles chegarem. Ainda assim, o bárbaro estava sendo atingido tantas vezes quanto acertava seus próprios golpes. Ele aceitou os socos estoicamente, bloqueando a dor com puro orgulho e sua tenacidade de luta que simplesmente não lhe permitiam perder.

Do novo assento embaixo da mesa, Regis observou a ação e tomou um gole de sua bebida. Até as garçonetes estavam lá agora, montadas nas costas de alguns infelizes combatentes, usando as unhas para gravar desenhos intrincados nos rostos dos homens. De fato, Regis logo percebeu que a única pessoa na taverna que não estava na briga, além dos que já estavam inconscientes, era Jierdan. O soldado sentou-se quieto em sua cadeira, despreocupado com a briga ao lado dele e, parecia interessado apenas em observar e medir as proezas de Wulfgar.

Isso também perturbou o halfling, mas mais uma vez ele descobriu que não tinha tempo para contemplar as ações incomuns do soldado. Regis sabia desde o início que teria que tirar seu amigo gigante disso, e agora seus olhos atentos haviam captado o brilho de aço já esperado. Um dos clientes na linha diretamente atrás dos últimos oponentes de Wulfgar havia sacado uma lâmina.

— Droga! —murmurou Regis, pousando a bebida e puxando sua maça de uma dobra em sua capa. Esse negócio sempre deixava um gosto ruim na boca.

Wulfgar jogou seus dois oponentes de lado, abrindo um caminho para o homem com a faca. Ele avançou, olhando para cima e para os olhos do bárbaro alto. Ele nem notou Regis sair entre as longas pernas de Wulfgar, com a pequena maça pronta para atacar. Ele bateu no joelho do homem, quebrando a rótula, e o jogou para frente, com a lâmina exposta, na direção do amigo.

Wulfgar deu um passo de lado na investida no último momento e apertou a mão sobre a mão do agressor. Rolando com o impulso, o bárbaro derrubou a mesa e bateu na parede. Um aperto esmagou os dedos do agressor no cabo da faca, enquanto ao mesmo tempo Wulfgar envolveu o rosto do homem com a mão livre e o içou do chão. Clamando a Tempus, o deus da batalha, o bárbaro, enfurecido com a aparição de uma arma, bateu a cabeça do homem atravessando das tábuas de madeira da parede e o deixou pendurado, com os pés a trinta centímetros do chão.

Uma jogada impressionante, mas que custou tempo a Wulfgar. Quando ele voltou para o bar, foi enterrado sob uma série de socos e chutes de vários atacantes.

✻

— Aí vem ela — Bruenor sussurrou para Drizzt quando viu Sussurro retornando, embora os sentidos aguçados do drow o tivessem dito que ela havia chegado muito antes que o anão percebesse. Sussurro tinha passado meia hora mais ou menos longe, mas pareceu muito mais para os dois amigos no beco, perigosamente expostos e à vista dos besteiros e outros bandidos que sabiam estar por perto.

Sussurro passeava com confiança até eles.

— Aqui está o mapa que você deseja — disse ela a Bruenor, segurando um pergaminho enrolado.

— Uma olhada, então — exigiu o anão, começando a avançar.

A mulher recuou e deixou cair o pergaminho ao seu lado.

— O preço é mais alto — afirmou ela sem rodeios. — Dez vezes o que você já ofereceu.

O olhar perigoso de Bruenor não a detve.

— Você não tem nenhuma escolha — ela sibilou. — Você não encontrará outro que possa lhe entregar isso. Pague o preço e acabe logo com isso!

— Um momento — disse Bruenor com calma repentina. — Meu amigo tem uma palavra a dizer sobre isso.

Ele e Drizzt se afastaram um pouco.

— Ela descobriu quem somos — explicou o drow, embora Bruenor já tivesse chegado à mesma conclusão. — E quanto podemos pagar.

— É o mapa? — perguntou Bruenor.

Drizzt assentiu com a cabeça.

— Ela não teria motivos para acreditar que está em perigo, não aqui embaixo. Você tem o bastante?

— Sim, — disse o anão — mas nosso caminho ainda é longo, e temo que precisaremos do que tenho e muito mais.

— Está combinado então — respondeu Drizzt. Bruenor reconheceu o brilho ardente que brilhava nos olhos de lavanda do drow. — Quando encontramos essa mulher, fizemos um acordo justo — continuou ele. — Um acordo que honraremos.

Bruenor entendeu e aprovou. Ele sentiu o formigamento da antecipação começar a arder em seu sangue. Ele voltou-se para a mulher e notou imediatamente que ela agora segurava uma adaga ao seu lado, em vez do pergaminho. Aparentemente, entendia a natureza dos dois aventureiros com quem estava lidando.

Drizzt, também notando o brilho metálico, recuou de Bruenor, tentando parecer ameaçador para Sussurro, embora, na realidade, ele quisesse entender melhor algumas rachaduras suspeitas que notara na parede — rachaduras que poderiam ser as marcas de uma porta secreta.

Bruenor aproximou-se da mulher com os braços vazios estendidos.

— Se o preço for esse, — resmungou — então não temos escolha a não ser pagar. Mas eu vou ver o mapa primeiro!

Confiante de que poderia colocar a adaga no olho do anão antes que uma das mãos dele pudesse voltar ao cinto por uma arma, Sussurro relaxou e moveu a mão vazia para o pergaminho debaixo da capa.

Mas ela subestimou seu oponente.

As pernas grossas de Bruenor se contraíram, lançando-o alto o suficiente para bater com o capacete no rosto da mulher, esmagando seu nariz e batendo sua cabeça na parede. Ele foi até o mapa, largando a bolsa original de pedras preciosas na forma flácida de Sussurro e murmurando:

— Como concordamos.

Drizzt também tinha entrado em movimento. Assim que o anão se encolheu, ele havia chamado a magia inata de sua herança para conjurar um globo de escuridão em frente à janela que abrigava os besteiros. Nenhum virote passou, mas os gritos de raiva dos dois que empunhavam as bestas ecoaram pelo beco.

Então as rachaduras na parede se abriram, como Drizzt havia previsto, e a segunda linha de defesa de Sussurro veio correndo. O drow estava preparado, com suas cimitarras já nas mãos. As lâminas agiram, apenas com os lados contundentes, mas com precisão suficiente para desarmar o ladino corpulento que saiu. Então, eles entraram novamente, dando um tapa no rosto do homem e, com a mesma fluidez de movimento, Drizzt reverteu o ângulo, batendo um pomo e depois o outro nas têmporas do homem. Quando Bruenor se virou com o mapa, o caminho estava limpo diante deles.

Bruenor examinou a obra do drow com verdadeira admiração.

Então um virote de besta bateu na parede a apenas um centímetro de sua cabeça.

— Hora de ir — Drizzt observou.

— A saída vai estar bloqueada, ou eu sou um gnomo barbudo — disse Bruenor enquanto se aproximavam da saída do beco. Um rugido ressoou no prédio ao lado deles, seguido por gritos aterrorizados, lhes trazendo algum conforto.

— Guenhwyvar — declarou Drizzt, quando dois homens encapuzados irromperam na rua diante deles e fugiram sem olhar para trás.

— Claro que eu tinha esquecido da gata! — gritou Bruenor.

— Fique feliz que a memória de Guenhwyvar seja melhor que a sua — riu Drizzt, e Bruenor, apesar de seus sentimentos pela gata, riu com ele. Eles pararam no final do beco e vigiaram a rua. Não havia sinais de problemas, embora a forte neblina proporcionasse uma boa cobertura para uma possível emboscada.

— Vá devagar —sugeriu Bruenor. — Vamos chamar menos atenção.

Drizzt teria concordado, mas então um segundo virote, lançado de algum lugar no beco, bateu em uma viga de madeira entre eles.

— Hora de ir. — Drizzt declarou de forma mais decisiva, embora Bruenor não precisasse de mais incentivo, suas perninhas já pulsando loucamente enquanto ele acelerava em meio à neblina.

Eles fizeram o seu caminho através das voltas e reviravoltas do labirinto de ratos de Luskan, Drizzt deslizando graciosamente sobre qualquer barreira de entulho e Bruenor simplesmente colidindo através delas. Finalmente, ficaram confiantes de que não havia perseguição e mudaram o ritmo para um deslize fácil.

O branco de um sorriso apareceu através da barba ruiva do anão enquanto ele mantinha um olhar satisfeito erguido sobre o ombro. Mas quando voltou a ver a estrada diante dele, de repente mergulhou para o lado, lutando para encontrar seu machado.

Ele se deparou com a gata mágica.

Drizzt não pôde conter sua risada.

— Guarda essa coisa! — exigiu Bruenor.

— Tenha bons modos, bom anão — respondeu o drow. — Lembre-se de que Guenhwyvar limpou nossa rota de fuga.

— Guarda ela! — Bruenor declarou novamente, seu machado balançando a postos.

Drizzt acariciou o pescoço musculoso da gata poderosa.

— Não dê ouvidos às palavras dele, amiga — disse à gata. — Ele é um anão e não pode apreciar as melhores magias!

— Bah! — rosnou Bruenor, apesar de respirar com um pouco mais de facilidade quando Drizzt dispensou a gata e recolocou a estátua de ônix em sua bolsa.

Os dois chegaram à Rua da Meia-Lua pouco tempo depois, parando em um beco final para procurar sinais de emboscada. Eles souberam imediatamente que houve problemas, pois vários homens feridos tropeçavam, ou eram carregados, pela entrada do beco.

Então viram o Cutelo e duas formas familiares sentadas na rua em frente.

— O que vocês tão fazendo aqui fora? — Bruenor perguntou quando eles se aproximaram.

— Parece que nosso amigão responde a insultos com socos — disse Regis, que não havia sido tocado na briga. O rosto de Wulfgar, no entanto, estava inchado e machucado, e ele mal conseguia abrir um olho. Sangue seco, parte dele próprio, endurecia nos punhos e nas roupas.

Drizzt e Bruenor se entreolharam, não muito surpresos.

— E nossos quartos? — Bruenor resmungou.

Regis balançou a cabeça enfaticamente.

— Duvido.

— E minhas moedas?

Novamente o halfling sacudiu a cabeça.

— Bah! — bufou Bruenor, e ele saiu na direção da porta do Cutelo.

— Eu não aconselho... — Regis começou a falar, mas depois deu de ombros e decidiu deixar Bruenor descobrir por si mesmo.

O choque de Bruenor estava completo quando abriu a porta da taverna. Mesas, vidro quebrado e clientes inconscientes estavam espalhados por todo o chão. O estalajadeiro estava caído sobre uma parte do bar quebrado, uma garçonete envolvendo a cabeça ensanguentada em bandagens. O homem que Wulfgar havia implantado na parede ainda pendia frouxamente na parte de trás da cabeça, gemendo baixinho, e Bruenor não pôde deixar de rir da obra do poderoso bárbaro. De vez em quando, uma das garçonetes, passando pelo homem enquanto ela limpava, dava-lhe um pequeno empurrão, divertindo-se com seu balanço.

— Boas moedas desperdiçadas — suspirou Bruenor, e ele voltou pela porta antes que o estalajadeiro o notasse e mandasse as garçonetes atacá-lo.

— Que briga — disse ele a Drizzt quando voltou para seus companheiros. — Todo mundo se meteu nela?

— Todos, exceto um — respondeu Regis. — Um soldado.

— Um soldado de Luskan, aqui embaixo? — perguntou Drizzt, surpreso com a inconsistência óbvia.

Regis assentiu.

— E ainda mais curioso — continuou ele —, foi o mesmo guarda, Jierdan, que nos deixou entrar na cidade.

Drizzt e Bruenor trocaram olhares preocupados.

— Temos assassinos às nossas costas, uma estalagem destruída diante de nós e um soldado nos prestando mais atenção do que deveria — disse Bruenor.

— Hora de ir — Drizzt afirmou pela terceira vez. Wulfgar olhou para ele, incrédulo.

— Quantos homens você tombou hoje à noite? — Drizzt perguntou, colocando a suposição lógica de perigo diante dele. — E quantos deles babariam com a oportunidade de colocar uma lâmina em suas costas?

— Além disso, — acrescentou Regis antes que Wulfgar pudesse responder, —, não desejo dividir uma cama em um beco com uma série de ratos!

— Então para o portão — disse Bruenor.

Drizzt sacudiu a cabeça.

— Não com um guarda tão interessado em nós. Por cima do muro, e não deixe ninguém saber da nossa passagem.

Uma hora depois, eles estavam trotando facilmente pela grama aberta, sentindo o vento novamente além dos limites do muro de Luskan.

Regis resumiu seus pensamentos, dizendo:

— Nossa primeira noite em nossa primeira cidade, e nós traímos assassinos, combatemos uma série de bandidos e chamamos a atenção da guarda da cidade. Um começo auspicioso para nossa jornada!

— Sim, mas nós temos isso! — gritou Bruenor, bastante cheio de antecipação de encontrar sua terra natal agora que o primeiro obstáculo, o mapa, fora superado.

Porém, nem ele ou seus amigos sabiam que o mapa que segurava detalhava tão claramente várias regiões mortais, e uma em particular que testaria os quatro amigos até o limite – e além.

Capítulo 4

A conjuração

Um monumento de se admirar marcava o centro da Cidade das Velas, um edifício estranho que emanava uma poderosa aura de magia. Ao contrário de qualquer outra estrutura em toda Faerûn, a Torre Central do Arcano parecia literalmente uma árvore de pedra, com cinco pináculos altos, o maior sendo o central e os outros quatro, igualmente altos, crescendo fora do tronco principal como o gracioso arco curvo de um carvalho. Em nenhum lugar qualquer sinal de alvenaria podia ser visto; era óbvio para qualquer espectador experiente que a mágica, e não o trabalho físico, havia produzido essa obra de arte.

O Arquimago, indiscutivelmente o Mestre da Torre Central, residia no pináculo ao centro, enquanto os outros quatro abrigavam os magos mais próximos na linha de sucessão. Cada uma dessas torres menores, representando as quatro direções da bússola, dominava um lado diferente do tronco, e seu respectivo mago era responsável por vigiar e influenciar os eventos na direção sobre a qual ficava. Logo, o mago a oeste do tronco passava os dias olhando para o mar, para os navios mercantes e piratas chegando e partindo no porto de Luskan.

Uma conversa na Torre Norte teria interessado os companheiros de Dez Burgos neste dia.

— Você se saiu bem, Jierdan — disse Sydney, uma aprendiz mais jovem e menor da Torre Central, apesar de mostrar potencial suficiente para obter um aprendizado com um dos mais poderosos magos da guilda. Como não era uma mulher bonita, Sydney não se importava com a aparência física, dedicando suas energias à busca incansável do poder. Ela passou a maior parte de seus vinte e cinco anos trabalhando em direção a um objetivo – o título de Maga – e sua determinação e equilíbrio não deixavam quase nenhuma dúvida sobre sua capacidade de alcançá-lo.

Jierdan aceitou o elogio com um aceno de cabeça, compreendendo a maneira condescendente em que foi oferecido.

— Eu apenas fiz como fui instruído — ele respondeu sob uma fachada de humildade, lançando um olhar para o homem de aparência frágil, de túnica marrom malhada que estava olhando pela janela da sala.

— Por que eles viriam aqui? — o Mago sussurrou para si mesmo. Ele se virou para os outros, e eles recuaram instintivamente de seu olhar. Era Dendybar, o Malhado, mestre do Pináculo do Norte, e, embora parecesse fraco à distância, um exame mais minucioso revelava no homem uma força mais poderosa do que músculos inchados. E sua merecida reputação de valorizar a vida muito menos do que a busca pelo conhecimento intimidava a maioria dos que vinham diante dele. — Os viajantes deram algum motivo para vir aqui?

— Nenhum em que eu acreditasse — respondeu Jierdan calmamente. — O halfling falou em explorar o mercado, mas eu...

— Não é provável — interrompeu Dendybar, falando mais consigo mesmo do que com os outros. — Esses quatro pesam mais em suas ações do que simplesmente uma expedição mercante.

Sydney pressionou Jierdan, procurando manter seu alto apreço com o Mestre do Pináculo Norte.

— Onde eles estão agora? — ela exigiu saber.

Jierdan não se atreveu a brigar com ela na frente de Dendybar.

— Nas docas... em algum lugar — disse, depois deu de ombros.

— Você não sabe? — sibilou a jovem maga.

— Eles deveriam ficar no Cutelo — respondeu Jierdan. — Mas a luta os colocou na rua.

— E você deveria tê-los seguido! — Sydney repreendeu, perseguindo o soldado implacavelmente.

— Mesmo um soldado da cidade seria um tolo por viajar sozinho pelos cais à noite — respondeu Jierdan. — Não importa onde eles estão agora. Eu tenho os portões e os cais vigiados. Eles não podem deixar Luskan sem o meu conhecimento!

— Eu quero que eles sejam encontrados! — ordenou Sydney, mas Dendybar a silenciou.

— Deixe a vigia como está — disse a Jierdan. — Eles não devem partir sem o meu conhecimento. Você está dispensado. Venha diante de mim novamente quando tiver algo a reportar.

Jierdan chamou a atenção e virou-se para sair, lançando um olhar final para sua concorrente pelo favor do maltratado mago enquanto passava. Ele era apenas um soldado, não uma aprendiz iniciante como Sydney, mas em Luskan, onde a Torre Central do Arcano era a verdadeira força secreta por trás de todas as estruturas de poder da cidade, um soldado fazia bem em encontrar o favor de um Mago. Os capitães da guarda apenas alcançavam suas posições e privilégios com o consentimento prévio da Torre Central.

— Não podemos permitir que eles vaguem livremente — argumentou Sydney quando a porta se fechou atrás do soldado que partia.

— Eles não devem causar danos por enquanto — respondeu Dendybar. — Mesmo que o drow tenha o artefato com ele, levará anos para entender seu potencial. Paciência, minha amiga, tenho maneiras de aprender o que precisamos saber. As peças deste quebra-cabeça vão se encaixar muito bem em breve.

— Dói-me pensar que esse poder está tão próximo de nosso alcance — suspirou a jovem aprendiz ansiosa. — E na posse de um novato!

— Paciência — repetiu o Mestre do Pináculo Norte.

Sydney terminou de acender o círculo de velas que marcava o perímetro da câmara especial e se moveu lentamente em direção ao braseiro solitário que ficava em seu tripé de ferro do lado de fora do círculo mágico inscrito no chão. A desapontava saber que, uma vez que o braseiro também estivesse queimando, ela seria instruída a partir. Saboreando cada momento nesta sala raramente aberta, considerada por muitos como a melhor câmara de conjuração em todo o norte, Sydney muitas vezes implorara para permanecer presente.

Mas Dendybar nunca a deixava ficar, explicando que suas perguntas inevitáveis seriam distração demais. E, ao lidar com os mundos inferiores, as distrações geralmente eram fatais.

Dendybar sentou-se de pernas cruzadas dentro do círculo mágico, entoando até entrar em um profundo transe meditativo, nem mesmo consciente das ações de Sydney enquanto ela terminava os preparativos. Todos os seus sentidos olhavam para dentro, procurando seu próprio ser para garantir que ele estivesse totalmente preparado para essa tarefa. Ele havia deixado apenas uma janela em sua mente aberta para o exterior, uma fração de sua consciência dependia de uma única sugestão: o trinco da pesada porta sendo trancado de volta no lugar depois que Sydney partisse.

Suas pálpebras pesadas se abriram, sua estreita linha de visão fixada apenas no fogo do braseiro. Essas chamas seriam a vida do espírito convocado, dando-lhe uma forma tangível pelo período em que Dendybar a mantivesse trancada no plano material.

— Ey vesus venerais dimin dou — começou o mago, entoando lentamente a princípio, depois construindo um ritmo sólido. Varrido pela insistente atração da conjuração, como se a magia, uma vez dada um lampejo de vida, se dirigisse à conclusão de seu feitiço, Dendybar passeou através das várias inflexões e sílabas arcanas com facilidade, o suor no rosto refletindo mais avidez do que coragem.

O Mago Malhado se regozijava ao convocar, dominando a vontade dos seres além do mundo mortal através da pura insistência de sua considerável força mental. Essa sala representava o auge de seus estudos, a evidência indiscutível das vastas fronteiras de seus poderes.

Desta vez, ele estava mirando seu informante favorito, um espírito que realmente o desprezava, mas não podia recusar seu chamado. Dendybar chegou ao ponto culminante da conjuração, o nome:

— Morkai — chamou suavemente.

A chama do braseiro se iluminou por apenas um instante.

— Morkai! — Dendybar gritou, arrancando o espírito de seu domínio no outro mundo. O braseiro soprou uma pequena bola de fogo, depois morreu na escuridão, suas chamas transmutadas na imagem de um homem diante de Dendybar.

Os lábios finos do mago se curvaram para cima. "Quão irônico", ele pensou, "que o homem que ele havia planejado matar seria sua fonte mais valiosa de informação".

O espectro de Morkai, o Vermelho, permanecia resoluto e orgulhoso, uma imagem apropriada do poderoso Mago que ele fora. Ele havia criado essa mesma sala nos dias em que serviu à Torre Central no papel de Mestre do Pináculo Norte. Mas então Dendybar e seus companheiros conspiraram contra ele, usando seu aprendiz de confiança para lançar uma adaga em seu coração, abrindo, assim, a trilha de sucessão para que o próprio Dendybar chegasse à posição cobiçada na torre.

Esse mesmo ato pôs em movimento uma segunda cadeia, talvez mais significativa, de eventos, pois fora o mesmo aprendiz, Akar Kessell, que acabara por possuir o Fragmento de Cristal, o poderoso artefato que Dendybar agora acreditava estar nas mãos de Drizzt Do'Urden. As histórias que haviam saído de Dez Burgos sobre a batalha final de Akar Kessell nomearam o elfo negro como o guerreiro que o derrubara.

Dendybar não podia saber que o Fragmento de Cristal agora estava enterrado sob uma centena de toneladas de gelo e rocha na montanha, conhecida como Sepulcro de Kelvin, em Vale do Vento Gélido, , perdido na avalanche que matara Kessell. Tudo o que sabia da história era que Kessell, o insignificante aprendiz, quase conquistara todo o Vale do Vento Gélido com o Fragmento de Cristal e que Drizzt Do'Urden havia sido o último a ver Kessell vivo.

Dendybar torcia as mãos ansiosamente sempre que pensava no poder que a relíquia traria para um mago mais instruído.

— Saudações, Morkai, o Vermelho — riu Dendybar. — Quão educado da sua parte aceitar meu convite.

— Aceito todas as oportunidades de olhar para você, Dendybar, o Assassino — respondeu o espectro. — Eu o reconhecerei bem quando você subir na barcaça da Morte no reino escuro. Então estaremos em termos uniformes novamente...

— Silêncio! —comandou Dendybar. Embora ele não admitisse a verdade para si mesmo, o Mago Malhado temia muito o dia em que teria que enfrentar o poderoso Morkai novamente. — Eu trouxe você aqui com um propósito — disse ao espectro. — Não tenho tempo para suas ameaças vazias.

— Então me diga o serviço que devo prestar — sibilou o espectro —, e deixe-me ir embora. Sua presença me ofende.

Dendybar fumegou, mas não continuou a discussão. O tempo trabalhava contra um mago em um feitiço de invocação, pois o drenava manter um espírito no plano material, e cada segundo que passava o enfraquecia um pouco mais. O maior perigo nesse tipo de feitiço era que o conjurador tentasse manter o controle por muito tempo, até se sentir fraco demais para controlar a entidade que havia convocado.

— Uma resposta simples é tudo o que eu preciso de você hoje, Morkai — disse, selecionando cuidadosamente cada palavra enquanto avançava. Morkai notou a cautela e suspeitou que Dendybar estava escondendo alguma coisa.

— Então qual é a pergunta? — o espectro pressionou. Dendybar manteve seu ritmo cauteloso, considerando cada palavra antes que a falasse. Ele não queria que Morkai entendesse seus motivos para procurar o drow, pois o espectro certamente passaria a informação pelos planos. Muitos seres poderosos, talvez até o espírito do próprio Morkai, iriam atrás de uma relíquia tão poderosa se tivessem alguma ideia do paradeiro do fragmento.

— Quatro viajantes, um deles um elfo drow, vieram para Luskan de Vale do Vento Gélido hoje — explicou o Mago Malhado. — Que negócio eles têm na cidade? Por que estão aqui?

Morkai examinou seu inimigo, tentando encontrar o motivo da pergunta.

— Essa seria uma pergunta melhor solicitada à sua guarda da cidade — respondeu ele. — Certamente os convidados declararam seus negócios ao entrar no portão.

— Mas eu perguntei a você! — Dendybar gritou, explodindo de repente de raiva. Morkai estava protelando, e cada segundo que passava agora cobrava seu preço ao Mago Malhado. A essência de Morkai havia perdido pouco poder na morte, e ele lutava teimosamente contra a aura vinculativa da magia. Dendybar abriu um pergaminho diante dele.

— Eu já tenho uma dúzia desses escritos — avisou. Morkai recuou. Ele entendia a natureza da escrita, um pergaminho que revelava o verdadeiro nome de seu próprio ser. E uma vez lido, retirando o véu de segredo do nome e revelando a privacidade de sua alma, Dendybar invocaria o verdadeiro poder do pergaminho, usando inflexões de tom discretas para distorcer o nome de Morkai e perturbar a harmonia de seu espírito, levando-o assim ao âmago de seu ser.

— Por quanto tempo devo procurar suas respostas? — perguntou Morkai. Dendybar sorriu com sua vitória, embora o dreno nele continuasse a aumentar.

— Duas horas — respondeu sem demora, tendo decidido cuidadosamente a duração da busca antes da convocação, escolhendo um prazo que daria a Morkai oportunidade suficiente para encontrar algumas respostas, mas não o suficiente para permitir que o espírito aprendesse mais do que devesse.

Morkai sorriu, adivinhando os motivos por trás da decisão. Ele retrocedeu repentinamente e desapareceu em uma nuvem de fumaça, as chamas que sustentaram sua forma relegaram de volta ao braseiro para aguardar seu retorno.

O alívio de Dendybar foi imediato. Embora ele ainda tivesse que se concentrar para manter o portal dos planos no lugar, a força contra sua vontade e o dreno de seu poder diminuíram consideravelmente quando o espírito se foi. A força de vontade de Morkai quase o quebrara durante o encontro, e Dendybar balançou a cabeça em descrença de que o velho mestre pudesse estender a mão da sepultura com tanta força. Um calafrio lhe percorreu a espinha enquanto ponderava sua sabedoria em conspirar contra alguém tão poderoso. Toda vez que convocava Morkai, ele era lembrado de que seu próprio dia de acerto de contas certamente chegaria.

Morkai teve poucos problemas em aprender sobre os quatro aventureiros. De fato, o espectro já sabia muito sobre eles. Ele se interessara bastante por Dez Burgos durante seu reinado como Mestre da Torre Norte, e sua curiosidade não morrera com o corpo. Mesmo agora, ele frequentemente olhava para os feitos em Vale do Vento Gélido, e qualquer um que se preocupasse com Dez Burgos nos últimos meses sabia algo sobre os quatro heróis.

O interesse contínuo de Morkai no mundo que ele deixou para trás não era uma característica incomum no mundo espiritual. A morte alterava as ambições da alma, substituindo o amor por ganhos materiais ou sociais por uma eterna fome de conhecimento. Alguns espíritos haviam vigiado os Reinos por séculos incontáveis, simplesmente coletando informações e assistindo os vivos viverem suas vidas. Talvez fosse inveja das sensações físicas que eles não podiam mais sentir. Mas, seja qual for o motivo, a riqueza de conhecimento em um único espírito geralmente supera os trabalhos coletados em todas as bibliotecas dos Reinos combinadas.

Morkai aprendeu muito nas duas horas que Dendybar lhe havia atribuído. Chegou a sua vez de escolher cuidadosamente suas palavras. Ele era obrigado a satisfazer o pedido do convocador, mas pretendia responder da maneira mais enigmática e ambígua possível.

Os olhos de Dendybar brilharam quando viram as chamas do braseiro começarem sua dança reveladora mais uma vez. "Já fazia duas horas?", ele se perguntou, pois seu descanso parecia muito mais curto, e sentiu que não havia se recuperado completamente de seu primeiro encontro com o espectro. Ele não podia refutar a dança das chamas, no entanto. Endireitou-se e dobrou os tornozelos para mais perto, apertando e assegurando sua posição meditativa de pernas cruzadas.

A bola de fogo soprou em suas agonias climáticas e Morkai apareceu diante dele. O espectro recuou obedientemente, não oferecendo nenhuma informação até que Dendybar a solicitasse especificamente. A história completa por trás da visita dos quatro amigos a Luskan permanecia incompleta para Morkai, mas ele havia aprendido muito de sua missão - mais do que queria que Dendybar descobrisse. Ainda não havia discernido as verdadeiras intenções por trás das investigações do Mago Malhado, mas tinha certeza de que Dendybar não desejava nada de bom, quaisquer que fossem seus objetivos.

— Qual é o objetivo da visita? — Dendybar exigiu saber, zangado com as táticas de enrolação de Morkai.

— Você mesmo me chamou — respondeu Morkai maliciosamente. — Sou obrigado a aparecer.

— Sem jogos! — rosnou o Mago Malhado. Ele olhou para o espectro, tocando o pergaminho de tormento em uma ameaça clara. Notórios por responder literalmente, seres de outros planos frequentemente perturbavam seus conjuradores, distorcendo o significado conotativo da formulação exata de uma pergunta.

Dendybar sorriu em concessão à lógica simples do espectro e esclareceu a questão.

— Qual é o objetivo da visita a Luskan dos quatro viajantes de Vale do Vento Gélido?

— Razões variadas — respondeu Morkai. — Um veio em busca da pátria de seu pai, e seu pai antes dele.

— O drow? — Dendybar perguntou, tentando encontrar uma maneira de vincular suas suspeitas de que Drizzt planejava retornar ao submundo de seu nascimento com o Fragmento de Cristal. Talvez uma revolta dos elfos negros, usando o poder do fragmento? — É o drow que procura sua pátria?

— Não — respondeu o espectro, satisfeito por Dendybar ter caído em uma tangente, atrasando a linha de questionamento mais específica e mais perigosa. Os minutos que passavam logo começariam a dissipar o domínio de Dendybar sobre o espectro, e Morkai esperava que pudesse encontrar uma maneira de se livrar do Mago Malhado antes de revelar muito sobre o grupo de Bruenor. — Drizzt Do'Urden abandonou completamente sua terra natal. Ele nunca mais retornará às entranhas do mundo, e certamente não com seus amigos mais queridos!

— Então quem?

— Outro dos quatro foge do perigo às suas costas — ofereceu Morkai, torcendo a linha de investigação.

— Quem procura sua terra natal? — Dendybar exigiu com mais ênfase.

— O anão, Bruenor Martelo de Batalha — respondeu Morkai, obrigado a obedecer. — Ele procura seu local de nascimento, o Salão de Mitral, e seus amigos se juntaram a essa missão. Por que isso lhe interessa? Os companheiros não têm conexão com Luskan e não representam ameaça à Torre Central.

— Não te chamei aqui para responder suas perguntas! — repreendeu Dendybar. —Agora me diga quem está fugindo do perigo. E qual é o perigo?

— Êi-lo — disse o espectro. Com um aceno de mão, Morkai transmitiu uma imagem à mente do Mago Malhado, uma figura de um cavaleiro de capa preta correndo selvagemente pela tundra. O freio do cavalo estava branco de espuma, mas o cavaleiro pressionava o animal a ir adiante implacavelmente.

— O halfling foge deste homem, — explicou Morkai — embora o propósito do cavaleiro continue sendo um mistério para mim. — contar até mesmo isso a Dendybar irritou o espectro, mas Morkai ainda não conseguia resistir aos comandos de seu inimigo. Ele sentiu os laços da vontade do mago se soltando e suspeitou que a convocação se aproximasse do fim.

Dendybar fez uma pausa para considerar as informações.

Nada do que Morkai havia lhe dito se ligava diretamente ao Fragmento de Cristal, mas ele havia aprendido, pelo menos, que os quatro amigos não pretendiam ficar em Luskan por muito tempo. E descobriu um aliado em potencial, uma fonte adicional de informação. O cavaleiro de capa preta devia ser realmente poderoso para ter feito o grupo formidável do halfling fugir pela estrada.

Dendybar estava começando a formular seus próximos movimentos, quando um repentino puxão insistente da resistência obstinada de Morkai quebrou sua concentração. Enfurecido, ele lançou um olhar ameaçador de volta ao espectro e começou a desenrolar o pergaminho.

— Imprudente! — ele rosnou, e embora pudesse ter mantido o controle sobre o espectro por um pouco mais de tempo se tivesse colocado suas energias em uma batalha de vontades, começou a recitar o pergaminho.

Morkai recuou, apesar de ter conscientemente provocado Dendybar a esse ponto. O espectro podia aceitar a tortura, pois assinalava o fim das perguntas. E Morkai ficou satisfeito por Dendybar não o ter forçado a revelar os eventos ainda mais longe de Luskan, no vale pouco além das fronteiras de Dez Burgos.

Enquanto as recitações de Dendybar tocavam dissonantemente na harmonia de sua alma, Morkai removeu o ponto focal de sua concentração através de centenas de quilômetros, de volta à imagem da caravana mercante agora a um dia de distância de Bremen, a mais próxima das cidades de Dez Burgos, e à imagem da jovem corajosa que se juntara aos comerciantes. O espectro se confortou ao saber que ela havia escapado, pelo menos por um tempo, das sondagens do Mago Malhado.

Não que Morkai fosse altruísta; ele nunca fora acusado de ter uma abundância dessa característica. Ele simplesmente teve uma grande satisfação em impedir de qualquer maneira que pudesse o tratante que havia organizado seu assassinato.

As mechas castanho-avermelhadas de Cattibrie se lançavam sobre seus ombros. Ela se sentou no alto do vagão principal da caravana mercante que partira de Dez Burgos no dia anterior, com destino a Luskan.

Incomodada pela brisa fria, manteve os olhos na estrada à frente, procurando algum sinal de que o assassino havia passado por aquele caminho. Ela transmitiu informações sobre Entreri a Cassius, e ele as transmitiu aos anões. Cattibrie se perguntou agora se teria sido justificado fugir furtivamente com a caravana mercante antes que o Clã Martelo de Batalha pudesse organizar sua própria perseguição.

Mas só ela tinha visto o assassino trabalhando. E sabia muito bem que, se os anões o perseguissem em um ataque frontal, com sua prudência ofuscada por seu desejo de vingança por Fender e Grollo, muitos mais do clã morreriam.

Talvez, egoisticamente, Cattibrie tivesse determinado que o assassino era problema dela. Ele a tinha enervado, retirado seus anos de treinamento e disciplina e a reduzido à aparência trêmula de uma criança assustada. Mas ela era uma jovem agora, não mais uma garota. Precisava responder pessoalmente a essa humilhação emocional, ou as cicatrizes dela a assombrariam até o túmulo – para sempre, paralisando-a ao longo de seu caminho para descobrir seu verdadeiro potencial na vida.

Ela encontraria seus amigos em Luskan e os alertaria do perigo em suas costas, e juntos cuidariam de Artemis Entreri.

—Estamos mantendo um ritmo forte — assegurou o condutor principal, simpatizante de seu desejo de pressa.

Cattibrie não olhou para ele; os olhos dela se enraizaram no horizonte plano à sua frente.

— Meu coração me diz que não é forte o suficiente — lamentou.

O condutor olhou para ela com curiosidade, mas sabia o bastante para não pressioná-la. Ela havia deixado claro para eles desde o início que seus negócios eram privados. E sendo a filha adotiva de Bruenor Martelo de Batalha, com a reputação de ser uma boa lutadora por si só, os comerciantes se consideravam sortudos por tê-la junto e respeitavam seu desejo de privacidade. Além disso, como um dos condutores argumentou de maneira tão eloquente durante sua reunião informal antes da viagem, "A noção de encarar o rabo de um boi por quase quinhentos quilômetros faz com que a ideia de ter aquela garota como companhia seja boa."

Eles até mudaram a data de partida para acomodá-la.

— Não se preocupe, Cattibrie — assegurou o condutor — nós vamos te levar lá!

Cattibrie sacudiu os cabelos que balançavam além de seu do rosto e olhou para o sol que se punha no horizonte à sua frente.

— Mas será que vai ser a tempo? — perguntou suave e retoricamente, sabendo que seu sussurro se partiria ao vento assim que passasse por seus lábios.

Capítulo 5

Os rochedos

Drizzt assumiu a liderança enquanto os quatro companheiros corriam ao longo dos bancos do rio Mirar, colocando tanto terreno entre eles e Luskan quanto possível. Embora estivessem sem dormir há muitas horas, seus encontros na Cidade das Velas enviaram uma explosão de adrenalina em suas veias e nenhum deles estava cansado.

Algo mágico pairava no ar naquela noite, um formigamento que faria o viajante mais exausto lamentar fechar os olhos para ele. O rio, apressado e alto do derretimento da primavera, cintilava com o brilho da tarde, sua espuma branca capturando a luz das estrelas e lançando-a de volta ao ar em um borrifo de gotas como joias.

Normalmente cautelosos, os amigos não puderam evitar baixar a guarda. Não sentiam perigo à espreita, nada sentiam além do frio cortante e refrescante da noite de primavera e da atração misteriosa dos céus. Bruenor se perdeu nos sonhos do Salão de Mitral; Regis nas memórias de Porto Calim; mesmo Wulfgar, tão desanimado com seu infeliz encontro com a civilização, sentiu seu espírito se elevar. Pensou em noites semelhantes na tundra aberta, quando sonhara com o que havia além dos horizontes de seu mundo. Agora, além desses horizontes, Wulfgar notou apenas um elemento ausente. Para sua surpresa, e contra os instintos aventureiros que negavam pensamentos tão confortáveis, ele desejou que Cattibrie, a mulher por quem veio a se apaixonar, estivesse com ele agora para compartilhar a beleza desta noite.

Se os outros não estivessem tão preocupados com o próprio prazer da noite, teriam notado um salto extra no gracioso passo de Drizzt Do'Urden. Para o drow, essas noites mágicas, quando a cúpula celestial os tocava abaixo do horizonte, reforçavam sua confiança na decisão mais importante e difícil que já havia tomado, a escolha de abandonar seu povo e sua terra natal. Nenhuma estrela brilhava acima de Menzoberranzan, a cidade escura dos elfos negros. Nenhum fascínio inexplicável fazia ressoar as cordas do coração da pedra fria do teto sem luz da imensa caverna.

— Quanto meu povo perdeu andando na escuridão — Drizzt sussurrou na noite. A atração dos mistérios do céu sem fim levou a alegria de seu espírito além de seus limites normais e abriu sua mente para as perguntas sem resposta do multiverso. Era um elfo e, embora sua pele fosse negra, permanecia em sua alma uma aparência da alegria harmônica de seus primos da superfície. Ele se perguntou como esses sentimentos realmente eram comuns entre seu povo. Será que permaneciam nos corações de todos os drow? Ou eras de sublimação extinguiram as chamas espirituais? Para Drizzt, talvez a maior perda que seu povo tenha sofrido, quando se retiraram para as profundezas do mundo, foi a perda da capacidade de refletir sobre a espiritualidade da existência - simplesmente por refletir.

O brilho cristalino do Mirar gradualmente diminuiu à medida que o clarear do amanhecer apagava as estrelas. Foi uma decepção silenciosa para os amigos enquanto montavam acampamento em um local protegido perto das margens do rio.

— Noites assim são raras — observou Bruenor quando o primeiro raio de luz apareceu no horizonte leste. Um feixe de luz podia ser visto em seus olhos, uma sugestão das fantasias maravilhosas das quais o anão normalmente prático raramente desfrutava.

Drizzt notou o brilho sonhador no olhar do anão e pensou nas noites que ele e Bruenor haviam passado no Elevado de Bruenor, seu local de encontro especial, no vale do anão em Dez Burgos.

— Raras — ele concordou.

Com um suspiro resignado, começaram a trabalhar, Drizzt e Wulfgar começaram a preparar o café da manhã, enquanto Bruenor e Regis examinavam o mapa que haviam obtido em Luskan.

Com todas as suas queixas e provocações sobre o halfling, Bruenor o pressionou a vir junto por um motivo muito definido, além da amizade deles, embora o anão tivesse mascarado bem suas emoções, ficou verdadeiramente feliz quando Regis apareceu bufando e arfando na estrada para fora de Dez Burgos em um apelo de última hora para se juntar à missão.

Regis conhecia a terra ao sul da Espinha do Mundo melhor do que qualquer um deles. O próprio Bruenor não tinha saído de Vale do Vento Gélido em quase dois séculos, e na época ele era apenas uma criança anã imberbe. Wulfgar nunca havia saído do Vale, e a única jornada de Drizzt pela superfície do mundo fora uma aventura noturna, pulando de sombra em sombra, evitando muitos dos lugares onde os companheiros precisariam procurar se quisessem encontrar o Salão de Mitral.

Regis passou os dedos pelo mapa, lembrando animadamente a Bruenor suas experiências em cada um dos lugares listados, em particular Mirabar, a cidade mineira de grande riqueza ao norte, e Águas Profundas, fiel ao nome de Cidade dos Esplendores, na costa a sul.

Bruenor deslizou o dedo pelo mapa, estudando as características físicas do terreno.

— Mirabar está mais a meu gosto — disse por fim, tocando na marca da cidade escondida nas encostas sul da Espinha do Mundo. — O Salão de Mitral está nas montanhas, isso eu sei, e não perto do mar.

Regis considerou as observações do anão por apenas um momento, depois pôs o dedo em mais um ponto, pela escala do mapa a mais de 160 quilômetros de Luskan.

— Sela Longa — disse ele. — A meio caminho de Lua Argêntea e entre Mirabar e Águas Profundas. Um bom lugar para começarmos.

— Uma cidade? — Bruenor perguntou, pois a marca no mapa não passava de um pequeno ponto preto.

— Um vilarejo — corrigiu Regis. — Não há muitas pessoas lá, mas uma família de magos, os Harpells, vive lá há muitos anos e conhece o norte melhor do que qualquer um. Eles ficariam felizes em nos ajudar.

Bruenor coçou o queixo e assentiu.

— Uma boa caminhada. O que podemos ver pelo caminho?

— Os rochedos — admitiu Regis, um pouco desanimado ao se lembrar do lugar. — Selvagens e cheios de orcs. Eu gostaria que tivéssemos outra estrada, mas Sela Longa ainda parece a melhor escolha.

— Todas as estradas do norte são perigosas — lembrou Bruenor.

Eles continuaram o exame minucioso do mapa, Regis se lembrando cada vez mais enquanto continuavam. Uma série de marcações incomuns e não unificadas – três em particular, correndo em uma linha quase reta, a leste de Luskan até a rede fluvial ao sul do Bosque Oculto – chamou a atenção de Bruenor.

— Montes ancestrais — explicou Regis. — Lugares sagrados dos Uthgardt.

— Uthgardt?

— Bárbaros — respondeu Regis, sombrio. — Como aqueles no Vale. Mais conhecedores dos caminhos da civilização, talvez, mas não menos ferozes. Suas tribos separadas estão por todo o norte, vagando pela natureza.

Bruenor gemeu ao entender o desânimo do halfling, familiarizado demais com os modos selvagens e com a proficiência em batalha dos bárbaros. Orcs seriam inimigos muito menos formidáveis.

Quando os dois terminaram a discussão, Drizzt estava estendido na sombra fresca de uma árvore que pairava sobre o rio e Wulfgar estava na metade da terceira porção do café da manhã.

— Seu queixo ainda dança por comida, pelo que vejo! — disse Bruenor enquanto observava as poucas porções deixadas na frigideira.

— Uma noite cheia de aventura — respondeu Wulfgar alegremente, seus amigos ficaram contentes em observar que a briga aparentemente não deixou cicatrizes em sua atitude. — Uma boa refeição e um bom sono, e estarei pronto para a estrada mais uma vez!

— Bem, não fique confortável demais ainda! — ordenou Bruenor. — Você tem um terço do turno de vigia hoje!

Regis parecia perplexo, sempre rápido em reconhecer um aumento em sua carga de trabalho.

— Um terço? — perguntou ele. — Por que não um quarto?

— Os olhos do elfo são para a noite — explicou Bruenor. — Que ele esteja pronto para encontrar o nosso caminho quando o dia chegar.

— E onde fica o nosso caminho? — Drizzt perguntou de sua cama coberta de musgo. — Você tomou uma decisão quanto ao nosso próximo destino?

— Sela Longa — respondeu Regis. — A trezentos e vinte quilômetros a sudeste, ao redor do Bosque de Neverwinter e através dos rochedos.

— O nome é desconhecido para mim — respondeu Drizzt.

— Lar dos Harpells — explicou Regis. — Uma família de magos reconhecida por sua hospitalidade amável. Passei algum tempo lá no meu caminho para Dez Burgos.

Wulfgar recusou a ideia. Os bárbaros de Vale do Vento Gélido desprezavam magos, considerando as artes negras um poder empregado apenas pelos covardes.

— Não desejo ver este lugar — afirmou ele sem rodeios.

— Quem te perguntou? — rosnou Bruenor, e Wulfgar se viu recuando de sua determinação, como um filho se recusando a manter uma discussão teimosa diante da repreensão de seu pai.

— Você vai gostar de Sela Longa — assegurou-lhe Regis. — Os Harpells realmente conquistaram sua reputação hospitaleira, e as maravilhas de Sela Longa mostrarão um lado da magia que você nunca esperou. Eles vão até aceitar... — ele encontrou sua mão involuntariamente apontando para Drizzt e interrompeu a declaração com vergonha.

Mas o drow estoico apenas sorriu.

— Não tema, meu amigo — ele consolou Regis. — Suas palavras soam verdadeiras, e eu passei a aceitar minha posição em seu mundo — fez uma pausa e olhou individualmente para cada olhar desconfortável que estava sobre ele. — Conheço meus amigos e descarto meus inimigos — afirmou com uma finalidade que descartou suas preocupações.

— Com uma lâmina, sim — Bruenor acrescentou com uma risada suave, embora os ouvidos aguçados de Drizzt captassem o sussurro.

— Se eu precisar — o drow concordou, sorrindo. Então ele rolou para dormir, confiando plenamente nas habilidades de seus amigos para mantê-lo seguro.

Eles passaram um dia preguiçoso na sombra ao lado do rio. No final da tarde, Drizzt e Bruenor fizeram uma refeição e discutiram seu curso, deixando Wulfgar e Regis profundamente adormecidos, pelo menos até que tivessem comido o que queriam.

— Vamos ficar no rio por mais uma noite — disse Bruenor. — Então seguimos a sudeste através do campo aberto. Isso nos livraria do bosque e abriria um caminho reto pra gente.

— Talvez fosse melhor se viajássemos apenas de noite por alguns dias — Drizzt sugeriu. — Não sabemos que olhos nos seguem por fora da Cidade das Velas.

— Concordo — respondeu Bruenor. — Vamos partir, então. Há um longo caminho à frente e um mais longo ainda depois disso!

— Longe demais — murmurou Regis, abrindo um olho preguiçoso.

Bruenor lançou-lhe um olhar perigoso. Estava nervoso por essa jornada e por trazer seus amigos para uma estrada perigosa e, como uma defesa emocional, levava todas as reclamações sobre a aventura como pessoais.

— Para andar, quero dizer — Regis explicou rapidamente. — Existem fazendas nesta área, então deve haver alguns cavalos por perto.

— Cavalos são muito caros por aqui — respondeu Bruenor.

— Talvez... — disse o halfling maliciosamente, e seus amigos podiam facilmente adivinhar o que ele estava pensando. Suas carrancas refletiram uma desaprovação geral.

— Os rochedos estão diante de nós! — argumentou Regis. — Os cavalos podem ser mais rápidos que os orcs, mas sem eles, certamente lutaremos por cada quilômetro de nossa caminhada! Além disso, seria apenas um empréstimo. Poderíamos devolver os animais quando terminássemos com eles.

Drizzt e Bruenor não aprovavam a tática proposta pelo halfling, mas não puderam refutar sua lógica. Os cavalos certamente os ajudariam neste ponto da jornada.

— Acorde o garoto —rosnou Bruenor.

— E quanto ao meu plano? — perguntou Regis.

— Vamos decidir quando tivermos oportunidade!

Regis estava contente, confiante de que seus amigos optariam pelos cavalos. Ele comeu sua parte, depois juntou os restos magros da ceia e foi acordar Wulfgar.

Eles estavam na estrada novamente logo depois, e, em pouco tempo, viram as luzes de um pequeno povoado à distância.

— Nos leve até lá — disse Bruenor a Drizzt. — Pode ser que seja uma boa idea tentar o plano do Pança-Furada.

Wulfgar, por ter perdido a conversa no acampamento, não entendeu, mas não ofereceu nenhum argumento ou mesmo questionou o anão. Após o desastre no Cutelo, ele havia se resignado a um papel mais passivo na viagem, deixando os outros três decidirem quais trilhas seguiriam. Ele seguiria sem reclamar, mantendo o martelo pronto para quando fosse necessário.

Eles foram para o interior, mais longe do rio por alguns quilômetros e depois encontraram várias fazendas agrupadas dentro de uma cerca de madeira robusta.

— Tem cães por aqui — observou Drizzt, sentindo-os com sua audição excepcional.

— Então o Pança-Furada vai sozinho — disse Bruenor. O rosto de Wulfgar se contorceu em confusão, especialmente por que o olhar do halfling indicava que ele não estava empolgado com a ideia.

— Isso eu não posso permitir — afirmou o bárbaro. — Se alguém entre nós precisa de proteção, é o pequeno. Não vou me esconder aqui no escuro enquanto ele caminha sozinho em perigo!

— Ele vai sozinho — disse Bruenor novamente. — Não estamos aqui para brigar, garoto. Pança-Furada vai arrumar alguns cavalos.

Regis sorriu desamparado, preso completamente na armadilha que Bruenor claramente havia preparado para ele. Bruenor permitiria que ele se apropriasse dos cavalos, como Regis insistira, mas com a permissão rancorosa veio uma medida de responsabilidade e coragem de sua parte. Era a maneira do anão se absolver do envolvimento no ardil.

Wulfgar permaneceu firme em sua determinação de apoiar o halfling, mas Regis sabia que o jovem guerreiro poderia inadvertidamente causar-lhe problemas em negociações tão delicadas.

— Você fica com os outros — explicou ao bárbaro. — Eu posso lidar com isso sozinho.

Reunindo os nervos, ele puxou o cinto por cima da barriga e caminhou em direção ao pequeno povoado.

Os rosnados ameaçadores de vários cães o cumprimentaram quando ele se aproximou do portão da cerca. Ele pensou em voltar – o pingente de rubi provavelmente não lhe faria muito bem contra cachorros famintos – mas depois viu a silhueta de um homem deixar uma das casas da fazenda e vir na sua direção.

— O que você quer? — o fazendeiro exigiu saber, parado do outro lado do portão, segurando uma arma de haste antiga, provavelmente passada por gerações de sua família.

— Sou apenas um viajante cansado — começou a explicar Regis, tentando parecer o mais lamentável possível. Era uma história que o fazendeiro ouvia com muita frequência.

— Vá embora! — ordenou.

— Mas...

— Vá embora!

Sobre uma cordilheira a alguma distância, os três companheiros assistiam ao confronto, embora apenas Drizzt tenha visto a cena o suficiente sob a luz fraca para entender o que estava acontecendo. O drow podia ver a tensão no fazendeiro pela maneira como segurava a alabarda e podia julgar a profunda determinação nas exigências do homem pela carranca inflexível em seu rosto.

Mas então Regis tirou algo de debaixo de seu colete, e o fazendeiro relaxou o punho da arma quase que imediatamente. Um momento depois, o portão se abriu e Regis entrou.

Os amigos esperaram ansiosamente por várias horas cansativas sem mais sinais de Regis. Pensaram em confrontar os fazendeiros eles mesmos, preocupados que alguma traição iminente tivesse acontecido com o halfling. Finalmente, com a lua bem além do seu pico, Regis emergiu do portão, levando dois cavalos e dois pôneis. Os fazendeiros e suas famílias se despediram dele quando ele partiu, fazendo-o prometer parar e visitá-los se passasse novamente pelo caminho.

— Incrível — riu Drizzt. Bruenor e Wulfgar apenas balançaram a cabeça em descrença.

Pela primeira vez desde que entrou no assentamento, Regis ponderou que seu atraso poderia ter causado algum desconforto aos amigos. O fazendeiro insistiu para que ele se juntasse para jantar antes que se sentassem para discutir qualquer assunto que houvesse trazido, e uma vez que Regis tinha que ser educado (e que havia feito apenas uma ceia naquele dia), ele concordou, embora tenha feito da refeição a mais curta possível e educadamente recusou quando ofereceram sua quarta porção. Conseguir os cavalos provou ser fácil depois disso. Tudo o que tinha que fazer era prometer deixá-los com os magos em Sela Longa quando ele e seus amigos partissem de lá.

Regis tinha certeza de que seus amigos não poderiam ficar bravos por muito tempo. Ele os mantivera esperando e se preocupando por metade da noite, mas seu esforço os economizaria muitos dias em uma estrada perigosa. Depois de uma ou duas horas sentindo o vento passando por eles enquanto cavalgavam, se esqueceriam de qualquer raiva que sentissem por ele, ele sabia. Mesmo que não o perdoassem tão facilmente, uma boa refeição sempre valia um pouco de inconveniência para Regis.

Drizzt propositadamente manteve o grupo se movendo mais para o leste do que para o sudeste. Ele não encontrou marcos no mapa de Bruenor que o permitissem aproximar-se do percurso reto até Sela Longa. Se tentasse a rota direta e errasse o caminho não importava por quão pouco, eles chegariam à estrada principal da cidade de Mirabar, no norte, sem saber se deveriam virar para o norte ou para o sul. Indo diretamente para o leste, o drow tinha certeza de que pegariam a estrada para o norte de Sela Longa. Seu caminho ficaria alguns quilômetros maior, mas talvez economizasse vários dias de retorno para eles.

A viagem foi clara e fácil durante o dia e a noite seguintes, depois disso, Bruenor decidiu que estavam longe o bastante de Luskan para terem um horário de viagem mais convencional.

— Podemos seguir de dia agora — anunciou ele no início da tarde do segundo dia com os cavalos.

— Eu prefiro a noite — disse Drizzt. Ele havia acabado de acordar e estava escovando seu garanhão preto esbelto e musculoso.

— Eu não — argumentou Regis. — As noites são para dormir, e os cavalos são quase cegos para buracos e pedras que podem atrapalhá-los.

— O melhor para os dois então — ofereceu Wulfgar, se esticando para afastar o restante do sono de seus ossos. — Podemos sair depois que o sol chegar a pico, mantendo-o atrás de nós para não atrapalhar Drizzt, e cavalgar noite adentro.

— Boa ideia, rapaz — riu Bruenor. — Parece ser depois do meio dia agora, de fato. Para os cavalos, então! É hora de ir!

— Você poderia ter mantido seus pensamentos para si mesmo até depois do jantar! — Regis resmungou para Wulfgar, relutantemente içando a sela nas costas do pequeno pônei branco.

Wulfgar foi ajudar seu amigo em dificuldades.

— Mas teríamos perdido meio dia de viagem — respondeu ele.

— Teria sido uma pena — respondeu Regis.

Naquele dia, o quarto desde que deixaram Luskan, os companheiros chegaram aos rochedos, um trecho estreito de montes quebrados e colinas. Uma beleza áspera e indomável definia o lugar, uma sensação avassaladoramente desértica que dava a cada viajante aqui uma sensação de conquista, de que ele poderia ter sido o primeiro a contemplar qualquer local em particular. E como sempre acontecia nos ermos, com a emoção aventureira vinha um certo grau de perigo. Eles mal haviam entrado no primeiro vale no terreno irregular quando Drizzt viu rastros que conhecia bem: a marcha de um bando de orcs.

— Tem menos de um dia — disse a seus companheiros preocupados.

— Quantos? — perguntou Bruenor.

Drizzt deu de ombros.

— Pelo menos uma dúzia, talvez o dobro desse número.

— Vamos continuar no nosso caminho — sugeriu o anão. — Eles estão na nossa frente, e isso é melhor do que estar atrás.

Quando o pôr do sol chegou, marcando a metade da jornada daquele dia, os companheiros fizeram uma pequena pausa, deixando os cavalos pastarem em um pequeno prado.

A trilha dos orcs ainda estava na frente deles, mas Wulfgar, ocupando a retaguarda do grupo, tinha o olhar voltado para trás.

— Estamos sendo seguidos — disse aos rostos indagadores de seus amigos.

— Orcs? — perguntou Regis.

O bárbaro balançou a cabeça.

— Nunca vi nenhum orc assim. Na minha opinião, nosso perseguidor é astuto e cauteloso.

— Pode ser que os orcs daqui sejam mais sagazes com os costumes do povo do que os orcs do Vale — disse Bruenor, mas ele suspeitava de algo diferente de orcs, e não precisava olhar para Regis para saber que o halfling compartilhava de suas preocupações. A primeira marcação no mapa que Regis havia identificado como um monte ancestral não deveria estar longe de sua posição atual.

— De volta aos cavalos — sugeriu Drizzt. — Uma cavalgada rápida pode melhorar nossa situação.

— Vamos até depois da lua se pôr — concordou Bruenor. — E paramos depois de achar um lugar bom para nos defender de ataques. Tenho a sensação de que teremos uma luta antes do amanhecer!

Eles não encontraram sinais tangíveis durante o caminho, o que os levou quase a atravessar os rochedos. Até a trilha dos orcs desapareceu para o norte, deixando o caminho diante deles aparentemente limpo.

Wulfgar estava certo, porém, de que captou vários sons atrás deles e movimentos ao longo da sua visão periférica.

Drizzt gostaria de continuar até que os penhascos estivessem completamente atrás deles, mas no terreno difícil, os cavalos haviam atingido o limite de sua resistência. Ele parou em um pequeno bosque de pinheiros no topo de uma pequena elevação, suspeitando totalmente, como os outros, que olhos hostis os observavam de mais de uma direção.

Drizzt subiu em uma das árvores antes mesmo que os outros desmontassem. Eles amarraram os cavalos e se puseram ao redor dos animais. Até Regis não conseguia dormir, pois, apesar de confiar na visão noturna de Drizzt, seu sangue já começara a bombear em antecipação ao que estava por vir.

Bruenor, um veterano de cem combates, sentiu-se seguro o suficiente em sua capacidade de batalha. Apoiou-se calmamente contra uma árvore, com o machado de várias ranhuras apoiado no peito, com uma mão posta firmemente sobre o cabo.

Wulfgar, porém, fez outros preparativos. Ele começou reunindo galhos quebrados e afiando suas pontas. Buscando todas as vantagens, ele os colocou em posições estratégicas ao redor da área para fornecer a melhor vantagem para sua posição, usando suas pontas mortais para reduzir as rotas de abordagem de seus atacantes. Escondeu outros galhos astuciosamente em ângulos que fariam tropeçar e furariam os orcs antes que chegassem a ele.

Regis, o mais nervoso de todos, assistiu a tudo e notou as diferenças nas táticas de seus amigos. Ele sentiu que havia pouco que pudesse fazer para se preparar para essa luta e procurou apenas se manter longe o suficiente para não atrapalhar os esforços de seus amigos. Talvez a oportunidade surgisse para ele fazer um ataque surpresa, mas nem sequer considerou essa possibilidade neste momento. A coragem chegava ao halfling espontaneamente. Certamente não era nada que tenha planejado.

Com todos as distrações e preparativos afastando sua antecipação nervosa, foi quase um alívio quando, apenas uma hora depois, sua ansiedade se tornou realidade. Drizzt sussurrou para eles que havia movimento nos campos abaixo do bosque.

— Quantos? — Bruenor perguntou em resposta.

— Quatro para cada um de nós, e talvez mais — respondeu Drizzt.

O anão virou-se para Wulfgar:

— Você está pronto, garoto?

Wulfgar bateu o martelo diante dele.

— Quatro contra um? — ele riu. Bruenor gostava da confiança do jovem guerreiro, embora o anão tenha percebido que as probabilidades poderiam realmente ser mais desequilibradas, já que Regis provavelmente não estaria em combate aberto.

— Deixamos entrar ou atacamos no campo? — Bruenor perguntou a Drizzt.

— Deixe-os entrar — respondeu o drow. — A abordagem furtiva deles me mostra que eles acreditam que a surpresa está com eles.

— E inverter a surpresa é melhor do que dar o primeiro golpe de longe — completou Bruenor. — Faça o que puder com seu arco quando começar, elfo. A gente vai estar esperando por você!

Wulfgar imaginou o fogo fervendo nos olhos de lavanda do drow, um brilho mortal que sempre desmentia a calma externa de Drizzt antes de uma batalha. O bárbaro se consolou, pois o desejo do drow pela batalha superava até o seu, e ele nunca tinha visto as cimitarras que zuniam em velocidade serem superadas por qualquer inimigo. Ele bateu no martelo novamente e agachou-se em um buraco ao lado das raízes de uma das árvores.

Bruenor deslizou entre os corpos volumosos de dois dos cavalos, pondo os pés apoiados em um estribo em cada um deles, e Regis, depois de encher os sacos de dormir para dar a aparência de corpos adormecidos, passou por baixo dos galhos baixos de uma árvore.

Os orcs se aproximaram do acampamento em círculo, obviamente procurando um ataque fácil. Drizzt sorriu com esperança ao notar as lacunas em seu anel, flancos abertos que impediriam o apoio rápido a qualquer grupo isolado. O bando inteiro atingiria o perímetro do bosque junto, e Wulfgar, mais próximo da borda, provavelmente lançaria o primeiro ataque.

Os orcs entraram, um grupo deslizando em direção aos cavalos, e outro em direção aos sacos de dormir. Quatro deles passaram por Wulfgar, mas ele esperou mais um segundo, permitindo que os outros se aproximassem o suficiente dos cavalos para Bruenor atacar.

Então o período de se esconder acabou.

Wulfgar surgiu de sua ocultação, com Presa de Égide, seu martelo de guerra mágico, já em movimento.

— Tempus! — ele gritou para seu deus da batalha, e seu primeiro golpe caiu, golpeando dois dos orcs no chão.

O outro grupo correu para soltar os cavalos e fazê-los sair do acampamento, na esperança de interromper qualquer rota de fuga.

Mas foram recebidos pelo anão que rosnava com seu machado retinindo! Quando os orcs surpresos saltaram para as selas, Bruenor fendeu um no meio e arrancou a cabeça dos ombros de um segundo antes que os dois restantes sequer soubessem que tinham sido atacados.

Drizzt escolheu como alvo os orcs mais próximos dos grupos sob ataque, atrasando o apoio contra seus amigos pelo maior tempo possível. A corda do seu arco tremeu uma vez, duas e uma terceira vez, e um número semelhante de orcs caiu na terra, com os olhos fechados e as mãos apertadas, impotentes, com hastes das flechas mortíferas.

Os ataques surpresa haviam penetrado profundamente nas fileiras de seus inimigos, e agora o drow puxou suas cimitarras e caiu de seu ninho, confiante de que ele e seus companheiros poderiam acabar com o resto rapidamente. Seu sorriso durou pouco, pois, ao descer, notou mais movimento no campo.

Drizzt havia caído no meio de três criaturas, suas lâminas em movimento antes mesmo de seus pés tocarem o chão. Os orcs não ficaram totalmente surpresos – um havia visto o drow descendo –, mas Drizzt os desequilibrou e os fez girar tentando acertá-lo.

Com os ataques rápidos como um raio do drow, qualquer atraso significava morte certa, e Drizzt era o único na confusão de corpos que estava sob controle. Suas cimitarras cortavam e se enfiavam na carne de orc com precisão mortal.

A sorte de Wulfgar estava igualmente boa. Ele enfrentava duas das criaturas e, embora fossem combatentes cruéis, não podiam se igualar ao poder do bárbaro gigante. Um deles pegou sua arma grosseira a tempo de bloquear o golpe de Wulfgar, mas a Presa de Égide disparou pela defesa, quebrando a arma e depois o crânio do orc, azarado, sem sequer desacelerar.

Bruenor teve problemas primeiro. Seus ataques iniciais foram perfeitos, deixando-o com apenas dois oponentes em pé – números dos quais o anão gostava. Mas no meio da ação, os cavalos recuaram e fugiram, arrancando as amarras dos galhos. Bruenor caiu no chão e, antes que pudesse se recuperar, recebeu um corte na cabeça feito pelo casco de seu próprio pônei. Um dos orcs também foi derrubado, mas o último caiu longe da bagunça e correu para acabar com o anão atordoado quando os cavalos deixaram a área.

Felizmente, um daqueles momentos espontâneos de bravura tomou conta de Regis naquele momento. Ele saiu de debaixo da árvore, caindo silenciosamente atrás do orc. Ele era alto para um orc e, mesmo na ponta dos dedos dos pés, Regis não gostava do ângulo de um golpe na cabeça. Dando de ombros resignadamente, o halfling inverteu sua estratégia.

Antes que o orc pudesse começar a atacar Bruenor, a maça do halfling subiu entre os joelhos e mais alto, penetrando na virilha e levantando-o do chão. A vítima uivante agarrou o ferimento, os olhos vagando sem rumo e caiu no chão sem mais ambições de batalha.

Tudo aconteceu em um instante, mas a vitória ainda não fora conquistada. Outros seis orcs entraram na briga, dois interrompendo a tentativa de Drizzt de chegar a Regis e Bruenor, mais três indo em auxílio de seu companheiro solitário de frente para o bárbaro gigante. E um, rastejando pela mesma linha que Regis seguira, se aproximou do halfling desavisado.

No mesmo momento em que Regis ouviu o aviso do drow, um tacape bateu entre suas omoplatas, arrancando o ar dos seus pulmões e jogando-o no chão.

Wulfgar foi pressionado pelos quatro lados e, apesar de se gabar antes da batalha, descobriu que não gostava da situação. Ele se concentrou em desviar, esperando que o drow conseguisse chegar até ele antes que suas defesas quebrassem.

Ele estava muito superado em número.

Uma lâmina orc fez um corrte em uma costela, outra, em seu braço. Drizzt sabia que poderia derrotar os dois que agora enfrentava, mas duvidava que fosse a tempo de ajudar seu amigo bárbaro ou o halfling. E ainda havia reforços no campo.

Regis rolou de costas para deitar ao lado de Bruenor, e o gemido do anão lhe disse que a luta havia terminado para os dois. Então o orc estava acima dele, com seu tacape erguido acima de sua cabeça, e um sorriso maligno se espalhando pelo rosto feio. Regis fechou os olhos, não desejando assistir à descida do golpe que o mataria.

Então ele ouviu o som do impacto... acima dele. Assustado, ele abriu os olhos. Um machado estava cravado no peito do atacante. O orc olhou para ele, atordoado. O tacape caiu inofensivamente atrás do orc e ele, também, caiu para trás, morto.

Regis não entendeu.

— Wulfgar? — perguntou no ar. Uma forma enorme, quase tão grande quanto a de Wulfgar, surgiu sobre ele e saltou sobre o orc, arrancando violentamente sua machadinha. Ele era humano e usava as peles de um bárbaro, mas ao contrário das tribos de Vale do Vento Gélido, o cabelo desse homem era preto.

— Oh, não — Regis gemeu, lembrando-se de seus próprios avisos a Bruenor sobre os bárbaros Uthgardt. O homem salvara sua vida, mas, conhecendo a reputação selvagem, Regis duvidava que uma amizade surgisse do encontro. Ele começou a se sentar, querendo expressar seus sinceros agradecimentos e dissipar quaisquer noções hostis que o bárbaro pudesse ter sobre ele. Até considerou usar o pingente de rubi para evocar alguns sentimentos amigáveis.

Mas o grandalhão, notando o movimento, girou de repente e o chutou no rosto.

E Regis caiu para trás na escuridão.

Capítulo 6

Pôneis Celestes

Bárbaros de cabelos negros, gritando no frenesi da batalha, irromperam no bosque. Drizzt percebeu imediatamente que esses guerreiros corpulentos eram as formas que ele vira se movendo atrás das fileiras dos orcs no campo, mas ainda não tinha certeza da lealdade deles.

Quaisquer que fossem seus laços, sua chegada causou terror nos orcs restantes. Os dois que lutavam com Drizzt perderam toda a empolgação pela batalha, com uma mudança repentina de postura revelando seu desejo de interromper o confronto e fugir. Drizzt permitiu, certo de que eles não iriam longe de qualquer maneira, e sentindo que também seria inteligente se escapasse das vistas dos bárbaros.

Os orcs fugiram, mas seus perseguidores logo os pegaram em outra batalha logo além das árvores. Menos óbvio em sua fuga, Drizzt deslizou despercebido de volta para a árvore onde havia deixado seu arco.

Wulfgar não podia sublimar sua fome pela batalha tão facilmente. Com dois de seus amigos caídos, sua sede por sangue orc era insaciável, e o novo grupo de homens que se juntou à luta gritou por Tempus, seu próprio deus da batalha, com um fervor que o jovem guerreiro não podia ignorar. Distraído com os desenvolvimentos repentinos, o círculo de orcs ao redor de Wulfgar cedeu por um momento, e ele o atacou com força.

Um orc desviou o olhar e a Presa de Égide arrancou seu rosto antes que seus olhos voltassem à luta em questão. Wulfgar atravessou a brecha no círculo, empurrando um segundo orc enquanto passava. Quando este tropeçou na tentativa de virar e realinhar sua defesa, o poderoso bárbaro o derrubou. Os dois restantes se viraram e fugiram, mas Wulfgar estava logo atrás. Ele lançou seu martelo, arrancando a vida de um, e saltou sobre o outro, levando-o ao chão embaixo dele e depois esmagando sua vida com as próprias mãos.

Ao terminar, quando ouviu a última rachadura no pescoço, Wulfgar lembrou-se de sua situação e de seus amigos. Ele levantou-se e recuou, de costas contra as árvores.

Os bárbaros de cabelos negros mantinham distância, respeitosos de sua habilidade, e Wulfgar não podia ter certeza de suas intenções. Ele procurou seus amigos. Regis e Bruenor estavam deitados lado a lado, perto de onde os cavalos haviam sido amarrados; ele não sabia dizer se estavam vivos ou mortos. Não havia sinal de Drizzt, mas uma luta continuava além da outra borda das árvores.

Os guerreiros se espalharam em um amplo semicírculo ao redor dele, cortando todas as rotas de fuga. Mas pararam seu posicionamento repentinamente, pois Presa de Égide havia retornado magicamente ao alcance de Wulfgar.

Ele não podia vencer tantos, mas o pensamento não o desanimava. Morreria lutando, como um verdadeiro guerreiro, e sua morte seria lembrada. Se os bárbaros de cabelos negros o atacassem, muitos, ele sabia, não voltariam para suas famílias. Ele firmou sua base e apertou o martelo de guerra com força.

— Vamos acabar com isso — rosnou para a noite.

— Pare! — veio um sussurro suave, mas imperativo, de cima. Wulfgar reconheceu a voz de Drizzt imediatamente e relaxou seu aperto. — Mantenha a sua honra, mas saiba que há mais vidas em risco do que a sua!

Wulfgar entendeu então que Regis e Bruenor provavelmente ainda estavam vivos. Ele jogou Presa de Égide no chão e cumprimentou os guerreiros:

— Saudações.

Eles não responderam, mas um deles, quase tão alto e musculoso quanto Wulfgar, se separou dos demais e se aproximou para ficar diante dele. O estranho usava uma única trança nos cabelos compridos, escorrendo pela lateral do rosto e por cima do ombro. Suas bochechas estavam pintadas de branco com a imagem de asas. A firmeza de seu corpo e seu rosto disciplinado refletiam uma vida na dureza dos ermos, e se não fosse a cor de seu cabelo, Wulfgar teria pensado que era de uma das tribos de Vale do Vento Gélido.

O homem de cabelos escuros reconheceu similarmente Wulfgar, mas melhor versado nas estruturas gerais das sociedades do norte, não ficou tão perplexo com suas semelhanças.

— Você é do Vale — disse em uma forma quebrada da língua comum. — Além das montanhas, onde o vento frio sopra.

Wulfgar assentiu.

— Sou Wulfgar, filho de Beornegar, da Tribo do Alce. Compartilhamos deuses, pois eu também chamo por Tempus em busca de força e coragem.

O homem de cabelos negros olhou em volta para os orcs caídos.

— O deus atende a seu chamado, guerreiro do Vale.

A mandíbula de Wulfgar se ergueu em orgulho.

— Também compartilhamos o ódio pelos orcs — continuou ele — mas não sei nada sobre você ou seu povo.

— Você vai aprender — respondeu o homem de cabelos escuros. Ele estendeu a mão e indicou o martelo de guerra. Wulfgar endireitou-se firmemente, sem intenção de se render, independentemente das probabilidades. O homem de cabelos negros olhou para o lado, atraindo os olhos de Wulfgar com os seus. Dois guerreiros pegaram Bruenor e Regis e os jogaram sobre suas costas, enquanto outros haviam recuperado os cavalos e os estavam levando.

— A arma — exigiu o homem de cabelos escuros. — Vocês estão em nossa terra sem nossa permissão, Wulfgar, filho de Beornegar. O preço desse crime é a morte. Você irá assistir nosso julgamento sobre seus pequenos amigos?

O Wulfgar mais jovem teria atacado então, condenando a todos em uma labareda de fúria gloriosa. Mas Wulfgar havia aprendido muito com seus novos amigos, Drizzt em particular. Ele sabia que Presa de Égide retornaria ao seu chamado e também sabia que Drizzt não os abandonaria. Não era hora de lutar.

Até os deixou amarrar suas mãos, um ato de desonra que nenhum guerreiro da Tribo do Alce jamais permitiria. Mas Wulfgar tinha fé em Drizzt. Suas mãos seriam libertadas novamente. Então ele teria a última palavra.

Quando chegaram ao acampamento bárbaro, Regis e Bruenor haviam recuperado a consciência, estavam amarrados e caminhando ao lado de seu amigo. Sangue seco cobria os cabelos de Bruenor e ele havia perdido o elmo, mas sua dureza anã o fez sobreviver a outro combate que deveria ter acabado com ele.

Eles alcançaram o topo de uma colina e chegaram ao perímetro de um círculo de tendas e fogueiras ardentes. Gritando seu grito de guerra para Tempus, o grupo de guerra que retornou despertou o acampamento, jogando várias cabeças de orcs no centro do círculo para anunciar sua chegada gloriosa. O fervor dentro do campo logo alcançou o grupo de guerra que entrava, e os três prisioneiros foram empurrados primeiro, para serem recebidos por vários bárbaros uivantes.

— O que eles comem? —perguntou Bruenor, mais por sarcasmo do que preocupação.

— Seja o que for, dê logo algo pra eles comerem — respondeu Regis, atraindo um tapa na parte de trás da cabeça e um aviso para ficar calado do guarda atrás dele.

Os prisioneiros e os cavalos foram reunidos no centro do campo e a tribo os cercou em uma dança da vitória, chutando cabeças de orcs na poeira e cantando, em uma língua desconhecida pelos companheiros, seus elogios a Tempus e Uthgar, seu herói ancestral, pelo sucesso desta noite.

Isso durou quase uma hora e, de repente, terminou; todos os rostos no círculo se voltaram para a aba fechada de uma tenda grande e decorada.

O silêncio se manteve por um longo momento antes que a aba se abrisse. De lá saltou um ancião, esguio como um poste de tenda, mas mostrando mais energia do que seus anos óbvios indicariam. Seu rosto estava pintado com as mesmas marcas dos guerreiros, embora de maneira mais elaborada, e ele usava um tapa-olho com uma enorme pedra preciosa verde costurada sobre ele. Sua túnica era do branco mais puro, as mangas parecendo como asas emplumadas sempre que batia os braços para o lado. Ele dançou e girou através das fileiras dos guerreiros, e cada um prendeu a respiração, recuando até que ele passasse.

— Chefe? — sussurrou Bruenor.

— Xamã — corrigiu Wulfgar, mais conhecedor dos modos de vida tribal. O respeito que os guerreiros mostravam a esse homem vinha de um medo além do que um inimigo mortal, mesmo um chefe, poderia transmitir.

O xamã girou e pulou, aterrissando diante dos três prisioneiros. Ele olhou para Bruenor e Regis por um momento, depois voltou sua atenção para Wulfgar.

— Eu sou Valric Olho-Alto — gritou de repente. — Sacerdote dos seguidores dos Pôneis Celestes! Os filhos de Uthgar!

— Uthgar! — ecoaram os guerreiros, batendo as machadinhas nos escudos de madeira.

Wulfgar esperou que a comoção acabasse, então se apresentou.

— Sou Wulfgar, filho de Beornegar, da Tribo do Alce.

— E eu sou Bruenor... — começou o anão.

— Silêncio! — Valric gritou com ele, tremendo de raiva. — Eu não me importo com você!

Bruenor fechou a boca e se entreteve com sonhos relacionados ao machado e à cabeça de Valric.

— Não tínhamos a intenção de fazer mal, nem invadir — começou Wulfgar, mas Valric levantou a mão, cortando-o.

— Seu objetivo não me interessa — explicou calmamente, mas sua excitação ressurgiu imediatamente. — Tempus o entregou a nós, só isso! Um guerreiro digno? — ele olhou em volta para seus próprios homens e a reação deles mostrava ansiedade pelo próximo desafio.

— Quantos você reivindica? — perguntou a Wulfgar.

— Sete caíram diante de mim — respondeu o jovem bárbaro com orgulho.

Valric assentiu em aprovação.

— Alto e forte — comentou. — Vamos descobrir se Tempus está com você. Vamos julgar se você é digno de correr com os Pôneis Celestes!

Os gritos começaram imediatamente e dois guerreiros se apressaram para soltar Wulfgar. Um terceiro, o líder do grupo de guerra que conversara com Wulfgar no bosque das árvores, largou seu machado e escudo e correu para dentro do círculo.

Drizzt esperou em sua árvore até que o último grupo de guerra desistisse da busca pelo cavaleiro do quarto cavalo e partiu. Então o drow se moveu rapidamente, reunindo alguns dos itens descartados: o machado do anão e a maça de Regis. Porém, teve que fazer uma pausa e se recompor quando encontrou o elmo de Bruenor, manchado de sangue e amassado recentemente, com um de seus chifres quebrados. Será que seu amigo tinha sobrevivido?

Ele enfiou o elmo quebrado em seu saco e saiu atrás da tropa, mantendo uma distância cautelosa.

O alívio o inundou quando chegou ao acampamento e viu seus três amigos, com Bruenor parado calmamente entre Wulfgar e Regis. Satisfeito, Drizzt deixou de lado suas emoções e todos os pensamentos do combate anterior, estreitando sua visão para a situação diante dele, formulando um plano de ataque que libertaria seus amigos.

O homem de cabelos escuros estendeu as mãos abertas para Wulfgar, convidando sua contraparte loira para segurá-las. Wulfgar nunca tinha visto esse desafio em particular antes, mas não era tão diferente dos testes de força que seu próprio povo praticava.

— Seus pés não se mexem! — instruiu Valric. — Este é o desafio da força! Deixe Tempus nos mostrar o seu valor!

O rosto firme de Wulfgar não revelou um indício de sua confiança de que pudesse derrotar qualquer homem em tal teste. Ele elevou as mãos ao nível do oponente.

O homem as agarrou com raiva, rosnando para o grande estrangeiro. Quase imediatamente, antes que Wulfgar sequer endireitasse suas mãos ou firmasse os pés, o xamã gritou para começar, e o homem de cabelos escuros empurrou as mãos para a frente, dobrando Wulfgar para trás. Gritos surgiram de todos os cantos do acampamento; o homem de cabelos escuros rugiu e empurrou com toda sua força, mas assim que o momento de surpresa passou, Wulfgar revidou.

Os músculos de ferro do pescoço e dos ombros de Wulfgar se esticaram e seus braços enormes ficaram vermelhos com o aumento forçado de sangue em suas veias. Tempus o abençoara verdadeiramente; até seu poderoso oponente só podia ficar boquiaberto com o espetáculo de seu poder. Wulfgar olhou-o nos olhos e encontrou o rosnado com um olhar determinado que predisse a vitória inevitável. Então o filho de Beornegar avançou, parando o impulso inicial do homem de cabelos negros e forçando as próprias mãos a voltarem a um ângulo mais normal com os pulsos. Depois de recuperar a paridade, Wulfgar percebeu que um empurrão repentino colocaria seu oponente na mesma desvantagem da qual acabara de escapar. A partir daí, o homem de cabelos escuros teria pouca chance de aguentar.

Mas Wulfgar não estava ansioso para terminar esta competição. Ele não queria humilhar seu oponente – isso geraria apenas um inimigo – e, mais importante ainda, sabia que Drizzt estava por perto. Quanto mais tempo conseguisse manter a competição e os olhos de todos os membros da tribo se fixando nele, mais tempo Drizzt teria para pôr em prática algum plano.

Os dois homens ficaram ali por muitos segundos, e Wulfgar não pôde deixar de sorrir quando notou uma forma escura deslizar entre os cavalos, atrás dos guardas encantados do outro lado do acampamento. Se era sua imaginação, não sabia dizer, mas pensou ter visto dois pontos de chamas cor de lavanda olhando para ele na escuridão. Mais alguns segundos, ele decidiu, embora soubesse que estava se arriscando por não terminar o desafio. O xamã poderia declarar um empate se ficassem ali por muito tempo.

Mas então, acabou. As veias e os tendões nos braços de Wulfgar incharam e seus ombros se ergueram ainda mais. "Tempus!" ele rosnou, clamando ao deus por mais uma vitória e, com uma repentina e feroz explosão de poder, deixou o homem de cabelos escuros de joelhos. Ao redor, o acampamento ficou em silêncio, até o xamã sem palavras sendo atingido pela exibição.

Dois guardas se moveram timidamente para o lado de Wulfgar.

O guerreiro derrotado se levantou e ficou de frente para Wulfgar. Nenhum sinal de raiva marcava seu rosto, apenas admiração honesta, pois os Pôneis Celestes eram um povo honrado.

— Nós gostaríamos de recebê-lo — disse Valric. — Você derrotou Torlin, filho de Jerek, Matador de Lobos, Chefe dos Pôneis Celestes. Nunca antes Torlin foi superado!

— E meus amigos? — Wulfgar perguntou.

— Eu não me importo com eles! — retrucou Valric. — O anão será libertado em uma trilha que leva para longe da nossa terra. Não temos problemas com ele ou com sua espécie, nem desejamos qualquer relação com eles!

O xamã olhou para Wulfgar maliciosamente.

— O outro é um fraco — afirmou. — Ele servirá como sua passagem para a tribo, seu sacrifício ao cavalo alado.

Wulfgar não respondeu imediatamente. Eles haviam testado sua força e agora estavam testando suas lealdades. Os Pôneis Celestes haviam lhe prestado a mais alta honra ao oferecer-lhe um lugar em sua tribo, mas apenas com a condição de que ele mostrasse sua lealdade sem qualquer dúvida. Wulfgar pensou em seu próprio povo e na maneira como viveram por tantos séculos na tundra. Mesmo naquele dia, muitos dos bárbaros de Vale do Vento Gélido teriam aceitado os termos e matado Regis, considerando a vida de um halfling um pequeno preço por essa honra. Essa era a decepção da existência de Wulfgar com seu povo, a faceta de seu código moral que se mostrou inaceitável para seus padrões pessoais.

— Não — respondeu a Valric sem pestanejar.

— Ele é um fraco! — argumentou Valric. — Somente os fortes merecem a vida!

— O destino dele não é meu para decidir — respondeu Wulfgar. — Nem seu.

Valric apontou para os dois guardas e eles imediatamente reataram as mãos de Wulfgar.

— Uma perda para o nosso povo — disse Torlin a Wulfgar. — Você teria recebido um lugar de honra entre nós.

Wulfgar não respondeu, mantendo o olhar de Torlin por um longo momento, compartilhando respeito e também o entendimento mútuo de que seus códigos eram diferentes demais para tal união. Em uma fantasia compartilhada que não podia se tornar real, ambos se imaginavam lutando ao lado do outro, derrubando orcs às dezenas e inspirando os bardos a cantar uma nova lenda.

Estava na hora de Drizzt atacar. O drow fez uma pausa perto dos cavalos para ver o resultado da competição e também para medir melhor seus inimigos. Ele planejou seu ataque mais para efeito do que para dano, querendo fazer uma grande cena para acovardar uma tribo de guerreiros destemidos por tempo suficiente para que seus amigos se libertassem do círculo.

Sem dúvida, os bárbaros tinham ouvido falar dos elfos negros. E sem dúvida, as histórias que ouviram foram aterrorizantes.

Silenciosamente, Drizzt amarrou os dois pôneis atrás dos cavalos, depois montou nos cavalos, um pé num estribo de cada um. Levantando-se entre eles, ficou alto e jogou para trás o capuz de sua capa. Com o fulgor perigoso em seus olhos cor de lavanda brilhando descontroladamente, ele lançou as montarias para dentro do círculo, espalhando os bárbaros atordoados mais próximos dele.

Uivos de raiva surgiram dos homens surpresos, o tom dos gritos mudando para o terror quando viram a pele negra. Torlin e Valric se viraram para enfrentar a ameaça que se aproximava, embora nem eles soubessem lidar com uma lenda personificada.

E Drizzt tinha um truque pronto para eles. Com um aceno de sua mão negra, chamas roxas jorraram da pele de Torlin e Valric, não queimando, mas lançando os homens da tribo supersticiosos em um frenesi horrorizado. Torlin caiu de joelhos, apertando os braços em descrença, enquanto o xamã tenso mergulhou no chão e começou a rolar na terra.

Wulfgar pegou sua deixa. Outra onda de poder passou através de seus braços e quebrou as amarras de couro em seus pulsos. Ele continuou o impulso de suas mãos, balançando-as para cima, pegando os dois guardas ao lado dele diretamente no rosto e jogando-os de costas.

Bruenor também entendeu seu papel. Ele pisou pesadamente no pé do bárbaro solitário que estava entre ele e Regis, e quando o homem se agachou para agarrar seu pé dolorido, Bruenor bateu sua cabeça na dele. O homem caiu tão facilmente quanto Sussurro caíra no Beco dos Ratos, em Luskan.

— Huh, funciona tão bem quanto com o capacete! — Bruenor ficou maravilhado.

— Só com a cabeça de um anão! — Regis comentou quando Wulfgar agarrou os dois pela parte de trás de seus colarinhos e os içou facilmente até os pôneis.

Ele também estava de pé ao lado de Drizzt, e avançaram pelo outro lado do acampamento. Tudo aconteceu rápido demais para qualquer um dos bárbaros preparar uma arma ou formar qualquer tipo de defesa.

Drizzt girou o cavalo atrás dos pôneis para proteger a retaguarda.

— Corram! — gritou para seus amigos, dando um tapa em suas montarias com a parte plana de suas cimitarras. Os outros três gritaram em vitória como se a fuga deles estivesse completa, mas Drizzt sabia que essa tinha sido a parte mais fácil. O amanhecer estava se aproximando rapidamente e, nesse terreno pouco familiar e irregular, os bárbaros nativos podiam pegá-los facilmente.

Os companheiros cortaram o silêncio da madrugada, escolhendo o caminho mais reto e mais fácil para ganhar o máximo de terreno possível. Drizzt ainda estava de olho atrás deles, esperando que os homens da tribo seguissem rapidamente. Mas o movimento no campo havia desaparecido quase imediatamente após a fuga, e o drow não viu sinais de perseguição.

Agora apenas um som podia ser ouvido, o canto rítmico de Valric em uma língua que nenhum dos viajantes entendia. A expressão de pavor no rosto de Wulfgar fez com que todos parassem.

— Os poderes de um xamã — explicou o bárbaro.

De volta ao acampamento, Valric ficou sozinho com Torlin dentro do círculo de seu povo, cantando e dançando em seu ritual mais poderoso, convocando o poder da Fera Espiritual de sua tribo. A aparição do elfo drow havia enervado completamente o xamã. Ele interrompeu qualquer busca antes mesmo de começar e correu para sua tenda, para a sacola de couro sagrado necessária para o ritual, decidindo que o espírito do cavalo alado, o Pegasus, deveria lidar com esses intrusos.

Valric apontou Torlin como o destinatário da forma do espírito, e o filho de Jerek aguardava a possessão com dignidade estoica, odiando o ato, pois isso lhe despojava de sua identidade, mas resignando-se à absoluta obediência a seu xamã.

Porém, desde o momento em que começou, Valric sabia que, em sua empolgação, havia ultrapassado a urgência da convocação.

Torlin gritou e caiu no chão, se contorcendo em agonia. Uma nuvem cinza o cercou, seus vapores em turbilhão moldando-se com sua forma, remodelando suas feições. Seu rosto inchava e se retorcia, e de repente saltou para fora na aparência da cabeça de um cavalo. Seu torso também se transformou em algo não humano. Valric pretendia apenas transmitir algumas das forças do espírito do Pégaso para Torlin, mas a própria entidade havia chegado, possuindo o homem completamente e curvando seu corpo à sua própria semelhança.

Torlin foi consumido.

Em seu lugar, pairava a forma fantasmagórica do cavalo alado. Todos na tribo se ajoelharam diante dela, mesmo Valric, que não podia encarar a imagem da Fera Espiritual. Mas o Pegasus conhecia os pensamentos do xamã e entendia as necessidades de seus filhos. A fumaça fumegava das narinas do espírito e subia no ar em busca dos intrusos que escapavam.

Os amigos haviam acomodado suas montarias em um ritmo mais confortável, embora ainda rápido. Livres de suas amarras, com o amanhecer diante deles e nenhum grupo em busca aparentemente os seguindo, eles se acalmaram um pouco. Bruenor brincou com o capacete, tentando empurrar o último amassado o suficiente para poder colocá-lo de novo em sua cabeça. Até Wulfgar, tão abalado há pouco tempo quando ouvira o canto do xamã, começou a relaxar.

Apenas Drizzt, sempre cauteloso, não estava tão facilmente convencido de sua fuga. Foi o drow quem primeiro sentiu a aproximação do perigo.

Nas cidades sombrias, os elfos negros costumavam lidar com seres de outro mundo e, ao longo de muitos séculos, adquiriram em sua raça uma sensibilidade para as emanações mágicas de tais criaturas. Drizzt parou o cavalo de repente e virou-se.

— O que você ouviu? — Bruenor perguntou a ele.

— Não ouço nada — respondeu Drizzt, com os olhos correndo em busca de algum sinal. — Mas há algo aqui.

Antes que pudessem responder, a nuvem cinzenta desceu do céu e estava sobre eles. Seus cavalos empinavam e se agitavam com terror incontrolável, na confusão, nenhum dos amigos conseguia entender o que estava acontecendo. O Pegasus então se formou bem na frente de Regis e o halfling sentiu um calafrio mortal nos seus ossos. Ele gritou e caiu de sua montaria.

Bruenor, andando ao lado de Regis, atacou a forma fantasmagórica sem medo. Mas seu machado descendente encontrou apenas uma nuvem de fumaça onde a aparição estava. Então, de repente, o fantasma voltou e Bruenor também sentiu o frio gélido de seu toque. Mais resistente que o halfling, ele conseguiu segurar seu pônei.

— O quê? — ele gritou em vão a Drizzt e Wulfgar.

Presa de Égide passou por ele e continuou até seu alvo. Mas o Pegasus era apenas fumaça novamente e o martelo de guerra mágico passou sem impedimentos através da nuvem rodopiante.

Em um instante, o espírito voltou, mergulhando sobre Bruenor. O pônei do anão girou no chão em um esforço frenético para se afastar da coisa.

— Não dá pra acertar essa coisa! — Drizzt gritou para Wulfgar, que fora correndo em socorro do anão. — Ele não existe totalmente neste plano!

As poderosas pernas de Wulfgar prenderam seu cavalo aterrorizado e ele atacou assim que Presa de Égide voltou a suas mãos.

Mas, novamente, seu golpe encontrou apenas fumaça.

— Então como? — ele gritou para Drizzt, seus olhos correndo para detectar os primeiros sinais do espírito que recuperava sua forma.

Drizzt procurou em sua mente por respostas. Regis ainda estava caído, deitado pálido e imóvel no campo, e Bruenor, apesar de não ter sido gravemente ferido na queda de seu pônei, parecia estar atordoado e tremendo com o frio sobrenatural. Drizzt agarrou-se a um plano desesperado. Ele tirou da bolsa a estátua de ônix da pantera e chamou Guenhwyvar.

O fantasma voltou, atacando com fúria renovada. Primeiro desceu sobre Bruenor, cobrindo o anão com suas asas frias.

— Maldito seja, volte pro seu abismo! — Bruenor rugiu em desafio corajoso.

Apressando-se, Wulfgar perdeu toda a visão do anão, exceto a cabeça do machado que explodia inofensivamente a fumaça.

Então a montaria do bárbaro parou, recusando-se, contra todos os esforços, a se aproximar mais do animal não-natural. Wulfgar saltou da sela e avançou, colidindo com a nuvem antes que o fantasma pudesse se reformar, sua barriga carregando ambos, ele e Bruenor, para o outro lado do manto enfumaçado. Eles se afastaram e olharam para trás, apenas para descobrir que o fantasma havia desaparecido completamente novamente.

As pálpebras de Bruenor caíram pesadamente e sua pele tinha um tom horrível de azul, pela primeira vez em sua vida, seu espírito indomável não tinha forças para a luta. Wulfgar também sofrera o toque gelado em sua passagem pelo fantasma, mas ainda estava mais do que pronto para outra rodada com a coisa.

— Nós não podemos lutar contra isso! — Bruenor ofegou por entre os dentes batendo. — Aparece pra atacar, mas se vai quando tentamos acertá-lo!

Wulfgar balançou a cabeça em desafio.

— Tem algum jeito! — afirmou teimosamente, apesar de ter que aceitar o argumento do anão. — Mas meu martelo não pode destruir nuvens!

Guenhwyvar apareceu ao lado de seu mestre e agachou-se, procurando o inimigo que ameaçava o drow.

Drizzt entendeu as intenções da gata.

— Não! — mandou. — Aqui não — o drow se lembrou de algo que Guenhwyvar havia feito vários meses antes. Para salvar Regis da pedra que caía de uma torre em ruínas, Guenhwyvar havia levado o halfling em uma jornada pelos planos da existência. Drizzt agarrou o pêlo grosso da pantera.

— Leve-me para a terra do fantasma — instruiu. — Para o seu próprio plano, onde minhas armas vão penetrar profundamente em seu ser substancial.

O fantasma apareceu novamente quando Drizzt e a gata desapareceram em sua própria nuvem.

— Continue atacando! — Bruenor disse ao companheiro. — Mantenha essa coisa como fumaça, assim não vai poder te acertar!

— Drizzt e a gata se foram! —gritou Wulfgar.

— Para a terra do fantasma — explicou Bruenor.

※

Drizzt levou um longo momento para se orientar. Ele havia chegado a um lugar de realidades diferentes, uma dimensão em que tudo, até sua própria pele, assumia o mesmo tom de cinza, com os objetos distinguíveis apenas por uma fina onda de preto que os delineava. Sua percepção de profundidade era inútil, pois não havia sombras, nem fontes de luz discerníveis para usar como guia. E ele não encontrou o pé, nada tangível debaixo dele, nem poderia sequer saber para que lado era para cima ou para baixo. Tais conceitos não pareciam se encaixar aqui.

Percebeu os contornos do Pegasus quando este pulava entre os planos, nunca totalmente em um lugar ou outro. Ele tentou abordá-lo e notou que a propulsão era um ato da mente, seu corpo automaticamente seguindo as instruções de sua vontade. Parou diante das linhas do pégaso, com sua cimitarra mágica pronta para atacar quando o alvo apareceu completamente.

Então o contorno do Pegasus ficou completo e Drizzt mergulhou sua lâmina na onda negra que marcava sua forma. A linha se mexeu e se dobrou, e o contorno da cimitarra também tremeu, pois aqui até as propriedades da lâmina de aço assumiam uma composição diferente. Mas o aço se mostrou mais forte e a cimitarra retomou sua borda curva e assim perfurou a linha do fantasma. Houve um formigamento repentino no cinza, como se o corte de Drizzt tivesse perturbado o equilíbrio do plano, e a linha do fantasma estremeceu em um tremor de agonia.

Wulfgar viu a nuvem de fumaça soprar de repente, quase se transformando na forma do fantasma.

— Drizzt! —gritou para Bruenor. — Ele encarou o fantasma em termos justos!

— Se prepara, então! — Bruenor respondeu ansiosamente, embora soubesse que seu papel na luta havia terminado. — O drow pode trazê-lo de volta pra cá por tempo suficiente para ser acertado! — Bruenor abraçou-se, tentando afastar o frio mortal de seus ossos, e tropeçou na forma imóvel do halfling.

O fantasma se voltou contra Drizzt, mas a cimitarra atacou novamente. E Guenhwyvar pulou na briga, as grandes garras da gata rasgando o contorno preto de seu inimigo. O Pegasus se afastou deles, entendendo que não tinha vantagem contra inimigos em seu próprio plano. Seu único recurso era uma retirada de volta ao plano material.

Onde Wulfgar esperava.

Assim que a nuvem retomou sua forma, Presa de Égide o atingiu. Wulfgar sentiu um ataque sólido por apenas um momento e soube que havia atingido seu alvo. Então a fumaça se formou diante dele.

O fantasma estava de volta com Drizzt e Guenhwyvar, novamente encarando seus implacáveis cortes e arranhões. Ele retornou ao plano material, e Wulfgar atacou rapidamente. Preso sem ter para onde recuar, o fantasma passou a ser atingido em ambos os planos. Toda vez que se materializava diante de Drizzt, o drow notava que seu contorno era mais fino e menos resistente a seus ataques. E toda vez que a nuvem se reformava diante de Wulfgar, sua densidade diminuía. Os amigos venceram e Drizzt assistiu com satisfação quando a essência do Pegasus escapou da forma material e flutuou através da escuridão.

— Leve-me para casa — instruiu o drow cansado a Guenhwyvar. Um momento depois, ele estava de volta ao campo, ao lado de Bruenor e Regis.

— Ele vai viver - Bruenor declarou categoricamente ao olhar indagador de Drizzt. — Tá mais pra desmaiado do que morto, pelo meu palpite.

A uma curta distância, Wulfgar também estava curvado sobre uma forma quebrada, retorcida e presa em uma transformação em algum lugar entre homem e animal.

— Torlin, filho de Jerek — explicou Wulfgar. Ele ergueu o olhar de volta para o acampamento bárbaro. — Valric fez isso. O sangue de Torlin suja suas mãos!

— Por escolha de Torlin, talvez? — supôs Drizzt.

— Nunca! — insistiu Wulfgar. — Quando nos encontramos em desafio, meus olhos viram a honra. Ele era um guerreiro. Nunca teria permitido isso!

Ele se afastou do cadáver, deixando seus restos mutilados enfatizarem o horror da possessão. Na pose congelada da morte, o rosto de Torlin retinha metade das feições de um homem e metade das do fantasma equino.

— Ele era filho do chefe deles — explicou Wulfgar. — Não podia recusar as exigências do xamã.

— Ele foi corajoso em aceitar esse destino — observou Drizzt.

— Filho do chefe deles? — bufou Bruenor. — Parece que colocamos ainda mais inimigos na estrada atrás de nós! Eles vão tentar acertar as contas.

— Eu também vou! — proclamou Wulfgar. — Você carrega o sangue dele, Valric Olho-Alto! — gritou para longe, fazendo suas palavras ecoarem pelos montes dos penhascos. Wulfgar olhou para os amigos, com raiva fervendo em suas feições, enquanto declarava sombriamente — Vingarei a desonra de Torlin.

Bruenor assentiu em aprovação com a dedicação do bárbaro aos seus princípios.

— Uma tarefa honrosa — Drizzt concordou, estendendo a lâmina para o leste, em direção a Sela Longa, a próxima parada ao longo da jornada. — Mas é uma para outro dia

Capítulo 7

Adaga e cajado

Entreri estava em uma colina a alguns quilômetros da Cidade das Velas, com a fogueira acesa em um fogo baixo atrás dele. Regis e seus amigos haviam usado o mesmo local para sua última parada antes de entrarem em Luskan e, na verdade, o fogo do assassino ardia no mesmo poço. No entanto, isso não foi uma coincidência. Entreri imitava todos os movimentos que o grupo do halfling havia feito desde que pegara sua trilha logo ao sul da Espinha do Mundo. Ele se moveria como eles se moveram, sombreando suas marchas em um esforço para entender melhor suas ações.

Agora, ao contrário do grupo diante dele, os olhos de Entreri não estavam na muralha da cidade, nem em direção a Luskan. Várias fogueiras haviam surgido durante a noite ao norte, na estrada de volta a Dez Burgos. Não era a primeira vez que aquelas luzes apareciam atrás dele, e o assassino sentiu que também estava sendo seguido. Diminuiu o ritmo frenético, imaginando que poderia facilmente recuperar o terreno enquanto os companheiros cuidavam de seus negócios em Luskan. Queria proteger suas costas de qualquer perigo antes de se concentrar em pegar o halfling. Entreri até deixou sinais reveladores de sua passagem, atraindo os perseguidores para mais perto.

Ele chutou as brasas do fogo e subiu de volta para a sela, decidindo que seria melhor encontrar uma espada cara a cara do que levar uma adaga nas costas.

Então, cavalgou pela noite, confiante na escuridão. Este era o seu momento, onde cada sombra aumentava a vantagem de quem vivia nas sombras.

Entreri amarrou sua montaria antes da meia-noite, perto o suficiente das fogueiras para terminar a caminhada a pé. Percebia agora que era uma caravana de comerciantes; não era algo incomum a caminho de Luskan nessa época do ano. Mas seu senso de perigo o incomodava. Muitos anos de experiência aperfeiçoaram seu instinto de sobrevivência e ele sabia que não deveria ignorá-lo.

Ele entrou, procurando o caminho mais fácil até o círculo de carroças. Os comerciantes sempre alinhavam muitas sentinelas ao redor do perímetro de seus acampamentos, e até os cavalos puxados apresentavam um problema, pois os comerciantes os mantinham presos ao lado de seus arreios.

Ainda assim, o assassino não desperdiçaria sua ida. Ele já tinha chegado tão longe, pretendia descobrir o propósito daqueles que o seguiam. Deslizando de bruços, caminhou até o perímetro e começou a circular o acampamento sob o anel defensivo. Silencioso demais para ouvidos atentos, passou por dois guardas brincando com ossos. Então se abaixou entre os cavalos, fazendo os animais abaixarem as orelhas com medo, mas permanecerem calados.

A meio caminho do círculo, já estava quase convencido de que era uma caravana comum, prestes a voltar à noite quando ouviu uma voz feminina familiar.

— Você disse que viu um ponto de luz ao longe. — Entreri parou, pois sabia quem falava.

— Sim. Ali — respondeu um homem.

Entreri deslizou entre as duas carroças próximas e espiou para o lado. Os falantes estavam a uma curta distância dele, atrás da carroça seguinte, espiando a noite na direção de seu acampamento. Ambos estavam vestidos para a batalha, a mulher portando sua espada confortavelmente.

— Eu subestimei você — Entreri sussurrou para si mesmo enquanto olhava Cattibrie. Sua adaga cravejada de joias já estava em sua mão.

— Um erro que não vou repetir — acrescentou, depois se agachou e procurou um caminho para seu alvo.

— Você foi bom comigo, por me trazer tão rápido — disse Cattibrie. — Eu devo a você, como Regis e os outros deverão.

— Então me diga — insistiu o homem. — O que causa tanta urgência? — Cattibrie lutou com as memórias do assassino. Ela ainda não havia chegado a um acordo com seu terror naquele dia na casa do halfling, e sabia que não o faria até ter vingado a morte dos dois amigos anões e resolvido a sua própria humilhação. Os lábios dela se apertaram e ela não respondeu.

— Como quiser — cedeu o homem. — Seus motivos justificam a pressa, não duvidamos. Se parecermos bisbilhoteiros, isso mostra apenas o nosso desejo de te ajudar da maneira que pudermos.

Cattibrie virou-se para ele, com um sorriso de sincera apreciação em seu rosto. Já havia sido dito o suficiente. Os dois se levantaram e encararam o horizonte vazio em silêncio.

Silenciosa também era a aproximação da morte.

Entreri saiu de debaixo da carroça e subiu subitamente entre eles, com uma mão estendida para cada um. Ele agarrou o pescoço de Cattibrie com força suficiente para impedi-la de gritar, e silenciou o homem para sempre com sua lâmina.

Olhando através da largura dos ombros de Entreri, Cattibrie viu a expressão horrível grudada no rosto de seu companheiro, mas não conseguia entender por que ele não havia gritado, pois sua boca não estava coberta.

Entreri se mexeu um pouco e ela soube. Apenas o punho da adaga de joias era visível, com sua lâmina fincada na parte de baixo do queixo do homem. A lâmina delgada encontrara o cérebro do homem antes que ele percebesse o perigo. Entreri usou o cabo da arma para guiar sua vítima silenciosamente até o chão, depois a soltou.

Mais uma vez a mulher se viu paralisada diante do horror de Entreri. Ela sentiu que deveria se afastar e gritar para o acampamento, mesmo que ele certamente a matasse. Ou puxar sua espada e pelo menos tentar revidar. Mas ela assistiu impotente enquanto Entreri tirava sua própria adaga de seu cinto e a puxava para baixo com ele, substituindo-a na ferida fatal do homem.

Então, ele pegou a espada dela e a empurrou para baixo da carroça, além do perímetro do acampamento.

"Por que não consigo gritar?" ela perguntou a si mesma repetidamente, pois o assassino, confiante no nível de terror, nem sequer a segurou com força enquanto se afundavam na noite. Ele sabia, e ela tinha que admitir para si mesma, que não desistiria de sua vida tão facilmente.

Finalmente, quando estavam a uma distância segura do acampamento, ele a girou para encará-lo – e à adaga.

— Me seguir? — perguntou, rindo dela. — O que você poderia esperar ganhar?

Ela não respondeu, mas encontrou um pouco de sua força retornando.

Entreri também sentiu:

— Se você gritar, eu mato você — declarou sem rodeios. — E então, pela minha palavra, voltarei aos mercadores e os matarei todos também!

Ela acreditou nele.

— Eu frequentemente viajo com os comerciantes — mentiu, segurando o tremor na voz. — É um dos deveres do meu posto como soldado de Dez Burgos.

Entreri riu dela novamente. Então olhou para a distância, com suas feições assumindo uma inclinação introspectiva.

— Talvez isso ajude a meu favor — disse retoricamente, com o início de um plano formulado em sua mente.

Cattibrie estudou-o, preocupada que ele tivesse encontrado uma maneira de transformar sua excursão em danos para seus amigos.

— Eu não vou te matar... ainda — disse o assassino à jovem. — Quando encontrarmos o halfling, seus amigos não o defenderão. Por causa de você.

— Não vou fazer nada pra te ajudar! — cuspiu Cattibrie.— Nada!

— Precisamente —sibilou Entreri. — Você não fará nada. Não com uma lâmina no seu pescoço — ele levou a arma até a garganta dela em uma provocação mórbida —, arranhando sua pele macia. Quando eu terminar meus negócios, menina corajosa, seguirei em frente, e você ficará com sua vergonha e sua culpa. E suas respostas aos comerciantes que acreditam que você matou o companheiro deles!

Na verdade, Entreri não acreditou por um momento que seu truque simples com a adaga de Cattibrie enganaria os comerciantes. Era apenas uma arma psicológica voltada para a jovem, projetada para incutir mais uma dúvida e dar algo mais para ela se preocupar em sua confusão de emoções.

Cattibrie não respondeu às declarações do assassino com nenhum sinal de emoção. "Não", disse a si mesma, "não será assim"!

Mas no fundo, se perguntava se sua determinação apenas mascarava seu medo, sua própria crença de que seria retida pelo horror da presença de Entreri e que a cena se desenrolaria exatamente como ele havia previsto.

Jierdan encontrou o acampamento com pouca dificuldade. Dendybar havia usado sua magia para rastrear o misterioso cavaleiro desde as montanhas e apontou o soldado na direção certa.

Tenso e com a espada desembainhada, Jierdan adentrou o local. O lugar estava deserto, mas não estava assim há muito tempo. Mesmo a alguns metros de distância, o soldado de Luskan podia sentir o calor moribundo da fogueira. Agachando-se para mascarar sua silhueta contra a linha do horizonte, ele se arrastou em direção a uma mochila e ao cobertor ao lado do fogo.

Entreri montou seu cavalo de volta ao acampamento lentamente, imaginando que o que havia deixado poderia ter atraído alguns visitantes. Cattibrie estava sentada à sua frente, amarrada e amordaçada, embora acreditasse plenamente, para seu nojo de si mesma, que o próprio terror tornava desnecessárias as amarras.

O assassino cauteloso percebeu que alguém havia entrado no acampamento antes mesmo de chegar perto do local. Ele deslizou da sela, levando sua prisioneira com ele.

— É um corcel nervoso — explicou a Cattibrie, sentindo óbvio prazer no aviso sombrio enquanto a amarrava às patas traseiras do cavalo. — Se você lutar, ele te matará a coices.

Então Entreri se foi; misturando-se à noite como se fosse uma extensão de sua escuridão.

Jierdan deixou cair a mochila de volta ao chão, frustrado, pois seu conteúdo era apenas material de viagem padrão e não revelava nada sobre o proprietário. O soldado era um veterano de muitas campanhas e já vencera homens e orcs centenas de vezes, mas agora estava nervoso, sentindo algo incomum e mortal no cavaleiro. Um homem com a coragem de andar sozinho no trajeto brutal de Vale do Vento Gélido a Luskan não era novato nos caminhos da batalha.

Então, Jierdan ficou surpreso, mas não muito, quando a ponta de uma lâmina repousou repentinamente na cavidade vulnerável na parte de trás do seu pescoço, logo abaixo da base do crânio. Ele não se mexeu nem falou, esperando que o cavaleiro pedisse alguma explicação antes de afundar a arma.

Entreri viu que sua mochila havia sido revistada, mas reconheceu o uniforme peludo - sabia que esse homem não era um ladrão.

— Estamos além dos limites da sua cidade — disse, segurando a faca com firmeza. — Que negócios você tem no meu acampamento, soldado de Luskan?

— Eu sou Jierdan do portão norte — respondeu. — Eu vim encontrar um cavaleiro de Vale do Vento Gélido.

— Que cavaleiro?

— Você.

Entreri ficou perplexo e desconfortável com a resposta do soldado. Quem enviou esse homem e como ele sabia onde procurar? Os primeiros pensamentos do assassino se concentraram no grupo de Regis. Talvez o halfling tivesse conseguido alguma ajuda da guarda da cidade. Entreri enfiou a faca de volta na bainha, certo de poder recuperá-la a tempo de impedir qualquer ataque.

Jierdan também entendeu a confiança calma do ato, e quaisquer pensamentos que pudesse ter sobre atacar esse homem voaram dele.

— Meu mestre deseja sua audiência — disse, pensando em se explicar mais completamente. — Uma reunião para seu benefício mútuo.

— Seu mestre? — perguntou Entreri.

— Um cidadão de alto nível — explicou Jierdan. — Ele ouviu falar da sua vinda e acredita que pode ajudar com sua busca.

— O que ele sabe dos meus negócios? — rebateu Entreri, irritado por alguém ter ousado espioná-lo. Mas também ficou aliviado, pois o envolvimento de alguma outra estrutura de poder na cidade explicava muito e possivelmente eliminava a suposição lógica de que o halfling estava por trás dessa reunião.

Jierdan deu de ombros.

— Sou apenas o mensageiro dele. Mas também posso ajudá-lo. No portão.

— Dane-se o portão — rosnou Entreri. — Eu vou pela muralha. É uma rota mais direta para os lugares que procuro.

— Mesmo assim, conheço esses lugares e as pessoas que os controlam.

A faca saltou de volta, parando logo antes da garganta de Jierdan.

— Você conhece muito, mas explica pouco. Você joga jogos perigosos, soldado de Luskan.

Jierdan não piscou.

— Quatro heróis de Dez Burgos chegaram a Luskan há cinco dias: um anão, um halfling, um bárbaro e um elfo negro. — Mesmo Artemis Entreri não conseguiu esconder uma pitada de entusiasmo pela confirmação de suas suspeitas, e Jierdan notou os sinais. — A localização exata deles me escapa, mas eu sei qual área onde estão escondidos. Está interessado?

A faca voltou a sua bainha.

— Espere aqui — instruiu Entreri. — Eu tenho uma companheira que viajará conosco.

— Meu mestre disse que você cavalgava sozinho — indagou Jierdan. O sorriso vil de Entreri enviou um arrepio pela espinha do soldado.

— Eu a adquiri — explicou. — Ela é minha e isso é tudo o que você precisa saber.

Jierdan não insistiu. Seu suspiro de alívio foi audível quando Entreri desapareceu de vista.

Cattibrie cavalgou até Luskan desamarrada e sem a mordaça, mas o domínio de Entreri sobre ela não era menos restritivo. Seu aviso para ela quando a recuperou no campo fora sucinto e inegável:

— Uma movimentação idiota — dissera — e você morre. E você morre sabendo que o anão, Bruenor, sofrerá por sua insolência.

O assassino não contou mais a Jierdan sobre ela, e o soldado não perguntou, embora a mulher o intrigasse mais do que um pouco. Dendybar obteria as respostas, Jierdan sabia.

Eles foram para a cidade mais tarde naquela manhã, sob o olhar desconfiado do Vigia do Portão Norte. Custou a Jierdan o salário de uma semana para suborná-lo, e o soldado sabia que deveria ainda mais quando retornasse naquela noite, pois o acordo original com o Vigia Diurno permitia a passagem de um estranho; nada fora dito sobre a mulher. Mas se as ações de Jierdan lhe trouxessem o favor de Dendybar, então valeriam o preço.

De acordo com o código da cidade, os três deixaram seus cavalos no estábulo do lado de fora da muralha, e Jierdan conduziu Entreri e Cattibrie pelas ruas da Cidade das Velas, passando pelos comerciantes e vendedores de olhos sonolentos que estavam fora desde antes do amanhecer no coração da cidade.

O assassino não ficou surpreso uma hora depois, quando chegaram a um longo bosque de pinheiros espessos. Ele suspeitava que Jierdan estivesse de alguma forma conectado a esse lugar. Eles passaram por uma interrupção na fila de pinheiros e ficaram diante da estrutura mais alta da cidade, a Torre Central do Arcano.

— Quem é seu mestre? — Entreri perguntou sem rodeios.

Jierdan riu, seus nervos reforçados pela visão da torre de Dendybar.

— Você o encontrará em breve.

— Eu vou saber agora — rosnou Entreri. — Ou a nossa reunião terminou. Estou na cidade, soldado, e não preciso mais da sua ajuda.

— Eu poderia mandar os guardas expulsarem você — Jierdan respondeu. — Ou pior!

Mas Entreri teve a última palavra.

— Eles nunca encontrariam os restos de seu corpo — prometeu, com a fria certeza de seu tom drenando o sangue do rosto de Jierdan.

Cattibrie observou a troca com mais do que uma preocupação passageira pelo soldado, imaginando se chegaria o momento em que ela poderia explorar a natureza desconfiada de seus captores para sua própria vantagem.

— Sirvo a Dendybar, o Malhado, Mestre do Pináculo do Norte — declarou Jierdan, buscando mais força com a menção do nome de seu poderoso mentor.

Entreri já ouvira o nome antes. A Torre Central era um tópico comum dos sussurros ao redor de Luskan e da paisagem circundante, e o nome de Dendybar, o Malhado, surgia com frequência em conversas, descrevendo o mago como um ambicioso candidato ao poder na torre e sugerindo um lado sombrio e sinistro do homem que lhe permitia conseguir o que queria. Ele era perigoso, mas potencialmente um poderoso aliado. Entreri ficou satisfeito.

— Leve-me até ele agora — disse a Jierdan. — Vamos descobrir se temos negócios ou não.

Sydney estava esperando para escoltá-los da sala de entrada da Torre Central. Não oferecendo qualquer apresentação e pedindo por nenhuma, ela os conduziu através das passagens sinuosas e das portas secretas até o salão de reuniões de Dendybar, o Malhado. O mago esperava lá em grande estilo, vestindo suas melhores roupas e com um fabuloso almoço diante de si.

— Saudações, cavaleiro — disse Dendybar após momentos de silêncio necessários, mas desconfortáveis, enquanto cada uma das partes avaliava a outra. — Eu sou Dendybar, o Malhado, como você já sabe. Você e sua companheira adorável participarão da minha mesa?

A voz rouca dele irritava os nervos de Cattibrie, e, embora ela não comesse desde o jantar do dia anterior, não tinha apetite pela hospitalidade desse homem.

Entreri a empurrou para frente:

— Coma — ordenou.

Ela sabia que Entreri a estava testando e aos magos. Mas estava na hora dela testar Entreri também.

— Não — respondeu ela, olhando-o diretamente nos olhos.

O tapa dele a derrubou no chão. Jierdan e Sydney fizeram menção de ir até ela reflexivamente, mas, não vendo ajuda vir de Dendybar, pararam rapidamente e recostaram-se para assistir. Cattibie se afastou do assassino e permaneceu agachada na defensiva.

Dendybar sorriu para o assassino.

— Você respondeu algumas das minhas perguntas sobre a garota — disse com um sorriso divertido. — A que propósito ela serve?

— Eu tenho meus motivos — foi tudo o que Entreri respondeu.

— É claro. E posso saber seu nome? — a expressão de Entreri não mudou. — Você procura os quatro companheiros de Dez Burgos, eu sei — continuou Dendybar, não desejando disfarçar a questão. — Também os procuro, mas por motivos diferentes, tenho certeza.

— Você não sabe nada dos meus motivos — respondeu Entreri.

— Nem me importo — riu o mago. — Podemos nos ajudar mutuamente em nossos objetivos separados. Isso é tudo que me interessa.

— Não peço ajuda.

Dendybar riu novamente.

— Eles são uma força poderosa, cavaleiro. Você os subestima.

— Talvez — respondeu Entreri. — Mas você perguntou meu objetivo, mas não ofereceu o seu. Que negócios a Torre Central tem com viajantes de Dez Burgos?

— Uma pergunta justa - respondeu Dendybar. — Mas devo esperar até formalizarmos um acordo antes de dar uma resposta.

— Então não vou dormir bem por me preocupar — cuspiu Entreri.

Mais uma vez o mago riu.

— Você pode mudar de ideia antes que isso termine — disse. — Por enquanto ofereço um sinal de boa fé. Os companheiros estão na cidade. Perto das docas. Eles deveriam ficar no Cutelo. Você conhece?

Entreri assentiu, agora muito interessado nas palavras do mago.

— Mas nós os perdemos nos becos no lado oeste da cidade.

Dendybar explicou, lançando um olhar para Jierdan que fez o soldado se mexer inquieto.

— E qual é o preço dessa informação? — Entreri perguntou.

— Nenhum — respondeu o mago. — Dizê-la a você ajuda a minha própria causa. Você conseguirá o que deseja; o que desejo permanecerá para mim.

Entreri sorriu, entendendo que Dendybar pretendia usá-lo como cão de caça para farejar a presa.

— Minha aprendiz vai mostrar a saída — disse Dendybar, apontando para Sydney.

Entreri virou-se para sair, parando para encontrar o olhar de Jierdan.

— Cuidado com o meu caminho, soldado — alertou o assassino. — Os abutres comem depois que o gato festeja!

— Quando ele me mostrar o drow, eu terei a cabeça dele — Jierdan rosnou quando eles se foram.

— Você deve se manter longe daquele lá — instruiu Dendybar.

Jierdan olhou para ele, intrigado.

— Certamente você o quer vigiado.

— Certamente — concordou Dendybar. — Mas por Sydney, não por você. Guarde sua raiva — disse, notando a careta indignada. — Eu preservo sua vida. Seu orgulho é realmente grande e você ganhou esse direito. Mas este está além da sua capacidade, meu amigo. A lâmina dele o atingiria antes que você soubesse que ele esteve lá.

Do lado de fora, Entreri levou Cattibrie para longe da Torre Central sem dizer uma palavra, repetindo e revendo silenciosamente a reunião, pois sabia que não tinha visto Dendybar e seus companheiros pela última vez.

Cattibrie também ficou contente com o silêncio, envolvida em suas próprias contemplações. Por que um mago da Torre Central procuraria Bruenor e os outros? Vingança por Akar Kessell, o mago louco que seus amigos haviam ajudado a derrotar antes do inverno passado? Ela tornou a olhar para a estrutura em forma de árvore e para o assassino ao seu lado, espantada e horrorizada com a atenção que seus amigos haviam atraído para si.

Então, olhou em seu próprio coração, reavivando seu espírito e sua coragem. Drizzt, Bruenor, Wulfgar e Regis precisariam da ajuda dela antes que tudo acabasse. Não poderia falhar com eles.

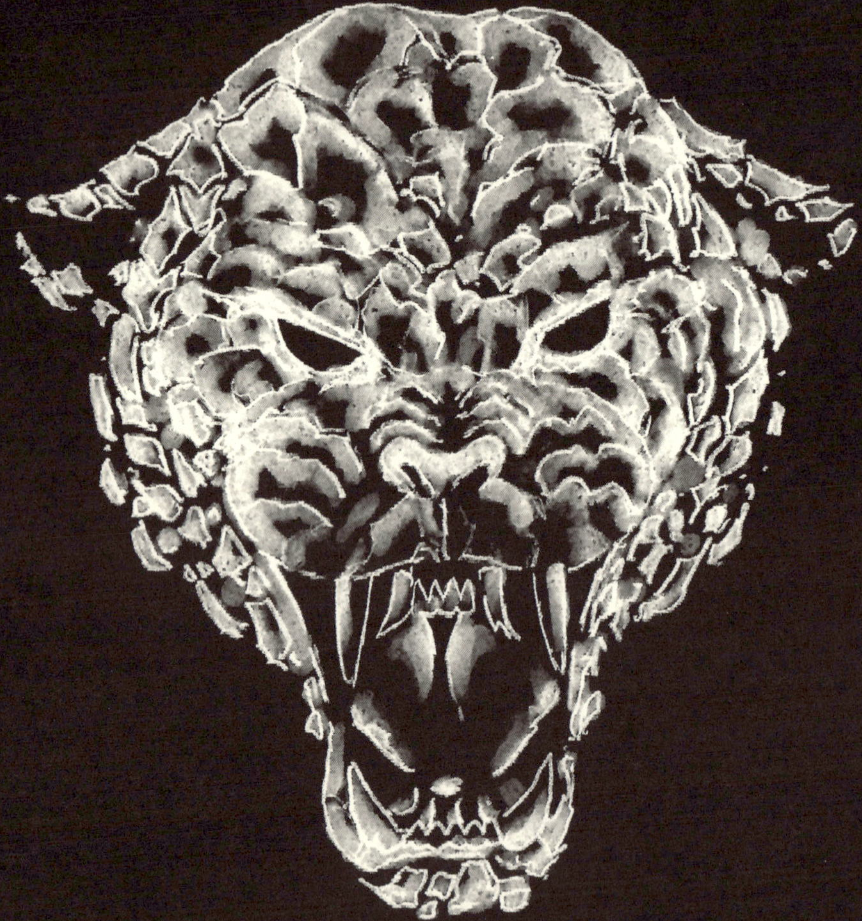

Parte 2
Aliados

Ele quer ir para casa. Ele quer encontrar um mundo que já conheceu. Eu não sei se é a promessa de riqueza ou de simplicidade que agora impulsiona Bruenor. Ele quer ir e encontrar o Salão de Mitral, para limpá-lo de qualquer monstro que possa agora lá habitar, para recuperá-lo para o Clã Martelo de Batalha.

Na superfície, esse desejo parece uma coisa razoável, até nobre. Todos nós procuramos aventura, e para aqueles cujas famílias viveram em nobre tradição, o desejo de vingar um erro e restaurar o nome e posição de sua família não pode ser subestimado.

Nosso caminho para o Salão de Mitral provavelmente não será fácil. Muitas terras perigosas e não civilizadas ficam entre Vale do Vento Gélido e a região a leste de Luskan, e certamente essa estrada promete tornar-se ainda mais escura, se encontrarmos a entrada para as minas perdidas dos anões.

Mas estou cercado por amigos capazes e poderosos, e por isso não temo monstros – nenhum contra o qual possamos lutar com uma espada, pelo menos. Não! Meu único medo em relação a essa jornada que empreendemos, é o medo por Bruenor Martelo de Batalha. Ele quer ir para casa, e há muitas boas razões para fazê-lo. Ainda existe um bom motivo para que ele não deva, e se esse motivo - a nostalgia - é a fonte de seu desejo, então temo que fique amargamente decepcionado.

A nostalgia é possivelmente a maior das mentiras que todos dizemos a nós mesmos. É o encobrimento do passado para ajustar-se às sensibilidades do presente. Para alguns, isso traz um certo conforto, um senso de si e de origem, mas outros, temo eu, levam essas memórias alteradas longe demais e, por isso, paralisam às realidades ao seu redor.

Quantas pessoas anseiam por esse "mundo passado, mais simples e melhor", eu me pergunto, sem nunca reconhecer a verdade de que talvez fossem elas mesmas que tenham sido mais simples e melhores, e não o mundo a seu redor?

Como um elfo drow, espero viver vários séculos, mas as primeiras décadas de vida de um drow e de um elfo da superfície não são tão diferentes em termos de desenvolvimento emocional das de um humano, de um halfling ou de um anão. Também me lembro do idealismo e da energia de meus dias mais jovens, quando o mundo parecia um lugar descomplicado, quando o certo e o errado estavam claramente escritos no caminho antes de cada passo. Talvez, de uma maneira estranha, por meus primeiros anos terem sido tão cheios de experiências terríveis, tão cheios de um ambiente e de uma experiência que eu simplesmente não podia tolerar, esteja melhor agora. Pois, ao contrário de muitos daqueles que encontrei na superfície, minha existência melhorou constantemente.

Será que isso contribuiu para o meu otimismo, por minha própria existência e por todo o mundo ao meu redor?

Muitas pessoas, particularmente os humanos que passaram pela metade de suas vidas, continuam a olhar para trás em busca de seu paraíso, continuam a afirmar que o mundo era um lugar muito melhor quando eram jovens.

Não posso acreditar nisso. Podem haver casos específicos em que isso seja verdade – um rei tirano substitui um governante compassivo, uma era de saúde envolve a terra após uma praga – mas eu acredito, preciso acreditar, que as pessoas do mundo estão sempre melhorando, que a evolução natural das civilizações, embora não necessariamente em uma progressão linear, se mova em direção ao aprimoramento do mundo. Porque sempre que se encontra uma maneira melhor, as pessoas gravitam naturalmente nessa direção, enquanto as experiências fracassadas são abandonadas. Ouvi as representações de Wulfgar da história de seu povo, as tribos bárbaras de Vale do Vento Gélido, por exemplo, e fico impressionado e horrorizado com a brutalidade de seu passado, a constante luta de tribos contra tribos, o estupro generalizado de mulheres capturadas e tortura de homens capturados. Os membros da tribo de Vale do Vento Gélido ainda são muito brutais, sem dúvida, mas não estão, caso se acredite nas tradições orais, em pé de igualdade com seus antecessores. E isso faz todo o sentido para mim, portanto, tenho esperanças de que a tendência continue. Talvez um dia surja um grande líder bárbaro que realmente encontre amor com uma mulher, que encontre uma esposa que lhe force uma medida de respeito praticamente desconhecida entre os bárbaros. Será que esse líder elevará um pouco o status das mulheres entre as tribos?

Se isso acontecer, as tribos bárbaras de Vale do Vento Gélido encontrarão uma força que simplesmente não entendem dentro da metade de sua população. Se isso acontecer, se as mulheres bárbaras encontrarem uma elevação de status, então os homens da tribo nunca, jamais, as forçarão de volta a seus papéis atuais que só podem ser descritos como escravidão.

E todos eles, homem e mulher, terão mudado para melhor.

Porque, para que a mudança seja duradoura entre as criaturas racionais, essa mudança deve ser para melhor. E assim civilizações, povos, evoluem para uma melhor compreensão e um lugar melhor.

Porque para as Matriarcas Mães de Menzoberranzan, assim como em muitas gerações de famílias tiranas, como para muitos ricos proprietários de terras, a mudança pode ser vista como uma ameaça definitiva à sua base de poder e, portanto, sua resistência a ela parece lógica, até esperada. Como, então, podemos encontrar uma explicação no fato de que tantas e tantas pessoas, mesmo aquelas que vivem na miséria como seus pais e os pais de seus pais, e geração após geração, veem qualquer mudança com o mesmo medo e repulsa? Por que o camponês mais humilde não desejaria a evolução da civilização, se essa evolução poderia levar a uma vida melhor para seus filhos?

Isso pareceria lógico, mas vi que não é esse o caso, para muitos, se não a maioria dos seres humanos de vida curta que passaram dos seus anos mais fortes e saudáveis, aqueles que deixaram seus dias melhores para trás - aceitar qualquer mudança não parece fácil. Não, muitos deles se apegam ao passado, quando o mundo era "mais simples e melhor". Eles lamentam a mudança em um nível pessoal, como se quaisquer melhorias que aqueles que vierem atrás deles pudessem fazer fossem lançar uma luz brilhante e reveladora sobre suas próprias falhas.

Talvez seja isso. Talvez seja um dos nossos medos mais básicos, forjado de um orgulho tolo, que nossos filhos conhecerão melhor do que nós. Ao mesmo tempo em que tantas pessoas divulgam as virtudes de seus filhos, existe algum medo profundo de que esses filhos vejam os erros de seus pais?

Não tenho respostas para esse aparente paradoxo, mas, pelo bem de Bruenor, oro para que ele procure o Salão de Mitral pelas razões certas, pela aventura e pelo desafio, pelo bem de sua herança e pela restauração do nome de sua família, e não por qualquer desejo que possa ter de fazer o mundo como era antes.

A nostalgia é uma coisa necessária, acredito, e uma maneira de todos nós encontrarmos paz naquilo que realizamos, ou até deixamos de realizar. Ao mesmo tempo, se a nostalgia precipita ações para retornar àquele tempo fabuloso e cor de rosa, particularmente quem acredita que sua vida é um fracasso, então é uma coisa vazia, fadada a produzir nada além de frustração e uma sensação ainda maior de fracasso.

Pior ainda, se a nostalgia lança barreiras no caminho da evolução, então é algo realmente limitante.

—Drizzt Do'Urden

Capítulo 8

Para o perigo das aves que voam baixo

Os companheiros romperam as trilhas tortuosas dos rochedos no final da tarde, para seu alívio absoluto. Tinham levado algum tempo para reunir suas montarias após o encontro com o Pegasus, particularmente o pônei do halfling, que fugira no início da luta quando Regis caiu. Na verdade, o pônei não seria montado novamente; estava muito nervoso e Regis não estava em condições de cavalgar. Drizzt, porém, insistira em que os cavalos e os pôneis fossem encontrados, lembrando aos companheiros de sua responsabilidade com os fazendeiros, especialmente considerando a maneira como haviam se apropriado das criaturas.

Regis agora estava sentado diante de Wulfgar no garanhão do bárbaro, liderando o caminho com seu pônei amarrado atrás com Drizzt e Bruenor a uma curta distância atrás, guardando a retaguarda. Wulfgar manteve os braços grandes ao redor do halfling, seu aperto protetor seguro o suficiente para permitir a Regis um sono um tanto necessário.

— Mantenha o pôr do sol às nossas costas — Drizzt instruiu ao bárbaro.

Wulfgar sinalizou sua compreensão e olhou para trás para confirmar seu rumo.

— Pança-Furada não conseguiria encontrar um lugar mais seguro em todos os Reinos — Bruenor comentou para o drow.

Drizzt sorriu.

— Wulfgar se saiu bem.

— Sim — concordou o anão, obviamente satisfeito. — Mas eu fico me perguntando por quanto tempo posso ficar o chamando de garoto! Você tinha que ter visto o Cutelo, elfo — o anão riu. — Um monte de piratas que não viam nada além do mar há um ano e um dia não poderia ter feito mais estrago!

— Quando deixamos o Vale, fiquei preocupado se Wulfgar estava pronto para as muitas sociedades deste mundo — respondeu Drizzt. — Agora me preocupo que o mundo não esteja pronto para ele. Você deve estar orgulhoso.

— Você teve tanto impacto nele quanto eu — disse Bruenor. — Ele é meu garoto, elfo, como se fosse meu filho. Nem pensou nos seus próprios medos no campo lá atrás. Nunca vi tanta coragem em um humano como quando você foi para o outro plano. Ele esperou – ele desejou, eu asseguro! – que o animal miserável voltasse para que pudesse dar um bom golpe para vingar o mal que ele fez pra mim e pro halfling.

Drizzt desfrutou desse raro momento de vulnerabilidade do anão. Algumas vezes antes, ele vira Bruenor derrubar sua fachada insensível, no elevado no Vale do Vento Gélido, quando o anão pensava no Salão de Mitral e nas memórias maravilhosas de sua infância.

— Sim, eu tô orgulhoso — continuou Bruenor. — E me sentindo disposto a seguir sua liderança e confiar nas suas escolhas.

Drizzt só pôde concordar, tendo chegado às mesmas conclusões muitos meses antes, quando Wulfgar uniu os povos bárbaros de Vale do Vento Gélido e dez-burgueses, em uma defesa comum contra o rigoroso inverno da tundra. Ele ainda estava preocupado em trazer o jovem guerreiro para situações como a das docas de Luskan, pois sabia que muitas das melhores pessoas dos Reinos pagavam caro por seus primeiros encontros com as guildas e estruturas de poder clandestinas de uma cidade, e a profunda compaixão e código de honra inabalável de Wulfgar poderiam ser manipulados contra ele.

Mas na estrada, nos ermos, Drizzt sabia que nunca encontraria um companheiro mais valioso.

Não encontraram mais problemas naquele dia ou noite, e na manhã seguinte chegaram à estrada principal: a rota comercial de Águas Profundas para Mirabar, passando por Sela Longa no caminho. Nenhum ponto de referência se destacava para guiá-los, como Drizzt previra, mas devido ao seu plano de manter mais a leste do que a linha reta a sudeste, a direção deles a partir dali era claramente sul.

Regis parecia muito melhor neste dia e estava ansioso para ver Sela Longa. Só ele do grupo fora à casa da família de magos Harpell e estava ansioso para rever o lugar estranho, e muitas vezes extravagante, novamente.

Porém, suas conversas animadas apenas aumentaram as apreensões de Wulfgar, pois a desconfiança do bárbaro das artes das trevas era profunda. Entre o povo de Wulfgar, os magos eram vistos como covardes e trapaceiros malignos.

— Quanto tempo devemos permanecer neste lugar? — ele perguntou a Bruenor e Drizzt, que, com os penhascos seguros atrás deles, haviam subido a seu lado na estrada larga.

— Até conseguirmos algumas respostas — respondeu Bruenor. — Ou até descobrirmos um lugar melhor para ir.

Wulfgar teve que ficar satisfeito com a resposta.

Logo passaram por algumas das fazendas mais afastadas, atraindo olhares curiosos dos homens nos campos que se apoiavam em suas enxadas e ancinhos para estudar o grupo. Pouco após o primeiro desses encontros, eles foram recebidos na estrada por cinco homens armados chamados Longinetes, representando a vigilância externa da cidade.

— Saudações, viajantes — disse um educadamente. — Podemos perguntar suas intenções nessas partes?

— Você pode... — Começou Bruenor, mas Drizzt interrompeu sua observação sarcástica com a mão estendida.

— Viemos ver os Harpells — respondeu Regis. — Nosso negócio não diz respeito à sua cidade, embora procuremos o conselho sábio da família na mansão.

— Saudações, então — respondeu o Longinete. — A colina da Mansão de Hera fica poucos quilômetros adiante, antes de Sela Longa propriamente dita. — ele parou de repente, notando o drow. — Nós poderíamos escoltá-los, se vocês desejarem — ofereceu pigarreando em um esforço para esconder educadamente o olhar surpreso para o elfo negro.

— Não é necessário — disse Drizzt. — Garanto-lhe que podemos encontrar o caminho e que não queremos fazer mal a nenhuma das pessoas de Sela Longa.

— Muito bem. — O Longinete deu um passo para o lado e os companheiros continuaram.

— Mas fiquem na estrada — ele gritou atrás deles. — Alguns dos fazendeiros ficam preocupados com as pessoas próximas aos limites de suas terras.

— Eles são gentis — explicou Regis a seus companheiros enquanto se afastavam pela estrada — e confiam em seus magos.

— Gentis mas cautelosos — Drizzt retrucou, apontando para um campo distante onde a silhueta de um homem montado mal era visível na linha das árvores distantes. — Estamos sendo vigiados.

— Mas não se incomode — disse Bruenor. — E isso é mais do que podemos dizer sobre qualquer lugar que estivemos até agora!

A Mansão de Hera compreendia uma pequena colina com três prédios, dois deles semelhantes ao design baixo de madeira das casas de fazenda. O terceiro, porém, era diferente de tudo que os quatro companheiros já haviam visto. Suas paredes giravam em ângulos agudos a cada poucos metros, criando nichos dentro de nichos e dezenas e dezenas de pináculos brotavam do telhado de muitos ângulos, completamente diferentes entre si. Mil janelas eram visíveis somente nessa direção, algumas enormes, outras não maiores que uma fenda para flechas.

Nenhum projeto, nenhum plano ou estilo arquitetônico geral podia ser encontrado aqui. A mansão dos Harpells era uma colagem de ideias independentes e experimentos em criação mágica. Mas havia verdadeiramente uma beleza dentro do caos, uma sensação de liberdade que desafiava o termo "estrutura" e trazia consigo um sentimento de boas-vindas.

Uma cerca de madeira circundava a colina e os quatro amigos se aproximaram com curiosidade, se não com entusiasmo. Não havia portão, apenas uma abertura e a estrada continuando por ela. Sentado em um banquinho dentro da cerca, olhando fixamente para o céu, estava um homem gordo e barbudo, com uma túnica carmim.

Ele notou sua chegada com um sobressalto.

— Quem são vocês e o que vocês querem? — exigiu abruptamente, irritado com a interrupção de sua meditação.

— Viajantes cansados — respondeu Regis. — Viemos buscar a sabedoria dos famosos Harpells.

O homem não pareceu impressionado.

— E? — ele solicitou.

Regis virou-se impotente para Drizzt e Bruenor, mas eles só puderam responder dando de ombros, sem entender o que mais lhes era exigido. Bruenor começou a mover seu pônei na frente para reiterar as intenções do grupo quando outro homem de túnica saiu da mansão para se juntar ao primeiro.

Ele trocou algumas palavras calmas com o mago gordo, depois virou-se para a estrada.

— Saudações — ofereceu aos companheiros. — Desculpe o pobre Regweld aqui — ele deu um tapinha no ombro do mago gordo —, porque ele teve uma incrível maré de azar com algumas experiências – não que as coisas não vão acabar bem, de qualquer forma. Elas só podem levar algum tempo.

— Regweld é realmente um bom mago — continuou, dando uma tapinha em seu ombro novamente. — E suas ideias para cruzar um cavalo e um sapo não são sem mérito; não importa a explosão! As lojas de alquimia podem ser substituídas!

Os amigos congelaram no topo de suas montarias, reprimindo seu espanto com o discurso desmedido.

— Pense nas vantagens ao atravessar rios! — o homem de túnica gritou.

— Mas chega disso. Eu sou Harkle. Como posso ajudá-los?

— Harkle Harpell? — Regis riu. O homem fez uma mesura.

— Bruenor de Vale do Vento Gélido — proclamou Bruenor quando encontrou sua voz. — Meus amigos e eu percorremos centenas de quilômetros buscando as palavras dos magos de Sela Longa...

Ele notou que Harkle, distraído com o drow, não estava prestando atenção nele. Drizzt deixara seu capuz recuar propositadamente para julgar a reação dos homens de Sela Longa que se diziam eruditos. O Longinete à estrada tinha ficado surpreso, mas não indignado, e Drizzt precisou descobrir se a cidade em geral seria mais tolerante com sua herança.

— Fantástico — murmurou Harkle. — Simplesmente inacreditável! — Regweld também já havia notado o elfo negro e parecia interessado pela primeira vez desde a chegada do grupo.

— Permitem a nossa passagem? — perguntou Drizzt.

— Ah, sim, por favor entre — respondeu Harkle, tentando, sem sucesso, mascarar sua empolgação, por uma questão de etiqueta.

Passeando com o cavalo na frente, Wulfgar os conduziu pela estrada.

— Não por aqui — disse Harkle. — Não pela estrada; claro, não é realmente uma estrada. Ou é, mas vocês não podem passar.

Wulfgar parou sua montaria.

— Acabe logo com essa bobagem, mago! —exigiu com raiva, seus anos de desconfiança com praticantes das artes mágicas fervilhando em sua frustração. — Podemos entrar ou não?

— Não há bobagens, garanto a você — disse Harkle, na esperança de manter a reunião agradável. Mas Regweld interrompeu.

— É um daqueles — disse o mago gordo acusadoramente, levantando-se do banquinho.

Wulfgar olhou para ele com curiosidade.

— Um bárbaro — explicou Regweld. — Um guerreiro treinado para odiar aquilo que não pode compreender. Vá em frente, guerreiro, tire esse grande martelo das suas costas.

Wulfgar hesitou, vendo sua própria raiva irracional e olhou para os amigos em busca de apoio. Ele não queria estragar os planos de Bruenor por causa de sua própria mesquinharia.

— Vá em frente — insistiu Regweld, movendo-se para o centro da estrada. — Pegue seu martelo e jogue em mim. Satisfaça seu desejo sincero de expor as bobagens de um mago! E derrube um no processo! Uma pechincha, se é que conheço uma! — ele apontou para o queixo. — Bem aqui — provocou.

— Regweld — suspirou Harkle, balançando a cabeça. — Por favor, faça o que ele pede, guerreiro. Traga um sorriso para seu rosto abatido.

Wulfgar olhou mais uma vez para os amigos, mas novamente eles não tiveram respostas. Regweld resolveu isso para ele:

— Filho bastardo de um caribu.

Presa de Égide estava girando no ar antes que o mago gordo tivesse terminado o insulto, mirando diretamente em seu queixo. Regweld sequer estremeceu, pouco antes de Presa de Égide cruzar a linha da cerca, bateu em algo invisível, mas tão tangível quanto pedra. Ressoando como um gongo cerimonial, a parede transparente estremeceu e ondas rolaram ao longo dela, visíveis aos espectadores atônitos como meras distorções das imagens atrás da parede. Os amigos notaram pela primeira vez que a cerca não era real, mas uma pintura na superfície da parede transparente.

Presa de Égide caiu no chão, como se todo o poder tivesse sido drenado dela, levando um longo momento para reaparecer nas mãos de Wulfgar.

O riso de Regweld foi mais de vitória do que de humor, mas Harkle sacudiu a cabeça.

— Sempre à custa dos outros — repreendeu. — Você não tinha o direito de fazer isso.

— Ele precisava dessa lição — respondeu Regweld. — A humildade também é valiosa para um guerreiro.

Regis mordeu o lábio o máximo que pôde. Ele sabia da parede invisível o tempo todo, e agora seu riso explodiu. Drizzt e Bruenor não puderam deixar de seguir a deixa do halfling, e até Wulfgar, depois de se recuperar do choque, sorriu com sua própria "tolice".

É claro que Harkle não teve escolha a não ser parar de repreender e se juntar a eles.

— Entrem — ele pediu aos amigos. — O terceiro posto é real; vocês vão encontrar o portão ali. Mas primeiro desmontem e soltem seus cavalos.

As suspeitas de Wulfgar voltaram subitamente, sua carranca enterrando o sorriso.

— Explique — pediu a Harkle.

— Façam isso! — Regis ordenou — Ou vocês encontrarão uma surpresa maior que a última.

Drizzt e Bruenor já haviam desmontado de suas selas, intrigados, mas nem um pouco temerosos do hospitaleiro Harkle Harpell. Wulfgar estendeu os braços, impotente, e os seguiu, puxando o equipamento do cavalo marrom e liderando a criatura; o pônei de Regis seguia atrás dos outros.

Regis encontrou a entrada com facilidade e abriu-a para os amigos. Eles entraram sem medo, mas foram subitamente atacados por clarões ofuscantes.

Quando os olhos recuperaram sua visão, descobriram que os cavalos e pôneis haviam sido reduzidos ao tamanho de gatos!

— O quê? — Bruenor deixou escapar, mas Regis estava rindo de novo e Harkle agiu como se nada de anormal tivesse acontecido.

— Pegue-os e venham junto — ele instruiu. — Está quase na hora do jantar, e a refeição no Bordão Felpudo está particularmente deliciosa esta noite!

Ele os conduziu pelo lado da estranha mansão até uma ponte que atravessava o centro da colina. Bruenor e Wulfgar se sentiram ridículos carregando suas montarias, mas Drizzt aceitou o fato com um sorriso e Regis desfrutou de todo o espetáculo ultrajante - depois de descobrir em sua primeira visita que Sela Longa era um lugar para ser encarado de ânimo leve, apreciando as idiossincrasias e os modos únicos dos Harpells puramente por diversão.

Regis sabia que a ponte de arco alto à sua frente serviria como mais um exemplo. Embora sua extensão através do pequeno riacho não fosse grande, aparentemente não era suportada e suas tábuas estreitas eram completamente sem adornos, mesmo sem corrimãos.

Outro Harpell de túnica, este incrivelmente velho, estava sentado em um banquinho, com o queixo na mão, murmurando para si mesmo e aparentemente não prestando atenção nos estranhos.

Quando Wulfgar, na frente ao lado de Harkle, se aproximou da margem do riacho, pulou para trás, ofegando e gaguejando. Regis riu, sabendo o que o grandalhão tinha visto, e Drizzt e Bruenor logo entenderam.

A corrente fluía encosta da colina ACIMA, desaparecendo logo antes do topo, embora os companheiros pudessem ouvir que a água estava de fato correndo diante deles. Então o riacho reaparecia sobre o topo da colina, descendo do outro lado.

O velho levantou-se de repente e correu até Wulfgar.

— O que isso significa? — gritou desesperadamente. — Como é possível? — Ele bateu no peito enorme do bárbaro em frustração.

Wulfgar olhou em volta, procurando uma fuga, não querendo nem mesmo agarrar o velho, com medo de quebrar sua forma frágil. Tão abruptamente quanto viera, o velho voltou correndo para o banquinho e retomou sua pose silenciosa.

— Ai, pobre Chardin — disse Harkle, sombrio. — Ele era poderoso em seus dias. Foi ele quem virou o riacho morro acima. Mas há quase vinte anos está obcecado em descobrir o segredo da invisibilidade embaixo da ponte.

— Por que o riacho é tão diferente da barreira? — perguntou-se Drizzt. — Certamente esse encantamento não é desconhecido entre a comunidade de magos.

— Ah, mas há uma diferença — Harkle respondeu rapidamente, animado por encontrar alguém fora da Mansão de Hera aparentemente interessado em seus trabalhos. — Um objeto invisível não é tão raro, mas um campo de invisibilidade... — ele levou a mão ao riacho. — Qualquer coisa que entra no rio lá assume essa propriedade — explicou. — Mas apenas enquanto permanecer no campo. E para uma pessoa na área encantada – eu sei, porque eu mesmo fiz esse teste – tudo além do campo não é visto, embora a água e os peixes pareçam normais. Isso desafia nosso conhecimento das propriedades da invisibilidade e pode realmente refletir uma ruptura no tecido de um plano de existência totalmente desconhecido! — ele viu que sua empolgação havia ultrapassado a compreensão ou o interesse dos companheiros do drow há algum tempo, então se acalmou e mudou de assunto educadamente.

— O alojamento para seus cavalos fica naquele prédio — disse, apontando para uma das estruturas baixas de madeira. — A ponte inferior os levará até lá. Devo cuidar de outro assunto agora. Talvez possamos nos encontrar mais tarde na taverna.

Wulfgar, sem entender completamente as instruções de Harkle, pisou levemente nas primeiras tábuas de madeira da ponte e foi prontamente jogado para trás por alguma força invisível.

— Eu disse a ponte inferior — lembrou Harkle, apontando para baixo da ponte. — Você não pode atravessar o rio dessa maneira pela ponte superior; ela é usada para o caminho de volta! Evita qualquer discussão na passagem — explicou.

Wulfgar tinha dúvidas sobre uma ponte que não podia ver, mas não queria parecer covarde diante de seus amigos e do mago. Ele se moveu ao lado do arco ascendente da ponte e cautelosamente moveu o pé sob a estrutura de madeira, procurando a travessia invisível. Havia apenas o ar e o invisível correr de água logo abaixo de seu pé, e ele hesitou.

— Continue — persuadiu Harkle.

Wulfgar mergulhou à frente, preparando-se para se molhar. Mas, para sua surpresa absoluta, não caiu na água.

Ele caiu para cima!

— Uau. — o bárbaro gritou quando bateu no fundo da ponte, de cabeça. Ele ficou lá por um longo momento, incapaz de se orientar, de costas contra o fundo da ponte, olhando para baixo em vez de para cima.

— Viram só? — gritou o mago. — A ponte inferior!

Drizzt seguiu em frente, saltando, para a área encantada com um queda fácil e aterrissando levemente em pé ao lado de seu amigo.

— Você está bem? — perguntou.

— A estrada, meu amigo — gemeu Wulfgar. — Anseio pela estrada e pelos orcs. É mais seguro lá.

Drizzt o ajudou a se levantar, pois a mente do bárbaro argumentava a cada centímetro contra ficar de cabeça para baixo embaixo de uma ponte, com uma corrente invisível correndo acima de sua cabeça.

Bruenor também tinha suas reservas, mas uma provocação do halfling o levou adiante, e logo os companheiros voltaram para a grama do mundo natural, na outra margem do riacho. Dois prédios estavam diante deles, e foram para o menor, o que Harkle havia indicado.

Uma mulher de túnica azul os encontrou na porta.

— Quatro? — perguntou retoricamente. — Vocês realmente deveriam ter mandado um aviso.

— Harkle nos enviou — explicou Regis. — Nós não somos dessas terras. Perdoe nossa ignorância de seus costumes.

— Muito bem, então — bufou a mulher. — Entrem. Na verdade, estamos incomumente livres nesta época do ano. Tenho certeza de que tenho espaço para seus cavalos.

Ela os levou para a sala principal da estrutura, uma câmara quadrada. Todas as quatro paredes estavam alinhadas, do chão ao teto, com pequenas gaiolas, grandes o suficiente para um cavalo do tamanho de um gato esticar as pernas. Muitas estavam ocupadas, com suas placas de identificação indicando que eram reservadas para membros específicos do clã Harpell, mas a mulher encontrou quatro vazias juntas e colocou os cavalos dos companheiros lá dentro.

— Vocês podem pegá-los sempre que quiser — explicou, entregando a cada um deles uma chave para a gaiola de sua montaria em particular. Ela parou quando chegou a Drizzt, estudando seus belos traços. — Quem temos aqui? — perguntou, sem perder a calma monotonia. — Eu não tinha ouvido falar da sua chegada, mas tenho certeza de que muitos desejarão uma audiência com você antes que parta! Nós nunca vimos um de seu tipo.

Drizzt assentiu e não respondeu, ficando cada vez mais desconfortável com esse novo tipo de atenção. De alguma forma, isso parecia degradá-lo ainda mais do que as ameaças de camponeses ignorantes. Porém, ele entendia a curiosidade e imaginou que devia aos magos algumas horas de conversa, pelo menos.

O Bordão Felpudo, na parte de trás da Mansão de Hera, enchia uma câmara circular. O bar ficava no meio, como o eixo de uma roda, e dentro de seu amplo perímetro havia outra sala, uma área de cozinha fechada. Um homem peludo com braços enormes e uma cabeça careca passava o pano sem parar pela superfície brilhante do bar, mais para passar o tempo do que para limpar qualquer derramamento.

Na parte traseira, em um palco elevado, os instrumentos musicais tocavam a si mesmos, guiados pelas oscilações bruscas de um mago de cabelos brancos empunhando uma varinha, vestindo calças e um colete pretos. Sempre que os instrumentos chegavam a um crescendo, o mago apontava a varinha e estalava os dedos da mão livre, e uma explosão de faíscas coloridas surgia em cada um dos quatro cantos do palco.

Os companheiros tomaram uma mesa à vista daquele mago. Eles puderam escolher o local, pois, pelo menos pelo que podiam ver, eram os únicos clientes ali. As mesas também eram circulares, feitas de madeira de qualidade e exibiam uma enorme pedra verde multifacetada sobre um pedestal de prata como peça central.

— Nunca ouvi falar de um lugar mais estranho — resmungou Bruenor, desconfortável desde a ponte inferior, mas resignado com a necessidade de falar com os Harpells.

— Nem eu — disse o bárbaro. — Que possamos sair em breve!

— Vocês dois estão presos nas pequenas câmaras de suas mentes — repreendeu Regis. — Este é um lugar para se desfrutar — e vocês sabem que não há perigo à espreita aqui. — ele piscou quando seu olhar caiu sobre Wulfgar. — Nada sério, de qualquer maneira.

— Sela Longa nos oferece um descanso muito necessário — acrescentou Drizzt. — Aqui, podemos montar o curso de nossa próxima caminhada em segurança e voltar para a estrada renovados. Foram duas semanas do Vale a Luskan, e quase outra até aqui, sem alívio. O cansaço afasta a concentração e tira a vantagem de um guerreiro habilidoso. —

ele olhou particularmente para Wulfgar quando terminou o pensamento. — Um homem cansado cometerá erros. E erros nos ermos são, na maioria das vezes, fatais.

— Então, vamos relaxar e aproveitar a hospitalidade dos Harpells — disse Regis.

— Concordo, — disse Bruenor, olhando em volta — mas só um descanso curto. - E onde nos nove infernos estão os garçons, ou você tem que pegar a própria comida e bebida?

— Se você quiser algo, basta pedir — veio uma voz do centro da mesa. Wulfgar e Bruenor saltaram de pé, em guarda. Drizzt notou o clarão de luz dentro da pedra verde e estudou o objeto, adivinhando imediatamente sua configuração. Ele olhou por cima do ombro para o barman, que estava ao lado de uma pedra semelhante.

— Um dispositivo de vidência — explicou o drow a seus amigos, embora eles agora tivessem chegado ao mesmo entendimento e se sentissem muito tolos em pé no meio de uma taverna vazia com as armas nas mãos.

Regis estava com a cabeça baixa, os ombros se sacudindo com os soluços da risada.

— Bah! — Você sabia o tempo todo! — Bruenor rosnou para ele. — Você está se divertindo um pouco às nossas custas, Pança-Furada — alertou o anão. — Já eu, estou me perguntando por quanto tempo nossa estrada tem espaço para você.

Regis encarou o olhar de seu amigo anão, combinando-o de repente com uma expressão firme. — Caminhamos e cavalgamos por mais de seiscentos quilômetros juntos! — rebateu. — Por ventos frios e ataques de orcs, brigas e batalhas com fantasmas. Permita-me o meu prazer por um tempo, bom anão. Se você e Wulfgar soltassem as tiras de suas mochilas e vissem esse lugar como ele é, poderiam ver a mesma graça!

Wulfgar sorriu. Então, de repente, jogou a cabeça para trás e rugiu, jogando fora toda a sua raiva e preconceito, para que pudesse seguir o conselho do halfling e ver Sela Longa com a mente aberta. Até o mago musical parou de tocar para observar o espetáculo do grito de lavar a alma do bárbaro.

E, quando terminou, Wulfgar riu. Não uma risada divertida, mas uma gargalhada estrondosa que saiu de sua barriga e explodiu por sua boca aberta.

— Cerveja! — Bruenor pediu para a pedra. Quase imediatamente, um disco flutuante de luz azul deslizou sobre o bar, trazendo para eles o bastante de cerveja forte para abastecer a noite. Alguns minutos depois, todos os traços das tensões da estrada voaram, e eles brindaram e beberam de suas canecas com entusiasmo.

Apenas Drizzt manteve sua reserva, bebendo sua bebida e mantendo-se alerta aos arredores. Ele não sentia nenhum perigo direto aqui, mas queria manter o controle contra as inevitáveis investigações dos magos.

Logo, os Harpells e seus amigos começaram a fazer um fluxo constante no Bordão Felpudo. Os companheiros eram os únicos recém-chegados na cidade esta noite, e todos os clientes puxavam suas mesas para perto, trocando histórias da estrada e brindes de amizade duradoura entre refeições requintadas e, mais tarde, ao lado de uma lareira quente. Muitos, liderados por Harkle, se ocuparam com Drizzt e seu interesse nas cidades sombrias de seu povo, ao que tinha poucas reservas em responder às perguntas deles.

Então veio a sondagem sobre a jornada que trouxera os companheiros até agora. Bruenor na verdade a iniciou, pulando sobre a mesa e proclamando:

— Salão de Mitral, lar de meus pais, você será meu de novo!

Drizzt ficou preocupado. A julgar pela reação inquisitiva das pessoas reunidas ali, o nome da antiga terra natal de Bruenor era conhecido aqui, pelo menos na lenda. O drow não temia nenhuma ação maliciosa dos Harpells, mas simplesmente não queria que o objetivo da aventura seguisse, e possivelmente precedesse, a ele e seus amigos na próxima etapa da jornada. Outros poderiam estar interessados em descobrir a localização de uma antiga fortaleza anã, um local conhecido em contos como "as minas por onde correm os rios de prata".

Drizzt puxou Harkle de lado.

— A noite está avançando. Existem quartos disponíveis na vila além?

— Bobagem — sussurrou Harkle. — Vocês são meus convidados e devem permanecer aqui. Os quartos já foram preparados.

— E o preço de tudo isso?

Harkle afastou a bolsa de Drizzt.

— O preço na Mansão de Hera é uma ou duas boas histórias, e trazer algum interesse à nossa existência. Você e seus amigos pagaram por um ano e mais!

— Obrigado — respondeu Drizzt. — Acho que é hora de meus companheiros descansarem. Tivemos uma longa viagem, e teremos muitos mais quilômetros diante de nós.

— Sobre a estrada diante de vocês — disse Harkle —, marquei uma reunião com DelRoy, agora o mais velho dos Harpells em Sela Longa. Ele, mais do que qualquer um de nós, pode ajudar a orientar o seu caminho.

— Muito bem — disse Regis, inclinando-se para ouvir a conversa.

— Esta reunião tem um pequeno preço — disse Harkle a Drizzt. — DelRoy deseja uma audiência privada com você. Ele busca o conhecimento sobre os drow há muitos anos, mas pouco está disponível para nós.

— Eu aceito — respondeu Drizzt. — Agora é hora de encontrarmos nossas camas.

— Eu vou te mostrar o caminho.

— A que horas vamos nos encontrar com DelRoy? — perguntou Regis.

— De manhã — respondeu Harkle.

Regis riu, depois se inclinou para o outro lado da mesa, onde Bruenor estava sentado, segurando uma caneca imóvel nas mãos retorcidas, os olhos sem piscar. Regis deu um pequeno empurrão no anão e Bruenor caiu, batendo no chão sem sequer um gemido de protesto.

— O começo da noite seria melhor — observou o halfling, apontando do outro lado da sala para outra mesa.

Wulfgar estava embaixo dela.

Harkle olhou para Drizzt.

— Começo da noite — ele concordou. — Vou falar com DelRoy.

Os quatro amigos passaram o dia seguinte se recuperando e curtindo as infinitas maravilhas da Mansão de Hera. Drizzt foi chamado cedo para uma reunião com DelRoy, enquanto os outros foram guiados por Harkle em uma excursão pela grande casa, passando por uma dúzia de lojas de alquimia, salas de observação, câmaras de meditação e várias salas seguras projetadas especificamente para conjurar seres de outro mundo. Uma estátua de uma Matherly Harpell era de particular interesse, já que a estátua era realmente a própria maga. Uma mistura mal sucedida de poções a transformara em pedra.

Depois havia Bidderdoo, o cão da família, que fora primo em segundo grau de Harkle – novamente, uma mistura ruim de poções.

Harkle não guardava segredos de seus convidados, contando as histórias de seu clã, suas realizações e seus fracassos desastrosos. E contou-lhes sobre as terras ao redor de Sela Longa, os bárbaros de Uthgardt, os Pôneis Celestes que haviam encontrado e as outras tribos que ainda poderiam encontrar ao longo do caminho.

Bruenor ficou contente que o relaxamento deles contivesse uma medida de informações valiosas. Seu objetivo o pressionava a cada minuto de cada dia, e quando passava algum tempo sem obter ganhos em direção ao Salão de Mitral, mesmo que simplesmente precisasse descansar, sentia uma pontada de culpa. "Você tem que querer com todo o coração", frequentemente repreendia a si mesmo.

Mas Harkle havia lhe fornecido uma orientação importante para essa terra que, sem dúvida, ajudaria sua causa nos próximos dias, e ele ficou satisfeito quando se sentou para jantar no Bordão Felpudo. Drizzt se juntou a eles ali, sombrio e quieto, e não falou muito quando questionado sobre sua discussão com DelRoy.

— Pense na próxima reunião — foi a resposta do drow às perguntas de Bruenor. — DelRoy é muito velho e sábio. Ele pode ser a nossa melhor esperança de encontrar o caminho para o Salão de Mitral.

Bruenor estava de fato pensando na reunião a seguir.

E Drizzt sentou-se em silêncio durante toda a refeição, considerando os contos e as imagens de sua pátria que transmitira a DelRoy, lembrando a beleza única de Menzoberranzan.

E dos corações malignos que a espoliaram.

Pouco tempo depois, Harkle levou Drizzt, Bruenor e Wulfgar para ver o velho mago – Regis havia pedido para não ir à reunião e ficar festejando na taverna. Eles encontraram DelRoy em uma câmara pequena, iluminada por tochas e sombria, com as cintilações da luz aumentando o mistério no rosto do velho mago. Bruenor e Wulfgar mediatamente concordaram com as observações de Drizzt sobre DelRoy, pois décadas de experiência e aventuras não contadas estavam gravadas visivelmente nos traços de sua pele marrom como couro. Seu corpo estava falhando com ele agora, eles podiam ver, mas o brilho de seus olhos empalidecidos contava a vida interior e deixava pouca dúvida sobre a lucidez de sua mente.

Bruenor estendeu o mapa sobre a mesa circular da sala, ao lado dos livros e pergaminhos que DelRoy havia trazido. O velho mago estudou-o cuidadosamente por alguns segundos, traçando a linha que havia levado os companheiros a Sela Longa.

— O que você lembra dos salões antigos, anão? — perguntou. — Marcos ou povos vizinhos?

Bruenor sacudiu a cabeça.

— As imagens na minha cabeça mostram os corredores e locais de trabalho profundos, o som de ferro batendo na bigorna. A fuga do meu clã começou nas montanhas; isso é tudo que eu sei.

— As terras do norte são amplas — observou Harkle. — Distâncias muito longas podem abrigar uma fortaleza como essa.

— É por isso que o Salão de Mitral, apesar de toda a sua reputação, nunca foi encontrado — respondeu DelRoy.

— E esse é nosso dilema — disse Drizzt. — Decidir por onde começar a procurar!

— Ah, mas vocês já começaram — respondeu DelRoy. — Você fizeram bem em vir para o interior; a maioria das lendas do Salão de Mitral provém das terras a leste daqui, ainda mais longe da costa. Parece provável que seu objetivo esteja entre Sela Longa e o grande deserto, embora se é a norte ou sul, não posso dizer. Vocês agiram bem.

Drizzt assentiu e interrompeu a conversa enquanto o velho mago voltava ao seu exame silencioso do mapa de Bruenor, marcando pontos estratégicos e referindo-se frequentemente à pilha de livros que empilhara ao lado da mesa. Bruenor pairava ao lado de DelRoy, ansioso por qualquer conselho ou revelação que pudesse surgir. Os anões eram um povo paciente, uma característica que permitia que sua arte ofuscasse o trabalho das outras raças, e Bruenor manteve a calma o melhor que pôde, sem querer pressionar o mago.

Algum tempo depois, quando DelRoy ficou convencido de que sua classificação de todas as informações pertinentes estava completa, falou novamente:

— Para onde você iria a seguir — perguntou o velho mago a Bruenor —, se nenhum conselho fosse oferecido aqui?

O anão olhou de volta para o mapa, com Drizzt espiando por cima do seu ombro, e traçou uma linha a leste com o dedo atarracado. Ele olhou para Drizzt pedindo consentimento quando alcançou um certo ponto que haviam discutido anteriormente na estrada. O drow assentiu.

— Cidadela Adbar — declarou Bruenor, batendo com o dedo no mapa.

— A fortaleza dos anões — disse DelRoy, não muito surpreso. — Uma ótima escolha. O rei Harbromm e seus anões podem ajudá-lo bastante. Eles estão lá, nas Montanhas de Mitral, há séculos incontáveis. Certamente Adbar era velho, mesmo nos dias em que os martelos do Salão de Mitral retiniam as canções anãs.

— A Cidadela Adbar é seu conselho para nós, então? — perguntou Drizzt.

— A escolha é sua, mas é o melhor destino que eu posso oferecer — respondeu DelRoy. — Mas o caminho é longo, pelo menos cinco semanas, se tudo correr bem. E na estrada leste além de Sundabar, é improvável. Ainda assim, você pode chegar lá antes do primeiro frio do inverno, embora eu duvide que possa pegar as informações de Harbromm e retomar sua jornada antes da próxima primavera!

— Então a escolha parece clara — declarou Bruenor. — Para Adbar!

— Há mais que você deve saber — disse DelRoy. — E este é o verdadeiro conselho que darei a você: não fique cego às possibilidades ao longo da estrada pela visão esperançosa no final dela. Até agora, seu percurso seguiu trechos diretos, primeiro de Vale do Vento Gélido a Luskan, depois de Luskan até aqui. Há pouca coisa, além de monstros, ao longo de qualquer uma dessas estradas para dar ao cavaleiro um motivo para se desviar. Mas, na jornada para Adbar, você passará por Lua Argêntea, cidade de sabedoria e legado, de Lady Alustriel e da Abóbada dos Sábios, a melhor biblioteca de todo o norte. Muitos nessa bela cidade podem oferecer mais ajuda à sua missão do que eu, ou até mesmo o rei Harbromm.

— E além de Lua Argêntea, você encontrará Sundabar, uma antiga fortaleza anã, onde Helm, conhecido amigo dos anões, governa. Seus laços com a sua raça são profundos, Bruenor, remontando a muitas gerações. Laços, talvez, até com o seu próprio povo.

— Possibilidades. — sorriu Harkle.

— Vamos seguir seus sábios conselhos, DelRoy — disse Drizzt.

— Sim — concordou o anão, animado. — Quando saímos do Vale, eu não tinha ideia além de Luskan. Minha esperança era seguir um caminho de suposições, esperando que metade e mais não fosse nada de valor. O halfling foi sábio em nos guiar até esse local, pois encontramos uma trilha de pistas! E pistas que levam a mais pistas! - Ele olhou em volta para o grupo animado, Drizzt, Harkle e DelRoy, e então notou Wulfgar, ainda sentado quieto em sua cadeira, com os braços enormes cruzados no peito, observando sem nenhuma emoção aparente.

— E você, garoto? — exigiu Bruenor. — Você tem algo pra dividir com a gente?

Wulfgar se inclinou para a frente, apoiando os cotovelos na mesa.

— Não é minha busca, nem minha terra — explicou. — Eu te sigo, confiante em qualquer caminho que você escolher. E eu estou feliz com sua alegria e empolgação — acrescentou em voz baixa.

Bruenor considerou a explicação completa e voltou-se para DelRoy e Harkle para obter informações específicas sobre o caminho a seguir. Drizzt, no entanto, não convencido da sinceridade da última afirmação de Wulfgar, deixou o olhar permanecer no jovem bárbaro, notando a expressão em seus olhos enquanto observava Bruenor.

Tristeza?

Eles passaram mais dois dias de descanso na Mansão de Hera, embora Drizzt fosse constantemente perseguido por curiosos Harpells, que queriam mais informações sobre sua raça raramente vista. Ele aceitou as perguntas educadamente, compreendendo suas boas intenções e respondeu da melhor maneira possível. Quando Harkle veio escoltá-los para fora na quinta manhã, eles estavam revigorados e prontos para prosseguir com seus negócios. Harkle prometeu providenciar a devolução dos cavalos a seus legítimos proprietários, dizendo que era o mínimo que podia fazer pelos estranhos que haviam despertado tanto interesse na cidade.

Mas, na verdade, foram os amigos que mais se beneficiaram com a estadia. DelRoy e Harkle lhes deram informações valiosas e, talvez ainda mais importante, restabeleceram a esperança na busca. Bruenor estava acordado antes do amanhecer, na última manhã, com a adrenalina à flor da pele ao pensar em voltar para a estrada, agora que tinha um lugar para ir.

Eles saíram da mansão dando muitas despedidas e olhares de lamentação por cima dos ombros, mesmo de Wulfgar, que havia manifestado sua antipatia por magos com tanta firmeza.

Atravessaram a ponte superior, despedindo-se de Chardin, que estava perdido demais em suas meditações do rio para perceber, e logo descobriram que a estrutura ao lado do estábulo em miniatura era uma fazenda experimental.

— Mudará a face do mundo! — Harkle assegurou-os enquanto os virava em direção ao prédio para um olhar mais atento. Drizzt adivinhou seu significado antes mesmo de entrarem, assim que ouviu o chiado alto e o grito similar ao de um grilo. Como o estábulo, a fazenda era uma sala, embora parte dela não tivesse telhado e na verdade fosse um campo dentro das paredes. Vacas e ovelhas do tamanho de gatos passeavam, enquanto galinhas do tamanho de ratos do campo se esquivavam dos pés minúsculos dos animais.

— É claro que esta é a primeira temporada e ainda não vimos resultados — explicou Harkle, — mas esperamos um alto rendimento considerando a pequena quantidade de recursos envolvidos.

— Eficiência — riu Regis. — Menos comida, menos espaço, e você pode fazê-las voltarem ao tamanho normal quando quiser comê-las!

— Exatamente! — disse Harkle.

Em seguida, foram para o estábulo, onde Harkle escolheu montarias para eles, dois cavalos e dois pôneis. Esses eram presentes, explicou Harkle, apenas para serem devolvidos à vontade dos acompanhantes.

— É o mínimo que podemos fazer para ajudar uma missão tão nobre - disse Harkle com uma reverência baixa para impedir qualquer protesto de Bruenor e Drizzt.

A estrada serpenteava, continuando descendo a parte de trás da colina. Harkle ficou parado por um momento coçando o queixo, uma expressão confusa no rosto.

— O sexto posto — disse a si mesmo —, mas à esquerda ou à direita?

Um homem que trabalhava em uma escada (outra curiosidade divertida – ver uma escada subir acima dos trilhos falsos da cerca e descansar no ar contra o topo da parede invisível) veio em seu auxílio.

— Esqueceu de novo? — ele riu de Harkle. Então, apontou para o parapeito a um lado. — Sexto posto à sua esquerda!

Harkle deu de ombros para a vergonha e seguiu em frente. Os companheiros observavam o trabalhador curiosamente enquanto passavam da colina, as montarias ainda enfiadas debaixo dos braços. Ele tinha um balde e alguns trapos e estava esfregando vários pontos marrom-avermelhados na parede invisível.

— Pássaros voando baixo — Harkle explicou se desculpando. — Mas não temam, Regweld está trabalhando no problema enquanto falamos.

— Agora chegamos ao final de nossa reunião, embora muitos anos se passarão antes que vocês sejam esquecidos na Mansão de Hera! A estrada os levará através da vila de Sela Longa. Vocês podem reabastecer seus suprimentos lá – tudo foi providenciado.

— Meus maiores respeitos a você e aos seus — disse Bruenor, curvando-se. — Com certeza Sela Longa foi um ponto brilhante em uma estrada turva! — os outros foram rápidos em concordar.

— Adeus, Companheiros do Salão — suspirou Harkle. — Os Harpells esperam ver um pequeno sinal quando você finalmente encontrar o Salão de Mitral e fazer as forjas antigas voltarem a queimar de novo!

— O tesouro de um rei! — Bruenor assegurou-o enquanto se afastavam.

❈

Eles estavam de volta à estrada além das fronteiras de Sela Longa antes do meio-dia, suas montarias trotando facilmente com mochilas totalmente cheias.

— Bem, o que você prefere, elfo — perguntou Bruenor mais tarde naquele dia —, os golpes da lança de um soldado louco ou o nariz bisbilhoteiro de um mago curioso?

Drizzt riu defensivamente enquanto pensava na pergunta. Sela Longa tinha sido tão diferente de qualquer lugar que já esteve, e ainda assim, a mesma coisa. Em ambos os casos, sua cor o destacava como uma esquisitice, e não era tanto a hostilidade de seu tratamento habitual que o incomodava, mas os lembretes embaraçosos de que ele sempre seria diferente.

Apenas Wulfgar, andando a seu lado, captou sua resposta murmurada.

— A estrada.

Capítulo 9

Não há honra

— Por que vêm à cidade antes da luz do amanhecer? — o Vigia Noturno do Portão Norte perguntou ao emissário da caravana mercante que havia parado do lado de fora do muro de Luskan. Jierdan, em seu posto ao lado do Vigia, observava com interesse especial, certo de que essa tropa tinha vindo de Dez Burgos.

— Não quebraríamos os regulamentos da cidade se nossos negócios não fossem urgentes — respondeu o porta-voz.

— Nós não descansamos há dois dias — outro homem emergiu do grupo de carroças, com um corpo flácido sobre os ombros.

— Assassinado na estrada — explicou o porta-voz. — E outra do grupo foi levada. Cattibrie, filha do próprio Bruenor Martelo de Batalha!

— Uma anã? — Jierdan deixou escapar, suspeitando de outra coisa, mas mascarando sua empolgação por medo do que isso poderia implicá-lo.

— Não, não uma anã.. Uma mulher — lamentou o porta-voz. — A mais bela em todo o vale, talvez em todo o norte. O anão a recebeu como uma criança órfã e a reivindicou como sua filha.

— Orcs? — perguntou o Vigia, mais preocupado com os riscos potenciais na estrada do que com o destino de uma única mulher.

— Este não foi o trabalho dos orcs — respondeu o porta-voz. — Discrição e astúcia nos tiraram Cattibrie e mataram o condutor. Nem descobrimos o que havia sido feito até a manhã seguinte.

Jierdan não precisava de mais informações, nem mesmo uma descrição mais completa de Cattibrie, para juntar as peças. Sua conexão com Bruenor explicava o interesse de Entreri nela. Jierdan olhou para o horizonte a leste e para os primeiros raios do amanhecer, ansioso por ser liberado de seus deveres na muralha, para poder relatar suas descobertas a Dendybar. Essa pequena notícia deveria ajudar a aliviar qualquer raiva que o Mago Malhado ainda sentisse dele por ter perdido a trilha do drow nas docas.

— Ele não os encontrou? — Dendybar sibilou para Sydney.

— Ele não encontrou nada além de um rastro frio — a aprendiz respondeu. — Se eles ainda estão nas docas, estão bem disfarçados.

Dendybar fez uma pausa para considerar o relatório de sua aprendiz. Algo estava errado com esse cenário. Quatro seres distintos não poderiam ter simplesmente desaparecido.

— Você descobriu alguma coisa sobre o assassino, então, ou sobre sua companheira?

— Os vagabundos nos becos o temem. Até os rufiões lhe dão um espaço respeitosamente amplo.

— Então nosso amigo é conhecido entre os moradores da sarjeta — pensou Dendybar em voz alta.

— Um assassino contratado, eu acho — argumentou Sydney. — Provavelmente do sul, talvez de Águas Profundas, embora ache que teríamos ouvido falar dele antes, se esse fosse o caso. Talvez ainda mais longe a sul, das terras além da nossa visão.

— Interessante — respondeu Dendybar, tentando formular alguma teoria para satisfazer todas as variáveis. — E a garota?

Sydney deu de ombros:

— Não acredito que ela o siga de boa vontade, embora não tenha feito nenhum movimento para se libertar dele. E quando você o viu na visão de Morkai, ele estava cavalgando sozinho.

— Ele a sequestrou — veio uma resposta inesperada da porta. Jierdan entrou na sala.

— O quê? Chegando assim, sem aviso? — zombou Dendybar.

— Eu tenho notícias, não podia esperar — respondeu Jierdan corajosamente.

— Eles deixaram a cidade? — Sydney perguntou, expressando suas suspeitas para aumentar a raiva lida no rosto pálido do Mago Malhado. Sydney compreendia bem os perigos e as dificuldades das docas e quase teve pena de Jierdan por incorrer na ira do impiedoso Dendybar em uma situação fora de seu controle. Mas Jierdan continuava competindo pelo favor do mago malhado, e ela não deixaria a empatia atrapalhar suas ambições.

— Não — Jierdan rebateu para ela. — Minhas notícias não dizem respeito ao grupo do drow. — ele olhou de volta para Dendybar. — Uma caravana chegou a Luskan hoje – em busca da mulher.

— Quem é ela? — perguntou Dendybar, subitamente muito interessado e esquecendo sua raiva pela invasão.

— A filha adotiva de Bruenor Martelo de Batalha — respondeu Jierdan. — Cat..

— Cattibrie! É claro! — sibilou Dendybar, ele próprio familiarizado com a maioria das pessoas proeminentes de Dez Burgos. — Eu deveria ter adivinhado! — ele se virou para Sydney. — Meu respeito pelo nosso misterioso cavaleiro cresce a cada dia. Encontre-o e traga-o de volta para mim!

Sydney assentiu, apesar de temer que o pedido de Dendybar se mostrasse mais difícil do que o Mago Malhado acreditava, provavelmente até além de suas habilidades.

Ela passou aquela noite, até as primeiras horas da manhã seguinte, vasculhando os becos e locais de encontro da área portuária. Mas mesmo usando seus contatos nas docas e todos os truques mágicos à sua disposição, ela não encontrou nenhum sinal de Entreri e Cattibrie, e ninguém disposto ou capaz de repassar qualquer informação que pudesse ajudá-la em sua busca.

Cansada e frustrada, ela voltou para a Torre Central no dia seguinte, passando direto pelo corredor que levava ao quarto de Dendybar, mesmo que ele tivesse ordenado que ela se reportasse a ele diretamente ao voltar. Sydney não estava com disposição para ouvir o Mago Malhado falando sobre seu fracasso.

Ela entrou em seu pequeno quarto, perto do tronco principal da Torre Central, no ramo norte, abaixo dos aposentos do Mestre da Torre Norte, e trancou as portas, selando-as ainda mais contra invasões indesejadas com um feitiço mágico.

Ela mal caíra na cama quando a superfície de seu cobiçado espelho começou a girar e brilhar.

— Maldito seja, Dendybar — rosnou, assumindo que a perturbação era do seu mestre. Arrastando seu corpo cansado para o espelho, ela o encarou profundamente, sintonizando sua mente no redemoinho para tornar a imagem mais clara. Não era Dendybar que via, para seu alívio, mas um mago de uma cidade distante, um pretendente que Sydney, mesmo sem interesse, continuava mantendo com um fio de esperança para poder manipulá-lo quando necessário.

— Saudações, bela Sydney — disse o mago. — Rezo para não perturbar seu sono, mas tenho notícias emocionantes!

Normalmente, Sydney teria ouvido o mago com tato, fingido interesse na história e educadamente arrumado uma desculpa para interromper a conversa. Mas agora, com as demandas prementes de Dendybar repousando diretamente sobre seus ombros, ela não tinha paciência para distrações.

— Não é uma boa hora! — retrucou.

O mago parecia não notar seu tom definitivo, tão envolvido estava com suas próprias notícias.

— A coisa mais maravilhosa aconteceu em nossa cidade — ele divagou.

— Harkle! — Sydney gritou para quebrar seu impulso murmurante.

O mago parou, abatido.

— Mas, Sydney — disse ele.

— Outra hora — ela insistiu.

— Mas com que frequência hoje em dia se vê e fala com um elfo drow? — Harkle persistiu.

— Não estou com... — Sydney parou, digerindo as últimas palavras de Harkle. — Um elfo drow? — gaguejou.

— Sim — Harkle sorriu orgulhoso, emocionado por suas notícias terem aparentemente impressionado sua amada Sydney. — Drizzt Do'Urden, é como se chama. Ele deixou Sela Longa há apenas dois dias. Eu teria contado antes, mas a mansão estava toda em rebuliço com a coisa toda!

— Conte mais, querido Harkle — Sydney ronronou tentadoramente. — Conte tudo.

— Eu preciso de informações.

Sussurro congelou ao som de uma voz inesperada, adivinhando imediatamente quem falava. Ela sabia que ele estava na cidade e, também sabia que era o único que poderia ter escapado de suas defesas para entrar em seus aposentos secretos.

— Informações — Entreri disse novamente, saindo das sombras por detrás de um biombo.

Sussurro deslizou o pote de unguento de cura no bolso e tomou uma boa medida do homem. Os boatos falavam dele como o mais mortífero dos assassinos, e ela, muito familiarizada com os assassinos, soube imediatamente que os rumores eram reais. Ela sentiu o poder de Entreri e a fácil coordenação de seus movimentos.

— Os homens não vêm ao meu quarto sem ser convidados — ela avisou corajosamente.

Entreri moveu-se para um melhor ângulo de vista para estudar a mulher ousada. Ele também ouvira falar dela, uma sobrevivente das ruas ásperas, bonita e mortal. Mas, aparentemente, Sussurro havia perdido um combate. Seu nariz estava quebrado e desconexo, espalhado por sua bochecha.

Sussurro entendeu o escrutínio. Ela ergueu os ombros e jogou a cabeça para trás com orgulho.

— Um acidente infeliz — sibilou.

— Não é da minha conta — Entreri retrucou. — Eu vim para obter informações.

Sussurro virou-se para seguir sua rotina, tentando não parecer incomodada.

— Meu preço é alto — disse friamente.

Ela voltou-se para Entreri, vendo o olhar intenso, mas assustadoramente calmo, no rosto dele, dizendo-lhe sem dúvida que sua vida seria a única recompensa pela cooperação.

— Procuro quatro companheiros — disse Entreri. — Um anão, um drow, um jovem e um halfling.

Sussurro não estava acostumada a tais situações. Nenhuma besta a apoiava agora, nenhum guarda-costas esperava por seu sinal atrás de uma porta secreta próxima. Ela tentou manter a calma, mas Entreri conhecia a profundidade de seu medo. Ela riu e apontou para o nariz quebrado.

— Encontrei seu anão e seu drow, Artemis Entreri. — enfatizou o nome dele enquanto falava, esperando que seu reconhecimento o colocasse de volta na defensiva.

— Onde eles estão? — Entreri perguntou, ainda no controle. — E o que eles pediram de você?

Sussurro deu de ombros.

— Se eles permanecem em Luskan, não sei onde. Muito provavelmente se foram; o anão tem um mapa da região norte.

Entreri considerou as palavras.

— Sua reputação fala melhor de você — disse sarcasticamente. — Você aceita tal ferida e deixa que eles escapem através de suas mãos?

Os olhos de Sussurro se estreitaram com raiva.

— Eu escolho minhas lutas com cuidado — sibilou. — Os quatro são perigosos demais para ações de vingança frívola. Deixei-os ir aonde quiserem. Não quero mais negócios com eles.

O rosto calmo de Entreri cedeu um pouco. Ele já estivera no Cutelo e ouvira falar das façanhas de Wulfgar. E agora isso. Uma mulher como Sussurro não era facilmente intimidada. Talvez ele devesse realmente reavaliar a força de seus oponentes.

— O anão não teme a nada — Sussurro ofereceu, sentindo sua consternação e tendo prazer em aumentar seu desconforto. — E cuidado com o drow, Artemis Entreri — sussurrou, tentando relegá-lo a um nível semelhante de respeito pelos companheiros com a severidade de seu tom. — Ele anda nas sombras que não podemos ver e ataca da escuridão. Ele conjura um demônio na forma de um grande gato e...

Entreri se virou e se afastou, sem intenção de permitir que Sussurro ganhasse mais vantagem.

Revelando sua vitória, Sussurro não resistiu à tentação de lançar um dardo final.

— Os homens não vêm ao meu quarto sem serem convidados — disse novamente. Entreri entrou em uma sala adjacente e Sussurro ouviu a porta para o beco fechar.

— Eu escolho minhas lutas com cuidado — sussurrou para o vazio da sala, recuperando um pouco de seu orgulho com a ameaça.

Ela voltou a uma pequena penteadeira e pegou o pote de unguento, bastante satisfeita consigo mesma. Ela examinou o ferimento no espelho da mesa. Não estava tão ruim. A pomada o apagaria, como havia apagado tantas cicatrizes dos percalços de sua profissão.

Ela entendeu sua estupidez quando viu a sombra passar por seu reflexo no espelho, e sentiu o ar nas costas. Seus negócios não permitiam tolerância a erros e não ofereciam segunda chance. Pela primeira e última vez em sua vida, Sussurro deixou seu orgulho subir acima de seu julgamento.

Um gemido final escapou dela quando a adaga de joias afundou profundamente em suas costas.

— Eu também escolho minhas lutas com cuidado — Entreri sussurrou em seu ouvido.

A manhã seguinte encontrou Entreri do lado de fora de um lugar em que não queria entrar: a Torre Central do Arcano. Ele sabia que estava ficando sem opções. Convencido agora de que os companheiros haviam deixado Luskan há muito tempo, o assassino precisava de alguma ajuda mágica para esquentar a trilha novamente. Levara quase dois anos para farejar o halfling em Dez Burgos, e sua paciência estava se esgotando.

Com Cattibrie relutante, mas obedientemente, ao seu lado, ele se aproximou da estrutura e foi rapidamente escoltado ao salão de reuniões de Dendybar, onde o Mago Malhado e Sydney esperavam para cumprimentá-lo.

— Eles deixaram a cidade — disse Entreri sem rodeios, antes de qualquer troca de cumprimentos.

Dendybar sorriu para mostrar a Entreri que estava no controle dessa vez:

— Há uma semana, no mínimo — respondeu calmamente.

— E você sabe onde eles estão — supôs Entreri. Dendybar assentiu, com o sorriso ainda ondulando em suas bochechas ocas.

O assassino não gostou do jogo. Ele passou um longo momento medindo sua contraparte, procurando alguma dica das intenções do mago. Dendybar fez o mesmo, ainda muito interessado em uma aliança com o formidável assassino – mas apenas em termos favoráveis.

— O preço da informação? — Entreri perguntou.

— Eu nem sei o seu nome — foi a resposta de Dendybar.

"Justo", pensou o assassino. Ele se curvou:

— Artemis Entreri — disse, confiante o suficiente para falar com sinceridade.

— E por que você procura os companheiros, carregando a filha do anão consigo? — Dendybar pressionou, estendendo a mão para dar ao arrogante assassino algo para se preocupar.

— Isso é problema meu — sibilou Entreri, com o estreitamento de seus olhos sendo a única indicação de que o conhecimento de Dendybar o havia perturbado.

— É meu também, se quisermos ser aliados nisso! — gritou Dendybar, erguendo-se para ficar alto e ameaçador e, assim, intimidar Entreri.

O assassino, no entanto, pouco se importava com as travessuras contínuas do mago, muito concentrado em avaliar o valor dessa aliança.

— Não quero saber nada de seus negócios com eles — respondeu Entreri por fim. — Diga-me apenas com qual dos quatro se preocupa.

Foi a vez de Dendybar refletir. Ele queria Entreri consigo, no mínimo por temer que o assassino trabalhasse contra ele. E gostou da noção de que não teria que divulgar nada sobre o artefato que procurava para esse homem muito perigoso.

— O drow tem algo meu, ou conhecimento de onde posso encontrá-lo — disse. — Eu quero de volta.

— E o halfling é meu — exigiu Entreri. — Onde eles estão?

Dendybar apontou para Sydney.

— Eles passaram por Sela Longa — disse ela. — E estão indo para Lua Argêntea, a mais de duas semanas a leste.

Os nomes eram desconhecidos para Cattibrie, mas estava feliz que seus amigos tivessem uma boa pista. Ela precisava de tempo para elaborar um plano, embora se perguntasse o quão eficaz poderia ser estando cercada por tais poderosos captores.

— O que você propõe? — perguntou Entreri.

— Uma aliança — respondeu Dendibar.

— Mas eu tenho as informações de que preciso — Entreri riu. — O que ganho em uma aliança com você?

— Meus poderes podem levá-lo até eles e ajudar a derrotá-los. Eles não são fracos. Considere isso como benefício mútuo.

— Você e eu na estrada? Uma mesa e um livro lhe parecem mais apropriados, mago.

Dendybar lançou um olhar sem piscar para o assassino arrogante.

— Garanto-lhe que posso chegar aonde desejo com mais eficácia do que você jamais poderia imaginar — rosnou. Porém, abandonou sua raiva rapidamente, mais interessado em concluir negócios. — Mas ficarei aqui. Sydney irá em meu lugar e Jierdan, o soldado, será sua escolta.

Entreri não gostava da ideia de viajar com Jierdan, mas decidiu não insistir. Poderia ser interessante e útil compartilhar a caçada com a Torre Central do Arcano. Ele concordou com os termos.

— E quanto a ela? — Sydney perguntou, apontando para Cattibrie.

— Ela vai comigo — Entreri foi rápido em responder.

— É claro — concordou Dendybar. — Não tem como desperdiçar uma refém tão valiosa.

— Somos três contra cinco — argumentou Sydney. — Se as coisas não funcionarem tão facilmente quanto vocês dois esperam, a garota pode vir a ser a nossa queda.

— Ela vai! — exigiu Entreri.

Dendybar já tinha a solução. Ele deu um sorriso irônico para Sydney.

— Pegue Bok — ele riu.

O rosto de Sydney se inclinou com a sugestão, como se o comando de Dendybar tivesse roubado seu desejo pela caça.

Entreri não tinha certeza se gostava ou não desse novo rumo. Sentindo o desconforto do assassino, Dendybar apontou Sydney para um armário com cortinas ao lado da sala.

— Bok — ela chamou suavemente quando chegou lá, a sugestão de um tremor em sua voz.

Ele atravessou a cortina. Com dois metros e meio de altura e um de largura nos ombros, o monstro caminhou rigidamente para o lado da mulher. Um homem imenso, ao que parecia, de fato o mago usara pedaços de corpos humanos para muitas de suas partes. Bok era maior e mais quadrado do que qualquer homem vivo, quase do tamanho de um gigante, e tinha sido magicamente fortalecido com força além das medidas do mundo natural.

— Um golem — explicou Dendybar orgulhosamente. — Minha própria criação. Bok poderia nos matar a todos agora. Até sua lâmina seria de pouca utilidade contra ele, Artemis Entreri.

O assassino não estava tão convencido, mas não conseguiu mascarar completamente sua intimidação. Dendybar, obviamente, inclinou a balança da parceria a seu favor, mas Entreri sabia que se ele se afastasse da barganha agora estaria alinhando o Mago Malhado e seus lacaios contra ele - competindo diretamente com ele pelo grupo do anão. Além disso, levaria muitas semanas, talvez até meses, para pegar os viajantes normalmente, e não duvidava que Dendybar pudesse chegar mais rápido.

Cattibrie compartilhou os mesmos pensamentos desconfortáveis. Ela não tinha vontade de viajar com o monstro medonho, mas se perguntou que carnificina encontraria quando finalmente alcançasse Bruenor e os outros, se Entreri decidisse se separar da aliança.

— Não tema — confortou Dendybar. — Bok é inofensivo, incapaz de ter qualquer pensamento independente, porque, entenda, Bok não tem mente. O golem responde aos meus comandos, ou aos de Sydney, e entraria em um incêndio para ser consumido se apenas o pedíssemos!

— Tenho negócios a terminar na cidade — disse Entreri, sem duvidar das palavras de Dendybar e com pouco desejo de ouvir mais sobre o golem. — Quando partimos?

— À noite seria melhor — argumentou Dendybar. — Volte para o bosque do lado de fora da Torre Central quando o sol se pôr. Vamos nos encontrar lá e levá-lo.

Sozinho em seus aposentos, exceto por Bok, Dendybar acariciou os ombros musculosos do golem com profundo afeto. Bok era seu trunfo oculto, sua proteção contra a resistência dos companheiros ou a traição de Artemis Entreri. Mas Dendybar não se separava do monstro facilmente, pois também desempenhava um papel poderoso em protegê-lo dos possíveis sucessores da Torre Central. Dendybar havia repassado sutilmente, mas definitivamente, o aviso a outros magos de que qualquer um que o atacasse teria que lidar com Bok, mesmo que Dendybar estivesse morto.

Mas o caminho a seguir poderia ser longo, e o Mestre do Pináculo Norte não podia abandonar seus deveres e esperar manter seu título. Especialmente não com o Arquimago procurando apenas uma desculpa para se livrar dele, entendendo os perigos das aspirações francas de Dendybar ao pináculo central.

— Nada pode impedi-lo, minha criatura — disse Dendybar ao monstro. Na verdade, ele estava simplesmente reafirmando seus próprios medos sobre sua escolha de enviar a aprendiz inexperiente em seu lugar. Ele não duvidava da lealdade dela, nem da de Jierdan, mas Entreri e os heróis de Vale do Vento Gélido não deviam ser menosprezados.

— Eu lhe dei o poder de caça — explicou Dendybar, jogando o tubo e o pergaminho agora inútil no chão. — O drow é seu objetivo e agora você pode sentir a presença dele a qualquer distância. Encontre-o! Não volte para mim sem Drizzt Do'Urden!

Um rugido gutural saiu dos lábios azuis de Bok, o único som que o instrumento sem mente era capaz de emitir.

Entreri e Cattibrie descobriram que o grupo do mago já estava reunido quando chegaram à Torre Central mais tarde naquela noite.

Jierdan ficou sozinho, ao lado, aparentemente nem um pouco emocionado por participar da aventura, mas tendo pouca escolha. O soldado temia o golem e não tinha amor, ou confiança, por Entreri. Porém, ele temia mais Dendybar e sua inquietação sobre os perigos em potencial na estrada não se comparava aos perigos garantidos que enfrentaria nas mãos do Mago Malhado, se ele se recusasse a ir.

Sydney se separou de Bok e Dendybar e atravessou o caminho para encontrar seus companheiros.

— Saudações — ofereceu, mais interessada no apaziguamento agora do que na competição com seu formidável parceiro. — Dendybar está preparando nossas montarias. A viagem para Lua Argêntea será realmente rápida!

Entreri e Cattibrie olharam para o Mago Malhado. Bok estava ao lado dele, segurando um pergaminho desenrolado à vista, enquanto Dendybar derramava um líquido esfumaçado de um copo sobre uma pena branca e entoava as runas do feitiço.

Uma névoa cresceu aos pés do mago, girando e engrossando em algo com uma forma definida. Dendybar deixou-a se transformar e mudou de lugar para repetir o ritual a uma curta distância de onde estava. Quando o primeiro cavalo mágico apareceu, o mago estava criando o quarto e último.

Entreri levantou a sobrancelha.

— Quatro? — perguntou a Sydney. — Agora somos cinco.

— Bok não sabe cavalgar — respondeu, divertida com a ideia. — Ele vai correr. — ela se virou e foi na direção de Dendybar, deixando Entreri com seus pensamentos.

— É claro — Entreri murmurou para si mesmo, de alguma forma menos empolgado do que nunca com a presença daquela coisa não natural.

Mas Cattibrie começou a ver as coisas de maneira um pouco diferente. Dendybar obviamente enviara Bok mais para obter uma vantagem sobre Entreri do que para garantir a vitória sobre seus amigos. Entreri também deve ter percebido.

Sem perceber, o mago criara exatamente o tipo de ambiente nervoso que Cattibrie esperava, uma situação tensa que ela poderia encontrar uma maneira de explorar.

Capítulo 10

Grilhões da reputação

O SOL BRILHAVA INTENSAMENTE NA MANHÃ DO primeiro dia em Sela Longa. Os companheiros, revigorados por sua visita aos Harpells, andavam em um ritmo forte, mas ainda conseguiam aproveitar o tempo e a estrada limpos. A terra era plana e sem marcas, sem nenhuma árvore ou colina em qualquer lugar próximo.

— Três dias para Nesmé, talvez quatro — disse Regis.

— Mais para três, se o tempo continuar bom — respondeu Wulfgar.

Drizzt se mexeu sob o capuz. Por mais agradável que a manhã lhes possa parecer, ele sabia que ainda estavam nos ermos. Três dias poderiam ser uma longa viagem.

— O que você sabe sobre esse lugar, Nesmé? — Bruenor perguntou a Regis.

— Exatamente o que Harkle nos disse — respondeu Regis. — Uma cidade de tamanho relativamente grande, habitada por comerciantes. Mas um lugar cuidadoso. Eu nunca estive lá, mas as histórias das pessoas corajosas que vivem às bordas da Charneca Perene se estendem por todo o norte.

— Estou intrigado com a Charneca Perene — disse Wulfgar. — Harkle falou pouco sobre lá, só balançava a cabeça e tremia sempre que eu perguntava.

— Sem dúvida, um lugar com uma reputação além da verdade — disse Bruenor, rindo, nem um pouco impressionado com o renome do local. — Poderia ser pior que o Vale?

Regis deu de ombros, não totalmente convencido pelo argumento do anão.

— Os contos da Charneca dos Trolls, pois esse é o nome dado a essas terras, podem ser exagerados, mas são sempre agourentos. Todas as cidades do norte saúdam a bravura do povo de Nesmé por manter aberta a rota comercial ao longo do Surbrin diante de tais provações.

Bruenor riu novamente.

— Será que os contos vêm de Nesmé, para pintá-los mais fortes do que são?

Regis não discutiu.

Quando pararam para almoçar, uma névoa alta ocultou o brilho do sol. Longe, ao norte, uma linha negra de nuvens apareceu, avançando. Drizzt havia esperado por aquilo. Nos ermos, até o tempo era um inimigo.

Naquela tarde, a linha de tempestade rolou sobre eles, carregando lençóis de chuva e granizo que tilintaram no elmo amassado de Bruenor. Raios com cortes repentinos dividiam o céu escuro e o som do trovão quase os derrubava de suas montarias. Mas eles seguiram atravessando a lama cada vez mais profunda.

— Este é o verdadeiro teste da estrada! — Drizzt gritou para eles através do vento uivante. — Muito mais viajantes são derrotados por tempestades do que por orcs, porque não antecipam os perigos quando começam sua jornada!

— Bah! É só uma chuva de verão! — bufou Bruenor desafiadoramente.

Como se em uma resposta orgulhosa, um raio explodiu apenas alguns metros ao lado dos cavaleiros. Os cavalos saltaram e chutaram. O pônei de Bruenor caiu, tropeçando nas próprias pernas e na lama, quase esmagando o anão atordoado ao se debater.

Com sua própria montaria descontrolada, Regis conseguiu mergulhar da sela e rolar para longe.

Bruenor ficou de joelhos e limpou a lama dos olhos, xingando o tempo todo.

— Droga! — cuspiu ele, estudando os movimentos do pônei. — Ele é fraco!

Wulfgar firmou o próprio cavalo e tentou partir atrás do pônei de Regis, mas as pedras do granizo, impelidas pelo vento, o atingiram, cegaram e feriram o cavalo, e novamente ele se viu lutando para se segurar.

Outro relâmpago irrompeu. E outro.

Drizzt moveu-se lentamente ao lado do anão, sussurrando baixinho e cobrindo a cabeça do cavalo com a capa para acalmá-lo.

— Fraco! — Bruenor gritou novamente, embora Drizzt mal pudesse ouvi-lo.

Drizzt apenas balançou a cabeça, impotente, e apontou para o machado de Bruenor.

Mais raios vieram e outra rajada de vento. Drizzt rolou para o lado de sua montaria para se proteger, ciente de que não poderia manter a besta calma por mais tempo.

As pedras de granizo começaram a aumentar, atingindo-os como projéteis.

O cavalo aterrorizado de Drizzt o empurrou para o chão e se afastou, tentando fugir para além do alcance da tempestade.

Drizzt levantou-se rapidamente ao lado de Bruenor, mas quaisquer planos de emergência que os dois tivessem tido foram imediatamente impedidos, pois Wulfgar tropeçou de volta na direção deles.

Ele estava andando – muito mal – inclinado contra o impulso do vento, usando-o para segurá-lo na posição vertical. Seus olhos pareciam caídos, sua mandíbula tremia e sangue se misturava com a chuva em sua bochecha. Ele olhou para os amigos sem entender, como se não tivesse compreensão do que havia acontecido com ele.

Então ele caiu de bruços na lama aos pés deles.

Um silvo estridente atravessou a parede brusca do vento, um singular ponto de esperança contra o poder crescente da tempestade. Os ouvidos aguçados de Drizzt perceberam enquanto ele e Bruenor erguiam o rosto do jovem amigo da lama. O silvo parecia vir de bem longe, mas Drizzt entendia como as tempestades podiam distorcer as percepções de alguém.

— O quê? — Bruenor perguntou sobre o barulho, notando a reação repentina do drow, pois ele não ouvira o chamado.

— Regis! — respondeu Drizzt. Ele começou a arrastar Wulfgar na direção do som, com Bruenor seguindo sua liderança. Eles não tiveram tempo de verificar se o jovem estava vivo.

O halfling de pensamento rápido os salvou naquele dia. Totalmente consciente do potencial de mortal dos ventos que rolavam da Coluna do Mundo, Regis havia se arrastado em busca de algum abrigo na terra vazia. Ele tropeçou em um buraco na lateral de uma pequena cordilheira, talvez um antigo covil de lobos, agora vazio.

Seguindo o sinal de seus assovios, Drizzt e Bruenor logo o encontraram.

— Vai encher de chuva e nós vamos nos afogar! — Bruenor gritou, mas ajudou Drizzt a arrastar Wulfgar para dentro e apoiá-lo contra a parede traseira da caverna, depois tomou seu lugar ao lado de seus amigos enquanto eles trabalhavam para construir uma barreira com terra e seus pacotes restantes contra a temida inundação.

Um gemido de Wulfgar enviou Regis correndo para o lado dele.

— Ele está vivo! —proclamou o halfling. — E as feridas dele não parecem tão ruins!

— Mais durão que um texugo encurralado — Bruenor observou.

Logo eles tinham seu esconderijo tolerável, se não confortável, e até Bruenor parou de reclamar.

— O verdadeiro teste da estrada — Drizzt disse novamente a Regis, tentando animar seu amigo completamente miserável enquanto eles se sentavam na lama e passavam pela noite, com o incessante estrondo dos trovões e as pancadas do granizo sendo um lembrete constante da pequena margem de segurança.

Em resposta, Regis derramou um jato de água da bota.

— Quantos quilômetros você acha que cobrimos? — Bruenor resmungou para Drizzt.

— Uns quinze, talvez — respondeu o drow.

— Duas semanas para Nesmé, nesse ritmo! — murmurou Bruenor, cruzando os braços sobre o peito.

— A tempestade vai passar — Drizzt ofereceu esperançosamente, mas o anão não estava mais ouvindo.

※

O dia seguinte começou sem chuva, apesar de grossas nuvens cinzentas pairarem no céu. Wulfgar estava bem de manhã, mas ainda não entendia o que havia acontecido com ele. Bruenor insistiu para que saíssem imediatamente, embora Regis tivesse preferido que permanecessem em seu buraco até ter certeza de que a tempestade havia passado.

— A maioria das provisões está perdida — Drizzt lembrou ao halfling. — Você pode não encontrar outra refeição além de um pouco de pão seco até chegarmos a Nesmé.

Regis foi o primeiro a sair do buraco.

A umidade insuportável e o solo lamacento mantinham o ritmo lento, e os amigos logo encontraram os joelhos doendo devido à constante torção e escorregões. Suas roupas encharcadas se grudavam a eles desconfortavelmente e pesavam a cada passo.

Encontraram o cavalo de Wulfgar, uma forma queimada e fumegante semi-enterrada na lama.

— Um raio — observou Regis.

Os três olharam para o amigo bárbaro, espantados que ele pudesse ter sobrevivido a tal golpe. Wulfgar também olhou em choque, percebendo o que o fizera cair de sua montaria durante a noite.

— Mais durão que um texugo! — Bruenor repetiu para Drizzt. Os raios de sol provocativamente encontravam uma fresta no céu nublado de vez em quando. Apesar da luz do sol não ser nada substancial até o meio-dia, o dia ficou realmente mais escuro. Trovões distantes anteciparam uma tarde sombria.

A tempestade já havia gastado sua força mortal, mas naquela noite eles não encontraram abrigo além de suas roupas molhadas, e sempre que o crepitar dos raios iluminava o céu, quatro formas encurvadas podiam ser vistas sentadas na lama, com a cabeça baixa enquanto aceitavam seus destinos em resignação impotente.

Por mais dois dias, eles se arrastaram pela chuva e pelo vento, tendo pouca escolha e nenhum lugar para ir além de seguir em frente. Wulfgar provou ser o salvador da moral do grupo nesse período difícil. Ele pegou Regis do chão encharcado, jogando o halfling facilmente nas costas e explicando que precisava do peso extra para se equilibrar. Poupando o orgulho do halfling dessa maneira, o bárbaro até conseguiu convencer o anão mal-humorado a montar nele por um curto período de tempo. E Wulfgar sempre era indomável.

— Uma benção, eu digo — continuou gritando para o céu cinzento. — A tempestade mantém os insetos – e os orcs – longe de nós! E quantos meses levará antes que desejemos água?

Ele trabalhou duro para manter os ânimos elevados. A certa altura, ele observou o raio de perto, cronometrando o intervalo entre o clarão e o trovão que se seguia. Quando se aproximaram do esqueleto enegrecido de uma árvore morta há muito tempo, os raios brilharam e Wulfgar fez seu truque. Gritando "Tempus!" ele levantou o martelo de guerra para que esmagasse e nivelasse o tronco exatamente no momento em que o som do trovão explodiu ao redor deles. Seus amigos divertidos olharam para ele apenas para encontrá-lo em pé orgulhoso, braços e olhos erguidos para os deuses como se eles tivessem respondido pessoalmente ao seu chamado.

Drizzt, aceitando toda essa provação com seu estoicismo habitual, silenciosamente aplaudiu seu jovem amigo e soube novamente, ainda mais do que antes, que eles haviam tomado uma decisão sábia em trazê-lo. O drow entendia que seu dever nesses tempos difíceis era continuar seu papel de sentinela, mantendo sua guarda diligente, apesar da proclamação de segurança do bárbaro. Finalmente, a tempestade foi levada pelo mesmo vento forte que a trouxera. O sol brilhante e o céu azul claro do amanhecer subsequente iluminaram imensamente o humor dos companheiros e permitiram que pensassem novamente no que havia pela frente.

Especialmente Bruenor. O ano se inclinava para a frente em sua marcha firme, exatamente como havia feito quando começaram a jornada lá em Vale do Vento Gélido.

Com sua barba ruiva balançando com a intensidade de seus passos pesados, Bruenor encontrou seu foco mais uma vez. Ele voltou a sonhar com sua terra natal, vendo as sombras tremeluzentes da luz das tochas contra as paredes prateadas e os artefatos maravilhosos dos trabalhos meticulosos de seu povo. Sua concentração intensificada no Salão de Mitral nos últimos meses havia despertado nele memórias mais claras e novas, e agora na estrada ele se lembrava, pela primeira vez em mais de um século, do Salão de Dumathoin.

Os anões do Salão de Mitral viviam muito bem do comércio de seus itens artesanais, mas sempre mantinham suas melhores peças e os presentes mais preciosos que lhes eram dados por pessoas de fora para si mesmos. Em uma câmara grande e decorada que fazia todos os visitantes arregalar os olhos, o legado dos ancestrais de Bruenor ficava em exibição aberta, servindo de inspiração para os futuros artistas do clã.

Bruenor riu baixinho com a lembrança do salão deslumbrante e das peças maravilhosas, principalmente armas e armaduras. Ele olhou para Wulfgar caminhando a seu lado e para o poderoso martelo de guerra que criara no ano anterior. Presa de Égide poderia ter sido pendurado no Salão de Dumathoin, se o clã de Bruenor ainda governasse o Salão de Mitral, selando a imortalidade de Bruenor no legado de seu povo. Mas ao ver Wulfgar segurando o martelo, balançando-o com a mesma facilidade com que balançava o próprio braço, Bruenor não se arrependia.

O dia seguinte trouxe mais boas notícias. Logo após levantarem acampamento, os amigos descobriram que haviam viajado muito além do que haviam previsto durante as provações da tempestade; pois, enquanto marchavam, a paisagem ao seu redor passou por transformações sutis, mas definidas. Onde antes o solo estava escassamente coberto de mato fino de ervas daninhas, virtualmente um mar de lama sob a torrente de chuva, agora encontravam grama exuberante e copas espalhadas de ulmeiros altos. A crista final de uma cordilheira confirmava suas suspeitas, pois diante deles estava o Vale Dessarin. A alguns quilômetros adiante, cheio com o derretimento da primavera e a tempestade recente, e claramente visível de seu alto poleiro, o braço do grande rio rolava constantemente ao longo de sua rota a sul.

O longo inverno dominava essa terra, mas quando finalmente floresceram, as plantas daqui compensavam sua curta temporada com uma vibração inigualável em todo o mundo. Cores ricas da primavera cercavam os amigos enquanto desciam a ladeira até o rio. O tapete de grama era tão espesso que eles tiraram as botas e andaram descalços pela suavidade flexível. A vitalidade aqui era verdadeiramente óbvia e contagiosa.

— Vocês deveriam ver os salões — comentou Bruenor, por impulso repentino. — Veios do mais puro mitral, mais largos que as suas mãos! São rios de prata e são superados em beleza apenas pelo que a mão de um anão faz com eles.

— O desejo de uma visão dessas mantém o nosso caminho firme através das dificuldades — respondeu Drizzt.

— Bah! — bufou Bruenor bem humorado. — Você está aqui porque eu o induzi a estar aqui, elfo. Você já tinha esgotado suas razões para impedir minha aventura!

Wulfgar teve que rir. Ele havia ajudado a enganar Drizzt para que ele concordasse em fazer essa jornada. Após a grande batalha em Dez

Burgos contra Akar Kessell, Bruenor fingira ter sofrido ferimentos mortais e, em seu aparente leito de morte, implorara ao drow que viajasse com ele para sua antiga terra natal. Pensando que o anão estava prestes a morrer, Drizzt não podia recusar.

— E você! — Bruenor rugiu para Wulfgar. — Entendo por que você veio, mesmo que seu crânio seja muito grosso para que você saiba!

— Por favor, me diga —respondeu Wulfgar com um sorriso.

— Você está correndo! Mas você não pode fugir! — o anão gritou.

A alegria de Wulfgar mudou para confusão.

—A garota o assustou, elfo — explicou Bruenor a Drizzt. — Cattibrie o pegou numa rede que seus músculos não podem quebrar!

Wulfgar riu junto com as conclusões bruscas de Bruenor, sem se ofender. Mas nas imagens desencadeadas pelas alusões de Bruenor a Cattibrie, lembranças de uma vista do pôr-do-sol na face do Sepulcro de Kelvin, ou de horas passadas conversando sobre as rochas empilhadas chamadas de Elevado de Bruenor, o jovem bárbaro encontrou um elemento perturbador de verdade nas observações do anão.

— E quanto a Regis? — Drizzt perguntou a Bruenor. — Você discerniu o motivo dele para vir junto? Será que é seu amor pela lama até os tornozelos que suga suas perninhas até os joelhos?

Bruenor parou de rir e estudou a reação dos halfling às perguntas do drow.

— Não, eu não consegui — ele respondeu seriamente depois de alguns momentos. — Só sei disso: se Pança-Furada escolhe a estrada, significa apenas que a lama e os orcs parecem ser melhor do que o que ele está deixando para trás. — Bruenor manteve os olhos em seu amiguinho, novamente procurando algumas revelações na reação do halfling.

Regis manteve a cabeça inclinada, observando os pés peludos, visíveis sob o rolo decrescente da barriga pela primeira vez em muitos meses, enquanto passavam pelas densas ondas de verde. "O assassino, Entreri, está a um mundo de distância", pensou. E ele não tinha intenção de se debruçar sobre um perigo que havia sido evitado.

A alguns quilômetros da margem, chegaram à primeira bifurcação principal do rio, onde o Surbrin, vindo do nordeste, esvaziava o fluxo principal do braço norte da grande rede fluvial. Os amigos procuraram uma maneira de atravessar o rio maior, o Dessarin, e entrar no pequeno vale entre ele e o Surbrin. Nesmé, sua próxima e última parada antes de

Lua Argêntea, ficava seguindo Surbrin acima, e embora a cidade estivesse na margem leste do rio, os amigos, seguindo o conselho de Harkle Harpell, haviam decidido viajar pela margem oeste e evitar os perigos ocultos da Charneca Perene.

Eles atravessaram o Dessarin sem muita dificuldade, graças à incrível agilidade do drow, que correu ao longo do rio com um galho de árvore pendente e saltou para um poleiro semelhante no galho de uma árvore na margem oposta. Logo depois, todos estavam caminhando com facilidade pelo Surbrin, aproveitando o sol, a brisa quente e a canção interminável do rio. Drizzt até conseguiu derrubar um cervo com seu arco, prometendo uma boa ceia de carne de veado e reabastecendo pacotes para a estrada à frente.

Eles acamparam junto à água, sob o brilho das estrelas pela primeira vez em quatro noites, sentados ao redor de uma fogueira e ouvindo as histórias de Bruenor sobre os corredores prateados e as maravilhas que encontrariam no final de seu caminho.

A serenidade da noite não se prolongou pela manhã, pois os amigos foram despertados pelos sons da batalha. Wulfgar imediatamente subiu em uma árvore próxima para saber quem eram os combatentes.

— Cavaleiros! — gritou, pulando e puxando seu martelo de guerra antes mesmo de cair no chão. — Alguns estão caídos! Eles lutam com monstros que eu não conheço!

Logo ele estava correndo para o norte, com Bruenor atrás dele, e Drizzt circulando até o flanco deles ao longo do rio. Menos entusiasmado, Regis se manteve atrás, puxando sua maça pequena, mas mal se preparando para a batalha aberta.

Wulfgar foi o primeiro a chegar ao local. Sete cavaleiros ainda estavam de pé, tentando em vão manobrar suas montarias em alguma forma de linha defensiva. As criaturas contra as quais eles lutavam eram rápidas e não tinham medo de correr embaixo das pernas dos cavalos para fazê-los tropeçar. Os monstros tinham apenas um metro e meio de altura, com braços de duas vezes esse comprimento. Eles se pareciam com pequenas árvores, embora inegavelmente animadas, correndo loucamente, batendo com os braços similares a um tacape ou, como outro infeliz cavaleiro descobriu no momento em que Wulfgar entrou na briga, enrolando seus membros flexíveis ao redor de seus inimigos para puxá-los de suas montarias.

Wulfgar disparou entre duas criaturas, derrubando-as de lado e atacou a que acabara de derrubar o cavaleiro. O bárbaro subestimou os monstros, porém, pois seus dedos enraizados encontraram equilíbrio rapidamente e seus braços longos o agarraram por trás antes que ele desse dois passos, agarrando-o de ambos os lados e detendo-o.

Bruenor avançou logo atrás. O machado do anão cortou um dos monstros, dividindo-o no meio como lenha, e depois cortou perversamente o outro, enviando uma grande parte do seu torso para longe.

Drizzt apareceu pronto para a batalha, ansioso, mas temperado, como sempre, pela sensibilidade dominante que o mantivera vivo através de centenas de combates. Ele foi para o lado, abaixo da margem do banco, onde descobriu uma ponte em ruínas de toras que atravessavam o Surbrin. Os monstros a haviam construído, Drizzt sabia; aparentemente eles não eram feras sem cérebro.

Drizzt espiou por cima da margem. Os cavaleiros reuniram-se em torno dos reforços inesperados, mas um pouco antes dele foi envolvido por um monstro e estava sendo arrastado de seu cavalo. Vendo a natureza em forma de árvore de seus estranhos inimigos, Drizzt entendeu por que os cavaleiros todos usavam machados e se perguntou o quão eficaz suas esbeltas cimitarras se provariam.

Mas ele teve que agir. Saltando de sua ocultação, fincou as duas cimitarras na criatura. Elas acertaram o alvo, mas não teve mais efeito do que teria se Drizzt tivesse esfaqueado uma árvore.

Mesmo assim, a tentativa do drow salvou o cavaleiro. O monstro golpeou sua vítima uma última vez para mantê-lo atordoado, depois soltou seu aperto para enfrentar Drizzt. Pensando rapidamente, o drow foi para um ataque alternativo, usando suas lâminas ineficazes para aparar os membros similares a tacapes. Então, quando a criatura avançou sobre ele, mergulhou a seus pés, arrancando-o pelas raízes e rolando de volta sobre ele em direção à margem do rio. Ele enfiou as cimitarras na pele de casca de árvore e empurrou, fazendo o monstro cair em direção ao Surbrin. Ele se segurou antes de entrar na água, mas Drizzt logo estava sobre ele novamente. Uma onda de chutes bem colocados colocou o monstro no rio e o fluxo o levou.

O cavaleiro que, a essa altura, havia recuperado o assento e o foco. Andou com o cavalo até o banco para agradecer a quem o resgatara.

Então ele viu a pele negra.

— Drow! — gritou, e lâmina de seu machado foi na direção do elfo negro.

Drizzt foi pego de surpresa. Seus reflexos aguçados ergueram uma cimitarra o suficiente para desviar a ponta do machado, mas a lateral da lâmina atingiu sua cabeça e o fez cambalear. Ele mergulhou com o impulso do golpe e rolou, tentando colocar o máximo de terreno possível entre ele e o cavaleiro, percebendo que o homem o mataria antes que pudesse se recuperar.

— Wulfgar! — gritou Regis de seu esconderijo um pouco atrás na margem. O bárbaro finalizou um dos monstros com um estrondo que fez rachaduras ao longo de todo o seu comprimento e virou-se no instante em que o cavaleiro trazia o cavalo para chegar até Drizzt.

Wulfgar rugiu de raiva e fugiu de sua própria luta, agarrando o freio do cavalo enquanto ele ainda estava parado e o puxando com toda sua força. Cavalo e cavaleiro caíram no chão. O cavalo levantou-se rapidamente, sacudindo a cabeça e trotando nervosamente, mas o cavaleiro ficou abaixado, com a perna esmagada pelo peso da montaria na queda.

Os cinco cavaleiros restantes trabalhavam em uníssono agora, investindo sobre os grupos de monstros e espalhando-os. O machado perverso de Bruenor cortou, enquanto o anão cantava uma música de lenhador que aprendera quando garoto.

— Filho, vai pro fogo madeira cortar, pra comer, deve o caldeirão esquentar! — ele cantava enquanto metodicamente cortava um monstro após o outro.

Wulfgar defensivamente montou sobre a forma de Drizzt, com seu poderoso martelo estilhaçando, com um único golpe, qualquer um dos monstros que se aventuravam perto demais.

A derrota começou e, em segundos, as poucas criaturas sobreviventes correram aterrorizadas pela ponte sobre o Surbrin.

Três cavaleiros estavam caídos e mortos, um quarto encostado pesadamente em seu cavalo, quase vencido por seus ferimentos, e o que Wulfgar largara havia desmaiado por sua agonia. Mas os cinco restantes não foram aos feridos. Eles formaram um semicírculo ao redor de Wulfgar e Drizzt, que agora estava voltando a se levantar, e mantiveram os dois presos contra a margem do rio com os machados em prontidão.

— É assim que você recebe quem acabou de te resgatar? — Bruenor latiu para eles, batendo em um cavalo de lado para que pudesse se juntar a seus amigos. — Aposto que o mesmo pessoal não vem ajudá-los duas vezes!

—É uma companhia desprezível com a qual você anda, anão! — um dos cavaleiros respondeu.

— Seu amigo estaria morto se não fosse por essa companhia desprezível! — Wulfgar respondeu, indicando o cavaleiro deitado ao lado. — E ele paga o drow com uma lâmina!

— Nós somos os Cavaleiros de Nesmé — explicou o cavaleiro. — Nossa obrigação é morrer em campo, protegendo os nossos. Aceitamos esse destino de bom grado.

— Aproxime seu cavalo mais um pouco e você terá o que deseja — alertou Bruenor.

— Mas você nos julga injustamente — argumentou Wulfgar. — Nesmé é o nosso destino. Nós chegamos com intenções de paz e amizade.

— Vocês não vão entrar! Não com ele! — cuspiu o cavaleiro. — O modo de vida dos imundos elfos drow é conhecido por todos. Você nos pede para recebê-lo?

— Bah, você é um tolo e sua mãe também — rosnou Bruenor.

— Cuidado com as suas palavras, anão — alertou o cavaleiro. — Estamos de cinco para três e montados.

—Tente sua ameaça, então — Bruenor respondeu. — Os urubus não vão ter muito para comer com aquelas árvores dançantes. — ele passou o dedo pela lâmina do machado. — Vamos dar a eles algo melhor para bicar.

Wulfgar balançou Presa de Égide facilmente para frente e para trás. Drizzt não fez nenhum movimento em direção a suas armas, e sua calma constante foi talvez a ação mais irritante de todas para os cavaleiros.

O orador deles parecia menos cauteloso após o fracasso de sua ameaça, mas manteve uma fachada de vantagem.

— Mas não somos ingratos por sua assistência. Vamos permitir que vocês vão embora. Vão embora e nunca mais voltem para nossas terras.

— Vamos aonde escolhermos — rosnou Burenor.

— E nós escolhemos não lutar — acrescentou Drizzt. — Não é nosso objetivo, nem nosso desejo, causar danos a você ou à sua cidade, Cavaleiros de Nesmé. Vamos passar, mantendo nossos próprios negócios para nós mesmos e deixando os seus para vocês.

— Você não vai a lugar nenhum perto da minha cidade, elfo negro! — gritou outro cavaleiro. — Você pode nos derrubar no campo, mas há mais cem atrás de nós, e três vezes mais atrás deles! Agora vão embora! — seus companheiros pareciam recuperar a coragem com suas palavras ousadas, seus cavalos pisando nervosamente com a repentina tensão nos freios.

— Temos o nosso curso — insistiu Wulfgar.

— Dane-se! — Bruenor rugiu de repente. — Eu já vi demais desse bando! Dane-se a cidade deles. Que o rio a leve embora! — ele se virou para os amigos. — Eles nos fazem um favor. Economizaremos um dia e mais um pouco indo direto para Lua Argêntea, em vez de circular com o rio.

— Diretamente através dele? — Drizzt questionou. — A Charneca Perene?

— Pode ser pior que o Vale? — respondeu Bruenor. Ele girou de volta para os cavaleiros. — Mantenham sua cidade e suas cabeças, por enquanto — disse. — Devemos atravessar a ponte aqui e nos livrar de vocês e de toda a Nesmé!

— Coisas mais sujas do que pântanos vagam pela Charna dos Trolls, anão tolo — respondeu o cavaleiro com um sorriso. — Viemos para destruir esta ponte. Será queimada atrás de vocês.

Bruenor assentiu e devolveu o sorriso.

— Mantenha seu curso para o leste — alertou o cavaleiro. — A notícia será divulgada a todos os cavaleiros. Se forem avistados perto de Nesmé, serão mortos.

— Pegue seu amigo vil e vá embora — provocou outro cavaleiro —, antes que meu machado se banhe no sangue de um elfo preto! Embora eu tivesse que jogar fora a arma contaminada! — todos os cavaleiros se juntaram às risadas que se seguiram.

Drizzt nem tinha ouvido. Ele estava concentrado em um cavaleiro na parte de trás do grupo, um homem quieto que poderia usar sua obscuridade na conversa para obter uma vantagem despercebida. O cavaleiro havia tirado um arco do ombro e avançava com a mão, muito lentamente, em direção à aljava.

Bruenor havia cansado de falar. Ele e Wulfgar se afastaram dos cavaleiros e começaram a ir na direção da ponte.

— Vamos, elfo — disse a Drizzt ao passar. — Meu sono melhorará quando estivermos longe desses cães filhos de orcs.

Mas Drizzt tinha mais uma mensagem para enviar antes que desse as costas aos cavaleiros. Em um movimento ofuscante, ele tirou o arco das costas, puxou uma flecha da aljava e a lançou assobiando pelo ar.

Ela bateu no quepe de couro do candidato a arqueiro, separando os cabelos no meio e prendendo-o em uma árvore logo atrás, com sua haste tremendo em um aviso claro.

— Seus insultos equivocados, eu aceito, até espero — explicou Drizzt aos cavaleiros horrorizados. — Mas não tolerarei qualquer tentativa de ferir meus amigos, e eu vou me defender. Esteja avisado, e apenas uma vez avisado: se fizer outro movimento contra nós, você morrerá. — ele se virou bruscamente e desceu a ponte sem olhar para trás.

Os cavaleiros atordoados certamente não tinham intenção de atrapalhar mais o grupo do drow. O candidato a arqueiro sequer procurou seu quepe.

Drizzt sorriu com a ironia de sua incapacidade de se livrar das lendas de sua herança. Embora ele tenha sido evitado e ameaçado, por um lado, a aura misteriosa que cerca os elfos negros também lhe dava um blefe poderoso o suficiente para dissuadir a maioria dos inimigos em potencial.

Regis se juntou a eles na ponte, balançando uma pequena pedra na mão.

— Eles estavam na minha mira — explicou o halfling sobre sua arma improvisada. E jogou a pedra no rio. — Se começasse, eu teria dado o primeiro tiro.

— Se começasse — corrigiu Bruenor —, você teria sujado o buraco em que se escondia!

Wulfgar considerou o aviso do cavaleiro sobre o caminho deles.

— Charneca dos Trolls — ecoou sombriamente, olhando a encosta do outro lado do caminho para a terra destruída diante deles. Harkle havia falado com eles sobre o lugar. A terra queimada e os pântanos sem fundo. Os trolls e horrores ainda piores que não tinham nomes.

— Vai economizar mais de um dia! — Bruenor repetiu teimosamente.

Wulfgar não estava convencido.

✵

— Você está dispensado — disse Dendybar ao espectro.

Enquanto as chamas se reformavam no braseiro, despojando-o de sua forma material, Morkai considerou esta segunda reunião. "Com qual frequência Dendybar passaria a chamá-lo?", ele se perguntou.

O Mago Malhado ainda não havia se recuperado completamente do último encontro, mas ousara convocá-lo novamente tão cedo. Os negócios de Dendybar com o grupo do anão devem ser realmente urgentes! Essa suposição apenas fez Morkai menosprezar seu papel como seu espião ainda mais.

Sozinho na sala novamente, Dendybar se esticou da posição meditativa e sorriu maliciosamente ao considerar a imagem que Morkai lhe mostrara. Os companheiros haviam perdido a montaria e estavam marchando para a área mais suja de todo o norte. Mais um dia, mais ou menos, e seu próprio grupo estaria, voando nos cascos de seus corcéis mágicos, em pé de igualdade com eles, embora a cinquenta quilômetros ao norte.

Sydney chegaria a Lua Argêntea muito antes do drow.

Capítulo 11

Lua Argêntea

A VIAGEM A PARTIR DE LUSKAN FOI REALMENTE rápida. Entreri e seus companheiros pareciam a qualquer espectador curioso ser não mais do que um borrão cintilante no vento da noite. As montarias mágicas não deixaram rastro de sua passagem, e nenhuma criatura viva poderia tê-las ultrapassado. O golem, como sempre, se arrastava incansavelmente atrás com grandes passos de suas pernas duras.

Tão suaves e fáceis eram os assentos no topo dos corcéis conjurados de Dendybar que o grupo foi capaz de manter sua corrida além do amanhecer e durante todo o dia seguinte, com apenas pequenos descansos para comer. Assim, quando acamparam após o pôr do sol do primeiro dia inteiro na estrada, já haviam deixado os rochedos para trás.

Cattibrie travou uma batalha interior naquele primeiro dia. Ela não tinha dúvida de que Entreri e seus novos aliados chegariam antes de Bruenor. Como a situação estava agora, ela seria apenas um prejuízo para os amigos, um peão para Entreri jogar de acordo com sua conveniência.

Ela poderia fazer pouco para remediar o problema, a menos que encontrasse alguma maneira de diminuir, se não superar, o grilhão de terror que o assassino tinha sobre si. Aquele primeiro dia, ela passou em concentração, bloqueando os arredores o máximo que pôde e buscando em seu espírito interior a força e a coragem de que precisaria.

Ao longo dos anos, Bruenor havia lhe dado muitas ferramentas para travar uma batalha, habilidades de disciplina e autoconfiança que a haviam feito superar muitas situações difíceis. No segundo dia de viagem, então, mais confiante e confortável com sua situação, Cattibrie conseguiu se concentrar em seus captores. O mais interessante foram os olhares que Jierdan e Entreri lançavam um ao outro. O orgulhoso soldado obviamente não havia esquecido a humilhação que sofrera na noite do primeiro encontro no campo fora de Luskan. Entreri, ciente do rancor, mesmo alimentando sua disposição de levar a questão ao confronto, manteve um olhar desconfiado sobre o homem.

"Essa crescente rivalidade poderia ser sua esperança mais promissora – talvez a única – de escapar", pensou Cattibrie. Ela admitiu que Bok era uma máquina de destruição, indelével e irracional, além de qualquer manipulação que ela tentasse impor, e aprendeu rapidamente que Sydney não oferecia nada.

Cattibrie tentara envolver a jovem aprendiz em uma conversa naquele segundo dia, mas o foco de Sydney era muito estreito para qualquer desvio. Ela não seria desviada nem convencida a ignorar sua obsessão de forma alguma. A aprendiz nem respondeu à saudação de Cattibrie quando se sentaram para a refeição do meio-dia. E quando Cattibrie a incomodou ainda mais, Sydney instruiu Entreri a "manter a vadia longe".

Mesmo na tentativa fracassada, a aprendiz distante ajudou Cattibrie de uma maneira que nenhuma delas poderia prever. O desprezo e os insultos abertos de Sydney vieram como um tapa no rosto de Cattibrie e incutiram nela outra ferramenta que ajudaria a superar a paralisia de seu terror: a raiva.

Eles passaram pelo ponto intermediário de sua jornada no segundo dia, com a paisagem rolando surrealisticamente por eles enquanto aceleravam e acamparam nas pequenas colinas a nordeste de Nesmé, deixando a cidade de Luskan a mais de trezentos quilômetros atrás deles.

Fogueiras brilhavam ao longe, Sydney supôs ser uma patrulha de Nesmé.

— Devemos ir lá e descobrir o que pudermos — sugeriu Entreri, ansioso pelas notícias de seu alvo.

— Você e eu — Sydney concordou. — Podemos chegar lá e voltar antes que metade da noite termine.

Entreri olhou para Cattibrie.

— E quanto a ela? — ele perguntou à aprendiz. — Eu não a deixaria sozinha com Jierdan.

— Você acha que o soldado tiraria vantagem da garota? — Sydney respondeu. — Garanto que ele é honrado.

— Isso não é da minha conta — Entreri sorriu. — Não temo pela filha de Bruenor Martelo de Batalha. Ela descartaria seu honorável soldado e sumiria na noite antes de voltarmos.

Cattibrie não gostou do elogio. Ela entendeu que o comentário de Entreri era mais um insulto a Jierdan, que estava recolhendo lenha, do que qualquer reconhecimento de suas próprias habilidades, mas o respeito inesperado do assassino por ela tornaria sua tarefa duplamente difícil. Não queria que Entreri a considerasse perigosa, nem engenhosa, pois isso o manteria alerta demais para que se movesse.

Sydney olhou para Bok.

— Eu vou — disse ao golem, propositadamente alto o suficiente para Cattibrie ouvir facilmente. — Se a prisioneira tentar fugir, alcance-a e mate-a! — ela lançou um sorriso maligno para Entreri. — Satisfeito?

Ele devolveu o sorriso e balançou o braço na direção do acampamento distante.

Jierdan voltou então, e Sydney contou-lhe seus planos. O soldado não parecia muito feliz por ter Sydney e Entreri saindo juntos, embora não tenha dito nada para dissuadir a aprendiz. Cattibrie observou-o atentamente e sabia a verdade. Ficar sozinho com ela e com o golem não o incomodava, supôs, mas ele temia qualquer amizade entre seus dois companheiros de estrada. Cattibrie entendia e até desejava isso, pois Jierdan estava na posição mais fraca dos três – subserviente a Sydney e com medo de Entreri. Uma aliança entre os dois, talvez até um pacto excluindo Dendybar e a Torre Central, pelo menos o colocaria de fora e, provavelmente, significaria seu fim.

— Com certeza a natureza de seus negócios sombrios funciona contra eles — Cattibrie sussurrou quando Sydney e Entreri deixaram o acampamento, falando as palavras em voz alta para reforçar sua crescente confiança.

— Eu poderia ajudá-lo com isso — ela ofereceu a Jierdan enquanto este trabalhava para concluir o acampamento.

O soldado olhou para ela.

— Ajudar? — zombou. — Eu deveria fazê-la fazer tudo sozinha.

— Sua raiva é conhecida por mim — Cattibrie rebateu simbolicamente. — Eu mesma sofri nas mãos sujas de Entreri.

Sua pena enfureceu o soldado orgulhoso. Ele correu para ela ameaçadoramente, mas ela manteve a compostura e não vacilou.

— Este trabalho está abaixo de seu status.

Jierdan parou de repente, sua raiva sendo difundida pela sua intriga com o elogio. Uma manobra óbvia, mas, para o ego ferido de Jierdan, o respeito da jovem era bem-vindo demais para ser ignorado.

— O que você poderia saber sobre meu status? — perguntou ele.

— Eu sei que você é um soldado de Luskan — respondeu Cattibrie. — De um grupo que é temido em todo o norte. Não deveria fazer o trabalho sujo enquanto a aprendiz de maga e o caçador das sombras brincam de noite.

— Você está criando problemas! — Jierdan rosnou, mas parou para refletir sobre o argumento. — Você monta o acampamento — ordenou por fim, recuperando uma medida de seu próprio respeito, demonstrando sua superioridade sobre ela.

Cattibrie não se importou, porém. Ela fez o trabalho de uma só vez, desempenhando seu papel subserviente sem reclamar. Um plano começou a tomar forma definitiva em sua mente agora, e essa fase exigia que fizesse um aliado entre seus inimigos, ou pelo menos se colocasse em posição de plantar as sementes de desconfiança na mente de Jierdan.

Ela ouviu, satisfeita, enquanto o soldado se afastava, murmurando baixinho.

Antes que Entreri e Sydney chegassem perto o suficiente para ter uma boa visão do acampamento, o canto ritualístico dizia que não era uma caravana de Nesmé. Eles avançaram com mais cautela para confirmar suas suspeitas.

Bárbaros de cabelos compridos, escuros e altos, vestidos com roupas de penas cerimoniais, dançavam um círculo em torno de um totem de grifo de madeira.

— Uthgardt — explicou Sydney. — A tribo do Grifo. Estamos perto de Branco Cintilante, o monte ancestral deles. — Ela se afastou do brilho do acampamento. — Venha — sussurrou. — Não aprenderemos nada de valor aqui.

Entreri seguiu-a de volta ao acampamento.

— Devemos ir agora? — ele perguntou quando estavam a uma distância segura. — Ganhar mais distância dos bárbaros?

— Desnecessário — respondeu Sydney. — Os Uthgardt vão dançar a noite toda. Toda a tribo participa do ritual; duvido até que tenham sentinelas a postos.

— Você sabe muito sobre eles — observou o assassino em tom acusador, uma sugestão para suas súbitas suspeitas de que poderia haver alguma trama oculta controlando os eventos ao seu redor.

— Eu me preparei para esta jornada — respondeu Sydney. — Os Uthgardt guardam poucos segredos; seu modo de vida é geralmente conhecido e documentado. Os viajantes do norte fariam bem em entender esses povos.

— Tenho a sorte de ter uma companheira de estrada tão instruída — disse Entreri, curvando-se em desculpas sarcásticas.

Sydney, com os olhos voltados para a frente, não respondeu.

Mas Entreri não deixou a conversa morrer tão facilmente. Havia método em sua linha principal de suspeitas. Ele havia escolhido conscientemente esse momento para estender a mão e revelar sua desconfiança antes mesmo de descobrirem a natureza do acampamento. Pela primeira vez, os dois estavam sozinhos, sem Cattibrie ou Jierdan para complicar o confronto, e Entreri pretendia pôr um fim às suas preocupações ou pôr um fim no mago.

— Quando devo morrer? — ele perguntou sem rodeios.

Sydney não hesitou por um segundo.

— Quando o destino o decreta, como acontece com todos nós.

— Deixe-me fazer a pergunta de uma maneira diferente — continuou Entreri, agarrando-a pelo braço e virando-a para encará-lo. — Quando vocês foram instruídos a tentar me matar?

— Por que mais Dendybar teria enviado o golem? — argumentou Entreri. — O Mago não guarda pactos e honra. Ele faz o que deve para alcançar seus objetivos da maneira mais rápida e, em seguida, elimina aqueles de que não precisa mais. Quando meu valor para vocês terminar, devo ser morto. Uma tarefa que você pode achar mais difícil do que imagina.

— Você é perspicaz — Sydney respondeu friamente. — Você julgou bem o caráter de Dendybar. Ele teria matado você simplesmente para evitar possíveis complicações. Mas você não considerou meu próprio papel nisso. Por minha insistência, Dendybar colocou a decisão do seu destino em minhas mãos. - Ela fez uma pausa para deixar Entreri pesar suas palavras. Ele poderia facilmente matá-la agora, os dois sabiam disso, então a sinceridade de sua calma admissão de uma conspiração para assassiná-lo interrompeu qualquer ação imediata e o forçou a ouvi-la.

— Estou convencida de que buscamos objetivos diferentes para o nosso confronto com o grupo do anão — explicou Sydney — e, portanto, não tenho a intenção de destruir um aliado presente e potencialmente futuro.

Apesar de sua natureza sempre suspeita, Entreri entendeu completamente a lógica de sua linha de raciocínio. Ele reconheceu muitas de suas próprias características em Sydney. Implacável, ela não deixava nada atrapalhar seu caminho escolhido, não se desviava desse caminho por nenhuma distração, por mais fortes que fossem seus sentimentos. Ele soltou o braço dela.

— Mas o golem viaja conosco — disse ele distraidamente, virando-se para a noite vazia. — Dendybar realmente acredita que precisamos dele para derrotar o anão e seus companheiros?

— Meu mestre deixa pouco ao acaso — respondeu Sydney. — Bok foi enviado para selar a reivindicação de Dendybar sobre o que ele deseja. Proteção contra problemas inesperados dos companheiros. E contra você.

Entreri levou sua linha de pensamento um passo adiante.

— O objeto que o Mago deseja deve ser poderoso de fato — argumentou.

Sydney assentiu.

— Tentador para um mago mais jovem, talvez.

— O que você implica? — Sydney exigiu, zangada que Entreri questionasse sua lealdade a Dendybar.

O sorriso seguro do assassino a fez se contorcer desconfortavelmente.

— O objetivo do golem é proteger Dendybar contra problemas inesperados... vindos de você!

Sydney gaguejou, mas não conseguiu encontrar as palavras para responder. Não tinha considerado essa possibilidade. Ela tentou logicamente rejeitar a conclusão estranha de Entreri, mas o próximo comentário do assassino nublou sua capacidade de pensar.

— Simplesmente para evitar possíveis complicações — disse sombriamente, ecoando suas palavras anteriores.

A lógica de suas suposições foi um tapa em sua cara. Como ela poderia se imaginar acima da trama maliciosa de Dendybar? A revelação a fez sentir calafrios, mas não tinha intenção de procurar pela resposta com Entreri ao seu lado.

— Devemos confiar um no outro — disse ela. — Precisamos entender que ambos nos beneficiamos da aliança e que isso não custa nada a nenhum de nós.

— Mande o golem embora então — respondeu Entreri.

Um alarme disparou na mente de Sydney. Entreri estava tentando incutir dúvidas nela apenas para obter uma vantagem em seu relacionamento?

— Não precisamos dele — disse. — Nós temos a garota. E mesmo que os companheiros recusem nossas demandas, temos força para pegar o que queremos. — Ele retornou o olhar desconfiado da aprendiz. — Você fala de confiança?

Sydney não respondeu, e começou a andar de novo para o acampamento. Talvez ela devesse mandar Bok embora. O ato satisfaria as dúvidas de Entreri sobre ela, embora certamente lhe desse uma vantagem sobre ela, se surgisse algum problema. Descartar o golem, além disso, também poderia responder a algumas das perguntas ainda mais perturbadoras que

O dia seguinte foi o mais silencioso e mais produtivo do percurso. Sydney brigou com sua turbulência interna sobre as razões da presença do golem. E chegou à conclusão de que deveria mandar Bok embora, por nenhuma razão melhor do que provar a si mesma a confiança de seu mestre.

Entreri observou os sinais reveladores de sua luta com interesse, sabendo que havia enfraquecido o vínculo entre Sydney e Dendybar o suficiente para fortalecer sua própria posição com a jovem aprendiz.

Agora, ele simplesmente tinha que esperar e aguardar sua próxima chance de realinhar seus companheiros.

Da mesma forma, Cattibrie ficou de olho em mais oportunidades para cultivar as sementes que plantara nos pensamentos de Jierdan. Os rosnados que ela viu o soldado esconder de Entreri e de Sydney disseram que seu plano estava começando a ir bem.

Eles chegaram a Lua Argêntea logo após o meio dia do dia seguinte. Se Entreri ainda tinha alguma dúvida sobre sua decisão de ingressar no grupo da Torre Central, foi dissipada quando considerou a enormidade de seu feito. Com os incansáveis corcéis mágicos, eles percorreram quase oitocentos quilômetros em quatro dias. E, na cavalgada sem esforço, com a absoluta facilidade em guiar suas montarias, eles quase não estavam cansados quando chegaram às colinas das montanhas, a oeste da cidade encantada.

— O rio Rauvin — Jierdan, na frente do grupo, mostrou a eles. — E um posto de guarda.

— Vamos evitá-lo — respondeu Entreri.

— Não — disse Sydney. — Estes são os guias através da Ponte da Lua. Eles nos deixarão passar, e a ajuda deles facilitará nossa jornada para a cidade.

Entreri olhou de volta para Bok, subindo a trilha atrás deles.

— Todos nós? — perguntou incrédulo.

Sydney não tinha esquecido o golem.

— Bok — ela disse quando o golem os alcançou —, você não é mais necessário. Volte para Dendybar e lhe diga que tudo corre bem.

Os olhos de Cattibrie se iluminaram com o pensamento de enviar o monstro de volta, e Jierdan, assustado, olhou para trás com crescente ansiedade. Observando-o, Cattibrie viu outra vantagem nessa reviravolta inesperada. Ao descartar o golem, a maga deu mais veracidade aos temores de uma aliança entre ela e Entreri, que Cattibrie havia plantado no soldado.

O golem não se mexeu.

— Eu disse vá! — exigiu Sydney. Ela viu o olhar nada surpreso de Entreri pelo canto do olho. — Maldito seja — ela sussurrou para si mesma. Ainda assim, Bok não se mexeu.

— Você é realmente perspicaz — rosnou para Entreri. — Fique aqui, então — sibilou para o golem. — Vamos ficar na cidade por vários dias.

Ela escorregou da cadeira e se afastou, humilhada pelo sorriso irônico do assassino às suas costas.

— E quanto às montarias? — perguntou Jierdan.

— Elas foram criadas para nos levar para Lua Argêntea, não mais do que isso — respondeu Sydney, e enquanto os quatro se afastavam pelo caminho, as luzes cintilantes que eram os cavalos se esvaneceram em um brilho azul suave e depois desapareceram por completo.

Eles tiveram poucos problemas para passar pelo posto de guarda, especialmente quando Sydney se identificou como representante da Torre Central do Arcano. Ao contrário da maioria das cidades do norte hostil, que beiravam a paranoia com seu medo de forasteiros, Lua Argêntea não se mantinha cercada por muros medonhos e fileiras de soldados cautelosos. As pessoas desta cidade encaravam os visitantes como um aprimoramento para sua cultura, não como uma ameaça ao seu modo de vida.

Um dos Cavaleiros de Prata, os guardas no posto do Rauvin, levou os quatro viajantes à entrada da Ponte da Lua, uma estrutura em arco e invisível que atravessava o rio antes do portão principal da cidade. Os estrangeiros a cruzaram hesitantemente, desconfortáveis pela falta de material visível sob seus pés. Mas logo se viram passeando pelas sinuosas estradas da cidade mágica. O ritmo deles inconscientemente diminuiu, presos sob a preguiça infecciosa, a atmosfera relaxada e contemplativa dissipou até mesmo a intensidade de Entreri.

Torres altas e tortuosas e estruturas de formato estranho os recebiam a cada passo. Nenhum estilo arquitetônico único dominava Lua Argêntea, a menos que esse estilo fosse a liberdade para um construtor de exercer sua criatividade pessoal sem medo de julgamento ou desprezo. O resultado era uma cidade de infinitos esplendores, não rica em tesouros, como Águas Profundas e Mirabar, seus dois vizinhos mais poderosos, mas inigualável em beleza estética. Uma reminiscência dos primeiros dias dos Reinos, quando elfos, anões e humanos tinham espaço suficiente para vagar sob o sol e as estrelas, sem medo de atravessar uma fronteira invisível de um reino hostil. Lua Argêntea existia desafiando abertamente os conquistadores e tiranos do mundo, um lugar onde ninguém reivindicava o outro.

Pessoas de todas as raças bondosas andavam livremente e sem medo aqui, por todas as ruas e vielas nas noites mais escuras, e se os viajantes passavam por alguém e não eram recebidos com uma palavra de boas-vindas, era apenas porque a pessoa estava profundamente envolvida em uma contemplação meditativa.

— O grupo do anão está a menos de uma semana além de Sela Longa — Sydney mencionou enquanto se moviam pela cidade. — Podemos ter vários dias de espera.

— Para onde vamos? — Entreri perguntou, sentindo-se fora de lugar. Os valores que obviamente tinham precedência em Lua Argêntea eram diferentes dos de qualquer cidade que ele já havia encontrado e eram completamente estranhos às suas próprias percepções do mundo ganancioso e cobiçoso.

— Inúmeras pousadas se alinham nas ruas — respondeu Sydney. — Os hóspedes são abundantes aqui e são bem-vindos abertamente.

— Então nossa tarefa de encontrar os companheiros, assim que eles chegarem, será realmente difícil — gemeu Jierdan.

— Não tanto — Sydney respondeu ironicamente. — O anão vem a Lua Argêntea em busca de informações. Logo depois que chegarem, Bruenor e seus amigos irão para a Abóbada dos Sábios, a biblioteca mais renomada de todo o norte.

Entreri estreitou os olhos e disse:

— E nós estaremos lá para cumprimentá-los.

Capítulo 12

A Charneca dos Trolls

Era um local de terra enegrecida e pântanos enevoados, onde a decadência e uma imponente sensação de perigo derrotavam até o mais ensolarado dos céus. A paisagem subia e descia continuamente, e no topo de cada subida havia a esperança de que fosse o fim do lugar para qualquer viajante que chegasse ao local, trazia apenas desespero e mais das mesmas cenas imutáveis.

Os bravos Cavaleiros de Nesmé se aventuravam na charneca a cada primavera para inflamar as longas fileiras de incêndios e conduzir os monstros da terra hostil para longe das fronteiras de sua cidade. A estação estava atrasada e várias semanas haviam passado desde a última queima, mas mesmo agora os vales baixos estavam cheios de fumaça e as ondas de calor dos grandes incêndios ainda brilhavam no ar ao redor das pilhas carbonizadas de madeira mais grossas.

Bruenor havia levado seus amigos para a Charneca dos Trolls, desafiando obstinadamente os cavaleiros, e estava determinado a abrir caminho até Lua Argêntea. Mas, após apenas o primeiro dia de viagem, até ele começou a duvidar da decisão. O lugar exigia um constante estado de alerta, e cada junção de árvores queimadas por onde passavam os fazia parar, com os tocos pretos e sem folhas e os troncos caídos tendo uma semelhança desconfortável com homúnculos do pântano. Mais de uma vez, o solo esponjoso sob seus pés tornou-se repentinamente um profundo poço de lama, e apenas as rápidas reações de um companheiro próximo os impediram de descobrir a profundidade de qualquer um desses poços.

Uma brisa contínua soprava através da charneca, alimentada pelas manchas contrastantes de terra quente e pântanos frios, e com um odor mais desagradável do que a fumaça e a fuligem do fogo, um cheiro doce, doentio e perturbadoramente familiar para Drizzt Do'Urden — o fedor de trolls.

Esse era o domínio deles, e todos os rumores sobre a Charneca Perene que os companheiros ouviram e de que riram no conforto do Bordão Felpudo não poderiam tê-los preparado para a realidade que subitamente desceu sobre eles quando entraram no local.

Bruenor calculou que seu grupo poderia sair da charneca em cinco dias, se mantivessem um ritmo forte. Naquele primeiro dia, eles realmente cobriram a distância necessária, mas o anão não previra o retorno contínuo que precisariam fazer para evitar os charcos. Ainda que houvessem marchado mais de trinta quilômetros naquele dia, estavam a menos de quinze de onde entraram no local.

Ainda assim, não encontraram trolls, nem qualquer outro tipo de inimigo, e montaram seu acampamento naquela noite sob o disfarce de um otimismo silencioso.

— Você vai manter a guarda? — Bruenor perguntou a Drizzt, ciente de que o drow sozinho tinha os sentidos aguçados de que precisariam para sobreviver à noite.

Drizzt assentiu com a cabeça.

— Durante toda a noite — respondeu ele, e Bruenor não discutiu. O anão sabia que nenhum deles conseguiria dormir naquela noite, em guarda ou não.

A escuridão veio de repente e completamente. Bruenor, Regis e Wulfgar não podiam ver suas próprias mãos nem se as segurassem a centímetros de seus rostos. Com a escuridão vieram os sons de um pesadelo que espreitava. Passos molhados se aproximavam deles. A fumaça se misturava com a névoa noturna e rolava ao redor dos troncos das árvores sem folhas. O vento não aumentou, mas a intensidade de seu mau cheiro sim, e agora carregava os gemidos dos espíritos atormentados dos miseráveis habitantes do local.

— Peguem seus equipamentos — Drizzt sussurrou para os amigos.

— O que você viu? — Bruenor perguntou suavemente.

— Nada diretamente — veio a resposta. — Mas eu os sinto como todos vocês. Não podemos deixá-los nos encontrar sentados. Nós devemos nos mover entre eles para impedir que se reúnam sobre nós.

— Minhas pernas doem — reclamou Regis. — E meus pés incharam. Nem sei se consigo calçar minhas botas!

— Ajude-o, garoto — disse Bruenor a Wulfgar. — O elfo está certo. Vamos carregá-lo se for necessário, Pança-Furada, mas não vamos ficar.

Drizzt assumiu a liderança, e às vezes tinha que segurar a mão de Bruenor atrás dele, e assim por diante até Wulfgar na retaguarda, para impedir que seus companheiros se afastassem do caminho que ele havia escolhido.

Todos podiam sentir as formas escuras se movendo ao redor deles, sentir o fedor dos trolls miseráveis. Vendo claramente a hoste se reunindo ao redor eles, apenas Drizzt entendia o quão precária era a posição deles e puxou seus amigos o mais rápido que pôde.

A sorte estava com eles, pois a lua surgiu então, transformando o nevoeiro em um cobertor fantasmagórico de prata e revelando a todos os amigos o perigo iminente. Agora, com o movimento visível por todos os lados, os amigos correram.

Formas esguias e agitadas surgiram na névoa ao lado deles, dedos com garras se esticando para enganchá-los enquanto passavam correndo por eles. Wulfgar avançou para o lado de Drizzt, golpeando os trolls para o lado com grandes varreduras de Presa de Égide, enquanto o drow se concentrava em mantê-los na direção certa.

Por horas eles correram, e os trolls continuaram vindo. Além de todos os sentimentos de exaustão, além da dor e depois da dormência em seus membros, os amigos corriam com o conhecimento da morte horrível que lhes acometeria se vacilassem por um segundo, com seu medo anulando os gritos de derrota de seus corpos. Até Regis, gordo e macio demais, e com pernas curtas demais para a estrada, acompanhava o ritmo e empurrava os que estavam diante dele a velocidades maiores.

Drizzt entendeu a futilidade de seu curso. O martelo de Wulfgar invariavelmente ficava mais lento, e todos tropeçavam cada vez mais a cada minuto que passava. A noite tinha muitas horas a mais, e mesmo o amanhecer não garantiria o fim da perseguição. Quantos quilômetros eles poderiam correr? Quando tomariam um caminho que terminaria em um pântano sem fundo, com cem trolls às suas costas?

Drizzt mudou sua estratégia. Não procurando mais apenas fugir, começou a procurar um pedaço de terra defensável. Ele espiou um pequeno monte, de três metros de altura, talvez, e uma inclinação íngreme, quase perpendicular, nos três lados que podia ver de seu ângulo. Uma muda solitária crescia em sua face. Ele apontou o local para Wulfgar, que entendeu o plano imediatamente e mudou seu curso para lá. Dois trolls surgiram para bloquear seu caminho, mas Wulfgar, rosnando de raiva, investiu na direção deles. Presa de Égide bateu em sucessão furiosa repetidas vezes, e os outros três companheiros foram capazes de deslizar por trás do bárbaro e chegar ao monte.

Wulfgar se virou e correu para se juntar a eles, com os trolls teimosos se aproximando e agora se juntarando a uma longa fila de seus semelhantes miseráveis.

Surpreendentemente ágil, apesar da barriga, Regis disparou planta acima até o topo do monte. Bruenor, no entanto, não foi feito para tal escalada, e tinha dificuldades a cada centímetro.

— Ajude-o! — Drizzt, de costas para a árvore e com as cimitarras em prontidão, gritou para Wulfgar. — Então você sobe! Eu vou segurá-los.

A respiração de Wulfgar vinha em arfadas pesadas e uma linha de sangue brilhante estava marcada em sua testa. Ele tropeçou até a pequena árvore e começou a subir atrás do anão. As raízes sofriam sob o peso combinado deles e elas pareciam ceder um centímetro para cada um que eles subiam. Finalmente, Regis conseguiu agarrar a mão de Bruenor e ajudá-lo a terminar de subir, e Wulfgar, com o caminho livre à sua frente, conseguiu se juntar a eles. Com a segurança imediata garantida, eles olharam para trás, preocupados com o amigo.

Drizzt lutava contra três dos monstros, e mais se acumulavam atrás. Wulfgar pensou em recuar de onde estava, na metade da pequena árvore, e morrer ao lado do drow, mas Drizzt, periodicamente olhando por cima do ombro para verificar o progresso de seus amigos, notou a hesitação do bárbaro e leu sua mente:

— Vá! — gritou. — Seu atraso não ajuda!

Wulfgar teve que fazer uma pausa e pensar na fonte do comando. Sua confiança e respeito por Drizzt superaram seu desejo instintivo de voltar para a luta, e ele se levantou relutantemente para se juntar a Regis e Bruenor no pequeno platô.

Os trolls se moveram para flanquear o drow, suas garras imundas se estendendo na direção dele, vindas de todos os lados. Ele ouviu seus amigos, todos os três, implorando para que se afastasse e se juntasse a eles, mas ele sabia que os monstros já haviam deslizado para trás para interromper sua retirada.

Um sorriso se alargou em seu rosto. A luz em seus olhos brilhou. Ele correu para o bando principal dos trolls, para longe do monte inalcançável e de seus amigos horrorizados.

Os três companheiros tiveram pouco tempo para se perguntar sobre o destino do drow, no entanto, pois logo se viram atacados por todos os lados quando os trolls vieram incansavelmente, arranhando o monte e tentando alcançá-los.

Cada amigo se levantou para defender seu próprio lado. Felizmente, a subida na parte de trás do monte se mostrou ainda mais íngreme, em alguns lugares até mesmo invertida, e os trolls não conseguiram atingi-los por trás.

Wulfgar estava particularmente mortal, derrubando um troll da lateral do monte a cada golpe de seu poderoso martelo. Mas antes que pudesse recuperar o fôlego, outro tomava seu lugar.

Regis era menos eficaz, batendo com sua maça pequena. Ele batia com toda sua força nos dedos, cotovelos e até cabeças, enquanto os trolls se aproximavam, mas não podia remover os monstros de seu posto. Quando cada um chegava ao topo do monte, Wulfgar ou Bruenor tinha invariavelmente que se afastar de sua própria luta e dar um golpe no monstro.

Eles sabiam que na primeira vez que falhassem em um único golpe, encontrariam um troll de pé e em prontidão ao lado deles no topo do monte.

O desastre ocorreu depois de apenas alguns minutos. Bruenor girou para ajudar Regis, enquanto outro monstro puxava seu torso por cima. O machado do anão fez um corte limpo.

Limpo demais. Acertou o pescoço do troll e afundou nele, decapitando o monstro. Mas embora a cabeça voasse parra longe do monte, o corpo continuava vindo. Regis recuou, horrorizado demais para reagir.

— Wulfgar! — gritou Bruenor.

O bárbaro girou, sem desacelerar por tempo suficiente para ficar boquiaberto com o inimigo decapitado, e bateu Presa de Égide no peito da coisa, lançando-a do monte.

Mais duas mãos agarraram a borda do penhasco. Do lado de Wulfgar, outro troll havia se arrastado mais da metade do caminho sobre a crista. E atrás deles, onde Bruenor estivera, um terceiro estava de pé e montando sobre o halfling indefeso.

Eles não sabiam por onde começar. O monte estava perdido. Wulfgar chegou a considerar saltar para a multidão abaixo para morrer como um verdadeiro guerreiro, matando o maior número possível de inimigos; também para que ele não tivesse que assistir enquanto seus dois amigos eram despedaçados.

Mas de repente, o troll acima do halfling lutou com seu equilíbrio, como se algo estivesse puxando-o por trás. Uma das pernas se dobrou e depois ele caiu para trás na escuridão da noite.

Drizzt Do'Urden puxou a lâmina da panturrilha da coisa enquanto passava por cima dele, depois rolou habilmente para o topo do monte, recuperando o equilíbrio ao lado do assustado halfling. Sua capa escorria em farrapos, e linhas de sangue escureciam suas roupas em muitos lugares.

Mas ainda estava com um sorriso, e o fogo nos olhos de lavanda dizia a seus amigos que ele estava longe de estar acabado. Ele disparou pelo anão e bárbaro boquiabertos e cortou o próximo troll, rapidamente despachando-o de lado.

— Como? — perguntou Bruenor, de queixo caído, embora soubesse, enquanto corria de volta para Regis que não haveria resposta do ocupado drow.

A ousada jogada de Drizzt lá embaixo lhe dera uma vantagem sobre seus inimigos. Os trolls tinham o dobro do seu tamanho, e aqueles atrás daqueles com que lutava não tinham ideia de que ele estava passando. Ele sabia que havia causado pouco dano duradouro aos monstros – os ferimentos causados por suas cimitarras, que havia feito enquanto passava, se curariam rapidamente e os membros que decepou voltariam a crescer – mas a manobra ousada ganhou o tempo necessário para ultrapassar a horda que corria e os circulava na escuridão. Uma vez livre na noite negra, ele pegou seu caminho de volta ao monte, cortando os trolls distraídos com a mesma intensidade ardente. Só sua agilidade o salvou quando chegou à base, pois ele praticamente correu pelo lado do monte, até mesmo nas costas de um troll que escalava, rápido demais para que os monstros surpresos o agarrassem.

A defesa do monte solidificou-se agora. Com o machado perverso de Bruenor, o martelo de Wulfgar e o as cimitarras ágeis de Drizzt, cada um defendendo um lado, os trolls que escalavam não tinham um caminho fácil para o topo, Regis ficou no meio do pequeno platô, alternando-se para ajudar seus amigos sempre que um troll chegava perto demais de se segurar.

Ainda assim os trolls chegavam, a multidão abaixo crescendo a cada minuto. Os amigos entenderam claramente o resultado inevitável desse encontro. A única chance estava em quebrar a reunião de monstros abaixo para lhes dar uma rota de fuga, mas eles estavam muito envolvidos em simplesmente derrotar seus últimos oponentes para procurar a solução.

Exceto Regis.

Aconteceu quase por acidente. Um braço contorcido, cortado por uma das lâminas de Drizzt, rastejou no centro de suas defesas. Regis, totalmente revoltado, deu um golpe violento com a maça.

— Eles não morrem! — ele gritou quando a coisa continuou se contorcendo e agarrando a pequena arma. — Eles não morrem! Alguém acerta essa coisa! Alguém corta! Alguém queima!

Os outros três estavam ocupados demais para reagir aos apelos desesperados do halfling, mas a última declaração de Regis, gritada com consternação, trouxe uma ideia à sua cabeça. Ele pulou no membro contorcido, prendendo-o por um momento enquanto procurava em sua mochila por sua pederneira.

Suas mãos trêmulas mal conseguiam acertar as pedras, mas a menor das fagulhas foi o suficiente para fazer seu trabalho mortal. O braço do troll se acendeu e estalou em uma bola nítida. Prestes a perder a oportunidade diante dele, Regis pegou o membro ardente e correu para Bruenor. Ele segurou o machado do anão, dizendo a Bruenor para deixar seu último oponente ficar acima da linha do cume.

Quando o troll se levantou, Regis colocou o fogo na sua cara. A cabeça praticamente explodiu em chamas e, gritando em agonia, o troll caiu do monte, levando o fogo mortal para seus próprios companheiros.

Os trolls não temiam a lâmina ou o martelo. Feridas infligidas por essas armas curavam-se rapidamente, e até uma cabeça decepada logo voltaria a crescer. Tais encontros na verdade ajudavam a propagar a espécie miserável, pois um troll regeneraria um braço decepado, e um braço decepado se regeneraria em outro troll! Mais de um gato ou lobo caçador se banqueteara com uma carcaça de troll apenas para trazer sua própria morte horrível quando um novo monstro crescia em sua barriga.

Mas mesmo os trolls não eram completamente destemidos. O fogo era sua maldição, e os trolls da Charneca Perene estavam mais do que familiarizados com isso. Queimaduras não podiam se regenerar e um troll morto por chamas estava morto para sempre. Quase como se fosse propositalmente planejado pelos deuses, o fogo se agarrava à pele de um troll tão prontamente quanto a um graveto seco.

Os monstros do lado de Bruenor fugiram ou caíram em pedaços carbonizados. Bruenor deu um tapinha nas costas do halfling enquanto observava o espetáculo bem-vindo, com a esperança retornando aos seus olhos cansados.

— Madeira — argumentou Regis. — Precisamos de madeira.

Bruenor tirou a mochila das costas.

— Você vai ter sua madeira, Pança-Furada — ele riu, apontando para o broto que subia pelo lado do monte diante dele. — E tem óleo na minha bolsa! — ele correu para Wulfgar. — A árvore, garoto! Ajude o halfling — foi a única explicação que ele deu ao se mover na frente do bárbaro.

Assim que Wulfgar se virou e viu Regis se atrapalhando com um frasco de óleo, ele entendeu sua parte no plano. Ainda não havia trolls voltando para aquele lado do monte, e o fedor da carne queimada na base era quase esmagador. Com um único suspiro, o bárbaro musculoso arrancou a muda de suas raízes e a trouxe para Regis. Então ele voltou e substituiu o anão, permitindo que Bruenor usasse seu machado para cortar a madeira.

Logo, mísseis flamejantes iluminaram o céu ao redor do monte e caíram na horda de trolls com faíscas matadoras estourando por toda parte. Regis correu para a borda do monte com outro frasco de óleo e aspergiu sobre os trolls mais próximos, enviando-os em um frenesi aterrorizado. A derrota estava certa, e entre a debandada e a rápida propagação das chamas, a área abaixo do monte foi limpa em minutos, e os amigos não viram nenhum outro movimento pelas poucas horas restantes da noite, exceto o lamentável retorcer dos membros e os espasmos dos torsos queimados. Fascinado, Drizzt se perguntou quanto tempo as coisas sobreviveriam com suas feridas cauterizadas que não se regenerariam.

Por mais exaustos que estivessem, nenhum dos companheiros conseguiu dormir naquela noite. Com o amanhecer, e nenhum sinal de trolls ao seu redor, embora a fumaça imunda pairasse pesadamente no ar, Drizzt insistiu para que seguissem adiante.

Eles deixaram sua fortaleza e caminharam, porque não tinham outra escolha e porque se recusaram a ceder onde outros poderiam ter vacilado. Não encontraram nada imediatamente, mas ainda podiam sentir os olhos sobre eles, uma quietude silenciosa que previa o desastre.

Mais tarde, naquela manhã, enquanto caminhavam pelo relvado musgoso, Wulfgar parou de repente e atirou Presa de Égide em um pequeno bosque de árvores enegrecidas. O homúnculo do pântano, pois era exatamente esse o alvo do bárbaro, cruzou os braços defensivamente diante dele, mas o martelo de guerra mágico o atingiu com força suficiente para dividir o monstro no meio. Seus companheiros assustados, quase uma dúzia, fugiram de suas posições semelhantes e desapareceram nos pântanos.

— Como você sabia? — Regis perguntou, pois tinha certeza de que o bárbaro mal olhara o grupo de árvores.

Wulfgar balançou honestamente a cabeça, sem saber o que o havia instigado a agir. Drizzt e Bruenor entendiam e aprovavam. Todos estavam operando por instinto agora, sua exaustão tornando suas mentes muito além do ponto de um pensamento racional e consistente. Os reflexos de Wulfgar permaneceram em seu nível excelente de precisão. Ele poderia ter pego um lampejo de movimento pelo canto do olho, tão minúsculo que sua mente consciente nem o havia registrado. Mas seu instinto de sobrevivência reagira. O anão e o drow olharam um para o outro em busca de confirmação, desta vez não muito surpresos com a contínua demonstração de maturidade do bárbaro como guerreiro.

O dia ficou insuportavelmente quente, aumentando o desconforto deles. Tudo o que queriam era cair e deixar que o cansaço os vencesse.

Drizzt, porém, os forçou adiante, procurando outro ponto defensável, embora duvidasse que fosse encontrar um tão bem projetado quanto o anterior. Ainda assim, eles tinham óleo suficiente para levá-los a passar mais uma noite, se pudessem segurar uma pequena linha por tempo suficiente para colocar as chamas em sua melhor vantagem. Qualquer colina, talvez até um pequeno bosque, seria suficiente.

O que eles descobriram foi outro pântano, este estendendo-se até onde podiam ver em todas as direções, talvez quilômetros.

— Nós poderíamos virar para o norte — Drizzt sugeriu a Bruenor. — Podemos já ter chegado ao leste a ponto de nos afastarmos das charnecas além da influência de Nesmé.

— A noite nos pegará ao longo da margem — observou Bruenor, sombrio.

— Nós poderíamos atravessar — sugeriu Wulfgar.

— Trolls gostam de água? — Bruenor perguntou a Drizzt, intrigado com as possibilidades. O drow deu de ombros.

— Vale a pena tentar, então! — proclamou Bruenor.

— Peguem alguns troncos — instruiu Drizzt. — Não percam tempo em juntá-los! Podemos fazer isso na água, se precisarmos.

Flutuando os troncos como boias ao seu lado, deslizaram para dentro das águas frias e tranquilas do enorme pântano.

Embora não estivessem empolgados com a sensação enlameada que os puxava a cada passo, Drizzt e Wulfgar descobriram que podiam andar em muitos lugares, impulsionando a balsa improvisada constantemente. Regis e Bruenor, baixos demais para a água, deitaram-se sobre os troncos. Eventualmente, eles se tornaram mais confortáveis com o silêncio misterioso do pântano e aceitaram a rota da água como um descanso tranquilo.

O retorno à realidade foi realmente rude.

A água ao redor deles explodiu e três formas semelhantes a trolls os atingiram em uma emboscada repentina. Regis, quase adormecido em seu tronco, foi jogado para dentro da água. Wulfgar levou um golpe no peito antes que pudesse preparar Presa de Égide, mas ele não era um halfling, e mesmo a força considerável do monstro não conseguiu movê-lo para trás. Aquele que se levantou diante do drow sempre alerta encontrou duas cimitarras trabalhando em seu rosto antes mesmo de sua cabeça sair da água.

A batalha se mostrou tão rápida e furiosa quanto seu início abrupto. Enfurecidos pelas demandas contínuas daquele terreno implacável, os amigos reagiram ao ataque com um contra-ataque de fúria incomparável. O troll do drow foi cortado antes mesmo de ficar reto, e Bruenor teve tempo suficiente para se preparar para atingir o monstro que derrubara Regis.

O troll de Wulfgar, embora tenha dado um segundo golpe atrás do primeiro, foi atingido por uma onda selvagem que não poderia ter esperado. Não sendo uma criatura inteligente, seu raciocínio limitado e sua experiência de batalha levaram-na a acreditar que seu inimigo não deveria ter permanecido em pé e pronto para retaliar depois de ter-lhe acertado dois golpes pesados.

Sua percepção, no entanto, serviu de pouco conforto uma vez que Presa de Égide empurrou o monstro de volta para baixo da superfície.

Regis voltou à superfície e passou um braço sobre o tronco. Um lado do rosto estava brilhante com um vergão e um arranhão de aparência dolorosa.

— O que eram? — Wulfgar perguntou ao drow.

— Algum tipo de troll — supôs Drizzt, ainda esfaqueando a forma imóvel que estava debaixo da água diante dele.

Wulfgar e Bruenor entenderam o motivo de seus ataques contínuos. Com um movimento súbito, eles começaram a bater nas formas que estavam ao lado deles, esperando mutilar os cadáveres o suficiente para que pudessem estar a quilômetros de distância antes que as coisas voltassem à vida mais uma vez.

Sob a superfície do pântano, na solidão sem redemoinho das águas escuras, os fortes golpes de machado e martelo perturbavam o sono de outros habitantes. Um em particular dormia há mais de uma década, sem se importar com nenhum dos perigos potenciais que espreitavam nas proximidades, seguro no conhecimento da sua supremacia.

Atordoado e drenado pelo golpe que havia sofrido, como se a emboscada inesperada tivesse dobrado seu espírito além do seu ponto de ruptura, Regis caiu desamparado sobre o tronco e se perguntou se ainda havia alguma luta nele. O halfling não percebeu quando o tronco começou a flutuar levemente na brisa quente do pântano. Ele se envolveu nas raízes expostas de uma pequena linha de árvores e flutuou livremente nas águas cobertas de lírios de uma lagoa tranquila.

Regis se estendeu preguiçosamente, apenas meio consciente da mudança em seu ambiente. Ele ainda podia ouvir a conversa de seus amigos fracamente ao fundo.

Ele amaldiçoou seu descuido e lutou contra o domínio teimoso de sua letargia, no entanto, quando a água começou a agitar-se diante dele. Uma forma arroxeada com uma pele que lembrava couro irrompeu na superfície, e então ele viu a enorme boca circular com suas fileiras cruéis de dentes semelhantes a adagas.

Regis, agora de pé, não gritou nem reagiu de forma alguma, fascinado pelo espectro de sua própria morte pairando diante dele.

Um verme gigante.

— Eu pensei que a água nos ofereceria alguma proteção contra essas coisas imundas, pelo menos — Wulfgar gemeu, dando um último golpe no cadáver dos trolls que estava submerso ao lado dele.

— Pelo menos é mais fácil se mover — disse Bruenor. — Reúna os troncos e vamos seguir em frente. Não é possível imaginar quantos parecidos com esses três estão por aqui.

— Não tenho vontade de ficar e contar — respondeu Wulfgar. Ele olhou em volta, intrigado e perguntou — Onde está Regis?

Foi a primeira vez na confusão da luta que qualquer um deles percebeu que o halfling havia flutuado para longe. Bruenor começou a gritar, mas Drizzt cobriu sua boca.

— Escute — disse.

O anão e Wulfgar ficaram muito quietos e ouviram na direção em que o drow agora estava olhando atentamente. Após um momento de adaptação, eles ouviram a voz trêmula do halfling.

— ... é realmente uma pedra bonita — eles ouviram e souberam imediatamente que Regis estava usando o pingente para se livrar de problemas.

A seriedade da situação ficou clara imediatamente, pois Drizzt havia resolvido o borrão de imagens que via através de uma linha de árvores, talvez a uns trinta metros a oeste:

— Verme — sussurrou para seus companheiros. — Imenso, além de tudo que eu já vi! — ele indicou uma árvore alta para Wulfgar, depois começou a flanquear ao sul, puxando a estatueta de ônix da mochila enquanto caminhava e chamava Guenhwyvar. Eles precisariam de toda a ajuda que pudessem obter contra esse monstro.

Mergulhando na água, Wulfgar avançou até a linha das árvores e começou a escalar uma árvore, com a cena agora clara diante dele. Bruenor o seguiu, mas deslizou entre as árvores, indo ainda mais fundo no pântano, e se posicionou do outro lado.

— Também há mais — Regis barganhou com uma voz mais alta, esperando que seus amigos o ouvissem e o resgatassem. Ele manteve o rubi hipnotizante girando em sua corrente. Ele não pensou nem por um momento que o monstro primitivo o entendesse, mas parecia perplexo o suficiente com os brilhos da joia para não devorá-lo, pelo menos por enquanto. Na verdade, a magia do rubi fez pouco contra a criatura. Os vermes gigantes não tinham mente, na verdade, e os encantamentos não tinham nenhum efeito sobre eles. Mas o verme imenso, sem muita fome e hipnotizado pela dança da luz, permitiu que Regis jogasse seu jogo.

Drizzt ficou em posição mais abaixo na linha das árvores, com o arco agora na mão, enquanto Guenhwyvar furtivamente deslizou ainda mais para a retaguarda do monstro. Ele viu Wulfgar equilibrado, alto na árvore acima de Regis e pronto para entrar em ação. O drow não conseguia ver Bruenor, mas sabia que o astuto anão encontraria uma maneira de ser eficaz.

Finalmente, o verme se cansou de brincar com o halfling e sua joia giratória. Uma súbita sucção de ar chiou com baba ácida.

Reconhecendo o perigo, Drizzt agiu primeiro, conjurando um globo de escuridão ao redor do tronco do halfling. Regis, a princípio, pensou que a súbita escuridão significava o fim de sua vida, mas quando a água fria atingiu seu rosto e o engoliu enquanto ele rolava frouxamente do tronco, entendeu.

O globo confundiu o monstro por um momento, mas a fera cuspiu uma corrente de ácido matador de qualquer maneira, o material perverso chiando ao atingir a água e incendiar o tronco.

Wulfgar saltou de seu poleiro alto, lançando-se no ar sem medo e gritando:

— Tempus!

Suas pernas estavam afastadas, mas seu braço estava com o martelo de guerra totalmente sob controle e pronto para atacar.

O verme inclinou a cabeça para o lado para se afastar do bárbaro, mas não reagiu rápido o suficiente. Presa de Égide esmagou a lateral de seu rosto, rasgando a pele arroxeada e torcendo a borda externa da boca, estalando dentes e ossos. Wulfgar dera tudo o que podia naquele golpe poderoso, e não conseguia imaginar a enormidade de seu sucesso ao cair de barriga na água fria, sob a escuridão do drow.

Enfurecido pela dor e subitamente mais ferido do que nunca, o grande verme emitiu um rugido que partiu as árvores em pedaços e deixou criaturas dos pântanos correndo apressadamente por quilômetros de distância. Ele rolou em um arco ao longo de seus quinze metros de comprimento, para cima e para baixo, em respingos contínuos que lançavam rajadas de água no ar.

Drizzt agiu, com sua quarta flecha apontada e pronta antes que a primeira chegasse a seu alvo. O verme rugiu novamente em agonia e girou sobre o drow, liberando uma segunda corrente de ácido.

Mas o elfo ágil se fora muito antes que o ácido chiasse na água onde ele esteve parado. Bruenor, enquanto isso, havia mergulhado completamente na água, tropeçando cegamente em direção à fera. Quase preso na lama pela agitação frenética do verme, ele apareceu logo atrás da curva do monstro. A largura de seu torso maciço media duas vezes sua altura, mas o anão não hesitou, batendo o machado contra a pele dura.

Guenhwyvar então pulou nas costas do monstro e correu por seu comprimento, encontrando um poleiro em sua cabeça. As patas com garras da gata cavaram-se nos olhos do verme antes mesmo que ele tivesse tempo de reagir aos novos atacantes.

Drizzt dedilhava no arco, com sua aljava quase vazia; uma dúzia de flechas emplumadas saindo da boca e cabeça do verme. A fera decidiu se concentrar em Bruenor em seguida, com seu machado cruel causando as feridas mais graves. Mas antes que pudesse rolar sobre o anão, Wulfgar emergiu da escuridão e ergueu o martelo de guerra. Presa de Égide bateu na bocarra novamente e o osso enfraquecido se partiu. Bolhas ácidas de sangue e ossos assobiaram no pântano e o verme rugiu pela terceira vez em agonia e protesto.

Os amigos não cederam. As flechas do drow acertavam em uma linha contínua. As garras da gata iam cada vez mais fundo na carne. O machado do anão cortava e fatiava, mandando pedaços de pele flutuando para longe. E Wulfgar martelava.

O verme gigante cambaleou. Não conseguia retaliar. Na onda de escuridão vertiginosa que rapidamente desceu sobre ele, estava muito ocupado apenas mantendo seu equilíbrio teimoso. Sua bocarra estava aberta, quebrada, e um olho havia sido arrancado. As batidas implacáveis do anão e do bárbaro explodiram através de sua pele protetora, e Bruenor rosnou de prazer selvagem quando seu machado finalmente afundou profundamente na carne exposta.

Um espasmo repentino do monstro fez Guenhwyvar voar para o pântano e derrubou Bruenor e Wulfgar. Os amigos nem tentaram voltar, cientes de que sua tarefa estava concluída. O verme se sacudiu e estremeceu em seus últimos esforços da vida.

Então, caiu no pântano em um sono que duraria mais que qualquer um que já conhecera – o sono sem fim da morte.

Capítulo 13

A última corrida

O GLOBO DE ESCURIDÃO QUE SE DISSIPAVA ENCONtrou Regis mais uma vez agarrado ao tronco, que agora era pouco mais que um carvão preto, balançando a cabeça.

— Estamos além de nossas forças — ele suspirou. — Não vamos sobreviver.

— Tenha fé, Pança-Furada —consolou Bruenor, atravessando a água para se juntar ao halfling. — São histórias que estamos fazendo, pra contar aos filhos de nossos filhos e para os outros recontarem quando não existirmos mais!

— Você quer dizer hoje, então? — rebateu Regis. — Ou talvez vivamos esse dia e não mais amanhã.

Bruenor riu e agarrou o tronco.

— Ainda não, meu amigo — assegurou a Regis com um sorriso aventureiro. — Não até eu terminar o que vim fazer!

Drizzt, indo recuperar suas flechas, notou o quão fortemente Wulfgar se apoiava no corpo do verme. À distância, pensou que o jovem bárbaro estava simplesmente exausto, mas, quando se aproximou, começou a suspeitar de algo mais sério. Wulfgar favorecia uma perna em sua pose, como se ela, ou talvez a região lombar, estivesse ferida.

Quando Wulfgar viu a expressão preocupada do drow, endireitou-se estoicamente.

— Vamos seguir em frente — ele sugeriu, afastando-se em direção a Bruenor e Regis, fazendo o possível para esconder que estava mancando.

Drizzt não o questionou sobre isso. O jovem era tão duro quanto a tundra no meio do inverno, e altruísta e orgulhoso demais para admitir uma lesão quando nada podia ser ganho com a admissão. Seus amigos não podiam parar para esperar que se curasse, e eles certamente não podiam carregá-lo, então ele fazia uma careta para afastar a dor e seguir em frente.

Mas Wulfgar realmente estava ferido. Quando mergulhou na água depois de cair da árvore, ele torceu as costas perversamente. No calor da batalha, com sua adrenalina bombeando, ele não sentiu a dor devastadora. Mas agora cada passo era difícil.

Drizzt via isso tão claramente quanto o desespero no rosto normalmente alegre de Regis, e tão claramente quanto a exaustão que mantinha o machado do anão balançando baixo, apesar da vanglória otimista de Bruenor. Ele olhou ao redor, para o lugar que parecia se estender para sempre em todas as direções, e se perguntou pela primeira vez se ele e seus companheiros haviam realmente ido além do que aguentariam.

Guenhwyvar não havia sido ferida na batalha, apenas um pouco abalada, mas Drizzt, reconhecendo a amplitude limitada de movimento da gata no pântano, a mandou de volta ao seu próprio plano. Ele gostaria de manter a pantera cautelosa por perto, mas a água era profunda demais para a gata, e a única maneira de Guenhwyvar se manter em movimento seria saltando de árvore em árvore. Drizzt sabia que não iria funcionar; ele e seus amigos teriam que continuar sozinhos.

Buscando profundamente dentro de si mesmos para reforçar sua determinação, os companheiros mantiveram seu trabalho, o drow inspecionando a cabeça do verme para salvar qualquer uma das vinte flechas que havia disparado, sabendo muito bem que provavelmente precisaria delas novamente antes de verem o fim dos pântanos, enquanto os outros três recuperavam o restante dos troncos e provisões.

Logo depois, os amigos vagaram pelo pântano com o mínimo de esforço físico que conseguiram, lutando a cada minuto para manter suas mentes alertas para o ambiente perigoso. No entanto, com o calor do dia – o mais quente até agora – e o balanço suave das toras na água quieta, todos, exceto Drizzt, caíram, um por um, no sono.

O drow manteve a balsa improvisada em movimento e permaneceu vigilante; eles não podiam lidar com nenhum atraso ou lapsos. Felizmente, a água se abriu além da lagoa e havia poucas obstruções para Drizzt lidar. O pântano se tornou um grande borrão para ele depois de um tempo, seus olhos cansados não registrando pequenos detalhes, apenas contornos gerais e movimentos bruscos nos juncos.

Porém, ele era um guerreiro com reflexos relâmpago e disciplina incomum. Os trolls da água atacaram novamente, e o pequeno tremor de consciência que Drizzt Do'Urden ainda tinha o convocou de volta à realidade a tempo de negar a vantagem da surpresa aos monstros.

Wulfgar e Bruenor também acordaram de seu sono no instante de seu chamado, com armas na mão. Apenas dois trolls se levantaram para encontrá-los dessa vez e os três os despacharam em poucos segundos.

Regis dormiu durante todo o ocorrido.

A noite fria chegou, dissipando misericordiosamente as ondas de calor. Bruenor tomou a decisão de continuar em movimento, com dois deles acordados e empurrando os troncos, e dois deles em repouso.

— Regis não pode empurrar — Drizzt argumentou. — Ele é baixo demais para o pântano.

— Então deixe-o sentar e manter a guarda enquanto eu empurro — Wulfgar ofereceu estoicamente. — Eu não preciso de ajuda.

— Então vocês dois assumem o primeiro turno — disse Bruenor. — Pança-Furada dormiu o dia inteiro. Ele deve aguentar por uma ou duas horas!

Drizzt subiu nos troncos pela primeira vez naquele dia e colocou a cabeça na mochila. Ele não fechou os olhos, no entanto. O plano de Bruenor de trabalhar em turnos parecia justo, mas imprático. Na noite negra, apenas ele poderia guiá-los e manter qualquer tipo de vigia para o perigo que se aproximava. Mais de algumas vezes, enquanto Wulfgar e Regis estavam em seu turno, o drow levantou a cabeça e deu ao halfling algumas ideias sobre o ambiente e alguns conselhos sobre a melhor direção.

Não haveria sono para Drizzt novamente esta noite. Ele prometeu descansar de manhã, mas quando o amanhecer finalmente chegou, encontrou as árvores e os juncos novamente curvados ao redor deles. A ansiedade os assolou, como se a charneca fosse um ser único e consciente vigiando-os e conspirando contra sua passagem.

A ampla água realmente provou ser benéfica para os companheiros. O passeio em sua superfície vítrea era mais fácil do que caminhar e, apesar dos perigos ocultos, eles não encontraram nada hostil após a segunda derrota dos trolls da água. Quando o caminho finalmente retornou à terra enegrecida após dias e noites de deslizamento, eles suspeitaram que pudessem ter percorrido a maior parte da distância até o outro lado da Charneca Perene. Ao enviar Regis pela árvore mais alta que puderam encontrar, pois o halfling era o único leve o bastante ara alcançar os galhos mais altos (especialmente porque a jornada praticamente dissipara a circunferência de sua barriga), suas esperanças foram confirmadas. No horizonte a leste, mas a não mais de um dia ou dois de distância, Regis viu árvores - não os pequenos aglomerados de bétula ou os pântanos cobertos de musgo, mas uma floresta densa de carvalhos e olmos.

Eles seguiram em frente com um salto renovado em seus passos, apesar do cansaço. Voltaram a andar em terra firme e sabiam que teriam que acampar mais uma vez com as hordas de trolls errantes à espreita, mas agora também carregavam o conhecimento de que a provação da Charneca Perene estava quase no fim. Nenhum deles tinha a intenção de deixar seus habitantes imundos derrotá-los nesta última etapa da jornada.

— Deveríamos terminar nossa jornada hoje — sugeriu Drizzt, embora o sol estivesse a mais de uma hora do horizonte a oeste. O drow já havia sentido sua presença se reunindo, enquanto os trolls acordavam do descanso diurno e capturavam os estranhos aromas dos visitantes dos pântanos. — Precisamos escolher nosso local de acampamento com cuidado. Ainda não estamos livres das garras dessa charneca.

— Vamos perder mais de uma hora — afirmou Bruenor, mais para abrir o lado negativo do plano do que discutir. O anão lembrou-se muito bem da horrível batalha no monte e não desejava repetir esse esforço colossal.

— Vamos recuperar esse tempo amanhã — argumentou Drizzt. — Nossa necessidade no momento é permanecer vivos.

Wulfgar concordou totalmente.

— O cheiro das feras imundas fica mais forte a cada passo — disse —, vindo de todos os lados. Não podemos fugir deles. Então, vamos lutar.

— Mas nos nossos próprios termos — acrescentou Drizzt.

— Lá — sugeriu Regis, apontando para um cume particularmente alto à esquerda.

— Aberto demais — disse Bruenor. — Os trolls escalariam com a mesma facilidade que nós, e viriam trolls demais de cada vez para que possamos detê-los!

— Não enquanto estiver queimando — respondeu Regis com um sorriso discreto, e seus companheiros vieram a concordar com a lógica simples.

Eles passaram o resto da luz do dia preparando suas defesas. Wulfgar e Bruenor carregavam o máximo de madeira morta possível, colocando-a em linhas estratégicas para alongar o diâmetro da área escolhida, enquanto Regis limpava um aceiro no topo da cordilheira e Drizzt mantinha um olhar cauteloso. O plano de defesa deles era simples: deixar os trolls chegarem até eles e depois incendiar todo resto do cume fora da área do acampamento.

Somente Drizzt reconheceu a fraqueza do plano, embora não tivesse nada melhor para oferecer. Ele lutara com trolls antes que eles chegassem a esse local, e compreendia a teimosia dos animais miseráveis. Quando as chamas de sua emboscada finalmente desaparecerem – muito antes do amanhecer do novo dia – ele e seus amigos estariam abertos aos demais trolls. Eles só podiam esperar que a carnificina do incêndio dissuadisse quaisquer outros inimigos.

Wulfgar e Bruenor gostariam de fazer mais, porque as lembranças do monte eram vívidas demais para que se satisfizessem com quaisquer defesas construídas contra a charneca. Mas quando o crepúsculo chegou, trouxe olhos famintos sobre eles. Eles se juntaram a Regis e Drizzt no acampamento no topo do cume e agacharam-se em espera ansiosa.

Uma hora se passou, parecendo dez para os amigos, e a noite se aprofundou.

— Onde eles estão? — perguntou-se Bruenor, com seu machado batendo nervosamente contra sua mão, entregando a impaciência incomum do lutador veterano.

— Por que eles não aparecem? — Regis concordou, com sua ansiedade quase se transformando em pânico.

— Seja paciente e fique feliz — ofereceu Drizzt. — Quanto mais da noite passar antes de lutarmos, melhor nossa chance de ver o amanhecer. Eles podem ainda não ter nos encontrado.

— É mais como se estivessem se reunindo para nos atacar ao mesmo tempo — disse Bruenor, sombrio.

— Isso é bom — disse Wulfgar, confortavelmente agachado e olhando para a escuridão. — Deixe o fogo provar o máximo desse sangue imundo que puder!

Drizzt tomou nota do efeito que a força e a determinação do grande homem tiveram sobre Regis e Bruenor. O machado do anão parou seu salto nervoso e descansou calmamente ao lado de Bruenor, preparado para a tarefa que estava pela frente. Mesmo Regis, o mais relutante guerreiro, pegou sua pequena maça com um rosnado, os nós dos dedos embranquecendo sob seu aperto.

Outra longa hora se passou.

O atraso não baixou a guarda dos companheiros. Eles sabiam que o perigo estava muito próximo agora – podiam sentir o cheiro se acumulando na névoa e na escuridão além de suas vistas.

— Acenda as tochas — disse Drizzt a Regis.

— Traremos os animais sobre nós a quilômetros de distância! — argumentou Bruenor.

— Eles já nos encontraram — respondeu Drizzt, apontando morro abaixo, embora os trolls que viu se arrastando no escuro estivessem além da visão noturna limitada de seus amigos. — A visão das tochas pode impedí-los e nos dar mais tempo.

Enquanto ele falava, no entanto, o primeiro troll subiu o cume. Bruenor e Wulfgar esperaram agachados até que o monstro estivesse quase sobre eles, depois atacaram com fúria repentina, machado e martelo de guerra liderando o caminho em uma onda brutal de golpes bem posicionados. O monstro caiu de uma vez.

Regis acendeu uma das tochas. Jogou-a entãoo para Wulfgar, e o bárbaro incendiou o corpo contorcido do troll caído. Dois outros trolls que chegaram ao fundo da cordilheira voltaram correndo para a névoa ao ver as odiadas chamas.

— Ah, você fez o truque muito cedo! — Bruenor gemeu. — Não vamos conseguir pegar nenhum com essas tochas à vista!

— Se as tochas os mantiverem afastados, então o fogo nos serviu bem — Drizzt insistiu, embora soubesse que não devia esperar por essa ocorrência.

De repente, como se a própria charneca tivesse cuspido seu veneno neles, uma enorme multidão de trolls cobriu toda a base do monte. Eles vieram hesitantemente, nada empolgados com a presença do fogo. Mas também vieram incansavelmente, subindo a colina e babando de desejo de capturar suas presas.

— Paciência — disse Drizzt a seus companheiros, sentindo a ansiedade deles. — Mantenha-os atrás do aceiro, mas deixe o máximo que conseguir dentro dos anéis de gravetos.

Wulfgar correu para a borda do círculo, acenando com a tocha ameaçadoramente.

Bruenor levantou-se, com os dois últimos frascos de óleo nas mãos, panos encharcados de óleo pendurados das bocas e um sorriso selvagem no rosto.

— É uma temporada meio verde para queimadas — disse a Drizzt com uma piscadela. — Posso precisar de uma ajudinha para fazer a coisa funcionar!

Trolls invadiram a cordilheira ao redor deles, a horda chegando com determinação, com suas fileiras aumentando a cada passo.

Drizzt se moveu primeiro. Com uma tocha na mão, ele correu para os gravetos e os acendeu. Wulfgar e Regis se juntaram logo atrás, colocando o maior número possível de focos de incêndio entre eles e os trolls que avançavam. Bruenor jogou sua tocha sobre as primeiras fileiras dos monstros, esperando colocá-los no meio de duas chamas, depois jogou seus frascos de óleo nos grupos mais concentrados.

Chamas saltaram para o céu noturno, iluminando a área imediata, mas aprofundando a escuridão além de sua influência. Aglomerados com tanta força, os trolls não podiam girar e fugir facilmente, e o fogo, como se entendesse isso, desceu sobre eles metodicamente,

Quando um começou a queimar, sua dança frenética espalhou o fogo ainda mais abaixo na linha do cume.

Por toda a vasta charneca, criaturas pararam suas ações noturnas e notaram o crescente pilar de chamas e os gritos carregados pelo vento de trolls moribundos.

Encolhidos perto do topo da cordilheira, os companheiros se viram quase vencidos pelo grande calor. Mas o fogo atingiu o pico rapidamente com seu banquete de carne troll volátil e começou a diminuir, deixando um fedor repulsivo no ar e, além disso, outra mancha enegrecida de carnificina na Charneca Perene.

Os companheiros prepararam mais tochas para sua fuga do cume. Muitos trolls se levantaram para lutar, mesmo após o fogo, e os amigos não podiam esperar se manter firmes com o combustível de seu fogo consumido. Por insistência de Drizzt, eles esperaram a primeira rota de fuga limpa no lado leste da cordilheira e, quando esta se abriu, atacaram ainda durante a noite, atravessando os grupos iniciais de trolls desavisados com um ataque repentino que dispersou os monstros e deixou vários em chamas.

Pela noite eles fugiram, correndo às cegas pela lama e arbustos, esperando que apenas a sorte os impedisse de ser sugados por algum pântano sem fundo. A surpresa foi tão completa na cordilheira que por muitos minutos não ouviram sinais de perseguição.

Mas não demorou muito tempo para terem uma resposta. Gemidos e gritos logo ecoaram ao redor deles.

Drizzt assumiu a liderança. Baseando-se tanto em seus instintos quanto em sua visão, ele desviou seus amigos para a esquerda e para a direita, através das áreas de menor resistência aparente, enquanto mantinha o curso geral em direção ao leste. Na esperança de brincar com o único medo dos monstros, tocavam suas tochas em qualquer coisa que queimasse ao passar.

Não encontraram nada diretamente enquanto a noite corria, mas os gemidos e passos a poucos metros atrás deles não cederam. Logo começaram a suspeitar de uma inteligência coletiva trabalhando contra eles, pois, embora estivessem obviamente ultrapassando os trolls que estavam atrás deles e dos seus lados, sempre mais estavam esperando para assumir a perseguição. Algo mau permeava a terra, como se a própria Charneca Perene fosse a verdadeira inimiga. Havia trolls por toda parte, e esse era o perigo imediato, mas, mesmo que todos os trolls e outros habitantes de lá fossem mortos ou expulsos, os amigos suspeitavam que continuaria sendo um lugar imundo.

O amanhecer veio, mas não trouxe alívio.

— Nós irritamos a própria charneca! — Bruenor gritou quando percebeu que a perseguição não terminaria tão facilmente desta vez. — Não vamos ter descanso até deixarmos essas fronteiras imundas para trás!

Eles seguiram em frente, vendo as formas esguias balançando-se na direção deles enquanto teciam seu caminho, e as que corriam paralelas a eles ou logo atrás, sombriamente visíveis e apenas esperando alguém tropeçar. Nevoeiros pesados se aproximavam deles, impedindo-os de reconhecer seus arredores, mais uma evidência para reforçar seu medo de que o próprio lugar tivesse se levantado contra eles.

Depois de todo pensamento, além de toda esperança, eles continuaram, empurrando-se além de seus limites físicos e emocionais por falta de alternativas.

Mal consciente de suas ações, Regis tropeçou e caiu. Sua tocha rolou para longe, embora não percebesse — ele não conseguia nem imaginar como se levantar, ou que estava caído! Bocas famintas desceram em sua direção, com um banquete garantido.

Porém o monstro voraz foi frustrado, quando Wulfgar apareceu e tomou o halfling em seus grandes braços. O enorme bárbaro se chocou contra o troll, tombando-o de lado, mas se manteve de pé e seguiu em frente.

Drizzt abandonou todas as táticas de elegância agora, entendendo a situação que se desenvolvia rapidamente atrás dele. Mais de uma vez, teve que desacelerar com os tropeços de Bruenor e duvidou da capacidade de Wulfgar de continuar carregando o halfling. O bárbaro exausto obviamente não conseguiria levantar Presa de Égide para se defender. A única chance deles era fugir direto para a fronteira. Um pântano largo os derrotaria, um barranco os prenderia e, mesmo que nenhuma barreira natural bloqueasse seu caminho, eles tinham pouca esperança de se manterem livres dos trolls por muito mais tempo. Drizzt temia a difícil decisão que via a seguir: fugir para sua própria segurança, pois só ele parecia ter a possibilidade de escapar ou ficar ao lado de seus amigos condenados em uma batalha que não poderiam vencer.

Eles continuaram e fizeram um sólido progresso por mais uma hora, mas o próprio tempo começou a afetá-los. Drizzt ouviu Bruenor resmungando atrás dele, perdido em alguma ilusão de seus dias de infância no Salão de Mitral. Wulfgar, com o halfling inconsciente, se arrastava logo atrás, recitando uma oração a um de seus deuses, usando o ritmo de seus cânticos para manter os pés em movimento constante.

Então Bruenor caiu, atingido por um troll.

A decisão fatídica foi fácil para Drizzt. Ele girou de volta, com suas cimitarras prontas. Não podia carregar o robusto anão, nem derrotar a horda de trolls que até agora se aproximava.

— E assim termina nossa história, Bruenor Martelo de Batalha! — Gritou. —Em combate, como deveria ser!

Wulfgar, atordoado e ofegante, não escolheu conscientemente seu próximo passo. Foi simplesmente uma reação à cena diante dele, uma manobra perpetrada pelos instintos teimosos de um homem que se recusava a se render. Ele tropeçou até o anão caído, que já havia conseguido ficar sobre as mãos e joelhos, e o pegou com o braço livre. Dois trolls os tinham aprisionado.

Drizzt Do'Urden estava por perto, e o ato heroico do jovem bárbaro inspirou o drow. Chamas ferventes dançaram novamente dentro de seus olhos cor de lavanda, e suas lâminas zuniram em sua própria dança da morte.

Os dois trolls estenderam as mãos para agarrar suas presas indefesas, mas depois de um único golpe de Drizzt, rápido como um raio, os monstros não tinham mais braços para agarrá-los.

— Corram! — gritou Drizzt, protegendo a retaguarda do grupo e estimulando Wulfgar a seguir em frente com um fluxo constante de palavras motivadoras. Todo o cansaço sumiu do drow nesta explosão final de desejo de batalha. Ele saltou ao redor e gritou em desafio aos trolls. Qualquer um que chegasse perto demais encontraria o golpe de suas lâminas.

Grunhindo a cada passo doloroso, com seus olhos ardendo graças ao seu suor, Wulfgar avançava às cegas. Ele não pensou em por quanto tempo poderia manter o ritmo com sua carga. Não pensou na morte certa e horrível que o acompanhava por todos os lados, e provavelmente também interrompia sua rota. Não pensou na dor lancinante nas costas machucadas, nem na nova ardência que sentia na parte de trás do joelho. Concentrou-se apenas em colocar uma bota pesada na frente da outra.

Eles passaram por alguns arbustos, desceram uma elevação e contornaram outra. Seus corações saltaram, pois diante deles pairava a floresta limpa que Regis espionara, o fim da Charneca Perene. Mas entre eles e a floresta uma linha sólida de três trolls estava os esperando de pé.

O aperto da Charneca não seria tão facilmente quebrado.

— Continue — Drizzt disse no ouvido de Wulfgar em um sussurro baixo, como se temesse que os pântanos estivessem ouvindo. — Eu tenho mais um truque para usar.

Wulfgar viu a linha diante dele, mas mesmo em seu estado atual, sua confiança em Drizzt anulou quaisquer objeções de seu bom senso. Levando Bruenor e Regis para uma posição mais confortável, ele abaixou a cabeça e rugiu para os animais, gritando em fúria frenética.

Quando ele quase os alcançou, Drizzt estava alguns passos atrás, com os trolls já babando e se aproximando para interromper seu impulso, o drow lançou sua cartada final.

Chamas mágicas brotaram do bárbaro. Elas não tinham poder para queimar nem Wulfgar nem os trolls, mas para os monstros, o espectro do imenso homem selvagem envolto em chamas que os atacava lançava terror em seus corações normalmente destemidos.

Drizzt cronometrou o feitiço perfeitamente, permitindo aos trolls apenas uma fração de segundo para reagir ao seu inimigo imponente. Como água diante da proa de um navio de alta altitude, eles se separaram, e Wulfgar, quase se desequilibrando por causa de suas expectativas de impacto, passou por eles, com Drizzt dançando em seus calcanhares.

Quando os trolls se reagruparam para os perseguir, suas presas já estavam subindo a última subida da Charneca Perene e entrando na floresta — um bosque mantido sob o olhar protetor de Lady Alustriel e dos galantes Cavaleiros de Prata.

Drizzt virou-se sob os galhos da primeira árvore para procurar sinais de perseguição. A névoa pesada rodopiava de volta para os pântanos, como se a terra imunda tivesse batido a porta atrás deles. Nenhum troll passou por ela.

O drow se afundou contra a árvore, exausto demais para sorrir.

Capítulo 14

A luz e o brilho das estrelas

Wulfgar colocou Regis e Bruenor em um leito coberto de musgo em uma pequena clareira mais ao fundo no bosque e depois tombou de dor. Drizzt o alcançou alguns minutos depois.

— Precisamos acampar aqui — dizia o drow —, embora eu desejasse poder colocar mais distância... — ele se interrompeu quando viu seu jovem amigo se contorcendo no chão e agarrando sua perna machucada, quase vencido pela dor. Drizzt correu para examinar o joelho, com os olhos arregalados de choque e nojo.

A mão de um troll, provavelmente de um daqueles que havia cortado quando Wulfgar resgatou Bruenor, agarrou-se ao bárbaro enquanto corria, encontrando um nicho na parte de trás do joelho. Um dedo com garras já havia se enterrado profundamente na perna, e dois outros estavam agora se afundando.

— Não olhe — Drizzt aconselhou a Wulfgar. Ele enfiou a mão na mochila para pegar sua pederneira e acendeu um pequeno graveto, depois o usou para cutucar a mão. Assim que a coisa começou a fumegar e se mexer, Drizzt a retirou da perna e jogou-a no chão. Ela tentou fugir para longe, mas Drizzt saltou sobre ela, prendendo-a com uma de suas cimitarras e acendendo-a completamente com o graveto em chamas.

Ele olhou de volta para Wulfgar, espantado com a pura determinação que havia permitido ao bárbaro continuar com um ferimento tão grave.

Mas agora a fuga havia terminado e Wulfgar já sucumbira à dor e à exaustão. Ele estava deitado inconsciente no chão, ao lado de Bruenor e Regis.

— Durmam bem — disse Drizzt suavemente para os três. — Vocês merecem. — e foi até cada um deles para garantir que não estivessem muito feridos. Então, satisfeito ao perceber que todos se recuperariam, começou seu turno de vigia.

No entanto até o valente drow havia ultrapassado os limites de sua resistência durante a correria pela Charneca Perene, e logo também deixou cair sua cabeça e se juntou aos seus amigos no sono.

No final da manhã seguinte, as queixas de Bruenor os despertaram.

— Você esqueceu meu machado! — o anão gritava com raiva. — Eu não posso cortar trolls fedorentos sem meu machado!

Drizzt se espreguiçou confortavelmente, um pouco revigorado, mas ainda longe de estar recuperado.

— Eu disse para você pegar o machado — disse a Wulfgar, que também estava se espreguiçando de seu sono profundo.

— Eu disse claramente — Drizzt repreendeu em zombaria. — Pegue o machado e deixe o anão ingrato.

— Foi o nariz que me confundiu — respondeu Wulfgar. — Mais parecido com uma cabeça de machado do que com qualquer nariz que eu já vi!

Bruenor inconscientemente olhou para o focinho comprido.

— Bah! — rosnou. — Vou encontrar um tacape para mim! — e adentrou a floresta pisando duro.

— Um pouco de silêncio, por favor! — Regis rebateu quando o último resquício de seus sonhos agradáveis desapareceu. Desgostoso de ser acordado tão cedo, ele se virou e cobriu a cabeça com a capa.

Eles poderiam ter chegado a Lua Argêntea naquele mesmo dia, mas uma única noite de descanso não apagaria o cansaço dos dias que passaram na Charneca Perene e em uma estrada difícil antes disso. Wulfgar, por exemplo, com a perna e as costas machucadas, teve que usar uma bengala improvisada e o sono que Drizzt havia encontrado na noite anterior havia sido o primeiro em quase uma semana. Ao contrário da charneca, essa floresta parecia bastante agradável. E, embora soubessem que ainda estavam nas terras selvagens, sentiram-se seguros o suficiente para estender a estrada para a cidade e desfrutar, pela primeira vez desde que deixaram Dez Burgos, de uma caminhada de lazer.

Eles saíram da floresta ao meio-dia do dia seguinte e cobriram os últimos quilômetros até Lua Argêntea. Antes do pôr do sol, escalaram a subida final e contemplaram o rio Rauvin e as inúmeras torres da cidade encantada.

Todos sentiram a sensação de esperança e alívio quando olharam para aquela vista magnífica, mas ninguém a sentiu mais profundamente do que Drizzt Do'Urden. O drow esperava desde o planejamento inicial de sua aventura que o caminho o levasse através de Lua Argêntea, embora não tivesse feito nada para influenciar a decisão de Bruenor na escolha de um curso. Drizzt ouvira falar de Lua Argêntea após sua chegada a Dez Burgos e, se não fosse pelo fato de ter encontrado alguma medida de tolerância na comunidade endurecida do norte, ele teria voltado imediatamente para o local. Reconhecida pela aceitação de todos que viessem em busca de conhecimento, independentemente da raça, o povo de Lua Argêntea oferecia ao renegado elfo negro uma verdadeira oportunidade de encontrar um lar.

Muitas vezes ele pensara em viajar para o local, mas algo dentro dele, talvez o medo de falsas esperanças e expectativas insatisfeitas, o mantinha dentro da segurança de Vale do Vento Gélido. Assim, quando foi tomada a decisão em Sela Longa de que Lua Argêntea seria seu próximo destino, Drizzt se viu diante da fantasia que nunca ousara sonhar. Observando agora sua única esperança de verdadeira aceitação no mundo da superfície, ele forçou corajosamente suas apreensões a se afastarem.

— A Ponte da Lua — observou Bruenor quando uma carroça cruzou o Rauvin, aparentemente flutuando no ar. Bruenor ouvira falar da estrutura invisível quando garoto, mas nunca a tinha visto pessoalmente.

Wulfgar e Regis assistiram ao espetáculo da carroça voadora com espanto. O bárbaro havia superado muitos de seus medos de magia durante sua estadia em Sela Longa, e estava realmente ansioso para explorar esta cidade lendária. Regis já esteve antes aqui, uma vez, mas sua familiaridade com o lugar não fez nada para diminuir sua empolgação.

Eles se aproximaram do posto de guarda no Rauvin ansiosos, apesar do cansaço – o mesmo posto que o grupo de Entreri havia passado quatro dias antes, com os mesmos guardas que haviam permitido que o grupo maligno entrasse na cidade.

— Saudações — Bruenor ofereceu em um tom que poderia ser considerado jovial para o anão severo. — E saibam que a visão de sua bela cidade trouxe nova vida a meu coração cansado.

Os guardas mal o ouviram, concentrados no drow, que havia puxado o capuz. Eles pareciam curiosos, pois nunca tinham visto um elfo negro, mas não pareciam surpresos demais com a chegada de Drizzt.

— Podemos ser escoltados para a Ponte da Lua agora? — Regis perguntou após um período de silêncio que se tornou cada vez mais desconfortável. — Vocês não podem adivinhar o quanto estamos ansiosos para ver Lua Argêntea. Ouvimos tantas coisas!

Drizzt suspeitava do que estava por vir. Um nó enfurecido brotou em sua garganta.

— Vá embora — disse o guarda em voz baixa. — Você não pode passar.

O rosto de Bruenor ficou vermelho de raiva, mas Regis cortou sua explosão.

— Certamente não fizemos nada para causar um julgamento tão duro - protestou o halfling calmamente. — Somos simples viajantes, e não buscamos problemas. — sua mão foi para a jaqueta e para o rubi hipnótico, mas uma carranca de Drizzt interrompeu seu plano.

— Sua reputação não parece condizer com suas ações — observou Wulfgar aos guardas.

— Sinto muito — respondeu um deles —, mas tenho meus deveres e os cumpro.

— Nós, ou o drow? — exigiu Bruenor.

— O drow — respondeu o guarda. — O resto de vocês pode ir à cidade, mas o drow não pode passar!

Drizzt sentiu as paredes da esperança desmoronando ao seu redor. Suas mãos tremiam ao lado do corpo. Nunca sentira tanta dor antes, pois antes nunca chegara a um lugar sem a expectativa de rejeição. Ainda assim, ele conseguiu sublimar sua raiva imediata e lembrar a si mesmo que essa era a busca de Bruenor, não a dele, para o bem ou para o mal.

— Seus cães! — gritou Bruenor. — O elfo vale dez de vocês, e até mais! Devo minha vida a ele cem vezes, e vocês pensam em dizer que ele não é bom o suficiente para sua cidade fedorenta! Quantos trolls foram mortos por sua espada?

— Fique calmo, meu amigo — Drizzt interrompeu, totalmente no controle de si mesmo. — Eu esperava isso. Eles não podem conhecer Drizzt Do'Urden. Apenas a reputação do meu povo. E não podem ser culpados por isso. Vocês vão, então. Vou aguardar o seu retorno.

— Não! — Bruenor declarou em um tom que não aceitava debate. — Se você não pode entrar, nenhum de nós entra!

— Pense em nosso objetivo, seu anão teimoso — Drizzt repreendeu. — A Abóbada dos Sábios está na cidade. Talvez seja nossa única esperança.

— Bah! — Bruenor bufou. — Ao Abismo com esta cidade amaldiçoada e todos que moram aqui! Sundabar fica a menos de uma semana de caminhada. Helm, o amigo dos anões, será mais convidativo, ou eu sou um gnomo barbudo!

— Você deveria entrar — disse Wulfgar. — Não deixe que nossa raiva derrote nosso objetivo. Mas eu fico com Drizzt. Onde ele não pode ir, Wulfgar, filho de Beornegar, se recusa a ir!

Mas as batidas determinadas das pernas grossas de Bruenor já o carregavam pela estrada de volta da cidade. Regis deu de ombros para os outros dois e começou a segui-lo, tão leal ao drow quanto qualquer um deles.

— Escolha seu acampamento como quiser, e sem medo — o guarda ofereceu, quase se desculpando. — Os Cavaleiros de Prata não vão incomodá-los, nem permitirão que monstros se aproximem das fronteiras de Lua Argêntea.

Drizzt assentiu, pois, embora o aguilhão da rejeição não tivesse diminuído, entendeu que o guarda estava impotente para mudar a situação infeliz. Ele começou a se afastar lentamente, e as perguntas perturbadoras que havia evitado por tantos anos já começaram a pressioná-lo.

Wulfgar não perdoou tanto.

— Você o ofendeu — disse ao guarda quando Drizzt se afastou. — Ele nunca levantou a espada contra quem não a merecia, e este mundo, o seu e o meu, é melhor por ter o Drizzt Do'Urden por perto!

O guarda desviou o olhar, incapaz de responder à repreensão justificável.

— E eu questiono a honra de quem segue a comandos injustos — declarou Wulfgar.

O guarda lançou um olhar furioso para o bárbaro:

— As razões Dela não são questionadas — respondeu, com a mão no punho da espada. Ele simpatizava com a raiva dos viajantes, mas não aceitava críticas à Lady Alustriel, sua amada líder. — Seus mandamentos seguem um curso justo e estão além da minha sabedoria, ou da sua! — rosnou.

Wulfgar não justificou a ameaça com nenhuma demonstração de preocupação.

Ele se virou e começou a seguir a estrada atrás de seus amigos.

Bruenor propositadamente posicionou seu acampamento a apenas algumas centenas de metros abaixo do Rauvin, à vista do posto de guarda. Ele sentira o desconforto do guarda em afastá-los e queria brincar com essa culpa o máximo que podia.

— Sundabar nos mostrará o caminho — continuou dizendo depois que jantaram, tentando se convencer tanto quanto os outros de que o fracasso deles em Lua Argêntea não prejudicaria a missão. — E além de lá está a Cidadela Adbar. Se alguém em todos os Reinos conhece o Salão de Mitral, é Harbromm e os anões de Adbar!

— Um longo caminho — comentou Regis. — O verão pode acabar antes mesmo de chegarmos à fortaleza do rei Harbromm.

— Sundabar — Bruenor reiterou teimosamente. — E Adbar, se for necessário!

Os dois continuaram conversando por um tempo. Wulfgar não se juntou a eles, concentrado demais no drow, que se afastara do acampamento logo após a refeição – que Drizzt mal tocara – e ficou em silêncio, olhando fixamente para a cidade Rauvin acima.

Então, Bruenor e Regis dormiram, ainda bravos, mas confiantes o suficiente na segurança do acampamento para sucumbir ao cansaço. Wulfgar se juntou ao drow.

— Encontraremos o Salão de Mitral — ele ofereceu, embora soubesse que o lamento de Drizzt não dizia respeito ao objetivo atual.

Drizzt assentiu, mas não respondeu.

— A rejeição deles te machucou — observou Wulfgar. — Pensei que você tivesse aceitado seu destino de bom grado. Por que dessa vez é tão diferente?

Novamente o drow não fez nenhum movimento para responder.

Wulfgar respeitou sua privacidade.

— Tenha coragem, Drizzt Do'Urden, nobre ranger e amigo de confiança. Tenha fé que aqueles que o conhecem morreriam de bom grado por você ou ao seu lado.

Ele colocou a mão no ombro de Drizzt enquanto se virava para sair. O elfo não disse nada, embora realmente apreciasse a preocupação de Wulfgar. A amizade deles no entanto, havia ido muito além da necessidade do agradecimento, e Wulfgar esperava apenas ter dado algum conforto a seu amigo quando retornou ao acampamento, deixando Drizzt com seus pensamentos.

As estrelas apareceram e encontraram o drow ainda parado sozinho ao lado do Rauvin. Drizzt havia se tornado vulnerável pela primeira vez desde seus primeiros dias na superfície, e o desapontamento que agora sentia desencadeou as mesmas dúvidas que acreditava ter resolvido anos atrás, antes de deixar Menzoberranzan, a cidade dos elfos negros. Como ele poderia esperar encontrar alguma normalidade no mundo da luz do dia, dos elfos de pele clara? Em Dez Burgos, onde assassinos e ladrões costumavam chegar a posições de respeito e liderança, ele mal era tolerado. Em Sela Longa, onde o preconceito era secundário à curiosidade fanática dos Harpells, ele fora exposto como um animal de fazenda mutante, mentalmente cutucado e espetado. E embora os magos não lhe fizessem mal, não tinham compaixão ou respeito por ele, como se não fosse algo além de uma estranheza a ser observada.

Agora Lua Argêntea, uma cidade fundada e estruturada em princípios de individualidade e justiça, onde pessoas de todas as raças eram bem-vindas se viessem de boa vontade, o havia evitado. Todas as raças, ao que parecia, exceto os elfos negros.

A inevitabilidade da vida de Drizzt como pária nunca fora tão claramente apresentada diante dele. Nenhuma outra cidade, nem mesmo uma vila remota, em todos os Reinos poderia oferecer-lhe um lar ou uma existência em qualquer lugar, exceto às margens de sua civilização. As severas limitações de suas opções, e mais ainda, de suas futuras esperanças de mudança, o assustaram.

Ele estava agora sob as estrelas, olhando para elas com o mesmo nível profundo de amor e reverência que seus primos de superfície já haviam sentido, mas sinceramente reconsiderando sua decisão de deixar o Subterrâneo.

Será que ele fora contra um plano divino, cruzara as fronteiras de alguma ordem natural? Talvez devesse ter aceitado seu destino na vida e permanecido na cidade sombria, entre sua própria espécie.

Um fulgor no céu noturno o tirou de sua introspecção. Uma estrela acima dele pulsou e cresceu, já além das proporções normais. Sua luz banhava a área ao redor de Drizzt em um brilho suave, e a estrela ainda pulsava.

Então a luz encantadora se foi e diante de Drizzt estava uma mulher, com seu cabelo reluzindo prateado e seus olhos brilhantes contendo anos de experiência e sabedoria no brilho da eterna juventude. Ela era alta, mais alta que Drizzt e ereta, vestindo um vestido da mais fina seda e uma alta coroa de ouro e pedras preciosas.

Ela olhou para ele com sincera simpatia, como se pudesse ler todos os seus pensamentos e entender completamente a confusão de emoções que ele próprio ainda tinha que resolver.

— Paz, Drizzt Do'Urden — disse com uma voz que soou como uma música doce. — Eu sou Alustriel, Senhora de Lua Argêntea.

Drizzt a estudou mais de perto, embora seus modos e beleza não deixassem dúvidas sobre sua reivindicação.

— Você sabe sobre mim? — perguntou ele.

— Muitos já ouviram falar dos Companheiros do Salão, pois esse é o nome que Harkle Harpell colocou em seu grupo. Um anão em busca de seu antigo lar não é tão raro nos Reinos, mas um elfo drow que caminha ao seu lado certamente chama a atenção de todos aqueles por quem passa.

Ela engoliu em seco e olhou profundamente em seus olhos cor de lavanda.

— Fui eu quem negou sua passagem pela cidade — ela admitiu.

— Então por que vem a mim agora? — Drizzt perguntou, mais com curiosidade do que com raiva, incapaz de conciliar esse ato de rejeição com a pessoa que agora estava diante dele. A justiça e a tolerância de Alustriel eram bem conhecidas em todo o norte, embora Drizzt tivesse começado a se perguntar o quanto as histórias deveriam ser exageradas após seu encontro no posto da guarda. Mas agora que ele a via, mostrando abertamente sua sincera compaixão, não poderia desacreditar das histórias.

— Eu senti que devo explicar — respondeu ela.

— Você não precisa justificar sua decisão.

— Mas eu devo — disse Alustriel. — Para mim e meu lar, tanto quanto para você. A rejeição o machucou mais do que você admite. —

ela se aproximou dele. — Fazer isso me machucou também — disse suavemente.

— Então por quê? — Drizzt exigiu saber, deixando sua raiva deslizar por sua fachada calma. — Se você me conhece, também sabe que não carrego nenhuma ameaça ao seu povo.

Ela passou a mão fria pela bochecha dele.

— Percepções — explicou ela. — Existem elementos em ação no norte que tornam as percepções vitais neste momento, às vezes até anulando o que é justo. Um sacrifício foi imposto a você.

— Um sacrifício que se tornou familiar demais para mim.

— Eu sei — sussurrou Alustriel. — Soubemos de Nesmé, onde você foi rejeitado, um cenário que geralmente enfrenta.

— E já espero — disse Drizzt friamente.

— Mas não aqui — respondeu Alustriel. — Você não esperava por isso de Lua Argêntea, nem deveria esperar.

Sua sensibilidade tocou Drizzt. Sua raiva se extinguiu enquanto aguardava sua explicação, agora certo de que a mulher tinha boas causas para suas ações.

— Há muitas forças em ação aqui que não dizem respeito a você, e não deveriam — ela começou. — Ameaças de guerra e alianças secretas; rumores e suspeitas que não têm base de fato, nem fariam sentido para pessoas razoáveis. Não sou grande amiga dos comerciantes, embora passem livremente por Lua Argêntea. Eles temem nossas ideias e ideais como uma ameaça às suas estruturas de poder, como deveriam. Eles são muito poderosos e desejam ver Lua Argêntea mais parecida com seus próprios pontos de vista.

— Mas chega dessa conversa. Como eu disse, isso não diz respeito a você. Tudo o que peço que você entenda é que, como líder da minha cidade, às vezes sou forçada a agir pelo bem geral, qualquer que seja o custo para um indivíduo.

— Você tem medo das mentiras e suspeitas que possam acontecer se um elfo negro andar livremente em Lua Argêntea? — Drizzt suspirou incrédulo. — Simplesmente permitir que um drow ande entre seu povo implicaria você em alguma aliança desonesta com o Subterrâneo?

— Você não é um elfo drow qualquer — explicou Alustriel. — Você é Drizzt Do'Urden, um nome que está destinado a ser ouvido nos Reinos. Mas por enquanto, você é um drow que está rapidamente se tornando visível para os governantes do norte e, pelo menos inicialmente, eles não entenderão que você abandonou seu povo.

— E esse conto fica mais complicado, ao que parece — continuou Alustriel. — Sabe que eu tenho duas irmãs?

Drizzt sacudiu a cabeça.

— Tempestade, uma barda renomada, e Columba Garra de Falcão, uma ranger. Ambas se interessaram pelo nome de Drizzt Do'Urden – Tempestade, como uma lenda crescente que precisa de canções apropriadas, e Columba... Eu ainda tenho que discernir seus motivos. Você se tornou um herói para ela, eu acho, o epítome dessas qualidades que ela, como outra ranger, se esforça para aperfeiçoar. Ela chegou à cidade nesta manhã e sabia da sua chegada iminente.

— Columba é muitos anos mais nova que eu — continuou Alustriel. — E não é tão sábia na política do mundo.

— Ela poderia ter me procurado — Drizzt argumentou, vendo as implicações que Alustriel temia.

— Ela vai eventualmente — respondeu a senhora. — Mas não posso permitir isso agora, não em Lua Argêntea. — Alustriel olhou para ele atentamente, com seu olhar sugerindo emoções mais profundas e pessoais. — E mais ainda, eu mesma teria procurado audiência com você, como faço agora.

As implicações de tal encontro na cidade pareciam óbvias para Drizzt, à luz das lutas políticas que Alustriel havia sugerido.

— Outra hora, em outro lugar, talvez — ele questionou. — Te incomodaria?

Ela respondeu com um sorriso.

— De jeito nenhum.

Satisfação e apreensão caíram sobre Drizzt de uma só vez. Ele olhou para as estrelas, se perguntando se alguma vez descobriria completamente a verdade sobre sua decisão de vir ao mundo da superfície, ou se sua vida permaneceria para sempre um tumulto de esperança atiçada e expectativas abaladas.

Eles ficaram em silêncio por alguns momentos antes de Alustriel falar novamente.

— Você veio em busca da Abóbada dos Sábios — disse ela —, para descobrir se algo ali fala sobre o Salão de Mitral.

— Eu pedi que o anão entrasse — respondeu Drizzt. — Mas ele é teimoso.

— Eu presumi isso — riu Alustriel. — Mas não queria que minhas ações interferissem em sua tão nobre missão. Eu mesma examinei a abóbada. Você não pode imaginar seu tamanho! Você não saberia por onde começar sua busca pelos milhares de volumes que revestem as paredes. Mas eu conheço a abóbada melhor do que qualquer pessoa viva. Aprendi coisas que você e seus amigos teriam levado semanas para encontrar. Mas, sinceramente, pouquíssimo foi escrito sobre o Salão de Mitral, e nada que dê mais do que uma dica sobre a área geral onde ele se encontra.

— Então, talvez tenha sido melhor termos sido rejeitados. — Alustriel corou de vergonha, embora Drizzt não tivesse a intenção de ter sido sarcástico em sua observação.

— Meus guardas me informaram que vocês planejam ir para Sundabar — disse Lady Alustriel.

— É verdade — respondeu Drizzt —, e de lá para Cidadela Adbar, se necessário.

— Aconselho a não tomar este curso — respondeu a Senhora. — Com tudo o que pude encontrar na abóbada, e pelo meu próprio conhecimento das lendas dos dias em que os tesouros fluíam do Salão de Mitral, meu palpite é que fica no oeste, não no leste.

— Viemos do oeste, e nossa trilha, buscando pessoas com conhecimento dos corredores prateados, nos levou continuamente para o leste — argumentou Drizzt. — Além de Lua Argêntea, as únicas esperanças que temos são Helm e Harbromm, ambos no leste.

— Helm pode ter algo a lhes dizer — Alustriel concordou. — Mas você aprenderá pouco com o rei Harbromm e os anões de Adbar. Eles mesmos empreenderam a busca para encontrar a antiga pátria dos parentes de Bruenor, apenas alguns anos atrás, e passaram por Lua Argêntea em sua jornada – indo para o oeste. Mas nunca encontraram o lugar. Voltaram para casa convencidos de que ele foi destruído e enterrado nas profundezas de alguma montanha não identificada, ou que nunca existiu e era simplesmente o ardil dos comerciantes do sul que negociavam seus produtos no norte.

— Você não oferece muita esperança — comentou Drizzt.

— Mas tenho algo — respondeu Alustriel. — A oeste daqui, menos de um dia de marcha, ao longo de um caminho não marcado que corre para o norte a partir do Rauvin, fica o Gancho do Arauto, um antigo bastião de conhecimento acumulado. O arauto, Noite Ancestral, pode guiá-lo, se for possível. Eu o informei da sua vinda e ele concordou em se sentar com você, apesar de não receber visitantes há décadas, além de mim e alguns estudiosos selecionados.

— Estamos em dívida com você — disse Drizzt, curvando-se.

— Não espere demais — alertou Alustriel. — O Salão de Mitral veio e se foi do conhecimento deste mundo num piscar de olhos. Quase três gerações de anões exploraram o local, embora eu garanto que uma geração de anões é uma quantidade considerável de tempo, e eles não eram tão abertos ao seu comércio. Apenas raramente permitiam que alguém entrasse em suas minas, se as histórias eram verdadeiras. Eles traziam suas obras na escuridão da noite através de uma cadeia secreta e intrincada de agentes anões para serem lançadas no mercado.

— Eles se protegeram bem da ganância do mundo exterior — observou Drizzt.

— Mas a morte deles veio de dentro das minas — disse Alustriel. — Um perigo desconhecido que ainda espreita por lá, você está ciente.

Drizzt assentiu com a cabeça.

— E você ainda escolhe ir?

— Não me importo com os tesouros, embora, se eles são realmente tão esplêndidos quanto Bruenor descreve, gostaria de examiná-los. Mas esta é a busca do anão, sua grande aventura, e eu realmente seria um amigo lamentável se não o ajudasse nela.

— Dificilmente esse rótulo poderia ser colocado em seu pescoço, Drizzt Do'Urden — disse Alustriel. Ela puxou um pequeno frasco de uma dobra do vestido. — Leve isso com você — instruiu.

— O que é isso?

— Uma poção de lembrança — explicou Alustriel. — Dê ao anão quando as respostas à sua pesquisa parecerem próximas. Mas cuidado, seus poderes são fortes! Bruenor passará um tempo nas lembranças de seu passado distante, bem como nas experiências de seu presente.

— E esses — ela disse, produzindo uma pequena bolsa da mesma dobra e entregando a Drizzt — são para todos vocês. Unguento para ajudar a curar feridas e biscoitos que recuperam um viajante cansado.

— Tem meus agradecimentos e os agradecimentos de meus amigos — disse Drizzt.

— À luz da terrível injustiça que lhe impus, são uma recompensa pequena.

— Mas a preocupação da doadora não foi um presente qualquer — respondeu Drizzt. Ele olhou diretamente nos olhos dela, segurando-os com sua intensidade. — Você renovou minha esperança, Senhora de Lua Argêntea. Você me lembrou que há, de fato, recompensa para quem segue o caminho da consciência, um tesouro muito maior do que as bugigangas materiais que muitas vezes chegam a homens injustos.

— Existe, de fato — ela concordou. — E seu futuro mostrará muito mais, orgulhoso ranger. Mas agora a noite se foi e você deve descansar. Não tema, pois você é vigiado esta noite. Adeus, Drizzt Do'Urden, e que a estrada diante de você seja rápida e limpa.

Com um aceno de mão, ela desapareceu sob a luz das estrelas, deixando Drizzt se perguntar se havia sonhado o encontro todo. Mas então suas palavras finais chegaram até ele na brisa suave.

- Adeus, e mantenha-se firme, Drizzt Do'Urden. Sua honra e coragem não passam despercebidas!

Drizzt ficou em silêncio por um longo tempo. Ele se abaixou e pegou uma flor silvestre na margem do rio, rolando-a entre os dedos e se perguntando se ele e a Senhora de Lua Argêntea poderiam realmente se encontrar novamente em termos mais flexíveis. E aonde essa reunião poderia levar.

Então ele jogou a flor no Rauvin.

— Que os eventos sigam seu próprio curso — disse resolutamente, olhando para o acampamento e seus amigos mais próximos. — Não preciso de fantasias para menosprezar os grandes tesouros que já possuo.
— Ele respirou fundo para afastar os restos de sua autopiedade.

E, com sua fé restaurada, o estoico ranger foi dormir.

Capítulo 15

Os olhos do golem

Drizzt não teve muita dificuldade em convencer Bruenor a inverter o curso e voltar para oeste. Ainda que o anão estivesse ansioso para chegar a Sundabar e descobrir o que Helm poderia saber, a possibilidade de informações valiosas a menos de um dia de distância o fez agir imediatamente.

Sobre como obteve as informações, Drizzt ofereceu poucas explicações, dizendo apenas que ele havia encontrado um viajante solitário na estrada para Lua Argêntea durante a noite. Embora a história lhes parecesse artificial, seus amigos, respeitando sua privacidade e confiando plenamente nele, não o questionaram. Porém, quando tomaram o café da manhã, Regis esperava que mais informações viessem, pois os biscoitos que esse viajante havia dado a Drizzt eram verdadeiramente deliciosos e incrivelmente revigorantes. Depois de apenas algumas mordidas, o halfling se sentiu como se tivesse passado uma semana em repouso. E a pomada mágica imediatamente curou a perna e as costas machucadas de Wulfgar, e ele andou sem uma bengala pela primeira vez desde que deixaram a Charneca Perene.

Wulfgar suspeitava que o encontro de Drizzt tivesse envolvido alguém de grande importância muito antes do drow revelar os presentes maravilhosos, porque a aura interna de otimismo do drow, o brilho cintilante em seus olhos, que refletiam seu espírito indomável que o mantinha de pé passando por provações que teriam esmagado a maioria dos homens, retornara completa e dramaticamente. O bárbaro não precisava conhecer a identidade da pessoa; ele estava feliz por seu amigo ter passado pela depressão.

Quando levantaram acampamento mais tarde naquela manhã, pareciam mais um grupo apenas começando uma aventura do que um bando cansado da estrada. Assobiando e conversando, eles seguiram o fluxo do Rauvin em seu curso oeste. Apesar de todos os apertos, eles passaram pela marcha brutal relativamente ilesos e, fizeram aparentemente um bom progresso em direção à sua meta. O sol do verão brilhava sobre eles e todas as peças do quebra-cabeças do salão de Mitral pareciam estar ao seu alcance.

Eles não poderiam ter adivinhado que olhos assassinos estavam sobre eles.

Do sopé ao norte do Rauvin, bem acima dos viajantes, o golem sentiu a passagem do elfo drow. Após o puxão de feitiços de busca que Dendybar havia conjurado, Bok em pouco tempo estava observando o grupo enquanto seguiam pela trilha. Sem hesitar, o monstro obedeceu às diretrizes e saiu para procurar Sydney.

Bok jogou para o lado uma pedra que estava no seu caminho, depois escalou outra que era grande demais para mover, sem entender as vantagens de simplesmente caminhar ao redor das pedras. O curso de Bok estava claramente definido e o monstro se recusava a se desviar desse curso mesmo um centímetro.

— Esse é um dos grandes! — riu um dos guardas no posto no Rauvin quando viu Bok através da clareira. Porém quando as palavras saíram de sua boca, o guarda percebeu o perigo iminente: este não era um viajante comum!

Corajosamente, ele correu para encontrar o golem de frente, com sua espada desembainhada e seu companheiro logo atrás.

Transfixado por seu objetivo, Bok não deu ouvidos aos avisos deles.

— Fique onde está! — o soldado comandou uma última vez enquanto Bok cobria os últimos metros entre eles.

O golem não conhecia a emoção, por isso não sentiu raiva dos guardas quando eles atacaram. Eles se levantaram para bloquear o caminho, porém Bok os empurrou para o lado sem pensar duas vezes, com a força incrível de seus braços magicamente fortes explodindo através do bloqueio de suas defesas e lançando-os no ar. Sem sequer uma pausa, o golem continuou na direção do rio e não diminuiu sua velocidade, desaparecendo sob as águas turbulentas.

Alarmes soaram na cidade, pois os soldados no portão do outro lado do rio viram o espetáculo no posto de guarda. Os enormes portões estavam fechados e seguros enquanto os Cavaleiros de Prata observavam o Rauvin aguardando o reaparecimento do monstro.

Bok manteve a linha reta do outro lado do rio, atravessando o lodo e a lama e mantendo seu curso facilmente contra o poderoso empurrão das correntes. Quando o monstro ressurgiu diretamente em frente ao posto de guarda, os Cavaleiros que ladeavam o portão da cidade ofegaram em descrença, mas mantiveram suas posições, com o rosto sombrio e armas prontas.

O portão ficava mais acima do Rauvin, a partir do ângulo do caminho escolhido por Bok. O golem continuou na muralha da cidade, mas não alterou seu curso para ir até para o portão.

Ele socou a parede abrindo um buraco e o atravessou.

Entreri andava ansiosamente de um lado para o outro em seu quarto na Estalagem dos Sábios Rebeldes, perto do centro da cidade:

— Eles já deveriam ter chegado a essa altura — retrucou para Sydney, sentando-se na cama e apertando os nós que prendiam Cattibrie.

Antes que Sydney pudesse responder, uma bola de fogo apareceu no centro da sala, não um fogo real, mas uma imagem de chamas, ilusória, como algo queimando naquele local em outro plano. O fogo se contorceu e se transformou na aparição de um homem de túnica.

— Morkai! — ofegou Sydney.

— Minhas saudações — respondeu o espectro. — E as saudações de Dendybar, o Malhado.

Entreri deslizou de volta para o canto da sala, desconfiado, no mínimo. Cattibrie, impotente em suas cordas, ficou o mais parada possível.

Sydney, versada nas sutilezas da conjuração, sabia que o ser sobrenatural estava sob o controle de Dendibar e não tinha medo.

— Por que meu mestre pediu que você viesse aqui? — ela perguntou corajosamente.

— Tenho notícias — respondeu o espectro. — O grupo que você procura foi forçado a entrar na Charneca Perene há uma semana, ao sul de Nesmé.

Sydney mordeu o lábio em antecipação à próxima revelação do espectro, mas Morkai ficou em silêncio e esperou também.

— Onde eles estão agora? — Sydney pressionou impaciente. Morkai sorriu. — Duas vezes me perguntaram, mas ainda não me obrigaram! — as chamas incharam novamente e o espectro se foi.

— A Charneca Perene — disse Entreri. — Isso explicaria seu atraso.

Sydney concordou distraidamente, pois ela tinha outras coisas em mente.

— Ainda não me obrigaram — ela sussurrou para si mesma, ecoando as palavras de despedida do espectro.

Questões perturbadoras a incomodavam. Por que Dendybar esperou um dia para enviar Morkai com as notícias? E por que o mago não poderia ter forçado o espectro a revelar atividades mais recentes do grupo do drow? Sydney conhecia os perigos e as limitações da convocação e entendia a tremenda exaustão do ato sobre o poder de um mago. Dendybar conjurou Morkai pelo menos três vezes recentemente – uma vez quando o grupo do drow entrou pela primeira vez em Luskan, e pelo menos duas vezes desde que ela e seus companheiros começaram a perseguição. Será que Dendybar havia abandonado toda a cautela em sua obsessão pelo Fragmento de Cristal? Sydney sentiu que o domínio do Mago Malhado sobre Morkai havia diminuído bastante, e esperava que Dendybar fosse prudente em futuras convocações, pelo menos até que descansasse completamente.

— Semanas podem passar antes que cheguem! — Entreri cuspiu, considerando as notícias. — Se chegarem.

— Você pode estar certo — concordou Sydney. — Eles podem ter caído na charneca.

— E se eles tiverem?

— Então vamos atrás deles — disse Sydney sem hesitar. Entreri a estudou por alguns momentos. — O prêmio que você procura deve ser realmente valioso — disse.

— Eu tenho meu dever e não falharei com meu mestre — respondeu ela bruscamente. — Bok os encontrará mesmo se estiverem no fundo do pântano mais profundo!

— Precisamos decidir nosso curso em breve — insistiu Entreri. E voltou seu olhar maligno para Cattibrie. — Estou cansado de vigiar essa aqui.

— Também não confio nela — concordou Sydney. — Embora se prove útil quando nos encontrarmos com o anão. Vamos esperar mais três dias. Depois disso, voltamos a Nesmé, e à Charneca Perene, se for necessário.

Entreri assentiu sua aprovação relutante do plano.

— Você ouviu? - ele sussurrou para Cattibrie. — Você tem mais três dias de vida, a menos que seus amigos cheguem. Se eles estão mortos nos pântanos, não precisamos de você.

Cattibrie não demonstrou emoção durante toda a conversa, determinada a não deixar Entreri obter nenhuma vantagem ao descobrir sua fraqueza ou força. Ela tinha fé que seus amigos não estavam mortos. Aqueles como Bruenor Martelo de Batalha e Drizzt Do'Urden não estavam destinados a morrer em um túmulo não marcado em algum lugar desolado. E Cattibrie nunca aceitaria que Wulfgar estivesse morto até que a prova fosse irrefutável. Mantendo sua fé, seu dever para com os amigos era manter uma fachada em branco. Ela sabia que estava vencendo sua batalha pessoal, que o medo paralisante que Entreri exercia sobre ela diminuía todos os dias. Estaria pronta para agir quando chegasse a hora. Ela só tinha que ter certeza de que Entreri e Sydney não perceberiam.

Ela notou que as provações da estrada e seus novos companheiros estavam afetando o assassino. Entreri revelava todos os dias mais emoção, mais desespero, para terminar este trabalho. Seria possível que ele cometesse um erro?

— Ele está aqui! — ecoou um grito vindo do corredor, e os três se assustaram reflexivamente, depois reconheceram a voz como a de Jierdan, que estava vigiando a Abóbada dos Sábios. Um segundo depois, a porta abriu e o soldado entrou na sala, com a respiração irregular.

— O anão? — Sydney perguntou, agarrando Jierdan para mantê-lo parado.

— Não! — gritou Jierdan. — O golem! Bok entrou em Lua Argêntea! Eles o prenderam no portão oeste. Um mago foi convocado.

— Droga! — Sydney cuspiu e começou a sair do quarto. Entreri se moveu para segui-la, agarrando o braço de Jierdan e puxando-o, fazendo-o ficar cara a cara.

— Fique com a garota — ordenou o assassino.

Jierdan olhou para ele.

— Ela é seu problema.

Entreri poderia facilmente ter matado o soldado ali mesmo, observou Cattibrie, esperando que Jierdan tivesse lido o olhar mortal do assassino tão claramente quanto ela.

— Faça como mandam. — Sydney gritou com Jierdan, encerrando mais discussões. Ela e Entreri saíram, com o assassino batendo a porta atrás deles.

— Ele teria matado você — disse Cattibrie a Jierdan quando Entreri e Sydney foram embora. — Você sabe disso.

— Silêncio — Jierdan rosnou. — Já tive o suficiente de suas palavras vis! — ele se aproximou dela ameaçadoramente, de punhos cerrados ao lado do corpo.

— Me ataque, então — desafiou Cattibrie, sabendo que, mesmo que o fizesse, seu código como soldado não lhe permitiria continuar com esse ataque a um inimigo indefeso. — Embora, na verdade, eu seja sua única amiga nessa estrada amaldiçoada!

Jierdan parou seu avanço.

— Amiga? — hesitou.

— O mais próximo disso que você vai encontrar por aqui — respondeu Cattibrie. — Com certeza você é um prisioneiro aqui, tanto quanto eu. — Ela reconheceu a vulnerabilidade desse homem orgulhoso, que fora reduzido a servidão pela arrogância de Sydney e Entreri, e apresentou seu argumento com força. — Eles pretendem matá-lo, você sabe disso agora, e mesmo se você escapar da lâmina, não terá para onde ir. Você abandonou seus companheiros em Luskan, e o mago na torre te poria em maus lençóis se você voltasse para lá!

Jierdan ficou tenso de raiva frustrada, mas não atacou.

— Meus amigos estão por perto — continuou Cattibrie, apesar dos sinais de alerta. — Eles estão vivos ainda, eu sei, e nós os encontraremos em qualquer dia. Essa será a nossa hora, soldado, para viver ou morrer. Para mim, vejo uma chance. Quer meus amigos vençam ou negociem por mim, minha vida pertencerá a mim mesma. Mas para você, o caminho parece realmente sombrio! Se meus amigos vencerem, eles o derrubarão e se seus companheiros vencerem... — ela deixou as possibilidades sombrias não ditas por alguns momentos para deixar Jierdan pesá-las completamente.

— Quando conseguirem o que procuram, não precisarão mais de você — disse ela, sombria. Ela notou o tremor dele, não de medo, mas de raiva, e o empurrou para além do controle. — Eles podem deixar você viver — disse maliciosamente. — Eles podem estar precisando de um lacaio!

Ele a golpeou então, apenas uma vez, e recuou. Cattibrie aceitou o golpe sem reclamar, mesmo assim sorrindo através da dor, embora tivesse o cuidado de esconder sua satisfação. A perda de autocontrole de Jierdan provou a ela que o contínuo desrespeito que Sydney, e especialmente Entreri, demonstrado por ele havia alimentado as chamas do descontentamento à beira da explosão.

Ela sabia também que, quando Entreri voltasse e visse o machucado que Jierdan lhe dera, esse fogo iria queimar ainda mais.

Sydney e Entreri correram pelas ruas de Lua Argêntea, seguindo os sons óbvios do tumulto. Quando chegaram à parede, encontraram Bok encapsulado em uma esfera de luzes verdes brilhantes. Cavalos sem cavaleiro andavam de um lado para o outro diante dos gemidos de uma dúzia de soldados feridos, e um velho, o mago, estava diante do globo de luz, coçando a barba e estudando o golem preso. Um Cavaleiro de Prata de considerável posição estava impaciente ao lado dele, se contorcendo nervosamente e apertando com força o punho da espada embainhada.

— Destrua essa coisa e acabe com isso — Sydney ouviu o cavaleiro dizer ao mago.

— Oh, não! — exclamou o mago. — É maravilhoso!

— Você pretende segurá-lo aqui para sempre? — O cavaleiro rebateu. — Basta olhar ao redor.

— Seu perdão, bons senhores — Sydney interrompeu. — Sou Sydney, da Torre Central do Arcano em Luskan. Talvez eu possa ser de alguma ajuda.

— Saudações — disse o mago. — Eu sou Mizzen, da Segunda Escola de Conhecimento. Conhece você o possuidor desta criatura magnífica?

— Bok é meu — ela admitiu.

O cavaleiro olhou para ela, espantado que uma mulher, ou qualquer um, na verdade, controlasse o monstro que havia tombado alguns de seus melhores guerreiros e derrubado uma seção da muralha da cidade.

— O preço será alto, Sydney de Luskan — ele rosnou.

— A Torre Central o compensará — ela concordou. — Agora você poderia libertar o golem sob meu controle? — ela perguntou ao mago. — Bok vai me obedecer.

— Não — respondeu o cavaleiro. — Não vou deixar essa coisa solta novamente.

— Calma, Gavin — disse Mizzen. Ele se virou para Sydney. — Eu gostaria de estudar o golem, se eu puder. Verdadeiramente a melhor construção que eu já testemunhei, com força além das expectativas dos livros da criação.

— Sinto muito — respondeu Sydney —, mas meu tempo é curto. Ainda tenho muitas estradas para percorrer. Cite o preço do dano causado pelo golem e eu o transmitirei ao meu mestre, com a minha palavra como membro da Torre Central.

— Você vai pagar agora — argumentou o guarda.

Mais uma vez Mizzen o silenciou.

— Desculpe a raiva de Gavin — disse a Sydney. Ele examinou a área. — Talvez possamos fazer uma barganha. Ninguém parece ter sido gravemente ferido.

— Três homens foram levados! — Gavin refutou. — E pelo menos um cavalo está coxo e terá que ser sacrificado!

Mizzen acenou com a mão como se quisesse menosprezar as reivindicações.

— Eles vão se curar — disse. — Eles vão se curar. E a muralha precisava de reparos, de qualquer maneira. - Ele olhou para Sydney e coçou a barba novamente. — Aqui está a minha oferta, e você não ouvirá uma mais justa! Dê-me o golem por uma noite, apenas uma, e vou pagar pelo dano que causou. Apenas uma noite.

— E você não desmontará Bok — afirmou Sydney.

— Nem mesmo a cabeça? — implorou Mizzen.

— Nem mesmo a cabeça — Sydney insistiu. — E eu irei buscar o golem na primeira luz do amanhecer.

Mizzen coçou a barba novamente.

— Um trabalho maravilhoso — murmurou, olhando para a prisão mágica. — Concordo.

— Se esse monstro... — Gavin começou a falar com raiva.

— Oh, onde está seu senso de aventura, Gavin? — Mizzen interrompeu antes que o cavaleiro pudesse terminar seu aviso.

— Lembre-se dos preceitos da nossa cidade, homem. Estamos aqui para aprender. Se você apenas entendesse o potencial dessa criação!

Eles se afastaram de Sydney, sem prestar mais atenção, com o mago ainda divagando no ouvido de Gavin. Entreri escorregou das sombras de um prédio próximo para o lado de Sydney.

— Por que a coisa veio? — perguntou ele.

Ela sacudiu a cabeça.

— Só pode haver uma resposta.

— O drow?

— Sim — respondeu — Bok deve tê-los seguido até a cidade.

— Improvável — argumentou Entreri —, embora o golem possa tê-los visto. Se Bok aparecesse atrás do drow e de seus amigos valentes, eles estariam aqui embaixo na batalha, ajudando a afastá-lo.

— Então eles podem estar lá fora ainda.

— Ou talvez eles estivessem saindo da cidade quando Bok os viu — disse Entreri. — Farei perguntas para os guardas no portão. Não tema, nossa presa está à mão!

✦

Eles chegaram no quarto algumas horas depois. Dos guardas no portão, eles descobriram que o grupo do drow fora recusado e agora estavam ansiosos para recuperar Bok e seguir seu caminho.

Sydney deu uma série de instruções a Jierdan sobre a partida deles pela manhã, mas o que chamou a atenção imediata de Entreri foi o olho roxo de Cattibrie. Ele se aproximou para verificar suas amarras e, convencido de que elas estavam intactas, girou na direção de Jierdan com a adaga sacada.

Sydney, supondo rapidamente a situação, o interrompeu.

— Agora não! — exigiu. — Nossas recompensas estão à mão. Não podemos arcar com este custo!

Entreri riu maldosamente e afastou a adaga.

— Ainda discutiremos isso — prometeu a Jierdan com um rosnado. — Não toque na garota novamente.

"Perfeito", pensou Cattibrie. Da perspectiva de Jierdan, o assassino poderia ter dito abertamente que tinha a intenção de matá-lo.

Mais combustível para as chamas.

***

Quando recuperou o golem de Mizzen na manhã seguinte, as suspeitas de Sydney de que Bok tinha visto o grupo do drow foram confirmadas. Partiram de Lua Argêntea de uma vez, enquanto Bok os conduzia pela mesma trilha que Bruenor e seus amigos haviam seguido na manhã anterior.

Como o grupo anterior, eles também estavam sendo vigiados.

Lady Alustriel afastou os cabelos esvoaçantes do rosto claro, captando o sol da manhã em seus olhos verdes enquanto olhava para o bando com crescente curiosidade. A Senhora tinha descoberto com os vigias do portão que alguém estava perguntando sobre o elfo negro.

Ela ainda não conseguia descobrir qual o papel desse novo grupo que deixava Lua Argêntea em missão, mas suspeitava que eles não estavam com nenhuma boa intenção. Alustriel havia saciado sua própria sede de aventura muitos anos antes, mas agora desejava poder de alguma forma ajudar o drow e seus amigos em sua nobre missão. Porém assuntos de Estado pressionavam-na e ela não tinha tempo para tais distrações. Considerou por um momento enviar uma patrulha para capturar esse segundo grupo, para que ela pudesse descobrir suas intenções.

Então voltou-se para sua cidade, lembrando a si mesma que era apenas uma participante menor na busca pelo Salão de Mitral. Ela só podia confiar nas habilidades de Drizzt Do'Urden e seus amigos.

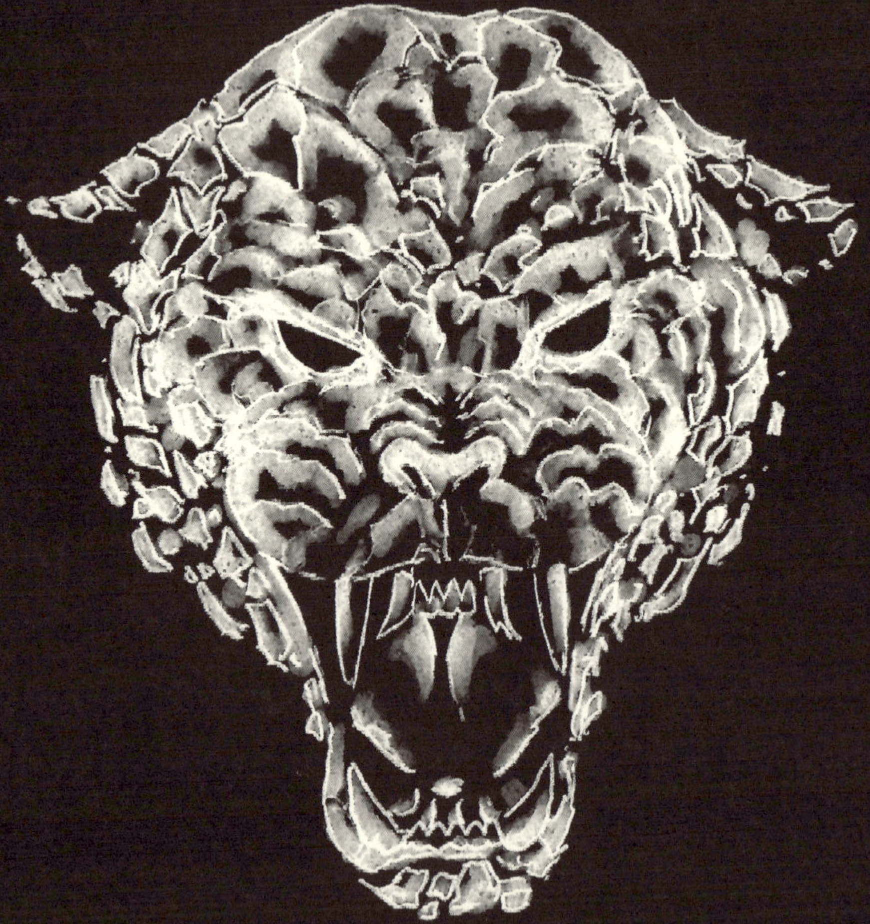

Parte 3
Novos caminhos

Em minhas viagens na superfície, certa vez conheci um homem que usava suas crenças religiosas como um distintivo de honra nas mangas de sua túnica.

— Eu sou um homem de Gond! — disse orgulhosamente para mim enquanto estávamos sentados um ao lado do outro no bar da taverna, eu bebendo meu vinho, e ele, temo eu, tomando um pouco demais sua bebida mais potente. Ele continuou explicando a premissa de sua religião, sua própria razão de ser, de que todas as coisas se baseavam na ciência, na mecânica e na descoberta. Ele até perguntou se poderia pegar um pedaço da minha carne, para estudá-la e determinar por que a pele do elfo drow é negra.

— Que elemento está faltando — perguntou-se ele — que faz com que sua raça seja diferente dos seus parentes da superfície?

Eu acho que o homem de Gond honestamente acreditava em sua afirmação de que, se pudesse encontrar os vários elementos que compunham a pele drow, poderia afetá-la com uma mudança nessa pigmentação para fazer com que os elfos negros se tornassem mais parecidos com nossos parentes da superfície. Dada sua devoção, quase fanatismo, pareceu-me que ele sentia que poderia fazer uma mudança em mais do que a aparência física.

Porque, na sua visão de mundo, todas as coisas poderiam ser explicadas e corrigidas.

Como eu poderia começar a esclarecê-lo sobre a complexidade do assunto? Como eu poderia mostrar a ele as variações entre drow e elfos da superfície na própria visão do mundo, resultantes de eras de caminhar por estradas amplamente díspares?

Para um fanático de Gond, tudo pode ser quebrado, desmontado e remendado. Mesmo a magia de um mago pode não ser mais do que uma maneira de transmitir energias universais – e isso também pode ser replicado um dia. Meu companheiro de Gond me prometeu que ele e seus colegas padres inventores replicariam um dia todo feitiço no repertório de qualquer mago, usando elementos naturais nas combinações apropriadas.

Mas não houve menção à disciplina que qualquer mago deve atingir à medida que aperfeiçoa seu ofício. Não houve menção ao fato de que a poderosa magia dos magos não é dada a ninguém, mas sim ganha, dia a dia, ano a ano e década a década. É uma busca ao longo da vida com um aumento gradual no poder, tão místico quanto secular.

O mesmo acontece com o guerreiro. O homem de Gond falou de uma arma chamada arquebus, um lançador de mísseis tubular com muitas vezes o poder da besta mais forte.

Essa arma causa terror no coração do verdadeiro guerreiro, não porque ele teme ser vítima dela, ou mesmo por temer que um dia ela o substitua. Essas armas ofendem porque o verdadeiro guerreiro entende que enquanto alguém está aprendendo a usar uma espada, também deve estar aprendendo o porquê e quando usar uma espada. Conceder o poder de um mestre de armas a qualquer um, sem esforço, sem treinamento e prova de que as lições se fixaram, é negar a responsabilidade que vem com esse poder.

É claro que existem magos e guerreiros que aperfeiçoam seu ofício sem aprender o nível de disciplina emocional para acompanhá-lo, e certamente há aqueles que alcançam grande talento em qualquer profissão em detrimento de todo o mundo – Artemis Entreri parece um exemplo perfeito disso –, mas esses indivíduos são, felizmente, raros; principalmente porque sua falta emocional será revelada no início de suas carreiras, o que muitas vezes causará uma queda bastante abrupta. Mas se o homem de Gond quiser, se sua visão errante do paraíso se concretizar, então todos os anos de treinamento significarão pouco. Qualquer tolo poderia pegar um arquebus ou outra arma poderosa e sumariamente destruir um guerreiro habilidoso. Ou qualquer criança poderia utilizar a máquina mágica de um homem de Gond e talvez replicar uma bola de fogo e queimar metade da cidade.

Quando apontei alguns dos meus medos para o homem de Gond, ele pareceu chocado –

não pelas possibilidades devastadoras, mas por, como ele mesmo disse, minha arrogância.

— As invenções dos Sacerdotes de Gond farão com que tudo seja igual! — declarou. — Vamos elevar até mesmo o camponês mais humilde.

Dificilmente. Tudo o que o homem de Gond e seus companheiros fariam seria garantir a morte e a destruição em um nível até então desconhecido nos Reinos.

Não havia mais nada a dizer, pois eu sabia que o homem nunca ouviria minhas palavras. Ele me considerou arrogante, ou, na verdade, qualquer um que realmente alcançasse um nível de habilidade nas artes de luta ou mágica, porque ele mesmo não podia apreciar o sacrifício e a dedicação necessários para essa conquista.

Arrogante? Se o chamado camponês humilde do servo de Gond chegasse a mim com o desejo de aprender as artes de luta, eu o ensinaria de bom grado. Eu me regozijaria tanto com os sucessos dele quanto com os meus próprios, mas exigiria, como sempre exijo, um senso de humildade, dedicação e compreensão desse poder que estivesse ensinando, uma apreciação do potencial de destruição. Eu não ensinaria a ninguém que não continuasse demonstrando um nível apropriado de compaixão e comunidade. Para aprender a usar uma espada, é preciso primeiro dominar quando usar uma espada.

Existe outro erro na linha de raciocínio do homem de Gond, creio eu, em um nível puramente emocional. Se as máquinas substituem as conquistas, então a que as pessoas aspiram? E quem somos nós, verdadeiramente, sem essas metas?

> Cuidado com os engenheiros da sociedade, que fariam a todos no mundo iguais, eu digo. A oportunidade deveria ser igual, precisa ser igual, mas a conquista deve permanecer individual.
>
> —Drizzt Do'Urden

Capítulo 16

Dias de outrora

Uma torre de pedra achatada ficava em um pequeno vale contra a encosta de uma colina íngreme. Por estar toda coberta de hera, um transeunte casual nem notaria a estrutura.

Mas os Companheiros do Salão não eram casuais em sua busca. Aquele era o Gancho do Arauto, possivelmente a solução para toda a sua busca.

— Você tem certeza de que este é o lugar? — Regis perguntou a Drizzt enquanto espiavam sobre um pequeno desfiladeiro. Na verdade, a torre antiga parecia mais uma ruína. Nada se mexia em nenhum lugar próximo, nem mesmo animais, como se um silêncio misterioso e reverente cercasse o local.

— Tenho — respondeu Drizzt. — Sinta a idade da torre. Está de pé há muitos séculos. Muitos séculos.

— E há quanto tempo está vazia? — perguntou Bruenor, até agora desapontado com o lugar que lhe fora descrito como a promessa mais brilhante de seu objetivo.

— Não está vazia — respondeu Drizzt. — A menos que as informações que recebi estejam erradas.

Bruenor ficou de pé e correu sobre o desfiladeiro.

— Provavelmente está certo — ele resmungou. — Algum troll ou yeti cascudo está do lado de dentro da porta nos observando agora, aposto que babando pra gente entrar! Vamos em frente, então! Sundabar está um dia mais longe do que quando saímos!

Os três amigos do anão se juntaram a ele nos restos do caminho coberto de vegetação que antes fora uma passagem para a porta da torre. Eles se aproximaram da antiga porta de pedra com cautela, com armas sacadas.

Coberta de musgo e gasta com um acabamento suave pelo tempo, aparentemente não havia sido aberta há muitos, muitos anos.

— Use seus braços, garoto — disse Bruenor a Wulfgar. — Se alguém pode abrir essa coisa, é você!

Wulfgar encostou Presa de Égide na parede e avançou diante da porta enorme. Ele firmou os pés o melhor que pôde e correu as mãos pela pedra em busca de um bom nicho para empurrar.

Mas assim que ele aplicou a menor pressão no portal de pedra, ele se moveu para dentro, silenciosamente e sem esforço.

Uma brisa fresca flutuava na escuridão imóvel, carregando uma mistura de aromas desconhecidos e uma aura ancestral. Os amigos sentiram o lugar como sendo de outro mundo, talvez pertencendo a uma época diferente, e não foi sem um certo grau de apreensão que Drizzt os levou até a parte de dentro.

Eles pisaram levemente, embora mesmo assim seus passos ecoassem na escuridão silenciosa. A luz do dia além da porta oferecia pouco alívio, como se alguma barreira permanecesse entre o interior da torre e o mundo além.

— Deveríamos acender uma tocha... — Regis começou a falar, mas parou abruptamente, assustado com o volume não intencional de seu sussurro.

— A porta. — Wulfgar gritou de repente, notando que o portal silencioso começara a fechar atrás deles. Ele saltou para agarrá-la antes que fechasse completamente, afundando-os na escuridão absoluta, mas mesmo sua grande força não podia negar a força mágica que a movia. Fechou-se sem um estrondo, com apenas uma corrente de ar silenciosa que ressoou como o suspiro de um gigante.

A tumba sem luz que todos imaginaram que teriam quando a enorme porta bloqueasse a última fenda da luz do sol não existia, pois assim que a porta se fechou, um brilho azul iluminou a sala, o salão de entrada do Gancho do Arauto.

Não conseguiram falar nenhuma palavra graças à profunda reverência que os envolvia. Eles estavam diante da história da raça dos humanos, dentro de uma bolha de atemporalidade que negava suas próprias perspectivas de idade e pertencimento. Num piscar de olhos, foram impelidos para a posição de observadores afastados, sua própria existência suspensa em um tempo e lugar diferentes, observando a passagem da raça humana como um deus observaria. Tapeçarias intrincadas, com suas cores outrora vivas e suas linhas distintas, agora estavam desbotadas e borradas, varreram os amigos em uma colagem fantástica de imagens que exibiam os contos da raça, cada uma recontando uma história repetidas vezes; a mesma história, era o que parecia, mas sutilmente alterada a cada vez, para apresentar princípios diferentes e resultados variados.

Armas e armaduras de todas as épocas cobriam as paredes, sob os estandartes e os brasões de mil reinos esquecidos. Imagens de baixo-relevo de heróis e sábios, algumas familiares, mas a maioria desconhecidas para qualquer um, exceto os mais estudiosos dos eruditos, as encaravam das vigas, suas feições capturadas com precisão suficiente para demonstrar o caráter dos homens que os retratavam.

Uma segunda porta, essa de madeira, pendia diretamente do outro lado da câmara cilíndrica, aparentemente levando à colina atrás da torre. Somente quando ela começou a se abrir que os companheiros conseguiram se libertar do feitiço do lugar.

Porém ninguém procurou suas armas, entendendo que quem, ou o que, quer que habitasse esta torre estaria além da força terrena.

Um ancião entrou na sala, mais velho do que qualquer um que eles já tinham visto antes. Seu rosto mantinha sua plenitude, não esvaziado pela idade, mas sua pele parecia quase ter a textura de madeira, com linhas de expressão que pareciam mais rachaduras e uma esperteza áspera que desafiava o tempo tão teimosamente quanto uma árvore antiga. Sua caminhada era mais um fluxo de movimentos silenciosos, uma passagem flutuante que transcendia a definição de passos. Ele chegou perto dos amigos e esperou, com seus braços, obviamente magros mesmo sob as dobras de sua longa túnica acetinada, pacificamente caídos ao seu lado.

— Você é o arauto da torre? — perguntou Drizzt.

— Noite Ancestral. Sou eu — respondeu o homem em uma voz que cantava com serenidade. — Bem-vindos, Companheiros do Salão. Lady Alustriel me informou da sua vinda e da sua busca.

Mesmo consumido pelo respeito solene ao seu redor, Wulfgar não deixou a referência a Alustriel passar. Ele olhou para Drizzt, encontrando os olhos do drow com um sorriso de quem entendia.

Drizzt se virou e sorriu também.

— Esta é a Câmara dos Humanos — proclamou Noite Ancestral. — A maior do Gancho, exceto pela biblioteca, é claro.

Ele notou a expressão descontente de Bruenor.

— A tradição da sua raça é antiga, bom anão, e mais antiga ainda é a dos elfos — explicou. — Mas as crises na história são mais frequentemente medidas em gerações do que em séculos. Os humanos de vida curta podem ter derrubado mil reinos e construído mais mil nos poucos séculos em que um único rei anão governaria seu povo em paz.

— Impacientes! — Bruenor bufou, aparentemente satisfeito.

— Concordo — riu Noite Ancestral. — Mas venham agora, vamos jantar. Temos muito o que fazer esta noite.

Ele os conduziu pela porta e desceu por um corredor igualmente iluminado. As portas dos dois lados identificaram as várias câmaras à medida que passavam – uma para cada uma das raças bondosas e até algumas para a história dos orcs, goblins e gigantes.

Os amigos e Noite Ancestral jantaram em uma enorme mesa redonda, sua madeira antiga tão dura quanto a pedra da montanha. Runas estavam inscritas em toda a sua extremidade, muitas em línguas perdidas há muito tempo para o mundo, das quais nem mesmo Noite Ancestral se lembrava. A comida, como todo o resto, dava a impressão de um passado distante. Longe de ser obsoleta, era deliciosa, com um sabor de certa forma diferente de tudo o que os amigos já haviam comido antes. A bebida, um vinho cristalino, possuía um buquê rico, superando até os lendários elixires dos elfos.

Noite Ancestral os entreteve enquanto comiam, recontando grandes histórias de herois antigos e de eventos que haviam moldado os Reinos em seu estado atual. Os companheiros eram uma plateia atenta, embora provavelmente pistas substanciais sobre o Salão de Mitral estivessem a apenas uma ou duas portas de distância.

Quando a refeição terminou, Noite Ancestral levantou-se da cadeira e olhou para eles com uma intensidade estranha e curiosa.

— Chegará o dia, talvez daqui a um milênio, quando eu voltarei a entreter alguém. Nesse dia, tenho certeza, uma das histórias que vou contar será sobre os Companheiros do Salão e sua gloriosa busca.

Os amigos não puderam responder à honra que o homem ancião lhes oferecera. Até Drizzt, inabalável, permaneceu sem piscar por um longo momento.

— Venham — instruiu Noite Ancestral. — Deixe sua estrada recomeçar — ele os conduziu por outra porta: a porta da maior biblioteca de todo o Norte.

Volumes grossos e finos cobriam as paredes e estendiam-se em pilhas altas nas muitas mesas posicionadas em toda a grande sala. Noite Ancestral indicou uma mesa em particular, uma menor ao lado, com um livro solitário aberto sobre ela.

— Fiz muito da sua pesquisa por vocês — explicou Noite Ancestral. — E em todos os volumes referentes aos anões, este foi o único que pude encontrar que tivesse qualquer referência ao Salão de Mitral.

Bruenor foi até o livro, segurando suas bordas com as mãos trêmulas. Estava escrito em Alto Anão, a língua de Dumathoin, Guardião dos Segredos Sob a Montanha, uma língua quase perdida nos Reinos. Mas Bruenor sabia lê-la. Ele examinou a página rapidamente, depois leu em voz alta as passagens relevantes.

— O rei Elmor e seu povo lucraram poderosamente com os trabalhos de Garumn e os membros do Clã Martelo de Batalha, mas os anões das minas secretas não refutaram os ganhos de Elmor. Pedra do Veredito provou ser uma aliada valiosa e confiável, de onde Garumn poderia começar a trilha secreta para o mercado das obras em mitral.

Bruenor olhou para os amigos, com um brilho de revelação nos olhos.

— Pedra do Veredito — sussurrou. — Eu conheço esse nome. — E mergulhou de volta no livro.

— Você encontrará pouco mais — disse Noite Ancestral. — Pois as palavras sobre o Salão de Mitral estão perdidas pelo tempo. O livro apenas afirma que o fluxo de mitral logo cessou, até o fim definitivo de Pedra do Veredito.

Bruenor não estava ouvindo. Ele tinha que ler por si mesmo, devorar cada palavra escrita sobre sua herança perdida, não importa o quanto significasse.

— E quanto a essa Pedra do Veredito? — perguntou Wulfgar a Noite Ancestral. — É uma pista?

— Talvez — respondeu o velho arauto. — Até agora não encontrei nenhuma referência ao lugar além deste livro, mas estou inclinado a acreditar por minha pesquisa que Pedra do Veredito era bastante incomum para uma cidade anã.

— Acima do solo! — Bruenor de repente interrompeu.

— Sim — concordou Noite Ancestral. — Uma comunidade anã alojada em estruturas acima do solo. Raro nos dias de hoje e inédito na época do Salão de Mitral. Há apenas duas possibilidades, que eu saiba.

Regis soltou um grito de vitória.

— Seu entusiasmo pode ser prematuro — comentou Noite Ancestral. — Mesmo se discernirmos onde Pedra do Veredito esteve, a trilha para o Salão de Mitral simplesmente começa lá.

Bruenor folheou algumas páginas do livro e o recolocou na mesa.

— Tão perto! — rosnou, batendo com o punho na madeira petrificada. — E eu deveria saber!

Drizzt foi até ele e tirou um frasco de debaixo da capa.

— Uma poção — explicou o drow ante o olhar perplexo de Bruenor — que fará você andar novamente nos dias do Salão de Mitral.

— Um feitiço poderoso — advertiu Noite Ancestral. — E não é controlado. Considere seu uso com cuidado, bom anão.

Bruenor já estava se mexendo, à beira de uma descoberta que tinha que fazer. Ele bebeu o líquido de um só gole, depois se apoiou na beira da mesa para se apoiar contra seu efeito potente. O suor escorria em sua testa enrugada e ele se contraiu involuntariamente quando a poção fez sua mente voltar pelos séculos.

Regis e Wulfgar foram até ele, com o grande homem apertando os ombros do anão e colocando-o em um assento.

Os olhos de Bruenor estavam bem abertos, mas ele não via nada na sala diante dele. O suor o ensopava agora, e a contração se tornou um tremor.

— Bruenor — Drizzt chamou suavemente, imaginando se ele havia feito certo ao apresentar ao anão uma oportunidade tão tentadora.

— Não, meu pai! — gritou Bruenor. — Não aqui no escuro! Venha comigo, então. O que posso fazer sem você?

— Bruenor — Drizzt chamou mais enfaticamente.

— Ele não está aqui — explicou Noite Ancestral, familiarizado com a poção, pois costumava ser usada por raças de vida longa, principalmente elfos, quando buscavam lembranças de seu passado distante. Embora, aqueles que a bebiam normalmente voltavam para um momento mais agradável. Noite Ancestral olhava com grande preocupação, pois a poção havia devolvido Bruenor a um dia ruim de seu passado, uma lembrança que sua mente havia bloqueado, ou pelo menos borrado, para defendê-lo de emoções poderosas. Essas emoções agora seriam expostas, reveladas à mente consciente do anão em toda a sua fúria:

— Leve-o para a Câmara dos Anões — instruiu Noite Ancestral. — Deixe-o ver as imagens de seus heróis. Elas ajudarão na lembrança e lhe darão força durante toda a provação.

Wulfgar levantou Bruenor e levou-o gentilmente pela passagem para a Câmara dos Anões, colocando-o no centro do piso circular. Os amigos recuaram, deixando o anão com seus delírios.

Bruenor só podia ver pela metade as imagens ao seu redor agora, capturado entre os mundos do passado e do presente. Imagens de Moradin, Dumathoin e todas as suas divindades e heróis olhavam para ele de seus poleiros nas vigas, acrescentando um pouco de conforto às ondas de tragédia. Armaduras do tamanho de anões, machados e martelos de guerra astuciosamente forjados o cercavam, e ele se banhou na presença das mais altas glórias de sua orgulhosa raça.

As imagens, no entanto, não conseguiram dissipar o horror que ele agora conhecia novamente, a queda de seu clã, do Salão de Mitral, de seu pai.

— Luz do dia! — ele gritou, dividido entre alívio e lamento. — Ai de meu pai, e do pai de meu pai! Mas sim, nossa fuga está próxima! Pedra do Veredito... — ele desapareceu da consciência por um momento, vencido. — ...nos abrigar. A perda, a perda! Nos abrigue!

— O preço é alto — disse Wulfgar, sofrendo com o tormento do anão.

— Ele está disposto a pagar — respondeu Drizzt.

— Será um pagamento péssimo se não aprendermos nada — disse Regis. — Não há direção em suas divagações. Devemos sentar e esperar?

— Suas memórias já o levaram a Pedra do Veredito, sem mencionar a trilha atrás dele — observou Wulfgar.

Drizzt sacou uma cimitarra e puxou o capuz da capa sobre seu rosto.

— O quê? — Regis começou a perguntar, mas o drow já estava se movendo. Ele correu para o lado de Bruenor e aproximou o rosto da bochecha ensopada de suor do anão.

— Eu sou um amigo — sussurrou para Bruenor. — Ouvi sobre a queda do Salão! Meus aliados esperam! A vingança será nossa, poderoso anão do Clã Martelo de Batalha! Mostre-nos o caminho para que possamos restaurar as glórias do Salão!

— Segredo — ofegou Bruenor, à beira da inconsciência. Drizzt pressionou com mais força. — O tempo é curto. A escuridão está caindo! — gritou. — O caminho, anão, devemos saber o caminho! — Bruenor murmurou alguns sons inaudíveis e todos os amigos ofegaram ao saber que o drow havia rompido a barreira mental final que impedia Bruenor de encontrar o salão.

— Mais alto! — insistiu Drizzt.

— Quarto cimo! — Bruenor gritou de volta. — Suba a estrada alta e entre no Vale do Guardião!

Drizzt olhou para Noite Ancestral, que estava acenando com a cabeça em reconhecimento, depois voltou-se para Bruenor.

— Descanse, poderoso anão — disse confortavelmente. — Seu clã será vingado!

— Com a descrição que o livro fornece de Pedra do Veredito, Quarto Cimo pode descrever apenas um lugar — explicou Noite Ancestral a Drizzt e Wulfgar quando voltaram para a biblioteca.

Regis permaneceu na Câmara dos Anões para vigiar o sono inquieto de Bruenor.

O arauto puxou um tubo de uma prateleira alta e desenrolou o antigo pergaminho que continha: um mapa da região central do norte, entre Lua Argêntea e Mirabar.

— O único assentamento anão na época do Salão de Mitral acima do solo, e próximo o suficiente de uma cordilheira para fazer referência a um pico numerado, estaria aqui — disse, marcando o pico mais ao sul no extremo sul da Espinha do mundo, ao norte de Nesmé e da Charneca Perene. — A cidade deserta de pedra é simplesmente chamada de "As Ruínas" agora, e era conhecida como Lançaná quando a raça barbada vivia ali. Mas as divagações de seu companheiro me convenceram de que esta é realmente a Pedra do Veredito de que o livro fala.

— Por que, então, o livro não se refere a ela como Lançanã? — perguntou Wulfgar.

— Os anões são uma raça cheia de segredos — explicou Noite Ancestral com uma risada — especialmente no que diz respeito a tesouros. Garumn do Salão de Mitral estava determinado a manter a localização de seu tesouro escondida da ganância do mundo exterior. Ele e Elmor de Pedra do Veredito, sem dúvida, elaboraram um arranjo que incluía códigos intrincados e nomes inventados para referenciar seus arredores. Qualquer coisa para jogar mercenários curiosos fora da trilha. Nomes que agora aparecem em lugares desarticulados ao longo dos volumes da história dos anões. Muitos estudiosos provavelmente já leram sobre o Salão de Mitral, chamado por algum outro nome que os leitores supunham que se referisse a outra das muitas pátrias anãs antigas perdidas para o mundo.

O arauto parou por um momento para digerir tudo o que havia ocorrido.

— Vocês deveriam partir imediatamente — aconselhou. — Carreguem o anão, se preciso, mas levem-no para Pedra do Veredito antes que os efeitos da poção passem. Caminhando por suas memórias, Bruenor pode ser capaz de refazer seus passos de duzentos anos atrás, subindo as montanhas até o Vale do Guardião e até o portão do Salão de Mitral.

Drizzt estudou o mapa e o local que Noite Ancestral havia marcado como a localização de Pedra do Veredito.

— De volta ao oeste — murmurou, ecoando as suspeitas de Alustriel. — Uma marcha de apenas dois dias daqui.

Wulfgar aproximou-se para ver o pergaminho e acrescentou, numa voz que continha antecipação e certa tristeza:

— Nossa estrada está chegando ao fim.

Capítulo 17

O desafio

Eles saíram sob as estrelas e não pararam até as estrelas encherem o céu mais uma vez. Bruenor não precisou de apoio. Na verdade, foi bem o oposto. Foi o anão, recuperado de seu delírio, e com seus olhos finalmente focados em um caminho tangível para seu objetivo há muito procurado, quem os dirigiu, estabelecendo o ritmo mais forte desde que saíram do Vale do Vento Gélido. De olhos vidrados e caminhando no passado e no presente, a obsessão de Bruenor o consumia. Por quase duzentos anos, ele sonhara com esse retorno, e esses últimos dias na estrada pareciam mais longos do que os séculos anteriores.

Os companheiros aparentemente haviam derrotado seu pior inimigo: o tempo. Se o cálculo no Gancho estava correto, o salão de Mitral estava a apenas poucos dias, enquanto o curto verão mal passara da metade. Com o tempo deixando de ser uma questão premente, Drizzt, Wulfgar e Regis haviam antecipado um ritmo moderado enquanto se preparavam para deixar o Gancho. Mas Bruenor, quando acordou e soube das descobertas, se recusou a ouvir quaisquer argumentos sobre sua pressa. Porém nenhum foi oferecido, pois, na empolgação, a disposição já intratável de Bruenor se tornara ainda mais turva.

— Mantenha seus pés em movimento! — ele continuava falando com Regis, cujas perninhas não combinavam com o ritmo frenético do anão. — Você deveria ter ficado em Dez Burgos com a barriga pendurada no cinto! — o anão então afundava em resmungos silenciosos, inclinando-se ainda mais sobre os pés pesados e seguindo adiante, os ouvidos bloqueados para qualquer observação que Regis pudesse responder ou para qualquer comentário de Wulfgar ou Drizzt sobre seu comportamento.

Eles fizeram um caminho de volta para o Rauvin, para usar suas águas como guia. Drizzt conseguiu convencer Bruenor a voltar para o noroeste assim que os picos da cordilheira apareceram. O drow não queria encontrar nenhuma patrulha de Nesmé novamente, certo de que foram os gritos de advertência da cidade que forçaram Alustriel a mantê-lo fora da Lua Argêntea.

Bruenor não encontrou relaxamento no acampamento naquela noite, apesar de obviamente terem coberto muito mais da metade da distância das ruínas de Pedra do Veredito. Ele caminhou pelo acampamento como um animal preso, apertando as mãos e abrindo os punhos retorcidos, resmungando consigo mesmo sobre o dia fatídico em que seu povo fora expulso do salão de Mitral e a vingança que encontraria quando finalmente voltasse.

— É a poção? — Wulfgar perguntou a Drizzt mais tarde naquela noite, enquanto estavam ao lado do acampamento e observavam o anão.

— Talvez em parte — respondeu Drizzt, igualmente preocupado com o amigo. — A poção forçou Bruenor a viver novamente a experiência mais dolorosa de sua longa vida. E agora, à medida que as lembranças desse passado chegam às suas emoções, afiam profundamente a vingança que se inflamou dentro dele todos esses anos.

— Ele está com medo — observou Wulfgar.

Drizzt assentiu com a cabeça.

— Este é o julgamento de sua vida. Sua promessa de voltar para o Salão de Mitral possui em si todo o valor que ele atribui à sua própria existência.

— Ele está forçando demais — observou Wulfgar, olhando para Regis, que havia desmaiado, exausto, logo após o jantar. — O halfling não consegue acompanhar o ritmo.

— Menos de um dia está diante de nós — respondeu Drizzt. — Regis sobreviverá a esta estrada, como todos nós. — ele deu um tapinha no ombro do bárbaro e Wulfgar, não totalmente satisfeito, mas resignado ao fato de não poder influenciar o anão, se afastou para encontrar um pouco de descanso. Drizzt olhou de volta para o anão que andava de um lado para o outro, seu rosto escuro exibia um olhar de preocupação mais profunda do que havia revelado ao jovem bárbaro.

Drizzt na verdade não estava preocupado com Regis. O halfling sempre achava uma maneira de sair melhor do que deveria. Bruenor, no entanto, incomodava o drow. Ele se lembrou de quando o anão havia fabricado Presa de Égide, o poderoso martelo de guerra. A arma fora a criação definitiva de Bruenor em uma carreira rica como artesão, uma arma digna de lendas. Bruenor não podia esperar superar essa conquista, nem sequer igualá-la. O anão nunca mais colocou o martelo na bigorna.

Agora, a jornada para o Salão de Mitral, o objetivo de vida de Bruenor. Como Presa de Égide tinha sido a melhor criação de Bruenor, essa seria sua maior jornada. O foco da preocupação de Drizzt era mais sutil, e ainda mais perigoso, do que o sucesso ou fracasso da busca; os perigos da estrada os afetavam igualmente, e eles os aceitaram de bom grado antes de começar. Independentemente de recuperar ou não os salões antigos, a montanha de Bruenor seria coroada. O momento de sua glória seria passado.

— Acalme-se, bom amigo — disse Drizzt, indo para o lado do anão.

— É meu lar, elfo — Bruenor respondeu, e pareceu se recompor um pouco.

— Eu entendo — Drizzt ofereceu. — Parece que deveremos olhar para o Salão de Mitral, e isso levanta uma questão que devemos responder em breve.

Bruenor olhou para ele com curiosidade, embora soubesse bem onde Drizzt estava querendo chegar.

— Até agora, nos preocupamos apenas em encontrar o Salão de Mitral, e pouco foi dito sobre nossos planos além da entrada do local.

— Por tudo que é certo, eu sou o Rei do Salão — rosnou Bruenor.

— Concordo — disse o drow —, mas e as trevas que podem permanecer? Uma força que expulsou todo o seu clã das minas. Somos apenas quatro, como derrotá-la?

— Pode ter ido embora por conta própria, elfo — respondeu Bruenor em um tom ranzinza, não querendo enfrentar as possibilidades. — Pelo que sabemos, os salões podem estar limpos.

— Talvez. Mas que planos você tem se a escuridão permanecer?

Bruenor fez uma pausa por um momento de reflexão.

— A palavra será enviada para Vale do Vento Gélido — respondeu.— Meu povo estará conosco na primavera.

— Quase cem deles — lembrou Drizzt.

— Então chamarei em Adbar, se for preciso mais! — Retrucou Bruenor. — Harbromm ficará feliz em ajudar, por uma promessa de tesouro.

Drizzt sabia que Bruenor não seria tão rápido em fazer tal promessa, mas decidiu encerrar o fluxo de perguntas perturbadoras, mas necessárias.

— Durma bem — disse ao anão. — Você encontrará suas respostas quando precisar.

※

O ritmo não foi menos frenético na manhã do dia seguinte. As montanhas logo se elevaram acima deles enquanto corriam, e outra mudança veio sobre o anão. Ele parou de repente, tonto e lutando para se equilibrar. Wulfgar e Drizzt estavam bem ao lado dele, sustentando-o.

— O que foi? — perguntou Drizzt.

— Lançaná — Bruenor respondeu com uma voz que parecia muito distante. Ele apontou para um afloramento de rochas que se projetavam da base da montanha mais próxima.

— Você conhece o lugar?

Bruenor não respondeu. Ele começou a andar de novo, tropeçando, mas rejeitando qualquer oferta de ajuda. Seus amigos deram de ombros, impotentes, e o seguiram.

Uma hora depois, as estruturas apareceram. Como castelos de cartas gigantescos, grandes lajes de pedra foram astuciosamente colocadas juntas para formar habitações, e embora estivessem desertas por mais de cem anos, as estações e o vento não as haviam desgastado. Somente os anões poderiam ter imbuído tanta força na rocha, poderiam ter colocado as pedras tão perfeitamente que durariam como duram as montanhas, além das gerações e dos contos dos bardos, para que alguma raça futura as visse com admiração e se maravilhasse com a construção deles sem a menor ideia de quem as criou.

Bruenor lembrava-se. Ele vagou pela vila como havia feito muitas décadas atrás, com uma lágrima se acumulando em seu olho cinza e seu corpo tremendo com as memórias da escuridão que invadira seu clã.

Seus amigos o deixaram andar por um tempo, não querendo interromper as emoções solenes que haviam encontrado seu caminho através de sua casca grossa. Finalmente, quando a tarde diminuiu, Drizzt foi até ele.

— Você sabe o caminho? — perguntou ele.

Bruenor olhou para uma passagem que subia ao longo da encosta da montanha mais próxima.

— Meio dia — respondeu.

— Acampar aqui? — perguntou Drizzt.

— Me faria bem — disse Bruenor. — Eu tenho muito o que pensar, elfo. Não vou esquecer o caminho, não tema.

Seus olhos se estreitaram, em foco a trilha em que ele fugira no dia da escuridão, e ele sussurrou:

— Eu nunca mais vou esquecer o caminho.

O ritmo acelerado de Bruenor provou ser uma sorte para os amigos, pois Bok continuara facilmente ao longo da trilha do drow fora de Lua Argêntea e liderara seu grupo com pressa semelhante. Ignorando completamente o Gancho – as proteções mágicas da torre não os deixariam se aproximar dela de forma alguma – o grupo do golem percorreu um terreno considerável.

Em um acampamento não muito longe dali, Entreri sorria um sorriso maligno e olhava no horizonte escuro a mancha de luz que sabia ser a fogueira de sua vítima.

Cattibrie também viu e sabia que o dia seguinte traria seu maior desafio. Ela havia passado a maior parte de sua vida com os anões experientes em batalhas, sob a tutela do próprio Bruenor. Ele lhe ensinara disciplina e confiança. Não uma fachada de arrogância para esconder inseguranças mais profundas, mas uma autoconfiança verdadeira e uma avaliação medida do que ela poderia ou não realizar. Qualquer problema que ela encontrasse para dormir naquela noite era mais devido à sua ânsia de enfrentar esse desafio do que ao medo do fracasso.

Eles levantaram acampamento cedo e chegaram às ruínas logo após o amanhecer. Porém, não estavam mais ansiosos que o grupo de Bruenor, eles encontraram apenas os restos remanescentes do acampamento dos companheiros.

— Uma hora, talvez duas — observou Entreri, curvando-se para sentir o calor das brasas.

— Bok já encontrou a nova trilha — disse Sydney, apontando para o golem se movendo em direção ao sopé da montanha mais próxima.

Um sorriso encheu o rosto de Entreri quando a emoção da perseguição varreu sobre ele. Entretanto Cattibrie prestou pouca atenção ao assassino, mais preocupada com as revelações pintadas no rosto de Jierdan.

O soldado parecia inseguro de si mesmo. Ele os seguiu assim que Sydney e Entreri começaram a ir atrás de Bok, mas com passos forçados. Obviamente, ele não estava ansioso pelo confronto pendente, com Sydney e Entreri.

Cattibrie ficou satisfeita.

Eles seguiram em frente pela manhã, esquivando-se de desfiladeiros e pedregulhos afiados, subindo pela encosta das montanhas. Então, pela primeira vez desde que começara sua busca mais de dois anos antes, Entreri viu sua presa.

O assassino havia atravessado um monte coberto de pedras e estava desacelerando seus passos para acomodar um mergulho preciso em um pequeno vale denso de árvores, quando Bruenor e seus amigos se afastaram de algum arbusto e atravessaram o caminho de uma encosta íngreme adiante. Entreri agachou-se e sinalizou para os outros desacelerarem atrás dele.

— Pare o golem — disse a Sydney, pois Bok já havia desaparecido no bosque abaixo dele e logo chegaria do outro lado e entraria em outro monte estéril de pedra, à vista dos companheiros.

Sydney correu.

— Bok, volte para mim! — ela gritou tão alto quanto ousou, enquanto os companheiros estavam longe, pois os ecos dos ruídos nas montanhas pareciam durar para sempre.

Entreri apontou para as manchas que se moviam diante deles:

— Podemos pegá-los antes que cheguem do outro lado da montanha — disse a Sydney. Ele pulou de volta para encontrar Jierdan e Cattibrie, e amarrou as mãos da jovem atrás das costas. — Se você gritar, verá seus amigos morrerem — assegurou. — E então seu próprio fim será muito desagradável.

Cattibrie desenhou seu olhar mais assustado no rosto, o tempo todo satisfeita com a última ameaça do assassino lhe parecer bastante oca. Ela havia superado o nível de terror que Entreri jogara contra ela quando se conheceram em Dez Burgos. Havia se convencido, contra sua repulsa instintiva do assassino sem paixão, que ele era, afinal, apenas um homem.

Entreri apontou para o vale íngreme abaixo da face montanha e dos companheiros.

— Vou atravessar a ravina — explicou a Sydney — e farei o primeiro contato. Você e o golem continuam ao longo do caminho e se aproximam por trás.

— E eu? — Jierdan protestou.

— Fique com a garota! — Entreri comandou tão distraidamente como se estivesse falando com um criado. Ele se virou e partiu, recusando-se a ouvir qualquer argumento.

Sydney nem se virou para olhar para Jierdan enquanto esperava o retorno de Bok. Ela não tinha tempo para tais disputas e imaginou que, se Jierdan não pudesse falar por si mesmo, ele não valeria a pena.

— Aja agora — Cattibrie sussurrou para Jierdan. — Por você, não por mim! — ele olhou para ela, mais curioso do que zangado e vulnerável a quaisquer sugestões que pudessem ajudá-lo nessa posição desconfortável.

— A maga jogou fora todo respeito por você, cara — continuou Cattibrie. — O assassino te substituiu e ela vai preferir ficar com ele acima de você. Esta é sua chance de agir, sua última, se meus olhos estiverem me dizendo direito! Hora de mostrar pra maga seu valor, soldado de Luskan!

Jierdan olhou ao redor nervosamente. Apesar de todas as manipulações que ele esperava da mulher, suas palavras continham verdade suficiente para convencê-lo de que sua avaliação estava correta.

Seu orgulho venceu. Ele girou sobre Cattibrie e a bateu no chão, depois passou correndo por Sydney em busca de Entreri.

— Onde você vai? — Sydney o chamou, mas Jierdan não estava mais interessado em conversas inúteis.

Surpresa e confusa, Sydney se virou para verificar a prisioneira. Cattibrie havia antecipado isso e gemeu e rolou na pedra dura como se tivesse sido golpeada a ponto de perder os sentidos, embora na verdade tivesse se afastado o suficiente do golpe de Jierdan para que ele mal a acertasse. Totalmente consciente e coerente, seus movimentos foram calculados para posicioná-la onde poderia deslizar as mãos atadas pelas pernas e trazê-las para a frente dela.

A atuação de Cattibrie satisfez Sydney o suficiente para que a maga concentrasse sua atenção no confronto entre seus dois camaradas que se aproximava. Ao ouvir a aproximação de Jierdan, Entreri girou, com sua adaga e sabre sacados.

— Eu disse para ficar com a garota! — sibilou ele.

— Eu não vim nessa jornada para vigiar sua prisioneira! — retrucou Jierdan, sacando sua própria espada.

O sorriso característico voltou a aparecer no rosto de Entreri.

— Volte — disse uma última vez a Jierdan, embora soubesse e estivesse satisfeito por o orgulhoso soldado não se afastar.

Jierdan deu outro passo à frente.

Entreri atacou.

Jierdan era um lutador experiente, um veterano de muitas batalhas, e se Entreri esperava despachá-lo com um único golpe, estava enganado. A espada de Jierdan afastou o golpe e ele contra-atacou.

Reconhecendo o óbvio desprezo que Entreri mostrava a Jierdan, e conhecendo o nível de orgulho do soldado, Sydney temia esse confronto desde que deixara a Torre Central. Ela não se importava se um deles morresse agora — suspeitava que este seria Jierdan —, mas não toleraria nada que colocasse sua missão em risco. Depois que o drow estivesse em segurança em suas mãos, Entreri e Jierdan poderiam resolver suas diferenças.

— Vá até eles — ela chamou o golem que avançava. — Pare essa luta!

Bok virou-se imediatamente e correu em direção aos combatentes. Sydney estava sacudindo a cabeça com nojo, mas acreditava que a situação logo estaria sob controle e eles poderiam retomar a caça.

O que ela não viu foi Cattibrie se levantando atrás dela.

Cattibrie sabia que só tinha uma chance. Ela subiu silenciosamente e bateu com as mãos entrelaçadas na parte de trás do pescoço da maga. Sydney caiu direto na pedra dura e Cattibrie correu, para o bosque das árvores, com seu sangue correndo pelas veias. Ela tinha que se aproximar o suficiente de seus amigos para gritar um aviso claro antes que seus captores a ultrapassassem.

Logo depois que Cattibrie entrou nas árvores grossas, ela ouviu Sydney ofegar:

— Bok!

O golem voltou imediatamente, a certa distância atrás de Cattibrie, mas se aproximando a cada passo.

Mesmo que tivessem visto a fuga dela, Jierdan e Entreri estavam envolvidos demais em sua própria batalha para se preocupar com ela.

—Você não vai mais me insultar! — Jierdan gritou acima do retinir do aço.

— Mas eu vou! — sibilou Entreri. — Há muitas maneiras de dessacrar um cadáver, tolo, e saiba que praticarei cada uma em seus ossos podres. - Ele pressionou com mais força, sua concentração diretamente em seu inimigo, suas lâminas ganhando impulso mortal em sua dança.

Jierdan rebateu com veemência, mas o habilidoso assassino teve poucos problemas em atender todos os seus impulsos com defesas hábeis e mudanças sutis. Logo o soldado esgotou seu repertório de fintas e ataques, e nem chegou perto de atingir seu alvo. Ele se cansaria antes de Entreri – ele viu isso claramente mesmo no início da luta.

Eles trocaram mais alguns golpes, os cortes de Entreri se movendo cada vez mais rápido, enquanto os movimentos das duas mãos de Jierdan diminuíam seu ritmo. O soldado esperava que Sydney intervisse nesse ponto. Sua fraqueza de resistência havia sido claramente revelada a Entreri, e ele não conseguia entender porque a maga não havia dito nada sobre a batalha. Ele olhou em volta, com seu desespero crescendo. Então viu Sydney, deitada de bruços na pedra.

Uma saída honrosa, ele pensou, ainda mais preocupado consigo mesmo.

— A maga! — gritou para Entreri. — Nós devemos ajudá-la!

As palavras caíram em ouvidos surdos.

— E a garota! — Jierdan gritou, esperando atrair o interesse do assassino. Ele tentou se libertar do combate, se afastando de Entreri e abaixando a espada. — Continuaremos isso mais tarde — declarou em tom ameaçador, embora não tivesse intenção de envolver o assassino em uma luta justa novamente.

Entreri não respondeu, mas abaixou as lâminas de acordo. Jierdan, sempre o honorável soldado, virou-se para ver Sydney.

Uma adaga engastada de joias se cravou em suas costas.

Cattibrie tropeçou, incapaz de manter o equilíbrio com as mãos presas. Pedras soltas deslizavam por baixo dela e mais de uma vez ela caiu no chão. Ágil como um gato, ela se levantava rapidamente.

Mas Bok foi mais rápido.

Cattibrie caiu novamente e rolou sobre uma crista afiada de pedra. Começou a descer uma perigosa encosta de rochas escorregadias, ouviu o golem pisando atrás dela e sabia que não podia ultrapassar a coisa. Mas ela não tinha escolha. O suor queimava em uma dúzia de arranhões e ardia nos olhos, e toda a esperança voou dela. Ainda assim, ela correu, sua coragem negando o fim óbvio.

Contra seu desespero e terror, ela encontrou forças para procurar uma opção. A encosta continuava descendo mais seis metros, e bem ao lado dela estava o toco esbelto e apodrecido de uma árvore morta há muito tempo. Então um plano desesperado veio a ela, mas com esperança suficiente para tentar. A jovem parou por um momento para examinar a estrutura das raízes do toco podre e estimar o efeito que o desenraizamento da coisa poderia ter sobre as pedras.

Ela recuou alguns metros na encosta e esperou, agachada para seu salto impossível. Bok passou por cima da crista e a alcançou, as pedras saltando para longe dos pesados passos de suas botas. Estava logo atrás dela, estendendo a mão com seus braços horríveis.

E Cattibrie saltou.

Enganchou a corda que amarrava as mãos sobre o toco enquanto passava em seu salto, jogando todo o seu peso contra o aperto de suas raízes.

Bok se arrastou atrás dela, alheio às suas intenções. Mesmo quando o toco tombou e a rede de raízes mortas se arrancaram do chão, o golem não conseguiu entender o perigo. Quando as pedras soltas se moveram e começaram a descer, Bok manteve o foco direto em sua presa.

Cattibrie saltou para a frente e para o lado do deslizamento. Ela não tentou se levantar, apenas continuou rolando e lutando, apesar da dor, para ganhar cada centímetro entre ela e a ladeira em ruínas. Sua determinação levou-a ao tronco grosso de um carvalho, e ela rolou para trás dele e virou-se para olhar a encosta.

Bem a tempo de ver o golem afundar sob uma tonelada de pedras saltitantes.

Capítulo 18

O segredo do Vale do Guardião

— Vale do Guardião — declarou Bruenor solenemente. Os companheiros estavam em uma borda alta, olhando centenas de metros abaixo para o chão quebrado de um desfiladeiro profundo e rochoso.

— Como vamos chegar lá em baixo? — Regis ofegou, porque todos os lados pareciam absolutamente retos, como se o cânion tivesse sido propositalmente cortado da pedra.

Havia um caminho, é claro, e Bruenor, ainda caminhando com as lembranças de sua juventude, sabia disso. Ele levou seus amigos até a margem leste do desfiladeiro e olhou de volta para o oeste, para os picos das três montanhas mais próximas.

— Você está no Quarto Cimo — explicou ele — nomeado por seu lugar ao lado dos outros três.

— Três picos para parecer um só — recitou o anão, uma linha antiga de uma música mais longa que todos os jovens anões do Salão de Mitral foram ensinados antes mesmo de terem idade suficiente para sair das minas.

— Três picos para parecer um só, o sol da manhã vai atrás de vós.

Bruenor moveu-se para encontrar a linha exata das três montanhas a oeste, depois foi lentamente para a extremidade do desfiladeiro e olhou por cima.

— Chegamos à entrada do Vale — afirmou calmamente, embora seu coração estivesse batendo forte com a descoberta.

Os outros três subiram para se juntar a ele. Logo abaixo da borda, viram um degrau esculpido, o primeiro de uma longa fila descendo a face do penhasco; sombreados perfeitamente pela coloração da pedra, para tornar toda a construção praticamente invisível de qualquer outro ângulo.

Regis quase desmaiou quando olhou por cima, quase subjugado pelo pensamento de descer centenas de metros em uma escada estreita sem sequer um apoio para as mãos.

— Vamos cair para nossas mortes, com certeza! — ele chiou e se afastou.

Mas, novamente, Bruenor não estava pedindo opiniões ou aberto a discussões. Ele começou a descer, Drizzt e Wulfgar o seguiram, deixando Regis sem escolha a não ser ir. Porém, Drizzt e Wulfgar simpatizavam com sua angústia e o ajudaram o máximo que podiam. Wulfgar até o pegou em seus braços quando o vento começou a soprar.

A descida foi hesitante e lenta, mesmo com Bruenor à frente, e pareceu que se passaram horas antes que a pedra do chão do desfiladeiro se aproximasse mais deles.

— Quinhentos para a esquerda, depois uns cem a mais — Bruenor cantou quando finalmente chegaram ao fundo. O anão se moveu ao longo da parede para o sul, contando seus passos medidos e levando os outros a passar por altos pilares de pedra, grandes monólitos de outra época que pareciam meras pilhas de entulho caído da borda. Mesmo Bruenor, cujos parentes viveram aqui por muitos séculos, não conhecia nenhuma história que falasse da criação ou propósito dos monólitos. Mas, seja qual for o motivo, eles permaneceram em uma vigília silenciosa e imponente no chão do cânion por incontáveis séculos ancestrais; antes mesmo dos anões chegarem, lançando sombras sinistras e menosprezando meros mortais que caminhavam por aqui.

E os pilares que dobravam o vento em um grito sinistro e triste, davam a todo o chão a sensação de algo além do natural, atemporal como o Gancho, e impunham uma percepção de mortalidade aos espectadores, como se os monólitos zombassem dos vivos com sua existência eterna.

Bruenor, incomodado pelas torres, terminou sua contagem.

— Quinhentos para a esquerda, depois uns cem a mais, segredo das linhas da porta se desfaz.

Ele estudou a parede ao lado dele procurando qualquer marcação que indicasse a entrada para os salões.

Drizzt também passou as mãos sensíveis pela pedra lisa.

— Você tem certeza? — perguntou ao anão após longos minutos de busca, pois não havia sentido nenhuma rachadura.

— Eu tenho! — declarou Bruenor. — Meu povo era astuto com o seu trabalho e temo que a porta esteja muito bem escondida para uma localização fácil.

Regis se aproximou para ajudar, enquanto Wulfgar, desconfortável sob as sombras dos monólitos, vigiava suas costas.

Apenas alguns segundos depois, o bárbaro notou um movimento de onde eles vieram, de volta pela escada de pedra. Ele mergulhou em um agachamento defensivo, segurando a Presa de Égide mais forte do que nunca.

— Visitantes — disse a seus amigos, o assobio de seu sussurro ecoando ao redor, como se os monólitos estivessem rindo de sua tentativa de segredo.

Drizzt saltou para o pilar mais próximo e começou a dar a volta, usando o olhar congelado de Wulfgar como guia. Irritado pela interrupção, Bruenor tirou uma machadinha do cinto e ficou prontidão ao lado do bárbaro, com Regis atrás deles.

Então eles ouviram Drizzt gritar:

— Cattibrie! — e estavam aliviados e entusiasmados demais para fazer uma pausa e considerar o que possivelmente poderia ter trazido sua amiga de Dez Burgos, ou como ela já os havia encontrado.

Seus sorrisos desapareceram quando a viram, machucada, ensanguentada e tropeçando na direção deles. Eles correram para encontrá-la, mas o drow, suspeitando que alguém pudesse estar em perseguição, deslizou pelos monólitos e deu uma olhada.

— O que trouxe você? — gritou Bruenor, agarrando Cattibrie e abraçando-a. — E quem foi que te machucou? Ele sentirá minhas mãos em seu pescoço!

— E meu martelo! — Wulfgar acrescentou, enfurecido com o pensamento de alguém ferindo Cattibrie.

Regis recuou agora, começando a suspeitar do que tinha acontecido.

— Fender Mallot e Grollo estão mortos — disse Cattibrie a Bruenor.

— Na estrada com você? Mas por quê? — perguntou o anão.

— Não, lá em Deaz Burgos — respondeu Cattibrie. — Um homem, um assassino, estava lá, procurando Regis. Eu o persegui, tentando chegar até você para avisá-lo, mas ele me pegou e me arrastou.

Bruenor lançou um olhar para o halfling, que estava ainda mais longe para trás a essa altura, de cabeça baixa.

— Eu sabia que você tinha arrumado problemas quando veio correndo pela estrada fora da cidade! — repreendeu ele. — O que é, então? E não quero mais de suas histórias mentirosas!

— O nome dele é Entreri — admitiu. — Artemis Entreri. Ele veio de Porto Calim, mandado por Pasha Pook — Regis puxou o pingente de rubi — em busca disso.

— Mas ele não está sozinho — acrescentou Cattibrie. — Os magos de Luskan procuram Drizzt.

— Por quê? — Drizzt perguntou das sombras. Cattibrie deu de ombros.

— Eles estão tomando cuidado para não contar, mas na minha opinião, eles buscam respostas sobre Akar Kessell. - Drizzt entendeu imediatamente. Eles procuravam o Fragmento de Cristal, a poderosa relíquia que havia sido enterrada sob a avalanche no Sepulcro de Kelvin.

— Quantos? — perguntou Wulfgar. — E quão longe estão?

— Eles eram três — respondeu Cattibrie. — O assassino, uma aprendiz e um soldado de Luskan. E um monstro que tinham com eles. Eles chamavam de golem, mas nunca vi algo assim antes.

— Golem — Drizzt ecoou suavemente. Ele vira muitas dessas criações na cidade subterrânea dos elfos negros. Monstros de grande poder e lealdade eterna aos seus criadores. Estes devem ser poderosos inimigos de fato, para ter um consigo.

— Mas a coisa se foi — continuou Cattibrie. — Ele me perseguiu na minha fuga e teria me pego, sem dúvida, mas preguei uma peça nele e joguei uma montanha de pedra em sua cabeça!

Bruenor a abraçou mais uma vez.

— Muito bem, minha garota — sussurrou ele.

— E deixei o soldado e o assassino em uma luta terrível — continuou Cattibrie. - Acho que um está morto, e o soldado parece ser o mais provável. É uma pena, pois ele era do tipo decente.

— Ele teria encontrado minha lâmina por ajudar os cães! — respondeu Bruenor. — Mas chega de histórias; vai chegar a hora de contar tudo. Você está no Salão, garota, sabia? Você vai ver os esplendores que eu tenho te contado todos esses anos! Então vá e descanse.

Ele se virou para dizer a Wulfgar que a vigiasse, mas notou Regis. O halfling tinha seus próprios problemas, abaixando a cabeça e se perguntando se havia levado seus amigos longe demais dessa vez.

— Não tema, meu amigo — disse Wulfgar, também vendo o sofrimento de Regis. — Você agiu para sobreviver. Não é vergonha nenhuma fazer isso. Embora você devesse ter nos contado sobre o perigo!

— Ah, levante a cabeça, Pança-furada! — Retrucou Bruenor. — Esperamos isso de você, seu trapaceiro! Não pense que estamos surpresos!

A raiva de Bruenor, como um possessor furioso crescendo de alguma forma por sua própria vontade, se elevou subitamente enquanto ele estava lá, castigando o halfling.

— Como se atreve a nos botar nessa situação? — ele rugiu para Regis, afastando Cattibrie e avançando um passo. — E com minha casa diante de mim!

Wulfgar foi rápido em bloquear o caminho de Bruenor até Regis, apesar de estar verdadeiramente surpreso com a mudança repentina no anão. Ele nunca tinha visto Bruenor tão consumido pela emoção. Cattibrie também olhou atônita.

— Não foi culpa do halfling — ela disse. — E os magos teriam vindo de qualquer maneira!

Drizzt se voltou para eles então:

— Ninguém chegou à escada ainda — disse ele, mas quando percebeu melhor a situação, notou que suas palavras não haviam sido ouvidas.

Um silêncio longo e desconfortável desceu sobre eles, então Wulfgar assumiu o comando.

— Chegamos longe demais para discutir e lutar entre nós! — repreendeu Bruenor.

Bruenor olhou para ele com um olhar vazio, sem saber como reagir à posição incomum que Wulfgar havia adotado contra ele.

— Bah! — o anão disse finalmente, levantando as mãos em frustração. — O tolo halfling ainda vai nos matar... mas não se preocupe! — ele resmungou sarcasticamente, voltando-se para a parede para procurar a porta.

Drizzt olhou curiosamente para o anão mal-humorado, mas estava mais preocupado com Regis neste momento. O halfling, completamente infeliz, tinha caído para uma posição sentada e parecia ter perdido todo o desejo de continuar.

— Anime-se — Drizzt disse a ele. — A raiva de Bruenor passará. A essência dos seus sonhos está diante dele.

— E quanto a esse assassino que procura sua cabeça — disse Wulfgar, indo se juntar aos dois. — Ele encontrará uma grande recepção quando chegar aqui, se é que vai chegar. — Wulfgar deu um tapinha na cabeça do martelo de guerra. — Talvez possamos fazer com que mude de ideia sobre essa caçada!

— Se pudermos entrar nas minas, nossa trilha pode se perder para eles — disse Drizzt a Bruenor, tentando acalmar ainda mais a raiva do anão.

— Eles não vão chegar à escada — disse Cattibrie. — Mesmo vendo sua descida, tive problemas para encontrá-la!

— Prefiro ficar contra eles agora! — Wulfgar declarou. — Eles têm muito a explicar e não vão escapar do meu castigo pela maneira como te trataram, Cattibrie!

— Cuidado com o assassino — Cattibrie o avisou. — Suas lâminas significam morte, e não há erro!

— E um mago pode ser um inimigo terrível, mesmo sendo um aprendiz — acrescentou Drizzt. — Temos uma tarefa mais importante diante de nós, não precisamos enfrentar lutas que podemos evitar.

— Sem atrasos! — disse Bruenor, encerrando qualquer refutação do grande bárbaro. — O Salão de Mitral está diante de mim, e eu pretendo entrar! Deixe-os seguir, se ousarem. — ele voltou-se para a parede para retomar sua busca pela porta, chamando Drizzt para juntar-se a ele. — Continue vigiando, garoto — ordenou Wulfgar. — E fique de olho na minha garota.

— Uma palavra de abertura, talvez? — Drizzt perguntou quando ele ficou sozinho novamente com Bruenor diante da parede de rocha.

— Sim — disse Bruenor —, há uma palavra. Mas a magia que a mantém some depois de um tempo, e uma nova palavra deve ser nomeada. Ninguém estava aqui para dizer a nova palavra!

— Tente a palavra antiga, então.

— Eu fiz isso, elfo, uma dúzia de vezes quando chegamos aqui. — Ele bateu com o punho na pedra. — Tem outro jeito, eu sei — ele rosnou em frustração.

— Você vai se lembrar — Drizzt assegurou. E voltaram a inspecionar o muro.

Mesmo a determinação obstinada de um anão nem sempre vale a pena. A noite caiu e encontrou os amigos sentados do lado de fora da entrada na escuridão, sem ousar acender uma fogueira por medo de alertar seus perseguidores. De todas as provações na estrada, a espera tão perto do objetivo foi possivelmente a mais difícil. Bruenor começou a duvidar de si mesmo, imaginando se esse seria o lugar correto para a porta. Ele recitava a música que aprendeu quando criança no Salão de Mitral várias vezes, procurando alguma pista que poderia ter deixado passar.

Os outros dormiram inquietos, especialmente Cattibrie, que sabia que a morte silenciosa da lâmina de um assassino os perseguia. Eles não teriam dormido, exceto porque sabiam que os olhos atentos e sempre vigilantes de um elfo drow os vigiavam.

⁂

A alguns quilômetros da trilha atrás deles, um acampamento semelhante havia sido montado. Entreri ficou quieto, olhando para as trilhas das montanhas do leste em busca de sinais de uma fogueira, apesar de duvidar que os amigos fossem tão descuidados que acendessem uma, se Cattibrie os tivesse encontrado e avisado. Atrás dele, Sydney estava envolta em um cobertor sobre a pedra fria, descansando e se recuperando do golpe com que Cattibrie atingira.

O assassino tinha pensado em deixá-la – normalmente ele teria sem pensar duas vezes –, mas Entreri precisava de algum tempo para reagrupar seus pensamentos e descobrir seu melhor curso de ação.

O amanhecer chegou e o encontrou parado ali, imóvel e contemplativo. Atrás dele, a aprendiz acordou.

— Jierdan? — ela chamou atordoada. Entreri recuou e agachou-se sobre ela.

— Onde está Jierdan? - ela perguntou.

— Morto — respondeu Entreri, sem nenhum sinal de remorso em sua voz. — Como o golem.

— Bok? —ofegou Sydney.

— Uma montanha caiu sobre ele — respondeu Entreri.

— E a garota?

— Ela se foi — Entreri olhou para o leste. — Quando eu atender às suas necessidades, irei — disse. — Nossa perseguição terminou.

— Eles estão próximos — argumentou Sydney. — Você vai desistir de sua caçada?

Entreri sorriu.

— O halfling será meu — disse, e Sydney não tinha dúvida de que falava a verdade. — Mas nosso grupo foi dissolvido. Voltarei à minha própria caçada, e você à sua. Embora esteja avisada, se você pegar o que é meu, se marcará como minha próxima presa.

Sydney considerou as palavras cuidadosamente.

— Onde Bok caiu? — perguntou com um pensamento repentino.

Entreri olhou ao longo da trilha para o leste.

— Em um vale além do bosque.

— Leve-me lá — insistiu Sydney. — Há algo que deve ser feito.

Entreri a ajudou a se levantar e a levou ao longo do caminho, imaginando que se separaria dela quando ela colocasse seus negócios finais para descansar. Ele passara a respeitar essa jovem maga e sua dedicação ao seu dever, confiava que ela não atravessaria seu caminho. Sydney não era uma maga poderosa e não era páreo para ele, e ambos sabiam que o respeito dele por ela não desaceleraria sua lâmina se ela entrasse em seu caminho.

Sydney examinou a encosta rochosa por um momento, depois virou-se para Entreri, com um sorriso de reconhecimento em seu rosto.

— Você diz que nossa busca juntos terminou, mas está errado. Nós ainda podemos nos provar de valor para você, assassino.

— Nós?

Sydney virou-se para a encosta.

— Bok! — ela chamou em voz alta e manteve o olhar na encosta.

Um olhar confuso atravessou o rosto de Entreri. Ele também examinou as pedras, mas não viu sinal de movimento.

— Bok! — Sydney chamou novamente, e desta vez houve realmente um rebuliço. Um estrondo cresceu sob a camada de pedras, e então uma se moveu e subiu no ar, com o golem parado embaixo, se esticando para fora. Maltratado e retorcido, mas aparentemente sem sentir dor, Bok jogou a pedra enorme para o lado e foi em direção a sua mestra.

— Um golem não é tão facilmente destruído — explicou Sydney, sentindo satisfação pela expressão de espanto no rosto normalmente sem emoção de Entreri. — Bok ainda tem um caminho a percorrer, um caminho que não será tão facilmente abandonado.

— Uma estrada que nos levará novamente ao drow — Entreri riu.

— Venha, minha companheira — disse a Sydney —, vamos continuar com a perseguição.

Os amigos ainda não haviam encontrado pistas quando o amanhecer chegou. Bruenor estava diante da parede gritando uma série de cânticos misteriosos, a maioria dos quais nada tinha a ver com palavras de abertura.

Wulfgar adotou uma abordagem diferente. Pensando que um eco oco os ajudaria a garantir que eles chegassem ao local correto, se moveu metodicamente com a orelha colada na parede, batendo com Presa de Égide. O martelo tocou a pedra sólida, cantando na perfeição de sua fabricação.

Mas um golpe não atingiu seu alvo. Wulfgar colocou a cabeça do martelo, mas assim que alcançou a pedra, foi parada por uma manta de luz azul. Wulfgar deu um pulo para trás, assustado. Vincos apareceram na pedra, o contorno de uma porta. A pedra continuou a se mover e deslizar para dentro, e logo a parede abriu e deslizou para o lado, revelando o salão de entrada para a terra natal do anão. Uma rajada de ar, presa por séculos e carregando os aromas das eras passadas, correu sobre eles.

— Uma arma mágica! — gritou Bruenor. — O único comércio que meu povo aceitaria nas minas!

— Quando os visitantes chegaram aqui, eles entravam batendo na porta com uma arma mágica? — perguntou Drizzt.

O anão assentiu, embora sua atenção estivesse agora diretamente na escuridão além da parede. A câmara diretamente à frente deles estava apagada, exceto pela luz do dia brilhando através da porta aberta, mas por um corredor atrás do salão de entrada, eles podiam ver o brilho de tochas.

— Alguém está aqui — disse Regis.

— Não é assim — respondeu Bruenor, enquanto muitas de suas imagens há muito esquecidas do Salão de Mitral voltavam para ele. — As tochas sempre queimam, pela vida de um anão e muito mais. — Ele atravessou o portal, expulsando a poeira que havia permanecido intocada por duzentos anos.

Seus amigos lhe deram um momento a sós e depois se juntaram a ele solenemente. Ao redor da câmara jaziam os restos de muitos anões. Uma batalha fora travada aqui, a batalha final do clã de Bruenor antes de ser expulso de sua casa.

— Por meus próprios olhos, os contos são verdadeiros — o anão murmurou. Ele se virou para os amigos para explicar. — Os rumores que chegaram à Pedra do Veredito, depois que eu e os anões mais novos chegaram lá, contaram de uma grande batalha no salão de entrada. Alguns voltaram para ver que verdade os rumores continham, mas nunca voltaram para nós.

Bruenor se interrompeu e, o seguindo, os companheiros começaram a inspecionar o local. Esqueletos do tamanho de anões estavam nas mesmas poses e lugares onde haviam caído. As armaduras de mitral, embotadas pelo pó, mas não enferrujadas, brilhando novamente com o toque de uma mão, claramente marcavam os mortos do Clã Martelo de Batalha. Entrelaçados com os mortos havia outros esqueletos semelhantes em armaduras estranhamente trabalhadas, como se a luta tivesse colocado anão contra anão. Era um enigma além da experiência dos moradores da superfície, mas Drizzt Do'Urden entendeu. Na cidade dos elfos negros, ele conhecera os Duergar, os anões cinzentos maliciosos, como aliados. Duergar era o equivalente anão dos drow, e como seus primos da superfície às vezes mergulhavam profundamente na terra até seu território reivindicado, o ódio entre as raças anãs era ainda mais intenso do que o confronto entre as raças dos elfos. Os esqueletos de Duergar explicaram muito a Drizzt e a Bruenor, que também reconheceu a estranha armadura, e que pela primeira vez entendeu o que havia expulsado seus parentes do Salão de Mitral. Se os cinzentos ainda estivessem nas minas, Drizzt sabia que Bruenor teria dificuldades para recuperar o local.

A porta mágica se fechou atrás deles, escurecendo ainda mais a câmara. Cattibrie e Wulfgar se aproximaram em busca de segurança, com os olhos fracos na penumbra, mas Regis correu, procurando as joias e outros tesouros que um esqueleto anão poderia possuir.

Bruenor também tinha visto algo de interesse. Ele foi até dois esqueletos, de costas um para o outro. Uma pilha de anões cinzentos caíra ao redor deles, e isso por si só dizia a Bruenor quem eram esses dois, mesmo antes de ver a caneca espumante sobre seus escudos.

Drizzt se moveu atrás dele, mas manteve uma distância respeitável.

— Bangor, meu pai — explicou Bruenor. — E Garumn, o pai de meu pai, rei do Salão de Mitral. Com certeza eles cobraram seu preço antes de cair!

— Tão poderosos quanto o próximo na linha de sucessão — comentou Drizzt.

Bruenor aceitou o elogio silenciosamente e inclinou-se para o tirar o pó do elmo de Garumn.

— Garumn ainda usa as armaduras e armas de Bruenor, meu homônimo e o herói do meu clã.

— Meu palpite é que eles amaldiçoaram este lugar quando morreram — disse —, pois os cinzentos não voltaram e saquearam.

Drizzt concordou com a explicação, ciente do poder da maldição de um rei enquanto sua terra natal caía.

Com reverência, Bruenor levantou os restos de Garumn e os colocou em uma câmara lateral. Drizzt não seguiu, permitindo ao anão sua privacidade neste momento. Drizzt voltou para Cattibrie e Wulfgar para ajudá-los a compreender a importância da cena ao seu redor.

Eles esperaram pacientemente por muitos minutos, imaginando o curso da batalha épica que acontecera e suas mentes ouvindo claramente os sons do machado no escudo, e os bravos gritos de guerra do Clã Martelo de Batalha.

Então Bruenor voltou e até as poderosas imagens que as mentes dos amigos haviam inventado ficaram aquém da visão diante deles. Regis soltou as poucas bugigangas que encontrou com total espanto e com medo de que um fantasma do passado retornasse para impedi-lo.

Afastado estava o escudo amassado de Bruenor. O elmo amassado e com um chifre estava amarrado na mochila. Ele usava a armadura de seu homônimo, de mitral brilhante, o estandarte da caneca no escudo de ouro maciço e o elmo rodeado de mil pedras brilhantes.

— Por meus próprios olhos, proclamo as lendas como verdadeiras — ele gritou ousadamente, erguendo o machado de mitral acima dele. — Garumn está morto e meu pai também. Por isso, reivindico meu título: Oitavo rei do Salão de Mitral!

Capítulo 19

Sombras

—Desfiladeiro de Garumn — disse Bruenor, traçando uma linha através do mapa áspero que havia arranhado no chão. Ainda que os efeitos da poção de Alustriel tenham passado, simplesmente entrar na casa de sua juventude reacendeu uma série de memórias no anão. A localização exata de cada um dos corredores não estava clara para ele, mas tinha uma ideia geral do local. Os outros se aproximaram dele, esforçando-se para ver as gravuras nas cintilações da tocha que Wulfgar havia recuperado do corredor.

— Podemos sair do outro lado — continuou Bruenor. — Há uma porta que se abre para um lado e para sair apenas, além da ponte.

— Sair? — perguntou Wulfgar.

— Nosso objetivo era encontrar o Salão de Mitral — respondeu Drizzt, repetindo o mesmo argumento que havia usado com Bruenor antes desta reunião. — Se as forças que derrotaram o Clã Martelo de Batalha ainda residem aqui, e apenas nós termos que recuperá-lo é uma tarefa impossível. Devemos cuidar para que o conhecimento da localização do Salão não morra aqui conosco.

— Quero descobrir o que vamos enfrentar — acrescentou Bruenor. — Podemos voltar pela porta em que entramos; ela abriria fácil por dentro. Minha ideia é atravessar o nível superior e ver o lugar. Preciso saber quanto resta antes de chamar meu povo no vale, e outros, se for preciso. — Ele lançou um olhar sarcástico para Drizzt.

Drizzt suspeitava que Bruenor tinha mais em mente do que "ver o lugar", mas ficou quieto, satisfeito por ter levado suas preocupações para o anão e a presença inesperada de Cattibrie temperaria com cautela todas as decisões de Bruenor.

— Você voltará então — supôs Wulfgar.

— Com um exército atrás de mim! — bufou Bruenor. Ele olhou para Cattibrie e um pouco de sua ansiedade deixou seus olhos escuros.

Ela leu imediatamente:

— Não se segurem por minha causa! — Ela repreendeu. — Lutei ao seu lado antes, e tive minhas lutas também! Eu não queria essa estrada, mas ela me encontrou e agora estou aqui com vocês até o fim!

Após os muitos anos de treinamento, Bruenor não pôde mais discordar de sua decisão de seguir o caminho escolhido por eles. Ele olhou em volta para os esqueletos na sala.

— Arme-se e vista uma armadura então, e vamos. Se estivermos de acordo.

— É o seu caminho, uma escolha sua — disse Drizzt. — Pois essa é sua busca. Caminhamos a seu lado, mas não lhe dizemos o caminho a seguir.

Bruenor sorriu com a ironia da declaração. Ele notou um leve brilho nos olhos do drow, uma pitada do brilho costumeiro de empolgação. Talvez o gosto de Drizzt pela aventura não tenha sumido completamente.

— Eu irei — disse Wulfgar. — Não andei por muitos quilômetros para voltar quando a porta fosse encontrada!

Regis não disse nada. Ele sabia que estava preso no turbilhão de emoção deles, quaisquer que fossem seus próprios sentimentos. Deu uma tapinha na bolsinha de bugigangas recém-adquiridas em seu cinto e pensou nas adições que poderia encontrar em breve, se esses salões fossem realmente tão esplêndidos quanto Bruenor sempre dissera. Sinceramente, sentia que preferia andar pelos nove infernos ao lado de seus amigos do que voltar para fora e enfrentar Artemis Entreri sozinho.

Assim que Cattibrie ficou pronta, Bruenor os liderou. Marchou orgulhosamente na armadura brilhante de seu avô, com o machado de mitral balançando ao lado e a coroa do rei posta firmemente em sua cabeça.

— Para o Desfiladeiro de Garumn! — ele gritou quando eles começaram a partir da câmara de entrada. — De lá, decidiremos sair ou descer. Oh, as glórias que estão diante de nós, meus amigos. Orem para que eu os leve a elas desta vez!

Wulfgar marchou ao lado dele, com Presa de Égide em uma mão e a tocha na outra. Ele tinha a mesma expressão sombria, mas ansiosa. Cattibrie e Regis seguiram, menos ansiosos e mais hesitantes, mas aceitando a estrada como inevitável e determinados a tirar o melhor proveito dela.

Drizzt se moveu às vezes à frente deles, às vezes atrás, raramente visto e nunca ouvido, embora o conhecimento reconfortante de sua presença os fizesse descer mais facilmente pelo corredor.

Os corredores não eram lisos e planos, como era geralmente o caso das construções dos anões. Alcovas se projetavam de cada lado, a cada poucos metros, algumas terminando alguns centímetros atrás, outras se afastando na escuridão para se juntar a outras redes inteiras de corredores. As paredes ao longo do caminho estavam lascadas e descascadas com bordas salientes e depressões ocas, projetadas para aumentar o efeito sombrio das tochas sempre ardentes. Era um lugar de mistério e segredo, onde os anões podiam criar suas melhores obras em uma atmosfera de isolamento protetor.

Este andar também era um labirinto virtual. Nenhum estranho poderia ter navegado por seu infinito número de bifurcações, cruzamentos e múltiplas passagens. Até Bruenor, auxiliado por imagens dispersas de sua infância e uma compreensão da lógica que guiara os mineiros anões que haviam criado o lugar, escolheu o caminho errado com mais frequência do que o certo e passou tanto tempo retornando quanto avançando.

Porém havia uma coisa da qual Bruenor se lembrava:

— Cuidado onde pisam — avisou a seus amigos. — O andar em que andamos é equipado para defender os salões, e uma armadilha em pedra seria rápida em mandar vocês para baixo!

No primeiro trecho de sua marcha naquele dia, eles entraram em câmaras mais amplas, a maioria sem adornos e quadradas, sem mostrar sinais de habitação.

— Salas de guarda e quartos de hóspedes — explicou Bruenor. — A maioria para Elmor e seus parentes de Pedra do Veredito quando vinham coletar as obras para o mercado.

Eles foram mais fundo. Uma imobilidade silenciosa os envolveu, seus passos e o ocasional crepitar de uma tocha eram os únicos sons, e até esses pareciam sufocados no ar estagnado. Para Drizzt e Bruenor, o ambiente apenas aprimorou suas memórias de seus dias mais jovens passados sob a superfície, mas para os outros três, a proximidade e a percepção de toneladas de pedra sobre suas cabeças foi uma experiência completamente estranha, e mais do que um pouco desconfortável.

Drizzt deslizou de alcova para alcova, tomando cuidado extra para testar o chão antes de entrar. Em uma depressão rasa, ele sentiu uma sensação na perna e, após uma inspeção mais detalhada, encontrou uma leve corrente de ar fluindo através de uma fenda na base da parede. Ele chamou seus amigos.

Bruenor curvou-se e coçou a barba, sabendo imediatamente o que a brisa significava, pois o ar estava quente, não frio como o de uma fenda externa. Ele removeu uma luva e sentiu a pedra.

— As fornalhas — ele murmurou, tanto para si quanto para seus amigos.

— Então alguém está lá embaixo — raciocinou Drizzt.

Bruenor não respondeu. Era uma vibração sutil no chão, mas para um anão, tão sintonizado com a pedra, sua mensagem ficou tão clara como se o chão tivesse falado com ele; a grade de blocos deslizantes bem abaixo, o maquinário das minas.

O anão desviou o olhar e tentou realinhar seus pensamentos, pois quase se convencera e sempre esperara que as minas estivessem vazias de qualquer grupo organizado, sendo fáceis de se reivindicar. Mas, se os fornos estavam queimando, essas esperanças foram perdidas.

✦

— Vá até eles. Mostre-os a escada — ordenou Dendybar. Morkai estudou o mago por um longo momento. Ele sabia que poderia se libertar do domínio enfraquecido de Dendybar e desobedecer ao comando. Na verdade, Morkai ficou surpreso que Dendybar tivesse ousado chamá-lo novamente tão cedo, pois a força do mago obviamente ainda não havia retornado. O Mago Malhado ainda não havia chegado ao ponto de exaustão, no qual Morkai poderia atacá-lo, mas Dendybar de fato havia perdido a maior parte de seu poder de obrigar o espectro.

Morkai decidiu obedecer a esse comando. Ele queria manter esse jogo com Dendybar por tanto tempo quanto possível. Dendybar estava obcecado em encontrar o drow e, sem dúvida, o chamaria em breve. Talvez o Mago Malhado estivesse mais fraco ainda.

— E como vamos descer? - Entreri perguntou a Sydney. Bok os levou à beira do Vale do Guardião, mas agora enfrentavam a queda absoluta.

Sydney olhou para Bok em busca da resposta, e o golem rapidamente começou a se mover do outro lado. Se ela não o tivesse parado, teria caído do penhasco. A jovem aprendiz olhou para Entreri com um dar de ombros desamparado.

Então viram um borrão cintilante de fogo, e o espectro, Morkai, ficou diante deles mais uma vez.

— Venha — disse a eles. — Devo mostrá-los o caminho.

Sem outra palavra, Morkai os conduziu à escada secreta, depois se apagou novamente em chamas e se foi.

— Seu mestre prova ser de muita ajuda — observou Entreri, dando o primeiro passo para baixo.

Sydney sorriu, mascarando seus medos.

— Pelo menos quatro vezes — ela sussurrou para si mesma, contando as vezes em que Dendybar havia chamado o espectro. A cada vez Morkai parecia mais relaxado no cumprimento de sua missão designada. A cada vez Morkai parecia mais poderoso. Sydney foi até a escada atrás de Entreri. Ela esperava que Dendybar não chamasse o espectro novamente – pelo bem deles.

Quando desceram ao chão do desfiladeiro, Bok os levou direto para a parede e a porta secreta. Como se percebesse a barreira que enfrentava, ficou pacientemente fora do caminho, aguardando mais instruções da aprendiz.

Entreri correu os dedos pela rocha lisa, com o rosto contra ela enquanto tentava discernir qualquer fenda substancial.

— Você perde seu tempo — observou Sydney. — A porta é feita pelos anões e não será encontrada por uma inspeção dessas.

— Se houver uma porta — respondeu o assassino.

— Há uma porta — Sydney assegurou. — Bok seguiu a trilha do drow até este local e sabe que continua através da parede. Não há como eles terem desviado o golem do caminho.

— Então abra sua porta — zombou Entreri. — Eles se afastam de nós a cada momento!

Sydney respirou fundo e esfregou as mãos nervosamente. Esta foi a primeira vez desde que deixou a Torre Central que encontrou oportunidade de usar seus poderes mágicos, e a energia mágica extra formigava dentro dela, buscando ser liberta.

Ela se moveu através de uma série de gestos distintos e precisos, murmurou várias linhas de palavras misteriosas e ordenou :

— Bausin saumine! — e jogou as mãos à sua frente, em direção à porta.

O cinto de Entreri imediatamente se soltou, deixando cair o sabre e a adaga no chão.

— Muito bem — ele comentou sarcasticamente, recuperando suas armas.

Sydney olhou para a porta, perplexa.

— Ela resistiu à minha magia — disse, observando o óbvio. — Não é inesperado de uma porta feita por anões. Os anões usam pouco de mágica também, mas sua capacidade de resistir aos ataques das magias de outros é considerável.

— Para onde nos voltamos? — sibilou Entreri — Tem outra entrada, talvez?

— Esta é a nossa porta — insistiu Sydney.

Ela se virou para Bok e rosnou:

— Quebre isso! — Entreri saltou para o lado quando o golem se moveu contra a parede.

Com suas grandes mãos batendo como aríetes, Bok bateu na parede várias vezes, sem prestar atenção ao dano causado à própria carne. Por muitos segundos, nada aconteceu, apenas havia o baque surdo dos punhos batendo na pedra.

Sydney foi paciente. Ela silenciou a tentativa de Entreri de discutir o curso deles e observou o implacável golem em ação. Uma rachadura apareceu na pedra e depois outra. Bok não conhecia cansaço; seu ritmo não diminuiu.

Mais rachaduras apareceram, depois o contorno claro da porta.

Entreri apertou os olhos em antecipação.

Com um último soco, Bok passou a mão pela porta, dividindo-a em pedaços e reduzindo-a a uma pilha de escombros.

Pela segunda vez naquele dia, a segunda vez em quase duzentos anos, a câmara de entrada do Salão de Mitral foi banhada pela luz do dia.

— O que foi aquilo? — Regis sussurrou depois que os ecos das batidas finalmente acabaram.

Drizzt conseguia adivinhar com bastante facilidade, embora o som de batidas nas paredes nuas de pedra vinhesse de todas as direções, era impossível discernir a direção de sua fonte.

Cattibrie também suspeitava, lembrando-se bem do muro quebrado em Lua Argêntea.

Nenhum deles falou mais sobre isso. Em sua situação de perigo sempre presente, ecos de uma ameaça potencial à distância não os levariam à ação. Eles continuaram como se não tivessem ouvido nada, exceto por andar com mais cautela, e o drow se mantinha mais à retaguarda do grupo.

Em algum lugar no fundo de sua mente, Bruenor sentiu o perigo se amontoando ao redor deles, observando-os, prestes a atacar. Ele não podia ter certeza se seus medos eram justificados, ou se eram apenas uma reação ao seu conhecimento de que as minas estavam ocupadas e às suas memórias reacendidas do dia horrível em que seu clã fora expulso.

Ele seguiu em frente, pois esta era sua pátria, e não a renderia novamente.

Em uma seção irregular da passagem, as sombras se transformaram em uma escuridão mais profunda e instável.

Uma delas estendeu a mão e agarrou Wulfgar.

Uma picada de frio mortal fez estremecer o bárbaro. Atrás dele, Regis gritou, e de repente borrões de escuridão ambulantes dançaram ao redor dos quatro.

Wulfgar, atordoado demais para reagir, foi atingido novamente. Cattibrie investiu na direção dele, golpeando a escuridão com a espada curta que pegara no salão de entrada. Ela sentiu uma leve picada quando a lâmina atravessou a escuridão, como se tivesse atingido algo que de alguma forma não estava completamente lá. Ela não teve tempo para refletir sobre a natureza de seu estranho inimigo; continuou atacando.

Do outro lado do corredor, os ataques de Bruenor eram ainda mais desesperados. Vários braços negros se esticaram para atacar o anão de uma só vez, e seus ataques furiosos não conseguiram se conectar com força suficiente para afastá-los. Repetidas vezes ele sentiu a frieza ardente quando a escuridão o agarrou.

O primeiro instinto de Wulfgar quando se recuperou foi golpear com Presa de Égide, mas reconhecendo isso, Cattibrie o deteve com um grito.

— A tocha! — gritou. — Coloque a luz na escuridão!

Wulfgar jogou a chama no meio das sombras. Formas escuras recuaram ao mesmo tempo, afastando-se do brilho revelador. Wulfgar moveu-se para persegui-los e afastá-los ainda mais, mas tropeçou no halfling, que estava amedrontado de medo, e caiu na pedra.

Cattibrie pegou a tocha e a sacudiu loucamente para manter os monstros afastados.

Drizzt conhecia esses monstros. Tais coisas eram comuns nos reinos dos drow, às vezes até aliados de seu povo. Invocando novamente os poderes de sua herança, ele conjurou chamas mágicas para delinear as formas escuras, depois correu para se juntar à luta.

Os monstros pareciam humanóides, como as sombras dos homens poderiam parecer, embora seus limites mudassem constantemente e se fundissem com a escuridão ao redor deles. Eles superavam em número os companheiros, mas sua maior aliada, a ocultação da escuridão, havia sido roubada pelas chamas dos drow. Sem o disfarce, as sombras vivas tinham pouca defesa contra os ataques do grupo e eles rapidamente escaparam através das rachaduras na pedra próximas.

Os companheiros também não perderam mais tempo na área. Wulfgar ergueu Regis do chão e seguiu Bruenor e Cattibrie enquanto aceleravam pela passagem, com Drizzt se demorando atrás para cobrir sua retirada.

Eles colocaram muitas curvas e corredores atrás deles antes que Bruenor ousasse diminuir o ritmo. Perguntas perturbadoras voltaram a pairar sobre os pensamentos do anão, preocupações sobre toda a sua fantasia de recuperar Salão de Mitral e até sobre a sabedoria de trazer seus amigos mais queridos para o local. Ele olhou para todas as sombras com medo agora, esperando um monstro a cada curva.

Ainda mais sutil foi a mudança emocional que o anão havia experimentado. Estava sendo envenenado de seu subconsciente desde que sentiu as vibrações no chão, e agora a briga com os monstros das trevas a havia completado. Bruenor aceitou o fato de que não se sentia mais como se tivesse voltado para casa, apesar de suas declarações anteriores. Suas lembranças do lugar, boas lembranças da prosperidade de seu povo nos primeiros dias, pareciam distantes da aura terrível que cercava a fortaleza agora. Tanta coisa fora destruída, entre as sombras das tochas sempre ardentes. Uma vez representativa de seu deus, Dumathoin, o Guardião dos Segredos, as sombras agora apenas abrigavam os habitantes das trevas.

Todos os companheiros de Bruenor sentiram a decepção e a frustração que ele sentia. Wulfgar e Drizzt, esperando o mesmo antes de entrarem no local, entendiam melhor que os outros e agora estavam ainda mais preocupados. Tal como a criação de Presa de Égide, se o retorno ao Salão de Mitral representasse um pináculo na vida de Bruenor – eles já estavam preocupados com a reação dele supondo o sucesso de sua busca –, quão esmagador seria o golpe se a jornada se provasse desastrosa?

Bruenor avançou, sua visão se estreitou no caminho para o Desfiladeiro de Garumn e a saída. Na estrada, durante essas longas semanas, e quando ele entrou nos corredores pela primeira vez, o anão tinha toda a intenção de ficar até recuperar tudo o que era dele por direito, mas agora todos os seus sentidos clamavam para que fugisse de lá e não voltasse mais.

Ele sentiu que devia pelo menos atravessar o nível superior, por respeito a seus parentes há muito mortos e a seus amigos, que haviam se arriscado tanto em acompanhá-lo até agora. E ele esperava que a repulsa que sentia por sua antiga casa passasse, ou pelo menos que encontrasse algum vislumbre de luz na mortalha sombria que envolvia os corredores. Sentindo o machado e o escudo de seu heróico homônimo em suas mãos, ele endureceu o queixo barbudo e seguiu em frente.

A passagem descia, com menos corredores centrais e laterais. Correntes de ar quente surgiam por toda esta seção, um tormento constante para o anão, lembrando-o do que havia abaixo. As sombras eram menos imponentes aqui, pois as paredes eram esculpidas mais suaves e quadradas. Por uma curva acentuada, chegaram a uma grande porta de pedra, com sua laje singular bloqueando todo o corredor.

— Uma câmara? — perguntou Wulfgar, segurando o pesado anel que servia para abrí-la.

Bruenor sacudiu a cabeça, sem ter certeza do que havia além. Wulfgar abriu a porta, revelando outro trecho vazio do corredor que terminava em uma porta igualmente não marcada.

— Dez portas — comentou Bruenor, lembrando-se do lugar novamente. — Dez portas na encosta — explicou. — Cada uma com uma barra de trava atrás dela.

Ele enfiou a mão dentro do portal e puxou uma haste de metal pesada, com uma dobradiça em uma extremidade, para que pudesse ser facilmente solta através das travas da porta.

— E além das dez, mais dez subindo, e cada uma com uma barra do outro lado.

— Então, se você fugisse de um inimigo, para qualquer lado, trancaria as portas atrás de você — supôs Cattibrie. — Se encontrando no meio com seus parentes do outro lado.

— E entre as portas centrais, uma passagem para os níveis mais baixos —acrescentou Drizzt, vendo a lógica simples, mas eficaz, por trás da estrutura defensiva.

— No chão tem um alçapão — confirmou Bruenor.

— Um lugar para descansar, talvez — disse o drow.

Bruenor assentiu e começou a andar de novo. Suas lembranças se mostraram precisas e, alguns minutos depois, passaram pela décima porta e entraram em uma pequena sala de formato oval, de frente para uma porta com a barra de trava do lado. Bem no centro da sala havia um alçapão, aparentemente fechado por muitos anos, e também com uma barra para trancá-lo. Por todo o perímetro da sala pairavam as conhecidas alcovas escuras.

Depois de uma rápida busca para garantir que a sala estava segura, eles resguardaram as saídas e começaram a tirar parte de seu equipamento pesado, pois o calor se tornara opressivo e o congestionamento do ar imóvel pesava sobre eles.

— Chegamos ao centro do nível superior — disse Bruenor, distraído. — Amanhã vamos encontrar o desfiladeiro.

— De lá vamos para onde? — perguntou Wulfgar, com o espírito aventureiro dentro dele ainda esperando um mergulho mais profundo nas minas.

— Para fora, ou para baixo — respondeu Drizzt, enfatizando a primeira escolha o suficiente para fazer o bárbaro entender que a segunda era improvável. — Vamos saber quando chegarmos.

Wulfgar estudou seu amigo de pele escura em busca de alguma sugestão do espírito aventureiro que ele conhecera, mas Drizzt parecia quase tão resignado a sair quanto Bruenor. Alguma coisa naquele lugar havia minado o entusiasmo normalmente imbatível do drow. Wulfgar só podia imaginar que Drizzt também lutava contra lembranças desagradáveis de seu passado em um local igualmente escuro.

O jovem bárbaro perspicaz estava correto. As memórias do drow de sua vida no Subterrâneo haviam realmente aumentado suas esperanças de que em breve eles deixariam o Salão de Mitral, mas não por causa de qualquer agitação emocional que estivesse experimentando ao retornar ao reino de sua infância. O que Drizzt agora lembrava profundamente sobre Menzoberranzan eram as coisas sombrias que viviam em buracos escuros sob a terra. Ele sentia a presença delas aqui nos antigos salões dos anões, horrores além da imaginação dos habitantes superfície. Não se preocupava por si mesmo. Com sua herança drow, ele poderia enfrentar esses monstros em seus próprios termos. Mas seus amigos, exceto talvez o anão experiente, teriam uma péssima desvantagem em tais combates, mal equipados para combater os monstros que certamente enfrentariam se continuassem nas minas.

E Drizzt sabia que haviam olhos sobre eles.

Entreri se levantou e encostou a orelha na porta, como havia feito nove vezes antes. Dessa vez, o barulho de um escudo sendo jogado na pedra trouxe um sorriso ao seu rosto. Ele se voltou para Sydney e Bok e assentiu.

Finalmente ele havia pego sua presa.

A porta pela qual entraram estremeceu com o peso de um golpe incrível. Os companheiros, que haviam acabado de se acomodar após sua longa marcha, olharam para trás com espanto e horror no momento em que o segundo golpe acertou e a pedra pesada lascou e se separou. O golem colidiu com a sala oval, chutando Regis e Cattibrie para o lado antes que eles pudessem pegar suas armas.

O monstro poderia ter esmagado os dois ali mesmo, mas seu alvo, o objetivo que despertava todos os sentidos, era Drizzt Do'Urden. A coisa apressou-se pelos dois para o meio da sala para localizar o drow.

Drizzt não estava tão surpreso, deslizando nas sombras ao lado da sala e agora caminhando em direção à porta quebrada para protegê-la contra novas entradas. No entanto, ele não conseguia se esconder das detecções mágicas que Dendybar havia concedido ao golem, e Bok virou-se para ele quase imediatamente.

Wulfgar e Bruenor encontraram o monstro de frente.

Entreri entrou na câmara logo após Bok, usando o movimento causado pelo golem para passar despercebido pela porta e buscar as sombras de uma maneira surpreendentemente semelhante ao drow. Quando eles se aproximaram do ponto médio da parede da sala oval, cada um foi recebido por uma sombra tão semelhante à sua que tiveram que parar e medi-la antes de se envolver em combate.

— Então, finalmente, eu encontro Drizzt Do'Urden — sibilou Entreri.

— A vantagem é sua — respondeu Drizzt —, pois não sei nada sobre você.

— Ah, mas você vai saber, elfo negro! — disse o assassino, rindo. Em um borrão, eles se reuniram, o sabre cruel e a adaga encrustada de joias de Entreri se igualando em velocidade com as cimitarras de Drizzt.

Wulfgar golpeou o martelo no golem com todas as suas forças, com o monstro, distraído por sua perseguição ao drow, sem sequer levantar um arremedo de defesa. Presa de Égide bateu de volta, mas o golem pareceu não notar, e começou a andar novamente em direção à sua presa. Bruenor e Wulfgar se entreolharam, incrédulos, e atacaram novamente, brandindo martelo e machado.

Regis estava imóvel contra a parede, atordoado pelo chute do pé pesado de Bok. Cattibrie, no entanto, estava apoiada em um joelho, com a espada na mão. O espetáculo de graça e habilidade dos combatentes ao longo da parede a manteve imóvel por um momento.

Sydney, do lado de fora da porta, estava igualmente distraída, pois a batalha entre o elfo negro e Entreri era diferente de tudo que ela já vira, dois mestres espadachins atacando e aparando em harmonia absoluta.

Cada um antecipava os movimentos do outro com exatidão, contra-atacando o contra-ataque do outro, indo e voltando em uma batalha que parecia que não poderia conhecer nenhum vencedor. Um parecia o reflexo do outro, e a única coisa que mantinha os espectadores atentos à realidade da luta era o constante ruído de aço contra aço, enquanto a cimitarra e o sabre entravam em contato um com a outra. Eles entraram e saíram das sombras, buscando uma pequena vantagem em uma luta de iguais. Então deslizaram para a escuridão de uma das alcovas.

Assim que desapareceram de vista, Sydney lembrou-se de seu papel na batalha. Sem mais demoras, ela tirou uma varinha fina do cinto e mirou no bárbaro e o anão. Por mais que ela gostasse de ver a batalha entre Entreri e o elfo negro até o fim, seu dever lhe dizia para liberar o golem e deixá-lo tomar o drow rapidamente.

Wulfgar e Bruenor jogaram Bok na pedra. Bruenor se abaixou entre as pernas do monstro enquanto Wulfgar batia seu martelo, derrubando Bok sobre o anão.

Sua vantagem durou pouco. O raio de energia de Sydney os atingiu, sua força lançando Wulfgar para trás no ar. Ele se levantou perto da porta oposta, com seu gibão de couro chamuscado e fumegante, com todo o corpo formigando após o choque.

Bruenor foi jogado no chão e ficou lá por um longo momento. Ele não estava muito machucado – os anões são tão duros quanto as pedras das montanhas e especialmente resistentes à magia –, mas um estrondo específico que ele ouviu enquanto seu ouvido estava contra o chão exigia sua atenção. O anão lembrava-se daquele som vagamente desde a infância, mas não conseguiu identificar sua fonte exata.

Ele sabia. Aquele som predizia a desgraça.

O tremor cresceu ao redor deles, sacudindo a câmara, mesmo quando Bruenor levantou a cabeça. O anão entendeu. Ele olhou impotente para Drizzt e gritou:

— Cuidado, elfo! — um segundo antes da armadilha surgir e parte do chão da alcova cair.

Somente a poeira emergiu de onde estavam o drow e o assassino. O tempo pareceu congelar para Bruenor, que se fixou naquele momento horrível. Um bloco pesado caiu do teto na alcova, roubando a última das fúteis esperanças do anão.

A execução da armadilha de pedra só multiplicou os tremores violentos na câmara. Paredes quebraram, pedaços de pedra se soltaram do teto. De uma porta, Sydney gritou por Bok, enquanto na outra, Wulfgar jogou a tranca em barra para o lado e gritou por seus amigos.

Cattibrie levantou-se e correu para o halfling caído. Ela o arrastou pelos tornozelos em direção à porta mais distante, pedindo ajuda a Bruenor.

Mas o anão estava perdido no momento, olhando vagamente para as ruínas da alcova.

Uma fenda larga dividiu o chão da câmara, ameaçando interromper sua fuga. Cattibrie rangeu os dentes com determinação e avançou correndo, alcançando a segurança do corredor. Wulfgar gritou pelo anão e até voltou para ele.

Então Bruenor levantou-se e foi na direção deles – lentamente, com a cabeça baixa, quase esperando desesperado que uma fresta se abrisse sob ele e o jogasse em um buraco escuro.

E pusesse fim à sua dor intolerável.

Capítulo 20

Fim de um sonho

Quando os últimos tremores do desmoronamento finalmente desapareceram, os quatro amigos restantes abriram caminho pelos escombros e pelo véu de poeira de volta à câmara oval. Desatento às pilhas de pedras quebradas e às grandes rachaduras no chão que ameaçavam engoli-los, Bruenor entrou na alcova, com os outros logo atrás dele.

Nenhum sangue ou qualquer outro sinal dos dois espadachins foi encontrado, apenas o monte de entulho cobrindo o buraco da armadilha de pedra. Bruenor podia ver as bordas da escuridão embaixo da pilha e chamou Drizzt. Sua razão lhe dizia, contra o coração e as esperanças, que o drow não podia ouvir, que a armadilha havia tirado Drizzt dele.

A lágrima que ardia em seus olhos caiu em sua bochecha quando avistou a cimitarra solitária, a lâmina mágica que Drizzt havia saqueado do covil de um dragão, descansando contra as ruínas da alcova. Solenemente, ele a pegou e enfiou no cinto.

— Ai de você, elfo! — Gritou para a destruição. — Você merecia um final melhor.

Se os outros não estivessem tão envolvidos em suas próprias reflexões naquele momento, teriam notado o tom de raiva do luto de Bruenor. Diante da perda de seu amigo mais querido e mais confiável, já estava questionando a sabedoria de continuar pelos corredores antes da tragédia, Bruenor encontrou em sua dor confusa sentimentos ainda mais fortes de culpa. Ele não conseguia escapar do papel que desempenhara na queda do elfo negro. Lembrou-se amargamente de como havia enganado Drizzt para se juntar à missão, fingindo sua própria morte e prometendo uma aventura do tipo que nenhum deles jamais vira.

Ele ficou de pé agora, silenciosamente, e aceitou seu tormento interior. A dor de Wulfgar era igualmente profunda, mas descomplicada por outros sentimentos. O bárbaro havia perdido um de seus mentores, o guerreiro que o transformara de um porrador selvagem e brutal em um guerreiro calculista e astuto.

Havia perdido um de seus amigos mais verdadeiros. Ele teria seguido Drizzt até as entranhas do Abismo em busca de aventura. Acreditava firmemente que o drow um dia os levaria a uma situação da qual eles não poderiam escapar, mas quando estava lutando ao lado de Drizzt, ou competindo contra seu professor, o mestre, ele se sentia vivo, existindo no limiar perigoso de seus limites. Frequentemente Wulfgar imaginara sua própria morte ao lado do drow, um fim glorioso que os bardos escreveriam e cantariam muito tempo depois que os inimigos que houvessem matado os dois amigos se transformassem em pó em tumbas não identificadas.

Esse era um fim que o jovem bárbaro não temia.

— Você encontrou sua paz agora, meu amigo — disse Cattibrie, compreendendo a existência atormentada dos drow melhor do que ninguém. As percepções do mundo de Cattibrie estavam mais sintonizadas com o lado sensível de Drizzt, o aspecto particular de seu caráter que seus outros amigos não podiam ver sob suas feições estoicas. Era a parte de Drizzt Do'Urden que exigiu que ele abandonasse Menzoberranzan e sua raça maligna e o forçou a desempenhar o papel de pária. Cattibrie conhecia a alegria do espírito do drow e a dor inevitável que ele sofrera com o desprezo daqueles que não podiam ver esse espírito graças à cor de sua pele.

Ela também percebeu que ambas as causas do bem e do mal haviam perdido um campeão naquele dia, pois em Entreri, Cattibrie viu a imagem espelhada de Drizzt. O mundo seria melhor com a perda do assassino.

Mas o preço era alto demais.

Qualquer alívio que Regis pudesse ter sentido com o desaparecimento de Entreri se perdeu no turbilhão de sua raiva e tristeza. Uma parte do halfling havia morrido naquela alcova. Ele não precisaria mais correr – Pasha Pook não o perseguiria mais –, mas pela primeira vez em toda a sua vida, Regis teve que aceitar algumas consequências por suas ações. Ele se juntou ao grupo de Bruenor, sabendo que Entreri estaria perto, logo atrás, e entendendo o perigo potencial para seus amigos.

Sempre um apostador confiante, o pensamento de perder esse desafio nunca lhe passou pela cabeça. A vida era um jogo que ele jogava duro e até o limite, e nunca se esperou que pagasse por seus riscos. Se alguma coisa no mundo poderia atenuar a obsessão do halfling com o acaso, era essa: a perda de um de seus poucos amigos verdadeiros por causa de um risco que ele escolhera correr.

— Adeus, meu amigo — ele sussurrou para os escombros.

Voltando-se para Bruenor, disse:

— Para onde vamos? Como saímos deste lugar terrível?

Regis não quis dizer a observação como uma acusação, mas forçado a uma postura defensiva por sua própria culpa, Bruenor entendeu como tal e revidou:

— Você causou isso! — rosnou para Regis. — Você trouxe o assassino atrás de nós! — Bruenor deu um passo ameaçador à frente, com o rosto contorcido pela raiva crescente e as mãos embranquecidas pela intensidade de seu aperto.

Wulfgar, confuso com esse repentino pulso de raiva, deu um passo mais para perto de Regis. O halfling não recuou, mas não fez nenhum movimento para se defender, ainda não acreditando que a raiva de Bruenor pudesse ser tão consumidora.

— Seu ladrão! — rugiu Bruenor. — Você continua escolhendo seu caminho sem se preocupar com o que está deixando para trás e seus amigos pagam por isso! - Sua raiva aumentou a cada palavra, novamente quase uma entidade separada do anão, ganhando força e impulso.

Seu próximo passo o levaria até Regis, e seu movimento mostrava claramente a todos que ele pretendia atacar, mas Wulfgar se colocou entre os dois e deteve Bruenor com um olhar inconfundível.

Desperto de seu transe furioso pela postura severa do bárbaro, Bruenor percebeu então o que estava prestes a fazer. Mais do que um pouco envergonhado, ele escondeu sua raiva substituindo-a por sua preocupação com a sobrevivência imediata e se virou para inspecionar os restos da sala. Poucos suprimentos sobreviveram à destruição.

— Deixe as coisas; não há tempo a perder! — disse Bruenor aos outros, limpando os rosnados sufocados da garganta. — Devemos deixar esse lugar imundo para trás!

Wulfgar e Cattibrie examinaram os escombros, procurando por algo que pudesse ser recuperado, não tão prontos a concordar com as demandas de Bruenor para que seguissem sem suprimentos. Eles chegaram rapidamente à mesma conclusão que o anão e, com uma saudação final às ruínas da alcova, seguiram Bruenor de volta ao corredor.

— Eu quero chegar ao Desfiladeiro de Garumn antes do próximo descanso — exclamou Bruenor. — Então, preparem-se para uma longa caminhada.

— De lá vamos para onde? — perguntou Wulfgar, adivinhando, mas não gostando da resposta.

— Para fora! — rugiu Bruenor. — O mais rápido que pudermos! — ele olhou para o bárbaro, desafiando-o a discutir.

— E voltamos com o resto de seus parentes ao nosso lado? —pressionou Wulfgar.

— Para não voltar — disse Bruenor. — Para nunca mais voltar!

— Então Drizzt morreu em vão! — Wulfgar declarou sem rodeios. — Ele sacrificou sua vida por uma visão que nunca será cumprida.

Bruenor fez uma pausa para se firmar diante da aguda percepção de Wulfgar. Ele não havia olhado para a tragédia sob aquela luz cínica e não gostou das implicações.

— Não por nada! — rosnou para o bárbaro. — Como um aviso para todos nós partirmos do lugar. O mal está aqui, gordo como orcs se empanturrando de carne de carneiro! Você não sente o cheiro, garoto? Seus olhos e nariz não dizem para você sair daqui?

— Meus olhos me dizem sobre o perigo — respondeu Wulfgar imediatamente. — Como sempre fizeram antes. Mas sou um guerreiro e presto pouca atenção a esses avisos!

— Então você com certeza vai ser um guerreiro morto — Cattibrie colocou.

Wulfgar olhou para ela.

— Drizzt veio para ajudar a recuperar o Salão de Mitral, e eu verei isso acontecer!

— Você vai morrer tentando — murmurou Bruenor, sem raiva na sua voz. — Viemos encontrar minha casa, garoto, mas este não é o lugar. Eu já vivi aqui, é verdade, mas a escuridão que se arrasta no Salão de Mitral pôs um fim à minha reivindicação sobre ele. Não desejo voltar uma vez que esteja livre do mau cheiro do lugar, saiba disso em sua cabeça teimosa. É das sombras agora, e dos cinzentos, e que todo o lugar fedorento caia sobre suas cabeças fedorentas!

Bruenor havia dito o suficiente. Ele girou bruscamente nos calcanhares e saiu correndo pelo corredor, suas botas pesadas batendo na pedra com determinação inflexível.

Regis e Cattibrie o seguiram de perto, e Wulfgar, depois de um momento para considerar a determinação do anão, trotou para alcançá-los.

Sydney e Bok retornaram à câmara oval assim que a maga teve certeza de que os companheiros haviam partido. Como os amigos antes dela, ela caminhou até a alcova arruinada e ficou por um momento refletindo sobre o efeito que essa mudança repentina de eventos teria em sua missão. Ficou impressionada com a tristeza pela perda de Entreri, pois, embora não confiasse totalmente no assassino e suspeitasse que ele estivesse na verdade procurando o mesmo artefato poderoso que ela e Dendybar buscavam, ela havia passado a respeitá-lo. Poderia ter havido um aliado melhor quando a luta começou?

Sydney não teve muito tempo para lamentar por Entreri, pois a perda de Drizzt Do'Urden evocava preocupações mais imediatas com sua própria segurança. Dendybar provavelmente não receberia as notícias com calma, e o talento do Mago Malhado para a punição era amplamente reconhecido na Torre Central do Arcano.

Bok esperou um momento, esperando algum comando da maga, mas como não houve nenhum, o golem entrou na alcova e começou a remover o monte de escombros.

— Pare — ordenou Sydney.

Bok continuou sua tarefa, impulsionado por sua diretiva para continuar sua busca pelo drow.

— Pare! —disse Sydney novamente, desta vez com mais convicção. — O drow está morto, sua coisa estúpida! — a declaração contundente forçou sua própria aceitação do fato e colocou seus pensamentos em movimento. Bok parou e virou-se para ela, que esperou um momento para resolver o melhor curso de ação.

— Iremos atrás dos outros — disse sem rodeios, tentando tanto esclarecer seus próprios pensamentos com a declaração quanto redirecionar o golem. — Sim, talvez se entregarmos o anão e os outros companheiros a Dendybar, ele perdoe nossa estupidez em permitir que o drow morresse.

Ela olhou para o golem, mas é claro que sua expressão não havia mudado para oferecer qualquer incentivo.

— Deveria ter sido você na alcova — Sydney murmurou, desperdiçando seu sarcasmo com a coisa. — Entreri poderia pelo menos oferecer algumas sugestões. Mas não importa, eu decidi. Seguiremos os outros e encontraremos o momento em que poderemos levá-los. Eles nos dirão o que precisamos saber sobre o Fragmento de Cristal!

Bok permaneceu imóvel, aguardando seu sinal. Mesmo com seus padrões de pensamento mais básicos, o golem entendeu que Sydney sabia melhor como eles poderiam completar sua missão.

※

Os companheiros percorreram enormes cavernas, formações mais naturais do que pedras entalhadas por anões. Tetos altos e paredes se estendiam na escuridão, além do brilho das tochas, deixando os amigos terrivelmente conscientes de sua vulnerabilidade. Eles mantiveram-se juntos enquanto marchavam, imaginando uma série de anões cinzentos observando-os das áreas apagadas das cavernas, ou esperando que alguma criatura horrível caísse sobre eles da escuridão acima.

O som sempre presente de água pingando os acompanhava com seu ritmo, seu "plip, plop", ecoando por todos os corredores, acentuando o vazio do lugar.

Bruenor lembrou-se dessa seção do complexo e se viu novamente inundado por imagens esquecidas de seu passado. Estes eram os Salões de Reunião, onde todo o Clã Martelo de Batalha se reunia para ouvir as palavras do rei Garumn ou para se encontrar com visitantes importantes. Planos de batalha foram feitos aqui, assim como as estratégias definidas para o comércio com o mundo exterior. Até os anões mais jovens estavam presentes nas reuniões, e Bruenor lembrou com carinho as muitas vezes em que sentou ao lado de seu pai, Bangor, atrás de seu avô, o rei Garumn. Bangor apontando as técnicas do rei para capturar a plateia e instruindo o jovem Bruenor nas artes da liderança de que um dia precisaria.

O dia em que ele se tornasse rei do Salão de Mitral.

A solidão das cavernas pesava muito sobre o anão, que as ouvira ecoar com a alegria e os cantos de dez mil anões; mesmo que ele voltasse com todos os membros restantes do clã, eles preencheriam apenas um pequeno canto de uma câmara.

— Anões demais se foram — disse Bruenor para o vazio, fazendo seu sussurro suave soar mais alto do que pretendia na quietude ecoante.

Cattibrie e Wulfgar, preocupados com o anão e examinando todas as suas ações, notaram a observação e conseguiram adivinhar com facilidade as memórias e emoções que a provocaram. Eles olharam um para o outro e Cattibrie pôde ver que os indícios da raiva de Wulfgar pelo anão se dissiparam em uma onda de compaixão.

Salão após salão apareciam, com apenas curtos corredores conectando-os. As curvas e as saídas laterais se rompiam a cada poucos metros, mas Bruenor sentia-se confiante de que sabia o caminho para o desfiladeiro. Ele sabia, também, que qualquer um que estivesse abaixo teria ouvido a queda da armadilha da pedra e viria investigar. Esta seção do nível superior, diferentemente das áreas que haviam deixado para trás, tinha muitas passagens de conexão para os níveis inferiores. Wulfgar apagou a tocha e Bruenor os conduziu sob a penumbra protetora da escuridão.

Sua cautela logo se mostrou prudente, pois, ao entrarem em outra imensa caverna, Regis agarrou Bruenor pelo ombro, detendo-o, e fez sinal para que todos ficassem em silêncio. Bruenor quase explodiu de raiva, mas viu imediatamente o olhar sincero de pavor no rosto de Regis.

Com a audição aguçada por anos ouvindo o clique dos ferrolhos de uma fechadura, o halfling havia captado um som ao longe, além do gotejamento de água. Um momento depois, os outros ouviram também, e logo o identificaram como os passos de muitos pés usando botas. Bruenor levou-os para um canto escuro, de onde assistiram e esperaram.

Eles nunca viram a hoste que passava com clareza suficiente para contar seus números ou identificar seus membros, mas podiam dizer pelo número de tochas que atravessavam o outro extremo da caverna que eles estavam superados em número em pelo menos dez ou um para um, e podiam adivinhar a natureza dos que marchavam.

— Os cinzentos, ou a minha mãe é amiga dos orcs — resmungou Bruenor. Ele olhou para Wulfgar para ver se o bárbaro tinha mais reclamações sobre sua decisão de deixar o Salão de Mitral.

Wulfgar aceitou o olhar com um aceno de concordância.

— Quão longe está o desfiladeiro de Garumn? — perguntou rapidamente se tornando tão resignado a sair quanto os outros. Ele ainda sentia como se estivesse abandonando Drizzt, mas entendeu a sabedoria da escolha de Bruenor. Ficou óbvio agora que, se permanecessem, Drizzt Do'Urden não seria o único a morrer no Salão de Mitral.

— Uma hora para a última passagem — respondeu Bruenor. — Mais uma hora, não mais, a partir de lá.

O exército de anões cinzentos logo saiu da caverna e os companheiros começaram a caminhar novamente, com ainda mais cautela, temendo cada passo arrastado que batia no chão com mais força do que o pretendido.

Com suas memórias se tornando mais claras a cada passo que dava, Bruenor sabia exatamente onde estavam, e fez o caminho mais direto para o desfiladeiro, na intenção de sair dos corredores o mais rápido possível. Porém, após muitos minutos de caminhada, ele se deparou com uma passagem lateral pela qual simplesmente não podia deixar de passar. Todo atraso era um risco, ele sabia, mas a tentação que emanava da sala no final deste pequeno corredor era grande demais para ignorar. Tinha que descobrir até onde a destruição do Salão de Mitral havia ido; ele tinha que saber se a sala mais estimada do nível superior havia sobrevivido.

Os amigos o seguiram sem questionar e logo se viram diante de uma porta alta e ornamentada de metal, inscrita com o martelo de Moradin, o maior dos deuses anões, e uma série de runas abaixo dele. A respiração pesada de Bruenor desmentia sua calma.

— Aqui jazem os presentes de nossos amigos — Bruenor leu solenemente — e as obras de nossos familiares. Saiba que, ao entrar neste salão sagrado, contemplará a herança do Clã Martelo de Batalha. Amigos, sejam bem-vindos, ladrões, cuidado! — Bruenor virou-se para os companheiros, com gotas de suor nervoso na testa. — O Salão de Dumathoin — explicou.

— Duzentos anos de seus inimigos nos corredores — argumentou Wulfgar. — Certamente foi pilhado.

— Não é assim — disse Bruenor. — A porta é mágica e não abriria para os inimigos do clã. Centenas de armadilhas estão lá dentro para arrancar a pele de um cinzento que conseguisse passar! - Ele olhou para Regis, e seus olhos cinzentos se estreitaram em um aviso severo. — Cuidado com suas mãos, Pança-furada. Pode ser que uma armadilha não saiba que você é um ladrão amigável!

Os conselhos pareciam sólidos o suficiente para Regis ignorar o sarcasmo cortante do anão. Inconscientemente admitindo a verdade das palavras de Bruenor, o halfling enfiou as mãos nos bolsos.

— Pegue uma tocha na parede — disse Bruenor a Wulfgar. — Meus pensamentos me dizem que nenhuma luz queima lá dentro.

Antes mesmo de Wulfgar voltar para eles, Bruenor começou a abrir a enorme porta. Ela girou com facilidade sob o empurrão das mãos de um amigo, girando em um pequeno corredor que terminava em uma pesada cortina preta. Uma lâmina de um pêndulo pendia ameaçadoramente no centro da passagem, com uma pilha de ossos embaixo.

— Cão ladrão — Bruenor riu com satisfação sombria. Ele passou pela lâmina e foi até a cortina, esperando todos os seus amigos se juntarem a ele antes de entrar na câmara.

Bruenor fez uma pausa, reunindo coragem para abrir a última barreira do corredor, agora com o suor brilhando no rosto de todos os amigos, enquanto a ansiedade do anão os varria.

Com um grunhido determinado, Bruenor puxou a cortina para o lado.

— Eis o Salão da Duma... — ele começou, mas as palavras ficaram presas na garganta assim que olhou além da abertura. De toda a destruição que eles testemunharam nos corredores, nenhuma foi mais completa que essa. Montes de pedra espalhavam-se pelo chão. Pedestais que outrora mantinham as melhores obras do clã estavam quebrados, e outros foram pisoteados.

Bruenor tropeçou cegamente, com as mãos trêmulas e um grande grito de indignação preso em sua garganta. Ele sabia antes mesmo de olhar para toda a câmara que a destruição fora completa.

— Como? — ofegou Bruenor. No momento em que perguntou, ele viu o enorme buraco na parede. Não um túnel esculpido em torno da porta de bloqueio, mas um corte na pedra, como se um aríete incrível o tivesse atravessado.

— Que poder poderia ter feito uma coisa dessas? — perguntou Wulfgar, seguindo a linha do olhar do anão até o buraco.

Bruenor se aproximou, procurando alguma pista, Cattibrie e Wulfgar com ele. Regis seguiu para o outro lado, apenas para ver se restava algo de valor.

Cattibrie notou um brilho arco-íris no chão e foi até o que ela pensava ser uma poça de um líquido escuro. Curvando-se, porém, ela percebeu que não era líquido, mas uma escama, mais negra que a noite mais escura e quase do tamanho de um homem. Wulfgar e Bruenor correram para o lado dela ao ouvir o som de sua surpresa.

— Dragão! — Wulfgar deixou escapar, reconhecendo a forma distinta. Ele agarrou a coisa pela borda e a ergueu na vertical para inspecioná-la melhor. Então ele e Cattibrie se voltaram para Bruenor para ver se ele tinha algum conhecimento desse monstro.

A expressão de olhos arregalados e aterrorizados do anão respondeu à pergunta deles antes de ser feita.

— Mais negra que o preto — Bruenor sussurrou, falando novamente as palavras mais comuns daquele dia fatídico daqueles duzentos anos atrás. — Meu pai me falou da coisa — explicou a Wulfgar e Cattibrie. — Um dragão criado por demônios, ele disse, uma escuridão mais negra que o preto. Não foram os cinzentos que nos derrotaram, teríamos lutado contra eles até o fim. O dragão das trevas derrotou nossos números e nos expulsou dos corredores. Nem um em cada dez sobrou para lutar contra suas hordas imundas nos salões menores do outro lado.

Uma corrente de ar quente do buraco os lembrou que provavelmente estava conectado aos corredores inferiores e ao covil do dragão.

— Vamos embora — sugeriu Cattibrie —, antes que o monstro tenha a noção de que estamos aqui.

Regis então gritou do outro lado da câmara. Os amigos correram para ele, sem saber se tropeçara em tesouros ou perigos.

Encontraram-no agachado ao lado de uma pilha de pedras, espiando uma brecha nos blocos.

Ele levantou uma flecha de ponta prateada.

— Encontrei ali — explicou. — E há algo mais: um arco, eu acho.

Wulfgar aproximou a tocha da brecha e todos viram claramente a dobra curva que só podia ser a madeira de um arco longo e o brilho prateado de uma corda de arco. Wulfgar agarrou a madeira e a puxou levemente, esperando que se partisse em suas mãos sob o enorme peso da pedra.

Mas ele se manteve firme, mesmo contra um puxão de toda a sua força. Ele olhou em volta para as pedras, procurando o melhor caminho para liberar a arma.

Regis, enquanto isso, havia encontrado algo mais, uma placa dourada encravada em outra rachadura na pilha. Ele conseguiu soltá-la e a levou à luz das tochas para ler suas runas esculpidas.

—Taulmaril, o buscador de corações — ele leu. — Presente de...

— Anariel, irmã de Faerun — Bruenor terminou sem sequer olhar para a placa. Ele assentiu em reconhecimento ao olhar interrogativo de Cattibrie.

— Liberte o arco, garoto — disse ele a Wulfgar. — Certamente, pode ter um uso melhor do que isso.

Wulfgar já havia discernido a estrutura da pilha e começado a retirar blocos específicos de uma só vez. Logo Cattibrie conseguiu soltar o arco longo, mas viu algo mais além do recanto na pilha e pediu a Wulfgar que continuasse cavando.

Enquanto o bárbaro musculoso afastava mais pedras, os outros ficaram maravilhados com a beleza do arco. Sua madeira não tinha sido sequer arranhada pelas pedras e o acabamento profundo de seu esmalte retornou com um único passar de mão. Cattibrie pegou-o com facilidade e ergueu-o, sentindo o retesamento sólido e equilibrado.

— Teste-o — ofereceu Regis, entregando-lhe a flecha de prata. Cattibrie não conseguiu resistir. Ela ajustou a flecha no fio prateado e puxou-a para trás, na intenção apenas de testar seu encaixe e não pretendendo disparar.

— Uma aljava! — disse Wulfgar, levantando a última das pedras. — E mais das flechas de prata.

Bruenor apontou para a escuridão e assentiu. Cattibrie não hesitou.

Uma cauda prateada seguiu o míssil assobiando enquanto ele voava na escuridão, terminando seu vôo abruptamente com um estalo. Todos correram atrás, sentindo algo além do comum. Eles encontraram a flecha com facilidade, pois estava enterrada a meio caminho das penas na parede!

Por todo o ponto de entrada, a pedra havia sido chamuscada e, mesmo puxando com toda a força, Wulfgar não conseguiu mexer a flecha nem um centímetro.

— Não se preocupem — disse Regis, contando as flechas na aljava que Wulfgar segurava. — Tem mais dezenove... vinte! Ele se afastou, atordoado. Os outros olharam para ele confusos.

— Havia dezenove — explicou Regis. — Minha contagem estava certa.

Wulfgar, sem entender, contou rapidamente as flechas.

— Vinte — ele disse.

— Vinte agora — respondeu Regis. — Mas dezenove quando contei pela primeira vez.

— Então a aljava também contém um pouco de magia — Cattibrie supôs. — Um presente poderoso, de fato, que Lady Anariel deu ao clã!

— O que mais podemos encontrar nas ruínas deste lugar? — perguntou Regis, esfregando as mãos.

— Mais nada — Bruenor respondeu bruscamente. — Nós estamos indo embora, e nem uma palavra de discussão sua!

Regis sabia com um olhar para os outros dois que não tinha apoio contra o anão, então deu de ombros, impotente, e os seguiu de volta através da cortina e no corredor.

— O desfiladeiro! — Bruenor declarou, começando novamente a andar.

— Espere, Bok — Sydney sussurrou quando a lanterna dos companheiros voltou ao corredor a uma curta distância à frente deles.

— Ainda não — disse ela, com um sorriso de antecipação se alargando em seu rosto coberto de poeira. — Encontraremos um momento melhor!

Capítulo 21

Prata nas sombras

De repente, ele encontrou um foco na neblina cinzenta, algo tangível em meio ao turbilhão de nada. Pairava diante dele e virava-se lentamente.

Suas bordas dobraram e se separaram, depois voltaram a correr juntas. Ele lutou contra a dor surda em sua cabeça, a escuridão interior que o consumira e agora lutava para mantê-lo sob seu domínio. Gradualmente, se deu conta de seus braços e pernas, quem ele era e como tinha chegado ali.

Em sua consciência assustada, a imagem se tornou nítida. A ponta de uma adaga engastada de joias.

Entreri pairava acima dele, uma silhueta escura contra o pano de fundo de uma única tocha fixada na parede alguns metros adiante, sua lâmina pronta para golpear ao primeiro sinal de resistência. Drizzt pôde ver que o assassino também havia sido ferido na queda, embora obviamente tivesse sido mais rápido em se recuperar.

— Você consegue andar? — Entreri perguntou, e Drizzt era esperto o suficiente para saber o que aconteceria se não pudesse.

Ele assentiu e se moveu para se levantar, mas a adaga se aproximou.

— Ainda não — rosnou Entreri. — Primeiro precisamos determinar onde estamos e para onde devemos ir.

Drizzt desviou sua concentração do assassino e estudou os arredores, confiante de que Entreri já o teria matado se essa fosse a intenção do assassino. Estavam nas minas, isso era aparente, pois as paredes eram de pedra esculpida, sustentada por colunas de madeira a cada seis metros aproximadamente.

— Até onde caímos? — perguntou ao assassino, seus sentidos dizendo que eles estavam muito mais abaixo da câmara em que haviam lutado.

Entreri deu de ombros.

— Lembro de cair em uma pedra dura depois de uma queda curta e depois deslizar por uma rampa íngreme e retorcida. Pareceram muitos momentos antes de finalmente cairmos aqui. — Ele apontou para uma abertura no canto do teto, por onde haviam caído. — Mas o fluxo do tempo é diferente para um homem que pensa que está prestes a morrer, tudo pode ter acabado muito mais rapidamente do que eu me lembro.

— Confie na sua primeira reação — sugeriu Drizzt —, pois minhas próprias percepções me dizem que descemos um longo caminho, de fato.

— Como podemos sair?

Drizzt estudou a inclinação sutil no chão e apontou para a direita.

— A inclinação é nessa direção — disse.

— Então fique de pé — disse Entreri, estendendo a mão para ajudar o drow.

Drizzt aceitou a assistência e levantou-se cautelosamente, sem dar qualquer sinal de ameaça. Ele sabia que a adaga de Entreri o abriria muito antes que ele desse um golpe.

Entreri também sabia, mas não esperava nenhum problema de Drizzt em sua situação atual. Eles haviam compartilhado mais do que uma troca de espadas na alcova, e ambos olhavam um para o outro com respeito relutante.

— Eu preciso de seus olhos — explicou Entreri, embora Drizzt já tivesse imaginado isso. — Encontrei apenas uma tocha, e não vai durar o suficiente para me tirar daqui. Seus olhos, elfo negro, podem encontrar o caminho na escuridão. Estarei perto o suficiente para sentir todos os seus movimentos, perto o suficiente para matá-lo com um único golpe! — ele girou a adaga novamente para enfatizar seu argumento, mas Drizzt o entendeu bem o suficiente sem a ajuda visual.

Quando se levantou, Drizzt descobriu que não estava tão gravemente ferido quanto temera. Ele torceu o tornozelo e o joelho em uma perna e soube, assim que colocou algum peso, que cada passo seria doloroso. No entanto não podia deixar Entreri notar. Ele não seria de grande valia para o assassino se não conseguisse acompanhá-lo.

Entreri virou-se para recuperar a tocha e Drizzt deu uma olhada rápida em seu equipamento. Viu uma de suas cimitarras enfiada no cinto de Entreri, mas a outra, a lâmina mágica, não estava em lugar nenhum. Ele sentiu uma de suas adagas ainda enfiada em uma bainha escondida em sua bota, embora não tivesse certeza de quanto isso o ajudaria contra o sabre e a adaga de seu inimigo habilidoso. Enfrentar Entreri com qualquer tipo de desvantagem era uma perspectiva reservada apenas para a situação mais desesperadora.

Então, em súbito choque, Drizzt agarrou a bolsa do cinto, e seu medo se intensificou quando viu que os laços estavam desfeitos. Antes mesmo de enfiar a mão, ele sabia que Guenhwyvar não estava ali. Ele olhou freneticamente e viu apenas os escombros caídos.

Notando sua angústia, Entreri sorriu maldosamente sob o capuz de sua capa.

— Vamos — disse ao drow.

Drizzt não teve escolha. Ele certamente não podia contar a Entreri sobre a estátua mágica e correr o risco de que Guenhwyvar caísse novamente na posse de um mestre do mal. Drizzt havia resgatado a bela pantera desse destino uma vez, e preferia que ela permanecesse eternamente enterrada sob as toneladas de pedra do que retornar às mãos de um mestre indigno. Um último olhar de luto para os escombros, e ele aceitou estoicamente a perda, se confortando com o fato de que a gata vivia, completamente ilesa, em seu próprio plano de existência.

Os suportes do túnel passavam por eles com regularidade perturbadora, como se estivessem passando pelo mesmo local várias vezes. Drizzt percebeu que o túnel estava se arqueando em um amplo círculo enquanto subia levemente. Isso o deixou ainda mais nervoso. Ele conhecia as proezas dos anões em escavar túneis, especialmente no que dizia respeito a joias ou metais preciosos, e começou a se perguntar quantos quilômetros eles teriam que percorrer antes mesmo de chegarem ao próximo nível acima.

Embora tivesse uma percepção subterrânea menos apurada e não estivesse familiarizado com os modos anões, Entreri compartilhava dos mesmos sentimentos desconfortáveis. Uma hora se tornou duas e mesmo assim a linha de suportes de madeira se esticava na escuridão.

— A luz da tocha está enfraquecendo— disse Entreri, quebrando o silêncio que os cercava desde que começaram. Até os passos deles, os passos experientes de guerreiros furtivos, morreram na proximidade da passagem baixa. — Talvez a vantagem passe para você, elfo negro.

Drizzt, no entanto, sabia que não era o caso. Entreri era uma criatura da noite tanto quanto ele, com reflexos intensos e ampla experiência para mais do que compensar sua falta de visão na escuridão. Assassinos não trabalhavam sob a luz do sol do meio-dia.

Sem responder, Drizzt voltou-se para o caminho à frente, mas enquanto olhava ao redor, um repentino reflexo da tocha chamou sua atenção. Ele foi para a parede do corredor, ignorando o som de Entreri se mexendo desconfortavelmente atrás dele, e começou a sentir a textura da superfície, e olhou atentamente para ele na esperança de ver outro brilho. Ele veio por apenas um segundo quando Entreri se moveu atrás dele, uma centelha de prata ao longo da parede.

— Por onde vão os rios de prata — ele murmurou, incrédulo.

— O quê? — exigiu Entreri.

— Traga a tocha — foi a única resposta de Drizzt. Ele moveu as mãos ansiosamente por cima da parede agora, buscando as evidências que superariam sua própria lógica teimosa e vingaria Bruenor de suas suspeitas de que o anão havia exagerado as histórias sobre o Salão de Mitral.

Entreri logo estava ao seu lado, curioso. A tocha mostrava claramente: uma corrente de prata correndo ao longo da parede, tão grossa quanto o antebraço de Drizzt, brilhando intensamente em sua pureza.

— Mitral — disse Entreri, boquiaberto. — Um tesouro de rei!

— Mas de pouca utilidade para nós — disse Drizzt, para apaziguar sua empolgação. Ele começou a andar novamente pelo corredor, como se o veio de mitral não o impressionasse. De alguma forma, ele sentiu que Entreri não deveria olhar para este lugar, que a mera presença do assassino contaminava as riquezas do Clã Martelo de Batalha. Drizzt não queria dar ao assassino nenhuma razão para procurar esses corredores novamente.

Entreri deu de ombros e seguiu.

A inclinação na passagem se tornou mais aparente à medida que avançavam, e os reflexos prateados dos veios de mitral reapareceram com regularidade suficiente para fazer Drizzt se perguntar se Bruenor poderia ter mesmo subestimado a prosperidade de seu clã.

Entreri, sempre não mais do que um passo atrás do drow, estava muito concentrado em observar seu prisioneiro para prestar muita atenção ao metal precioso, mas entendia bem o potencial que o cercava. Ele não se importava muito com esses empreendimentos, mas sabia que a informação seria valiosa e poderia servi-lo bem em futuras negociações.

Em pouco tempo a luz da tocha desapareceu, mas os dois descobriram que ainda podiam ver, pois uma fonte de luz fraca estava em algum lugar à frente, além das curvas do túnel. Mesmo assim, o assassino diminuiu o espaço entre ele e Drizzt, colocando a ponta da adaga nas costas do drow, sem correr o risco de perder sua única esperança de escapar se a luz desaparecesse completamente.

O brilho apenas aumentou, pois sua fonte era realmente grande. O ar ficou mais quente ao redor deles e logo eles ouviram o barulho de máquinas distantes ecoando pelo túnel. Entreri apertou ainda mais as rédeas, agarrando a capa de Drizzt e se puxando para mais perto.

— Você é tão intruso aqui quanto eu — ele sussurrou. — Evitá-los é vantagem para ambos.

— Será que os mineiros poderiam ser piores que o destino que você oferece? — Drizzt perguntou com um suspiro sarcástico.

Entreri soltou a capa e recuou.

— Parece que devo lhe oferecer algo mais para garantir seu acordo — disse ele.

Drizzt o estudou de perto, sem saber o que esperar.

— Toda vantagem é sua — disse.

— Não exatamente — respondeu o assassino. Drizzt ficou perplexo quando Entreri deslizou a adaga de volta na bainha. — Eu poderia te matar, eu concordo, mas com que ganho? Não tenho prazer em matar.

— Mas o assassinato não lhe desagrada — respondeu Drizzt.

— Faço o que devo — disse Entreri, descartando o comentário cortante sob um véu de riso.

Drizzt reconheceu esse homem muito bem. Sem emoções e pragmático, e inegavelmente hábil nas maneiras de lidar com a morte. Olhando Entreri, Drizzt viu o que ele próprio poderia ter se tornado se tivesse permanecido em Menzoberranzan entre seu povo igualmente amoral. Entreri sintetizava os princípios da sociedade drow: a falta de coração egoísta, que levou Drizzt para longe das entranhas do mundo em indignação. Ele olhou diretamente para o assassino, detestando cada centímetro do homem, mas de alguma forma incapaz de se destacar da empatia que sentia.

Ele tinha que defender seus princípios agora, decidiu, exatamente como havia feito naqueles anos atrás na cidade escura.

— Você faz o que precisa — ele cuspiu com nojo, desconsiderando as possíveis consequências. — Não importa o custo.

— Não importa o custo — ecoou Entreri, com seu sorriso de autossatisfação distorcendo o insulto em um elogio. — Fique feliz por eu ser tão prático, Drizzt Do'Urden, caso contrário você nunca teria despertado de sua queda. Mas chega dessa discussão inútil. Tenho um acordo a oferecer que pode ser de grande benefício para nós dois — Drizzt permaneceu calado e não deu pistas sobre o nível de seu interesse.

— Você sabe por que estou aqui? — perguntou Entreri.

— Você veio para matar o halfling.

— Você está errado — respondeu Entreri. — Não para matar o halfling, mas para pegar o pingente do halfling. Ele roubou do meu mestre, embora eu duvide que ele teria admitido isso para você.

— Eu suponho mais do que me dizem — disse Drizzt, ironicamente levando à sua próxima suspeita. — Seu mestre também busca vingança, não é?

— Talvez — disse Entreri sem sequer fazer uma pausa. — Mas o retorno do pingente é fundamental. Por isso, ofereço a você: trabalharemos juntos para encontrar o caminho de volta para seus amigos. Ofereço minha assistência na jornada e sua vida em troca do pingente. Quando estivermos lá, persuada o halfling a me entregar o pingente e eu seguirei meu caminho e não voltarei. Meu mestre recupera seu tesouro e seu amiguinho vive o resto da vida sem olhar por cima do ombro.

— Por sua palavra? — hesitou Drizzt.

— Por minhas ações — respondeu Entreri. Ele puxou a cimitarra do cinto e a jogou para Drizzt. — Não tenho a intenção de morrer nessas minas abandonadas, drow, nem você, espero.

— Como você sabe que vou fazer a minha parte quando nos juntarmos aos meus companheiros? — perguntou Drizzt, segurando a lâmina diante dele em inspeção, mal acreditando na reviravolta dos acontecimentos.

Entreri riu novamente.

— Você é honrado demais para colocar essas dúvidas em minha mente, elfo negro. Você seguirá com o acordo, disso eu tenho certeza! Temos um acordo?

Drizzt teve que admitir a sabedoria das palavras de Entreri. Juntos, eles tinham uma boa chance de escapar dos níveis mais baixos. Drizzt não estava disposto a perder a oportunidade de encontrar seus amigos, não pelo preço de um pingente que geralmente colocava Regis em mais problemas do que valia.

— Concordo — disse ele.

A passagem continuava a clarear a cada curva, não com luz trêmula, como a das tochas, mas com um brilho contínuo. O barulho das máquinas aumentou proporcionalmente e os dois tiveram que gritar um com o outro para serem compreendidos.

Em uma curva final, chegaram ao fim abrupto da mina, seus últimos suportes se abrindo em uma enorme caverna. Eles se moveram hesitantemente através dos suportes até um pequeno peitoril que corria ao longo do lado de um vasto desfiladeiro – a grande parte baixa do Clã Martelo de Batalha.

Felizmente, eles estavam no nível mais alto do abismo, pois as duas paredes haviam sido cortadas em enormes degraus até o chão, cada uma contendo fileiras das portas decoradas que antes marcavam as entradas das casas dos parentes de Bruenor. Os degraus estavam quase vazios agora, mas Drizzt, com as inúmeras histórias que Bruenor contara a ele, podia muito bem imaginar a glória passada do lugar. Dez mil anões, incansáveis em sua paixão pelo seu trabalho amado, martelando o mitral e cantando louvores a seus deuses.

Que visão impressionante deve ter sido! Anões se deslocando de um nível a outro para mostrar seu trabalho mais recente, um objeto de mitral de incrível beleza e valor. E, no entanto, a julgar pelo que Drizzt sabia dos anões em Vale do Vento Gélido, até a menor imperfeição faria os artesãos correrem de volta para suas bigornas, implorando a seus deuses por perdão e pelo dom da habilidade suficiente para criar uma peça mais refinada. Nenhuma raça em todos os Reinos podia reivindicar tanto orgulho em seu trabalho como os anões, e o povo do Clã Martelo de Batalha era peculiar até mesmo pelos padrões do povo barbudo.

Agora, o próprio chão do abismo agitava-se em atividade, pois, centenas de metros abaixo deles e se estendendo em todas as direções, pairavam as forjas centrais do Salão de Mitral, fornalhas quentes o suficiente para derreter o metal duro da pedra minerada. Mesmo nessa altura, Drizzt e Entreri sentiam o calor abrasador e a intensidade da luz os fazia apertar os olhos. Dezenas de trabalhadores agachados andavam de um lado para o outro, empurrando carrinhos de mão cheios de minério ou combustível para as fornalhas. "Duergar", Drizzt supôs, embora não pudesse vê-los claramente com todo aquele brilho e daquela altura.

Apenas alguns metros à direita da saída do túnel, uma rampa larga e suavemente arqueada descia em espiral até o próximo degrau mais baixo. À esquerda, o peitoril avançava ao longo da parede, estreito e não projetado para uma passagem casual, mas, mais adiante, Drizzt podia ver a silhueta negra de uma ponte arqueando-se sobre o abismo.

Entreri fez sinal para ele voltar ao túnel.

— A ponte parece ser o nosso melhor caminho — disse o assassino. — Mas tenho receio de atravessar o peitoril com tantos por perto.

— Temos pouca escolha — argumentou Drizzt. — Poderíamos recuar e procurar alguns dos corredores laterais pelos quais passamos, mas acredito que eles não são mais do que extensões do complexo de minas e duvido que nos levariam muito longe.

— Temos que continuar — concordou Entreri. — Talvez o barulho e o brilho nos forneçam uma boa cobertura.

Sem mais demoras, ele deslizou para o peitoril e começou a caminhar na direção do contorno escuro da ponte sobre o abismo, com Drizzt logo atrás.

Embora o peitoril não tivesse mais do que sessenta centímetros de largura nos pontos mais largos e fosse muito mais estreito do que isso na sua maior parte, os guerreiros ágeis não tiveram problemas para navegar nele. Logo se viram diante da ponte, uma estreita passarela de pedra arqueando-se sobre a agitação abaixo.

Rastejando, eles começaram a seguir seu caminho facilmente. Quando cruzaram o ponto médio e começaram a descer pela metade traseira do arco, viram um peitoril mais largo correndo ao longo da outra parede do abismo. No final da ponte, pairava um túnel, iluminado por tochas como as que haviam deixado no nível superior. À esquerda da entrada, várias figuras pequenas, Duergar, estavam amontoados em alguma conversa, sem prestar atenção na área. Entreri olhou para Drizzt com um sorriso sorrateiro e apontou para o túnel.

Tão silenciosos quanto gatos e invisíveis nas sombras, atravessaram o túnel, deixando o grupo de Duergar alheio à passagem deles.

Suportes de madeira corriam pelos dois com velocidade agora, enquanto eles andavam rapidamente, deixando a cidade subterrânea para trás. As paredes grosseiras deram a eles bastante proteção sombria à luz das tochas, e quando o barulho dos trabalhadores atrás deles diminuiu para um murmúrio distante, eles relaxaram um pouco e começaram a se preparar para a possibilidade de encontrar-se com os outros.

Eles fizeram uma curva no túnel e quase atropelaram um sentinela Duergar solitário.

— Que que cês querem? — rosnou a sentinela, com sua espada larga de mitral brilhando a cada lampejo da luz da tocha. Sua armadura também, cota de malha, elmo e escudo brilhante, era do metal precioso, o tesouro de um rei para equipar um único soldado!

Drizzt passou por seu companheiro e fez sinal para Entreri se segurar. Ele não queria que uma trilha de corpos seguisse sua rota de fuga. O assassino entendeu que o elfo negro poderia ter alguma sorte em lidar com esse outro habitante do mundo subterrâneo. Não querendo deixar transparecer que era humano, e possivelmente impedir a credibilidade de qualquer história que Drizzt tivesse inventado, ele colocou a capa sobre o rosto.

O sentinela deu um passo para trás com os olhos arregalados de espanto quando reconheceu Drizzt como um drow. Drizzt fez uma careta para ele e não respondeu.

— Er... Poderia dizê o que cê tá fazeno nas mina? — o Duergar perguntou, reformulando sua pergunta e tom educadamente.

— Andando — Drizzt respondeu friamente, parado, fingindo raiva pela saudação áspera que havia recebido inicialmente.

— E... É... Cê é...? — gaguejou o guarda. Entreri estudou o óbvio terror do anão cinzento causado por Drizzt. Parecia que os drow carregavam ainda mais respeito temperado de medo entre as raças do Subterrâneo do que entre os habitantes da superfície. O assassino tomou nota disso, determinado a lidar com Drizzt com ainda mais cautela no futuro.

— Eu sou Drizzt Do'Urden, da casa de Daermon N'a'shezbaernon, nona família do trono de Menzoberranzan — disse Drizzt, sem ter motivos para mentir.

— Saudações! — gritou o sentinela, ansioso demais para ganhar o favor do estranho. — Eu sou Pepitumo, do clã Bukbukken. — ele se curvou, fazendo sua barba cinzenta varrer o chão. — Num é frequente recebê convidado nas mina. Procura alguém? Ou tem alguma coisa qui eu poso ajudá?

Drizzt pensou por um momento. Se seus amigos tivessem sobrevivido ao desmoronamento, e ele precisava esperar que tivessem, eles estariam indo para o desfiladeiro de Garumn.

— Meus negócios aqui estão completos — disse ao Duergar. — Estou satisfeito.

Pepitumo olhou para ele com curiosidade.

— Satisfeito?

— Seu pessoal cavou fundo demais — explicou Drizzt. — Vocês perturbaram um dos nossos túneis com a sua escavação. Assim, chegamos a investigar esse complexo, para garantir que ele não seja novamente habitado pelos inimigos dos drow. Vi suas forjas, cinzento, você deveria se orgulhar.

O sentinela endireitou o cinto e encolheu a barriga. O Clã Bukbukken estava realmente orgulhoso de sua organização, embora eles na verdade tivessem roubado toda a operação do Clã Martelo de Batalha.

— E cê tá satisfeito, cê diz. Então, pronde cê vai agora, Drizzt Do'Urden? Vê o chefe?

— Quem eu procuraria se fosse?

— Cê num sabia do Prefulgô Soturno? — respondeu Pepitumo com uma risada esperta. — O Dragão das Trevas ele é, mais negro qui o preto e mais feroz qui um demônio! Não sei como ele vai aceitá ter um drow nas mina dele, mas a gente vê!

— Acho que não — respondeu Drizzt. — Aprendi tudo o que vim aprender e agora minha trilha leva para casa. Não vou perturbar Prefulgor Soturno, nem ninguém de seu clã hospitaleiro novamente.

— Eu acho que cê vai até o chefe — disse Pepitumo, atraindo mais coragem pela educação de Drizzt e pela menção do nome de seu poderoso líder. Ele cruzou os braços troncudos sobre o peito, com a espada de mitral repousando mais visivelmente no escudo brilhante.

Drizzt retomou a carranca e enfiou um dedo no tecido sob a capa, apontando na direção do Duergar. Pepitumo notou o movimento, assim como Entreri, e o assassino quase caiu para trás da confusão com a reação do Duergar. Um tom de cinza perceptível surgiu nas feições já cinzentas de Pepitumo e ele ficou perfeitamente imóvel, sem nem mesmo respirar.

— Minha trilha leva para casa — disse Drizzt novamente.

— Casa, sim! — gritou Pepitumo. — Posso sê de alguma ajuda pra achá o caminho? Os túnel se mistura tudo praqueles lado.

"Por que não?", Drizzt pensou, imaginando que suas chances seriam melhores se pelo menos soubessem o caminho mais rápido.

— Um abismo — disse ele a Pepitumo. — Antes do Clã Bukbukken, ouvimos o nome de Desfiladeiro de Garumn.

— Passo de Prefulgô Soturno é o nome agora — corrigiu Pepitumo. — O túnel esquerdo na próxima bifurcação — ofereceu, apontando para o corredor. — E direto toda vida depois disso.

Drizzt não gostou do som do novo nome do desfiladeiro. Ele perguntou-se que monstro seus amigos poderiam esperar, se chegassem ao desfiladeiro. Não querendo perder mais tempo, ele acenou para Pepitumo e passou por ele. O Duergar estava disposto a deixá-lo passar sem mais conversas, afastando-se o máximo possível.

Entreri olhou para Pepitumo quando eles passaram e o viu enxugar o suor nervoso da testa.

— Deveríamos tê-lo matado — disse a Drizzt quando estavam a salvo. — Ele trará seus parentes atrás de nós.

— Não mais rápido que um cadáver, ou um sentinela desaparecido teria disparado um alarme geral — respondeu Drizzt. — Talvez alguns venham confirmar sua história, mas pelo menos agora sabemos o caminho até a saída. Ele não se atreveria a mentir para mim, com medo de que minha pergunta fosse apenas um teste da verdade de suas palavras. Sabe-se que meu povo mata por tais mentiras.

— O que você fez com ele? — perguntou Entreri.

Drizzt não pôde deixar de rir dos benefícios irônicos da sinistra reputação de seu povo. Ele enfiou o dedo sob o tecido de sua capa novamente.

— Visualize uma besta pequena o suficiente para caber no seu bolso — explicou. — Não causaria essa impressão quando apontada para um alvo? Os drow são bem conhecidos por essas bestas.

— Mas quão mortal poderia ser um virote tão pequeno contra uma armadura de mitral? — Entreri perguntou, ainda sem entender por que a ameaça havia sido tão eficaz.

— Ah, mas o veneno — sorriu Drizzt, afastando-se pelo corredor.

Entreri parou e sorriu com a lógica óbvia. Quão desonestos e impiedosos os drow deveriam ser para comandar uma reação tão poderosa a uma ameaça tão simples! Parecia que sua reputação mortal não era um exagero.

Entreri descobriu que estava começando a admirar esses elfos negros.

A perseguição veio mais rápido do que eles esperavam, apesar de seu ritmo veloz. O som das botas soou alto e depois desapareceu, apenas para reaparecer na próxima curva ainda mais perto do que antes. Passagens laterais, entenderam Drizzt e Entreri, amaldiçoando cada curva em seu próprio túnel retorcido. Finalmente, quando seus perseguidores estavam quase chegando, Drizzt deteve o assassino.

— Apenas alguns — disse ele, escolhendo cada passo individual.

— O grupo do parapeito — concluiu Entreri. — Vamos nos preparar para resistir. Mas seja rápido, há mais atrás deles, sem dúvida!

A luz empolgada que surgiu nos olhos do assassino parecia terrivelmente familiar para Drizzt.

Ele não teve tempo para refletir sobre as implicações desagradáveis. Afastou os pensamentos de sua cabeça, recuperando a concentração total para os negócios em questão, depois puxou a adaga escondida da bota – não havia tempo para manter segredos de Entreri agora – e encontrou um ponto sombreado na parede do túnel. Entreri fez o mesmo, posicionando-se a alguns metros do drow do outro lado do corredor.

Segundos se passaram devagar, apenas com o leve barulho de botas. Os dois companheiros prenderam a respiração e esperaram pacientemente, sabendo que não haviam passado por eles.

De repente, o som se multiplicou quando os Duergar saíram correndo de uma porta secreta e entraram no túnel principal.

— Não podem tá longe a essa altura! — Drizzt e Entreri ouviram um deles dizer.

— O dragão vai nos alimentá bem por pegá eles! — uivou outro.

Todos vestidos com cotas de malha brilhantes e empunhando armas de mitral, contornaram a última curva e ficaram à vista dos companheiros escondidos.

Drizzt olhou para o aço opaco da cimitarra e considerou a precisão de seus ataques contra a armadura de mitral. Um suspiro resignado escapou dele, pois desejava agora que estivesse com sua arma mágica.

Entreri também viu o problema e sabia que eles precisavam equilibrar as chances. Rapidamente, ele puxou uma bolsa de moedas do cinto e a jogou mais para o fundo do corredor. Ela voou através da escuridão e bateu na parede onde o túnel se retorcia novamente.

O grupo de Duergar se empertigou como se fossem um;

— Lá na frente! — um deles gritou, e eles se abaixaram na pedra e investiram até a curva seguinte. Entre o drow e o assassino à espera.

As sombras explodiram em movimento e caíram sobre os anões cinzentos atordoados. Drizzt e Entreri atacaram juntos, aproveitando o momento de maior vantagem quando o primeiro do grupo alcançou o assassino e o último estava passando por Drizzt.

Os Duergar gritaram de horror, surpresos. Adagas, sabre e cimitarra dançavam ao redor deles em uma onda de morte reluzente, cutucando as frestas de suas armaduras, buscando uma abertura através do metal inflexível. Quando encontravam uma, acabavam com a luta com eficiência impiedosa.

Quando os Duergar se recuperaram do choque inicial do ataque, dois já estavam mortos aos pés do drow, um terceiro nos de Entreri e outro tropeçava para longe, segurando a barriga com a mão encharcada de sangue.

— De costas para mim! — gritou Entreri, e Drizzt, pensando a mesma estratégia, já havia começado a avançar rapidamente entre os anões desorganizados. Entreri derrubou outro no momento em que se reuniram, o infeliz Duergar olhando por cima do ombro para o drow que se aproximava apenas o tempo suficiente para que a adaga de joias escorregasse pela abertura na base do elmo.

Então eles estavam juntos, costas contra costas, girando em sincronia e manobrando suas armas em movimentos rápidos tão semelhantes que os três Duergar restantes hesitaram antes do ataque para descobrir onde um inimigo terminava e o outro começava.

Com gritos a Prefulgor Soturno, seu governante divino, eles atacaram mesmo assim.

Drizzt marcou uma série de acertos simultâneos que deveriam ter derrubado seu oponente, mas a armadura era de um material mais duro que a cimitarra de aço e seus golpes foram desviados. Entreri também teve dificuldade em encontrar uma abertura para atravessar a cota de malha e os escudos de mitral.

Drizzt virou um ombro e deixou o outro se afastar de seu companheiro. Entreri entendeu e seguiu a liderança do drow, mergulhando logo atrás dele.

Gradualmente, seus círculos ganharam impulso, tão síncronos quanto dançarinos ensaiados, e os Duergar sequer tentaram acompanhar. Os oponentes mudavam continuamente, o drow e Entreri apareciam para afastar a espada ou machado que o outro havia bloqueado no último golpe. Eles deixaram o ritmo manter-se por algumas voltas, permitiram que os Duergar caíssem nos padrões de sua dança e, em seguida, com Drizzt ainda liderando, mudou o ritmo seus passos e até reverteu o fluxo.

Os três Duergar, uniformemente espaçados ao redor do par, não sabiam qual direção traria o próximo ataque.

Entreri, praticamente lendo todos os pensamentos do drow nesse ponto, viu as possibilidades. Ao se afastar de um anão particularmente confuso, ele fingiu um ataque invertido, congelando o Duergar apenas o tempo suficiente para Drizzt, vindo do outro lado, encontrar uma abertura.

— Acaba com ele! — o assassino gritou em vitória.

A cimitarra fez o seu trabalho.

Agora eram dois contra dois. Eles pararam a dança e se enfrentaram uniformemente.

Drizzt mergulhou em seu inimigo menor com um salto repentino e correu pela parede. O Duergar, focado nas lâminas mortais do drow, não tinha notado a terceira arma de Drizzt se juntar à briga.

A surpresa do anão cinzento só foi superada por sua antecipação do golpe fatal quando a capa de Drizzt flutuou e caiu sobre ele, envolvendo-o numa escuridão que só se aprofundaria no vazio da morte.

Ao contrário da graciosa técnica de Drizzt, Entreri trabalhou com fúria repentina, prendendo seu anão com cortes baixos e contra-ataques rápidos como um raio, sempre apontados para a mão da arma. O anão cinzento entendeu a tática quando seus dedos começaram a entorpecer sob vários golpes menores.

O Duergar supercompensou, virando o escudo para proteger a mão vulnerável.

Exatamente como Entreri esperava. Ele rolou na direção oposta ao movimento do oponente, encontrando a parte de trás do escudo e uma abertura na armadura de mitral logo abaixo do ombro. A adaga do assassino entrou furiosamente com uma investida, arremessando o Duergar no chão de pedra. O anão cinzento ficou ali, curvado sobre um cotovelo, e ofegou em seus últimos suspiros.

Drizzt se aproximou do anão final, aquele que havia sido ferido no ataque inicial, encostado na parede a poucos metros de distância, a luz da tocha refletindo um vermelho grotesco na poça de sangue abaixo dele. O anão ainda tinha disposição de lutar. Ele levantou sua espada para encontrar o drow.

Drizzt viu que era Pepitumo, um pedido silencioso de misericórdia veio à mente do drow e tirou o brilho ardente de seus olhos.

Um objeto brilhante, brilhando nos tons de uma dezena de pedras preciosas distintas, passou voando por Drizzt e encerrou seu debate interno.

A adaga de Entreri enterrou-se profundamente em um dos olhos de Pepitumo. O anão sequer caiu, de tão limpo que foi o golpe. Ele apenas manteve sua posição, recostado na pedra. Mas agora a poça de sangue foi alimentada por duas feridas.

Drizzt se conteve com raiva e nem sequer se mexeu quando o assassino passou friamente para recuperar a arma.

Entreri puxou a adaga rudemente e depois se virou para encarar Drizzt quando Pepitumo caiu espalhando o sangue da poça.

— Quatro a quatro — rosnou o assassino. — Você acreditou que eu deixaria você ficar com a contagem mais alta?

Drizzt não respondeu, nem piscou.

Ambos sentiram o suor nas palmas das mãos enquanto seguravam suas armas, precisando de apenas um empurrão para completar o que haviam começado na alcova acima.

Tão parecidos, mas tão dramaticamente diferentes.

A raiva pela morte de Pepitumo não afetou Drizzt naquele momento, não mais do que confirmar ainda mais seus sentimentos sobre seu vil companheiro. O desejo que tinha de matar Entreri foi muito mais profundo do que a raiva que ele podia ter por qualquer uma das ações sujas do assassino. Matar Entreri significaria matar o lado sombrio de si mesmo, Drizzt acreditava, pois ele poderia ter sido como esse homem.

Este era o teste de seu valor, um confronto contra o que ele poderia ter se tornado. Se tivesse permanecido entre seus parentes, e eram frequentes os momentos em que considerava sua decisão de deixar os caminhos e a cidade escura como uma tentativa fraca de distorcer a própria ordem da natureza, sua própria adaga encontraria o olho de Pepitumo.

Entreri olhou para Drizzt com igual desdém. Quanto potencial ele viu no drow! Mas temperado por uma fraqueza intolerável. Talvez em seu coração o assassino estivesse realmente invejoso pela capacidade de amor e compaixão que reconheceu em Drizzt. Tão parecido com ele, Drizzt apenas acentuava a realidade de seu próprio vazio emocional.

Mesmo que esses sentimentos estivessem realmente dentro dele, nunca ganhariam uma posição alta o suficiente para influenciar Artemis Entreri. Ele passara a vida se transformando em um instrumento para matar, e nenhum fragmento de luz jamais poderia atravessar aquela barreira calejada de escuridão. Entreri pretendia provar, para si mesmo e para o drow, que o verdadeiro guerreiro não tem lugar para fraqueza.

Eles estavam mais perto agora, embora nenhum deles soubesse quem havia se movido, como se forças invisíveis estivessem agindo sobre eles. As armas se firmaram em antecipação, cada um esperando o outro mostrar sua mão.

Cada um querendo que o outro fosse o primeiro a ceder ao seu desejo comum, o desafio final dos princípios de sua existência.

O som dos passos de botas quebrou o feitiço.

Capítulo 22

O dragão de trevas

Do coração dos níveis mais baixos, em uma imensa caverna de paredes irregulares e retorcidas, embebidas em sombras profundas, com um teto alto demais para ser iluminado pela luz do fogo mais brilhante, descansava o atual governante do Salão de Mitral, empoleirado sobre um pedestal sólido do mitral mais puro que se erguia de um monte alto e amplo de moedas e joias, cálices e armas, e outros itens incontáveis que saíram dos blocos ásperos do mitral pelas mãos hábeis dos artesãos anões.

Formas escuras cercavam a fera, cães enormes de seu próprio mundo, obedientes, duradouros e famintos pela carne de humanos ou elfos, ou qualquer outra coisa que lhes desse o prazer de seu esporte sangrento antes da matança.

Prefulgor Soturno não estava feliz no momento. Os rumores do alto anunciavam intrusos, um bando de Duergar falou de parentes assassinados nos túneis e sussurrou rumores de que um elfo drow havia sido visto.

O dragão não era deste mundo. Viera do Plano das Sombras, uma imagem sombria do mundo iluminado, desconhecido para os moradores daqui, exceto nas coisas menos substanciais de seus pesadelos mais sombrios. Prefulgor Soturno fora de considerável posição lá velho até então, e em alta consideração entre os dragões semelhantes que governavam o plano. Mas quando os anões tolos e gananciosos que outrora habitaram essas minas haviam descido em buracos profundos de escuridão suficiente para abrir um portal para tal plano, o dragão atravessou imediatamente. Agora possuindo um tesouro dez vezes maior que o maior de seu próprio plano, Prefulgor Soturno não tinha intenção de retornar.

Ele lidaria com os intrusos.

Pela primeira vez desde a derrota do Clã Martelo de Batalha, o latido dos cães de sombras encheu os túneis, causando pavor até nos corações dos anões cinzentos que cuidavam deles. O dragão os enviou para o oeste em sua missão, em direção aos túneis ao redor do salão de entrada do Vale do Guardião, por onde os companheiros haviam entrado no complexo. Com suas mandíbulas poderosas e furtividade incrível, os cães eram de fato uma força mortal, mas sua missão agora não era capturar e matar – apenas rebanhar.

Na primeira luta pelo salão de Mitral, Prefulgor Soturno sozinho havia derrotado os mineiros nas cavernas inferiores e em algumas das enormes câmaras no extremo leste do nível superior. Mas a vitória final escapara ao dragão, pois seu fim chegara nos corredores ocidentais, apertados demais para o seu tamanho escamoso.

A fera não perderia a glória novamente. Pôs seus lacaios em movimento, para conduzir quem ou o que quer que tivesse entrado nos corredores em direção à única entrada que tinha para os níveis mais altos: o Desfiladeiro de Garumn.

Prefulgor Soturno se esticou até o limite de sua altura e desdobrou suas asas de couro pela primeira vez em quase duzentos anos, a escuridão fluindo sob elas enquanto se estendiam para os lados. Aqueles Duergar que permaneceram na sala do trono se ajoelharam ao ver a ascensão de seu Senhor, em parte por respeito, mas principalmente por medo.

O dragão se foi, planando por um túnel secreto na parte de trás da câmara, para onde havia conhecido a glória, o lugar que seus servos haviam chamado de Passo de Prefulgor Soturno em louvor ao seu senhor.

Como um borrão de trevas indistinguível, moveu-se tão silenciosamente quanto a nuvem de escuridão que o seguia.

⁂

Wulfgar se preocupava com o quão baixo ele estaria agachado quando chegassem ao Desfiladeiro de Garumn, pois os túneis se tornavam do tamanho de anões à medida que se aproximavam do extremo leste do nível superior. Bruenor considerava isso como um bom sinal, os únicos túneis no complexo com tetos abaixo da marca de um metro e oitenta eram os das minas mais profundas e os criados para defesa do desfiladeiro.

Mais rápido do que Bruenor esperava, eles chegaram à porta secreta de um túnel menor que se abriu à esquerda, um local familiar para o anão, mesmo após sua ausência de dois séculos. Ele passou a mão pela parede, sob a tocha e sua indicadora arandela vermelha, procurando o padrão em relevo que levaria os dedos ao local exato. Ele encontrou um triângulo, depois outro, e seguiu suas linhas até o ponto central, o ponto mais baixo do vale entre os picos das montanhas gêmeas que eles significavam, o símbolo de Dumathoin, o Guardião dos Segredos Sob a Montanha. Bruenor empurrou com um único dedo e a parede caiu, abrindo-se para mais um túnel baixo. Nenhuma luz veio deste, mas um som oco, como o vento através de uma face de pedra, os cumprimentou.

Bruenor piscou para eles intencionalmente e começou a entrar, mas diminuiu a velocidade quando viu as runas e relevos esculpidos nas paredes. Ao longo da passagem, em todas as superfícies, artesãos anões deixaram sua marca. Bruenor inchou com orgulho, apesar de sua depressão, quando viu as expressões de admiração nos rostos de seus amigos.

Algumas voltas depois, encontraram uma grade, abaixada e enferrujada, e além dela viu-se a largura de outra caverna imensa.

— Desfiladeiro de Garumn — proclamou Bruenor, indo até as barras de ferro. — Dizem que você pode jogar uma tocha dentro dele e ela queimará antes que chegue no fundo.

Quatro pares de olhos olhavam maravilhados através do portão. Se a jornada pelo Salão de Mitral fora uma decepção para eles, pois ainda não haviam visto as imagens mais grandiosas de que Bruenor costumava lhes contar, a visão diante deles agora compensava. Eles chegaram ao Desfiladeiro de Garumn, embora parecesse mais um cânion em tamanho natural do que um desfiladeiro, atravessando centenas de metros de largura e estendendo-se além dos limites de sua visão. Estavam acima do piso da câmara, com uma escada que descia para a direita, do outro lado da grade. Esforçando-se para passar o máximo de suas cabeças através das barras, eles podiam ver a luz de outro cômodo na base da escada e ouvir claramente o tumulto de vários Duergar.

À esquerda, a parede arqueava-se para a borda, embora o abismo continuasse além da parede da caverna. Uma única ponte atravessava o local, uma obra ancestral de pedra tão perfeitamente ajustada que seu ligeiro arco ainda podia suportar um exército dos maiores gigantes das montanhas.

Bruenor estudou a ponte cuidadosamente, notando que algo em sua subestrutura não parecia muito certo. Ele seguiu a linha de um cabo através do abismo, imaginando que continuasse sob o piso de pedra e se conectasse a uma grande alavanca que se erguia de uma plataforma construída mais recentemente no caminho. Duas sentinelas Duergar andavam em volta da alavanca, embora sua atitude negligente falasse de inúmeros dias de tédio.

— Eles a equiparam para cair! — bufou Bruenor.

Os outros entenderam imediatamente do que ele estava falando.

— Existe outro caminho, então? — perguntou Cattibrie.

— Sim - respondeu o anão. — Um parapeito no extremo sul do desfiladeiro. Mas a horas de caminhada, e o único caminho é através desta caverna!

Wulfgar agarrou as barras de ferro da grade e as testou. Elas continuaram firmes, como ele suspeitava.

— Nós não conseguimos atravessar essas barras, de qualquer maneira — ele acrescentou. — A não ser que vocês saibam onde achar a manivela.

— Meio dia de caminhada — respondeu Bruenor, como se a resposta, perfeitamente lógica para a mentalidade de um anão que protegesse seus tesouros, fosse óbvia. — Pro outro lado.

— Povo paranoico — disse Regis baixinho.

Ouvindo o comentário, Bruenor rosnou e agarrou Regis pelo colarinho, erguendo-o do chão e puxando seu rosto para perto.

— Meu povo é cuidadoso — rosnou, sua própria frustração e confusão fervendo novamente em sua raiva mal direcionada. — Gostamos de manter o que é nosso, principalmente de pequenos ladrões com dedos pequenos e bocas grandes.

— Certamente, há outro caminho — argumentou rapidamente Cattibrie, para interromper o confronto.

Bruenor deixou o halfling cair no chão.

— Podemos chegar a essa câmara — respondeu, indicando a área iluminada na base da escada.

— Então vamos ser rápidos — exigiu Cattibrie. — Se o barulho do desmoronamento acionou alarmes, a palavra pode não ter chegado tão longe.

Bruenor os conduziu de volta pelo pequeno túnel rapidamente e então ao corredor atrás da porta secreta.

Na próxima curva do corredor principal, com suas paredes também mostrando as runas e relevos esculpidos dos artesãos anões, Bruenor foi novamente envolvido pela maravilha de sua herança e rapidamente perdeu todos os pensamentos de raiva por Regis. Ele ouviu novamente em sua mente o retinir dos martelos nos dias de Garumn e o canto das reuniões comunais. Se a impureza que haviam encontrado aqui e a perda de Drizzt haviam reduzido seu desejo fervoroso de recuperar o Salão de Mitral, as lembranças vívidas que o assaltaram enquanto ele se movia pelo corredor trabalhavam para reacender sua chama.

Talvez retornasse com seu exército, pensou. Talvez o mitral pudesse retinir novamente nas bigornas do Clã Martelo de Batalha.

Com os pensamentos em recuperar a glória de seu povo de repente acesos de novo, Bruenor olhou em volta para seus amigos, cansados, com fome e sofrendo pelo drow, e lembrou a si mesmo que a missão diante dele agora era escapar do complexo e deixá-los em segurança.

Um brilho mais intenso adiante indicava o fim do túnel. Bruenor diminuiu o passo e se arrastou com cuidado até a saída. Novamente, os companheiros se viram em uma varanda de pedra, com vista para outro corredor, uma passagem enorme, quase uma câmara em si, com teto alto e paredes decoradas. Tochas queimavam a cada poucos metros dos dois lados, paralelamente abaixo deles.

Um nó brotou na garganta de Bruenor quando ele olhou para as esculturas que revestiam a parede oposta do outro lado do caminho, grandes relevos esculpidos de Garumn e Bangor e de todos os patriarcas do clã Martelo de Batalha. Ele se perguntou, e não pela primeira vez, se o seu próprio busto iria ter um lugar ao lado dos de seus ancestrais.

— De meia dúzia a dez, eu acho — sussurrou Cattibrie, mais atenta ao clamor saindo de uma porta parcialmente aberta à esquerda, a sala que eles haviam visto de seu lugar na câmara perto do desfiladeiro. Os companheiros estavam a seis metros acima do piso do corredor maior. À direita, uma escada descia para o chão e, além dela, o túnel voltava aos grandes salões.

— Salas laterais onde outros podem estar escondidos? — Wulfgar perguntou a Bruenor.

O anão balançou a cabeça.

— Há uma antecâmara e apenas uma — respondeu. — Mas há mais salas na caverna do Desfiladeiro de Garumn. Se elas estão cheias de cinzentos ou não, não podemos saber. Mas não liguem para eles; devemos atravessar esta sala e a porta para chegar ao desfiladeiro.

Wulfgar bateu seu martelo em sua mão.

— Então vamos lá — ele rosnou, começando a subir a escada.

— E os dois na caverna além? — perguntou Regis, parando o guerreiro ansioso com sua mão.

— Eles derrubarão a ponte antes de chegarmos ao desfiladeiro — acrescentou Cattibrie.

Bruenor coçou a barba e depois olhou para a filha.

— Quão bem você atira? — perguntou ele.

Cattibrie segurou o arco mágico diante dela.

— Bem o suficiente para pegar dois sentinelas! — respondeu ela.

— De volta ao outro túnel então - disse Bruenor. — Ao primeiro som de batalha, atire neles. E seja rápida, garota; é provável que a escória covarde tombe a ponte nos primeiros sinais de problemas!

Com um aceno de cabeça, ela se foi. Wulfgar a observou desaparecer de volta pelo corredor, não tão determinado a ter essa briga agora, sem saber que Cattibrie estaria a salvo atrás dele.

— E se os cinzentos tiverem reforços por perto? — perguntou a Bruenor. — E quanto a Cattibrie? Ela será impedida de voltar para nós.

— Sem choramingar, garoto! — rebateu Bruenor, também desconfortável com sua decisão de se separar. — Você gosta dela, eu acho, mesmo que não admita isso para si mesmo. Bota na sua cabeça que Cat é uma guerreira, treinada por mim. O outro túnel é seguro o suficiente, ainda escondido dos cinzentos por todos os sinais que pude encontrar. A garota é esperta o bastante para cuidar de si mesma! Então ponha seus pensamentos na sua luta. O melhor que você pode fazer por ela é acabar com esses cães barbudos cinzentos rápido demais para que seus parentes venham!

Foi preciso algum esforço, mas Wulfgar desviou os olhos do corredor e voltou a olhar para a porta aberta abaixo, preparando-se para a tarefa em mãos.

Sozinha agora, Cattibrie silenciosamente correu de volta a curta distância pelo corredor e desapareceu pela porta secreta.

— Pare! — Sydney comandou Bok, e ela também congelou, sentindo que alguém estava à frente. Ela se arrastou para a frente, com o golem nos calcanhares, e deu uma espiada na próxima curva do túnel, esperando encontrar os companheiros. Havia apenas um corredor vazio na frente dela.

A porta secreta se fechou.

Wulfgar respirou fundo e mediu as probabilidades. Se a estimativa de Cattibrie estivesse correta, ele e Bruenor estariam muito superados em número quando passassem porta adentro. Ele sabia que não tinham opções em aberto diante deles. Com outro fôlego para se firmar, ele começou a descer as escadas, Bruenor seguindo sua deixa e Regis seguindo hesitantemente atrás.

O bárbaro nunca desacelerou seus passos largos ou se desviou do caminho mais reto para a porta, mas os primeiros sons que todos ouviram não foram os golpes de Presa de Égide ou o grito de guerra costumeiro do bárbaro para Tempus, mas a canção de batalha de Bruenor Martelo de Batalha.

Esta era sua terra natal e sua luta, e o anão colocou a responsabilidade pela segurança de seus companheiros diretamente sobre seus próprios ombros. Ele correu por Wulfgar quando chegaram ao pé da escada e atravessou a porta, com o machado de mitral de seu heróico homônimo erguido diante dele.

— Este é por meu pai! — ele gritou, dividindo o elmo brilhante do Duergar mais próximo com um único golpe. — Este é pelo pai de meu pai! — ele gritou, derrubando o segundo. — E este é pelo pai do pai de meu pai.

A linhagem ancestral de Bruenor era realmente longa. Os anões cinzentos nunca tiveram chance.

Wulfgar começou sua investida logo depois que percebeu que Bruenor estava correndo por ele, mas, quando entrou na sala, três Duergar estavam mortos e o furioso Bruenor estava prestes a derrubar o quarto. Seis outros corriam de um lado para o outro tentando se recuperar do ataque selvagem, e principalmente tentando sair pela outra porta e entrar na caverna do desfiladeiro, onde poderiam se reagrupar. Wulfgar lançou Presa de Égide e pegou outro, e Bruenor atacou sua quinta vítima antes que o anão cinzento atravessasse o portal.

Do outro lado do desfiladeiro, os dois sentinelas ouviram o início da batalha ao mesmo tempo que Cattibrie, mas sem entender o que estava acontecendo, hesitaram.

Cattibrie não.

Uma faixa de prata atravessou o abismo, explodindo no peito de uma das sentinelas, sua poderosa magia explodindo em sua armadura de mitral e jogando-o nos braços da morte.

O segundo pulou imediatamente para a alavanca, mas Cattibrie completou friamente seus negócios. A segunda flecha alojou-se em seu olho.

Os anões na sala abaixo saíram na caverna inferior a dela, e outros de salas além da primeira avançavam para se juntar a eles. Wulfgar e Bruenor também apareceriam em breve, Cattibrie sabia, no meio de uma hoste em prontidão!

A avaliação de Bruenor sobre Cattibrie fora correta. Ela era uma guerreira e mais disposta a enfrentar as probabilidades do que qualquer guerreiro vivo. Ela enterrou todos os medos que poderia ter tido por seus amigos e se posicionou para ser de grande ajuda para eles. Com os olhos estreitados e a mandíbula enrijecida em determinação, ela pegou Taulmaril e lançou uma saraivada de morte contra a hoste que os colocou em caos e enviou muitos deles correndo para se esconder.

Bruenor rugiu, salpicado de sangue, com seu machado de mitral vermelho do sangue de suas vítimas, e com uma centena de ancestrais ainda não vingados. Wulfgar estava logo atrás, consumido pela sede de sangue, cantando para seu deus da guerra e golpeando seus inimigos menores tão facilmente quanto separaria as samambaias no caminho da floresta.

A barragem de Cattibrie não cedeu, flecha após flecha encontrando seu alvo mortal. A guerreira dentro dela a possuiu completamente e suas ações permaneceram nos limites de seus pensamentos conscientes. Metodicamente, ela pediu outra flecha, e a aljava mágica de Anariel a concedeu. Taulmaril tocava sua própria música e, na sequência de suas notas, jaziam os corpos queimados e explodidos de muitos Duergar.

Regis ficou para trás durante toda a luta, sabendo que atrapalharia mais do que ajudaria seus amigos na briga principal, apenas adicionando mais um corpo para eles protegerem quando já tinham trabalho o suficiente cuidando de si mesmos. Ele viu que Bruenor e Wulfgar obtiveram vantagem suficiente para reivindicar a vitória, mesmo contra os muitos inimigos que haviam entrado na caverna para enfrentá-los, então Regis trabalhou para garantir que seus oponentes caídos na sala estivessem verdadeiramente abatidos e não viessem esgueirando-se por trás.

Além disso, para garantir que quaisquer objetos de valor possuídos por esses cinzentos não fossem desperdiçados em cadáveres.

Ele ouviu o baque pesado de uma bota atrás dele. Ele mergulhou para o lado e rolou para o canto no momento em que Bok atravessou a porta, alheio à sua presença. Quando Regis recuperou a voz, fez menção de gritar um aviso aos amigos.

Mas então Sydney entrou na sala.

Dois de cada vez caíram diante das varreduras do martelo de guerra de Wulfgar. Estimulado pelos fragmentos que ele pegou dos gritos de guerra do anão enfurecido, "... pelo pai do pai do pai do pai do pai..." Wulfgar exibiu um sorriso sombrio enquanto se movia pelas fileiras desorganizadas do Duergar. Flechas queimavam linhas de prata bem ao lado dele enquanto procuravam suas vítimas, mas ele confiava o suficiente em Cattibrie para não temer um tiro perdido. Seus músculos flexionaram em outro golpe esmagador, e nem a armadura brilhante do Duergar ofereceu proteção contra sua força bruta.

Mas então braços mais fortes que os dele o pegaram por trás.

Os poucos Duergar que permaneceram diante dele não reconheceram Bok como um aliado. Eles fugiram aterrorizados para a ponte do abismo, esperando atravessar e destruir a rota de qualquer perseguição atrás deles.

Cattibrie os derrubou.

Regis não fez nenhum movimento repentino, conhecendo o poder de Sydney desde o encontro na sala oval. Seu raio de energia havia derrubado Bruenor e Wulfgar; o halfling estremeceu ao pensar no que poderia fazer com ele.

"Sua única chance era o pingente de rubi", ele pensou. Se pudesse prender Sydney em seu feitiço hipnotizante, ele poderia segurá-la por tempo suficiente para que seus amigos retornassem. Lentamente, ele passou a mão por baixo do paletó, com os olhos fixos na maga, cauteloso com o início de qualquer raio mortal.

A varinha de Sydney permaneceu enfiada no cinto. Ela tinha um truque próprio planejado para o pequenino. Murmurou um rápido entoar, então abriu a mão para Regis e soprou suavemente, lançando um fio tênue na direção dele.

Regis entendeu a natureza do feitiço quando o ar ao seu redor foi subitamente saturado com teias flutuantes – teias de aranha pegajosas. Elas se agarraram a todas as partes dele, diminuindo a velocidade de seus movimentos e encheram a área ao seu redor. Ele estava com a mão em volta do pingente mágico, mas a teia o mantinha totalmente sob seu próprio domínio.

Satisfeita com o exercício de seu poder, Sydney virou-se para a porta e a batalha além. Ela preferia recorrer aos próprios poderes, mas entendia a força desses outros inimigos e sacou sua varinha.

Bruenor finalizou o último dos anões cinzentos de frente para ele. Ele havia sofrido muitos ataques, alguns sérios, e grande parte do sangue que o cobria era dele. A raiva que havia construído ao longo dos séculos dentro dele, no entanto, o cegou à dor. Sua sede de sangue estava saciada agora, mas apenas até ele voltar para a antessala e ver Bok erguendo Wulfgar no ar e esmagando sua vida.

Cattibrie também viu. Horrorizada, ela tentou obter um tiro certeiro no golem, mas, com a luta desesperada de Wulfgar, os combatentes cambaleavam com frequência demais para que ela ousasse atirar.

— Ajude-o — ela implorou a Bruenor baixinho, pois tudo o que ela podia fazer era assistir.

Metade do corpo de Wulfgar estava entorpecido pela força incrível dos braços magicamente fortalecidos de Bok. Porém, ele conseguiu se contorcer e enfrentar seu inimigo, colocou a mão no olho do golem e empurrou com toda a sua força, tentando desviar parte da energia do monstro do ataque.

Bok parecia não perceber.

Wulfgar bateu Presa de Egide no rosto do monstro com toda a força que pôde reunir sob as circunstâncias difíceis, um golpe que teria derrubado um gigante. Novamente, Bok parecia não perceber.

Os braços se fechavam implacavelmente. Uma onda de tontura varreu o bárbaro. Seus dedos formigavam de dormência. Seu martelo caiu no chão.

Bruenor estava quase lá, com o machado preparado e pronto para começar a cortar. Mas quando o anão passou pela porta aberta da antessala, um clarão ofuscante de energia disparou contra ele. Felizmente, atingiu seu escudo e desceu até o teto da caverna, mas a força pura derrubou Bruenor. Ele balançou a cabeça em descrença e lutou para se sentar.

Cattibrie viu o raio e lembrou-se da explosão semelhante que jogara Bruenor e Wulfgar na sala oval. Instintivamente, sem a menor hesitação ou preocupação com sua própria segurança, ela estava correndo de volta pela passagem, impulsionada pelo conhecimento de que se não conseguisse chegar à maga, seus amigos não teriam chance.

Bruenor estava mais preparado para o segundo raio. Ele viu Sydney dentro da antecâmara levantar a varinha para ele. O anão mergulhou de bruços e jogou o escudo acima da cabeça, de frente para a maga. Ele conteve novamente a explosão, desviando a energia inofensivamente, mas Bruenor sentiu-se enfraquecer sob o impacto e sabia que não suportaria outro raio.

Os teimosos instintos de sobrevivência do bárbaro trouxeram sua mente da deriva do desmaio e voltou a se concentrar na batalha. Ele não chamou o martelo, sabendo que seria de pouca utilidade contra o golern e duvidando que pudesse segurá-lo de qualquer maneira. Wulfgar convocou sua própria força, envolvendo seus enormes braços em volta do pescoço de Bok. Seus músculos tensionando-se ao limite e contraindo além enquanto ele lutava. Não havia fôlego para ele; Bruenor não chegaria a tempo. Ele rosnou para afastar a dor e o medo, fazendo uma careta através das sensações de dormência.

E torceu com toda sua força.

Regis finalmente conseguiu tirar a mão e o pingente de debaixo do colete.

— Espere, maga! — ele gritou para Sydney, não esperando que ela escutasse, mas apenas esperando desviar sua atenção por tempo suficiente para vislumbrar a pedra preciosa, rezando para que Entreri não a tivesse informado de seus poderes hipnóticos.

Novamente, a desconfiança e o sigilo do grupo maligno trabalharam contra eles. Alheia aos perigos do rubi do halfling, Sydney olhou para ele pelo canto do olho, mais para garantir que a teia dela ainda o segurasse com força do que para ouvir qualquer palavra que pudesse dizer.

Um brilho de luz vermelha chamou sua atenção mais completamente do que ela pretendia, e longos momentos se passaram antes que ela desviasse o olhar.

Na passagem principal, Cattibrie se agachou e correu o mais rápido que pôde. Então ela ouviu o uivo.

Os cães das sombras em caça encheram os corredores com seus gritos empolgados, e inundaram Cattibrie de medo. Os cães estavam muito atrás, mas seus joelhos ficaram fracos quando o som sobrenatural a alcançou, ecoando de parede em parede e envolvendo-a em uma confusão vertiginosa. Ela apertou os dentes contra o ataque e continuou. Bruenor precisava dela, Wulfgar precisava dela. Ela não falharia com eles.

Cattibrie chegou à varanda e correu escada abaixo, encontrando a porta da antecâmara fechada. Amaldiçoando a sorte, pois esperava ter uma chance de acertar a aprendiz à distância, jogou Taulmaril por cima do ombro, sacou a espada e, corajosamente e às cegas, avançou.

Presos em um abraço mortal, Wulfgar e Bok tropeçavam na caverna, às vezes perigosamente perto do desfiladeiro. O bárbaro comparou seus músculos ao trabalho mágico de Dendybar; nunca antes ele enfrentou um inimigo tão grande. Descontroladamente, ele sacudiu a cabeça massiva de Bok para frente e para trás, minando a capacidade do monstro de resistir. Então Wulfgar começou a girá-la em uma direção, forçando com todo o resto de força que ainda tinha. Ele não conseguia se lembrar da última vez que havia conseguido respirar; não sabia mais quem ele era ou onde estava.

Sua pura obstinação recusou-se a ceder.

Ele ouviu um estalo de osso e não teve certeza se tinha sido sua própria coluna ou o pescoço do golem. Bok nunca se encolheu, nem soltou seu aperto cruel. A cabeça virou-se com facilidade agora, e Wulfgar, impulsionado pela escuridão final que começou a cair sobre ele, puxou e girou em uma rajada final de desafio.

A pele rasgou. O sangue da criação do mago se derramou sobre os braços e o peito de Wulfgar, e a cabeça se soltou. Wulfgar, para seu próprio espanto, pensou ter vencido.

Bok parecia não perceber.

O início do feitiço hipnotizante do pingente de rubi quebrou quando a porta bateu, mas Regis havia desempenhado seu papel. Quando Sydney reconheceu o perigo que estava por vir, Cattibrie estava perto demais para ela lançar seus feitiços.

O rosto de Sydney se fixarou em um olhar atordoado e de olhos arregalados de reclamação confusa. Todos os seus sonhos e planos futuros caíram diante dela naquele instante. Ela tentou gritar uma negação, certa de que os deuses do destino tinham um papel mais importante planejado para ela em seu esquema do universo, convencida de que eles não permitiriam que a estrela brilhante de seu poder em ascensão fosse extinta antes que chegasse ao seu potencial completo.

Mas uma varinha fina de madeira é pouco útil para aparar uma lâmina de metal.

Cattibrie não viu nada além de seu alvo, não sentiu nada naquele instante, a não ser a necessidade de seu dever. Sua espada atravessou a varinha fraca e acertou a maga.

Ela olhou para o rosto de Sydney pela primeira vez. O próprio tempo pareceu parar.

A expressão de Sydney não mudou, seus olhos e boca ainda abertos em negação dessa possibilidade.

Cattibrie assistiu com horror impotente os últimos lampejos de esperança e ambição desaparecerem dos olhos de Sydney. Sangue quente jorrou sobre o braço da guerreira. O suspiro final de Sydney parecia impossivelmente alto.

E Sydney deslizou, muito lentamente, da lâmina para o reino da morte.

Um único corte cruel do machado mitral cortou um dos braços de Bok, e Wulfgar caiu livre. Ele caiu em um joelho, quase no limite da consciência. Seus enormes pulmões sugavam reflexivamente um volume de oxigênio revitalizante.

Sentindo a presença do anão claramente, mas sem olhos para focar em seu alvo, o golem sem cabeça se lançou confuso em Bruenor e errou feio.

Bruenor não tinha entendimento das forças mágicas que guiavam o monstro, ou que o mantinham vivo, e tinha pouco desejo de testar suas habilidades de luta contra ele. Ele viu outro caminho.

— Vamos, mofo imundo de esterco de orc — provocou Bruenor, movendo-se em direção ao desfiladeiro.

Em um tom mais sério, ele chamou Wulfgar:

— Prepare seu martelo, garoto.

Bruenor teve que repetir o pedido várias vezes e, quando Wulfgar começou a ouvi-lo, Bok havia seguido o anão até a borda.

Apenas semi consciente de suas ações, Wulfgar encontrou o martelo de guerra voltando para sua mão.

Bruenor parou, os calcanhares afastados no chão de pedra, um sorriso no rosto que aceitava a morte. O golem também parou, entendendo de alguma forma que Bruenor não tinha mais para onde fugir.

Bruenor se jogou no chão quando Bok pulou para frente. Presa de Égide bateu em suas costas, empurrando-o sobre o anão. O monstro caiu silenciosamente, sem ouvidos para ouvir o som do ar passando rapidamente por ele.

Cattibrie ainda estava imóvel sobre o corpo da aprendiz quando Wulfgar e Bruenor entraram na antecâmara. Os olhos e a boca de Sydney permaneciam abertos em negação silenciosa, uma tentativa inútil de desmentir a poça de sangue que se aprofundava ao redor de seu corpo.

Linhas de lágrimas molhavam o rosto de Cattibrie. Ela havia matado goblinoides e anões cinzentos, uma vez um ogro e um yeti da tundra, mas nunca antes havia matado um humano. Nunca antes ela olhou em olhos parecidos com os seus e observou a luz os deixar. Nunca antes havia entendido a complexidade de sua vítima, ou mesmo que a vida que ela tirara existia fora do atual campo de batalha.

Wulfgar se aproximou dela e a abraçou com total simpatia, enquanto Bruenor cortou o halfling dos fios remanescentes.

O anão treinara Cattibrie para lutar e se regozijara com suas vitórias contra orcs e afins, feras imundas que mereciam a morte sob todos os aspectos. Ele sempre esperara, no entanto, que sua amada Cattibrie fosse poupada dessa experiência.

Novamente o Salão de Mitral apareceu como a fonte do sofrimento de seus amigos.

Uivos distantes ecoaram além da porta aberta atrás deles. Cattibrie enfiou a espada na bainha, nem mesmo pensando em limpar o sangue, e se firmou.

— A perseguição não terminou — afirmou sem rodeios. — Já passou da hora de partirmos.

Então, ela os levou para fora da sala, mas deixou uma parte de si mesma para trás, o pedestal de sua inocência.

Capítulo 23

O elmo quebrado

O AR ROLOU SOBRE SUAS ASAS NEGRAS COMO O estrondo contínuo de um trovão distante enquanto o dragão saía da passagem até o Desfiladeiro de Garumn, usando a mesma saída pela qual Drizzt e Entreri haviam passado alguns momentos antes. Os dois, algumas dezenas de metros mais alto na parede, mantiveram-se perfeitamente parados, nem mesmo ousando respirar. Eles sabiam que o Senhor das Trevas do Salão de Mitral havia chegado.

A nuvem negra que era Prefulgor Soturno passou por eles, sem os notar, e subiu ao longo do abismo. Drizzt, à frente, subiu o lado do desfiladeiro, agarrando a pedra para encontrar a firmeza que podia e, em seu desespero, confiando em seus apoios completamente. Ele ouvira os sons de batalha bem acima dele quando entrou no abismo, e sabia que, mesmo que seus amigos tivessem sido vitoriosos até agora, em breve eles seriam encontrados por um inimigo mais poderoso do que qualquer coisa que já haviam enfrentado.

Drizzt estava determinado a ficar ao lado deles.

Entreri igualou o ritmo do drow, querendo manter-se perto dele, embora ainda não tivesse formulado seu plano de ação exato.

Wulfgar e Cattibrie se apoiavam enquanto caminhavam. Regis ficou ao lado de Bruenor, preocupado com os ferimentos do anão, mesmo que o anão não o estivesse.

— Se preocupe com a sua própria pele, Pança-furada — ele continuou gritando com o halfling, embora Regis pudesse ver que a profundidade da raiva de Bruenor havia diminuído. O anão parecia um pouco envergonhado pela maneira como agira antes. — As minhas feridas vão se curar; não pense que se livrou de mim tão fácil! Vamos ter tempo para cuidar delas assim que deixarmos este lugar para trás.

Regis parou de andar, com uma expressão confusa no rosto. Bruenor olhou para ele, confuso também, e se perguntou se de alguma forma ofendeu o halfling novamente. Wulfgar e Cattibrie pararam atrás de Regis e esperaram alguma indicação do problema, sem saber o que havia sido dito entre ele e o anão.

— Que que houve? — Bruenor exigiu saber.

Regis não se havia se incomodado com nada que Bruenor tinha dito, nem com nada relacionado ao anão naquele momento. Era Prefulgor Soturno que ele sentia, uma frieza repentina que havia entrado na caverna, uma maldade que insultava o vínculo de carinho dos companheiros com sua mera presença.

Bruenor estava prestes a falar novamente quando também sentiu a vinda do dragão de trevas. Ele olhou para o desfiladeiro no momento em que a ponta da nuvem negra rompia a borda do abismo, muito à esquerda além da ponte, mas acelerando em direção a eles.

Cattibrie guiou Wulfgar para o lado, depois ele a puxou com toda a sua velocidade. Regis correu de volta para a antessala.

Bruenor lembrava.

O dragão de trevas, o monstro imundo que dizimou seus parentes e os mandou fugir para os corredores menores do nível superior. Com seu machado de mitral erguido, seus pés congelados na pedra abaixo deles, ele esperou.

A escuridão mergulhou sob o arco da ponte de pedra, depois subiu para a borda. Garras como lanças agarraram a borda do desfiladeiro, e Prefulgor Soturno se levantou diante de Bruenor em todo seu horrível esplendor, o verme usurpador de frente para o legítimo rei do Salão de Mitral.

— Bruenor! — gritou Regis, puxando sua maça e voltando para a caverna, sabendo que o melhor que podia fazer seria morrer ao lado de seu amigo condenado.

Wulfgar jogou Cattibrie atrás dele e girou de volta na direção do dragão.

O verme, com olhos fixos no olhar inflexível do anão, sequer notou Presa de Égide girando em sua direção, nem a carga destemida do enorme bárbaro.

O poderoso martelo de guerra atingiu as escamas negras, mas foi inofensivamente desviado. Enfurecido por alguém ter interrompido o momento de sua vitória, Prefulgor Soturno lançou seu olhar para Wulfgar.

E soprou.

A escuridão absoluta envolveu Wulfgar e minou a força de seus ossos. Ele se sentiu caindo, caindo para sempre, embora parecesse não haver pedra para pegá-lo.

Cattibrie gritou e correu para ele, alheia ao perigo para si própria enquanto mergulhava na nuvem negra do sopro de Prefulgor Soturno.

Bruenor tremeu de indignação, por seus parentes há muito mortos e por seu amigo.

— Sai da minha casa! — ele rugiu para Prefulgor Soturno, depois atacou de frente mergulhando no dragão, seu machado agitando-se loucamente, tentando levar a fera para além do limite da ponte. O gume afiado da arma de mitral teve mais efeito nas escamas do que o martelo de guerra, mas o dragão reagiu.

Um pé pesado jogou Bruenor de volta ao chão e, antes que ele pudesse se levantar, o pescoço longo como um chicote estalou sobre ele e ele foi levantado na boca do dragão.

Regis recuou novamente, tremendo de medo.

— Bruenor! — ele chamou novamente, mas desta vez suas palavras saíram como não mais que um sussurro.

A nuvem negra se dissipou em torno de Cattibrie e Wulfgar, mas o bárbaro havia recebido toda a força do insidioso veneno de Prefulgor Soturno. Ele queria fugir, mesmo que a única via de fuga significasse mergulhar de cabeça no lado do desfiladeiro ao lado. Os latidos das sombras, embora ainda estivessem muitos minutos atrás deles, se aproximaram dele. Todas as suas feridas, o esmagamento do golem, os golpes que os anões cinzentos haviam lhe causado, o machucavam vivamente, fazendo-o recuar a cada passo, embora sua adrenalina da batalha tivesse muitas vezes antes desprezado lesões muito mais graves e dolorosas.

O dragão parecia dez vezes mais poderoso para Wulfgar, e ele não poderia sequer ter se levantado para erguer uma arma contra ele, pois acreditava em seu coração que Prefulgor Soturno não poderia ser derrotado.

O desespero o deteve onde o fogo e o aço não o fizeram. Ele tropeçou com Cattibrie de volta em direção a outra sala, sem forças para resistir ao puxão dela.

Bruenor sentiu seu fôlego explodir de seus pulmões quando a terrível boca esmagou-o. Ele teimosamente segurou o machado e até conseguiu dar um golpe ou dois.

Cattibrie empurrou Wulfgar pela porta, para o abrigo da pequena sala, depois voltou para a luta na caverna.

— Filho bastardo de um lagarto demoníaco! — ela cuspiu, enquanto colocava Taulmaril em movimento. Flechas prateadas lançavam buracos na armadura negra de Prefulgor Soturno. Quando Cattibrie entendeu o nível da eficácia de sua arma, ela agarrou-se a um plano desesperado. Mirando seus próximos tiros nos pés do monstro, ela tentou afastá-lo da borda. Prefulgor Soturno saltou de dor e confusão quando as flechas dolorosas sibilaram. O ódio fervilhante nos olhos estreitos do dragão pairava sobre a jovem corajosa. Ele cuspiu a forma quebrada de Bruenor no chão e rugiu:

— Conheça o medo, garota tola! Prove meu sopro e saiba que você está condenada! — Os pulmões negros se expandiram, pervertendo o ar aspirado na nuvem suja de desespero.

Então a pedra na beira do desfiladeiro se quebrou.

Pouca alegria chegou a Regis quando o dragão caiu. Ele conseguiu arrastar Bruenor de volta para a antecâmara, mas não tinha ideia do que fazer a seguir. Atrás dele, a perseguição implacável dos cães de sombras se aproximava; ele foi separado de Wulfgar e Cattibrie e não se atrevia a atravessar a caverna sem saber se o dragão realmente se fora. Ele olhou para a forma surrada e coberta de sangue de seu amigo mais antigo, sem ter a menor noção de como poderia começar a ajudá-lo, ou mesmo se Bruenor ainda estava vivo.

Apenas a surpresa atrasou os gritos de alegria imediatos de Regis quando Bruenor abriu os olhos cinzentos e piscou.

Drizzt e Entreri achataram-se contra a parede quando o deslizamento de rochas da borda quebrada caiu perigosamente perto. Acabou em um momento, e Drizzt começou a subir de uma vez, desesperado para encontrar seus amigos.

Ele teve que parar novamente e esperar nervosamente quando a forma negra do dragão passou por ele, depois se recuperou rapidamente e voltou para a borda.

— Como? — Regis perguntou, olhando para o anão.

Bruenor se mexeu desconfortavelmente e se levantou. A cota de malha de mitral havia segurado a mordida do dragão, ainda que Bruenor houvesse sido espremido terrivelmente e suportara fileiras de contusões profundas, e provavelmente uma série de costelas quebradas, pela experiência. O anão duro ainda estava muito vivo e alerta, porém, dispensando sua dor considerável pelo assunto mais importante diante dele – a segurança de seus amigos.

— Onde está o garoto e Cattibrie? — ele pressionou imediatamente, o uivo de fundo das sombras acentuando o desespero de seu tom.

— Outra sala — respondeu Regis, indicando a área à direita, além da porta da caverna.

— Cat! — gritou Bruenor. — Como vocês estão?

Depois de uma pausa atordoada, porque Cattibrie também não esperava ouvir a voz de Bruenor novamente, ela respondeu:

— Wulfgar não consegue mais lutar, temo eu! Um feitiço do dragão, pelo que entendi! Mas quanto a mim, voto em ir embora! Os cães estarão aqui mais cedo do que eu gostaria!

— Sim! — Bruenor concordou, segurando uma pontada de dor em seu lado quando gritou. — Mas você viu o verme?

— Não, nem ouvi a fera! — veio a resposta incerta.

Bruenor olhou para Regis.

— Ele caiu e desapareceu desde então — o halfling respondeu ao olhar interrogativo, igualmente não convencido de que Prefulgor Soturno havia sido derrotado tão facilmente.

— Não é uma escolha para nós, então! — disse Bruenor. — Nós devemos ir até a ponte! Você pode trazer o garoto?

— É a ânsia dele por lutar que está ferida, nada além disso! — respondeu Cattibrie. — Nós estaremos junto!

Bruenor apertou o ombro de Regis, apoiando seu amigo nervoso.

— Vamos lá, então! — ele rugiu em sua voz familiar de confiança.

Regis sorriu, apesar do pavor, ao ver o velho Bruenor novamente. Sem mais persuasão, ele caminhou ao lado do anão para fora da sala.

No momento em que deram o primeiro passo em direção ao desfiladeiro, a nuvem negra que era Prefulgor Soturno novamente atingiu a borda.

— Você viu? — gritou Cattibrie.

Bruenor caiu de volta na sala, vendo o dragão com muita clareza. A desgraça se fechou ao seu redor, insistente e inescapável. O desespero negou sua determinação, não por si mesmo, pois sabia que seguira o curso lógico de seu destino ao voltar ao Salão de Mitral – um destino que estava gravado no tecido de seu próprio ser desde o dia em que seus parentes foram massacrados –, mas seus amigos não deveriam perecer dessa maneira. Não o halfling, que antes sempre conseguia escapar de todas as armadilhas. Não o garoto, com tantas aventuras gloriosas à sua frente em seu caminho.

E não sua garota. Cattibrie, sua própria filha amada. A única luz que realmente brilhava nas minas do Clã Martelo de Batalha em Vale do Vento Gélido.

Apenas a queda do drow, seu companheiro disposto e amigo mais querido, fora um preço alto demais por sua ousadia egoísta. A perda que enfrentava agora era simplesmente demais para ele suportar.

Seus olhos percorreram a pequena sala. Tinha que haver uma opção. Se alguma vez ele foi fiel aos deuses dos anões, pediu-lhes agora que lhe concedessem essa coisa. Que dessem a ele uma opção.

Havia uma pequena cortina contra uma das paredes da sala.

Bruenor olhou com curiosidade para Regis.

O halfling deu de ombros.

— Uma área de armazenamento — disse ele. — Nada de valor. Nem mesmo uma arma.

Bruenor não aceitaria essa resposta. Ele correu pela cortina e começou a rasgar as caixas e sacos que estavam dentro. Alimentos secos. Pedaços de madeira. Uma capa extra. Um cantil de água.

Um barril de óleo.

⚜

Prefulgor Soturno voou de um lado para o outro ao longo do desfiladeiro, esperando encontrar os intrusos em seus próprios termos na caverna aberta e confiante de que os cães de sombras os expulsariam.

Drizzt quase alcançou o nível do dragão, pressionando-se diante do perigo sem outras preocupações além daquela que sentia por seus amigos.

— Pare! — Entreri o chamou de uma curta distância abaixo. — Você está tão determinado a se matar?

— Dane-se o dragão! — Drizzt sibilou de volta. — Não vou me esconder nas sombras e ver meus amigos serem destruídos.

— Existe valor em morrer com eles? — Veio a resposta sarcástica. — Você é um tolo, drow. Seu valor supera o de todos os seus amigos dignos de pena!

— Dignos de pena? — Drizzt ecoou incrédulo. — É de você que eu tenho pena, assassino.

A desaprovação do drow feriu Entreri mais do que ele esperava.

— Então tenha pena de si mesmo! — Rebateu com raiva. — Pois você é mais parecido comigo do que deseja acreditar!

— Se eu não for até eles, suas palavras serão verdade — continuou Drizzt, com mais calma agora. — Pois então minha vida não terá valor, ainda menos que a sua! Além da minha aceitação ao vazio sem coração que domina o seu mundo, toda a minha vida seria apenas uma mentira.

Ele começou a subir de novo, esperando morrer, mas seguro ao perceber que era realmente muito diferente do assassino que o seguia.

Seguro, também, ao saber que havia escapado de sua própria herança.

Bruenor voltou pela cortina, com um sorriso selvagem no rosto, uma capa encharcada de óleo pendurada no ombro e o barril amarrado nas costas. Regis olhou para ele completamente confuso, embora pudesse adivinhar o suficiente do que o anão tinha em mente para se preocupar com seu amigo.

— O que você está olhando? — Bruenor disse com uma piscadela.

— Você é louco — respondeu Regis, o plano de Bruenor entrando em foco, cada vez mais claro quanto mais tempo ele estudava o anão.

— Sim, concordamos com isso antes de começarmos nossa estrada! — Bufou Bruenor. Ele se acalmou de repente, o brilho selvagem suavizando em uma preocupação carinhosa com seu amiguinho. — Você merece mais do que eu te dei, Pança-furada — disse, mais confortável do que nunca em um pedido de desculpas.

— Nunca conheci um amigo mais leal que Bruenor Martelo de Batalha — respondeu Regis.

Bruenor puxou o capacete cravejado de pedras preciosas da cabeça e jogou-o para o halfling, confundindo Regis ainda mais. Ele alcançou as costas e afrouxou uma alça presa entre a mochila e o cinto e tirou o velho elmo. Ele passou o dedo sobre o chifre quebrado, sorrindo com a lembrança das aventuras selvagens que haviam dado a esse elmo tanta força. Até o ponto onde Wulfgar o havia atingido, anos atrás, quando se conheceram como inimigos.

Bruenor colocou o capacete, mais confortável com o seu ajuste, e Regis o viu à luz do velho amigo.

— Mantenha o elmo seguro — disse Bruenor a Regis — é a coroa do rei do Salão de Mitral!

— Então é sua — argumentou Regis, estendendo a coroa de volta para Bruenor.

— Não, não por meu direito ou minha escolha. O Salão de Mitral não existe mais, Pança... Regis. Bruenor de Vale do Vento Gélido, sou eu, e já faz duzentos anos, embora minha cabeça seja dura demais para reconhecer disso!

— Perdoe meus ossos velhos — continuou. — Com certeza meus pensamentos têm andado no meu passado e no meu futuro.

Regis assentiu e perguntou com genuína preocupação:

— O que você vai fazer?

— Cuide de seu próprio papel nisso! — bufou Bruenor, de repente o líder mais uma vez. — Você terá o suficiente para se preocupar quando for sair desses corredores amaldiçoados quando eu terminar! — ele rosnou para o halfling para mantê-lo afastado, depois se moveu rapidamente, puxando uma tocha da parede e correndo pela porta da caverna antes que Regis pudesse fazer um movimento para detê-lo.

A forma negra do dragão roçou a borda do desfiladeiro, mergulhando baixo, debaixo da ponte, e retornando ao seu nível de patrulha. Bruenor assistiu por alguns momentos para sentir o ritmo de seu curso.

— Você é meu, verme! — ele rosnou baixinho, e então atacou. — Aqui está um dos seus truques, garoto! — ele gritou para a sala que continha Wulfgar e Cattibrie. — Mas quando estou focado em pular nas costas de um dragão, eu não vou errar!

— Bruenor! — Cattibrie gritou quando o viu correndo em direção ao desfiladeiro.

Era tarde demais. Bruenor colocou a tocha na capa encharcada de óleo e ergueu o machado de mitral bem diante dele. O dragão ouviu-o chegar e desviou-se para mais perto da borda para investigar – e ficou tão surpreso quanto os amigos do anão quando Bruenor, com os ombros e as costas em chamas, saltou da borda e caiu sobre ele.

Impossivelmente forte, como se todos os fantasmas do Clã Martelo de Batalha houvessem juntado as mãos às de Bruenor no cabo da arma, o golpe do anão fincou o machado de mitral nas costas de Prefulgor Soturno. Bruenor caiu, mas segurou firme a arma, mesmo quando barril de petróleo se partiu com o impacto e vomitou chamas pelas costas do monstro.

Prefulgor Soturno gritou de indignação e guinou loucamente, até colidindo com a parede de pedra do desfiladeiro.

Bruenor não seria jogado. Ele agarrou o cabo do machado, esperando a oportunidade de soltar a arma e atacar novamente com ela.

Cattibrie e Regis correram para a beira do desfiladeiro, chamando seu amigo condenado. Wulfgar também conseguiu se arrastar, ainda lutando contra as profundezas negras do desespero.

Quando o bárbaro olhou para Bruenor, esparramado em meio às chamas, afastou o feitiço do dragão com um rugido e, sem a menor hesitação, lançou Presa de Égide. O martelo atingiu Prefulgor Soturno no lado de sua cabeça e o dragão guinou novamente, surpreso, atingindo a outra parede do desfiladeiro.

— Você está louco? — Cattibrie gritou para Wulfgar.

— Pegue o seu arco — disse Wulfgar. — Se você é uma verdadeira amiga de Bruenor, não o deixe cair em vão! — Presa de Égide voltou ao seu alcance e ele o lançou novamente, acertando um segundo golpe.

Cattibrie teve que aceitar a realidade. Não podia salvar Bruenor do destino que ele escolhera. Wulfgar estava certo! Ela poderia ajudar o anão a alcançar o fim desejado. Piscando para afastar as lágrimas, pegou Taulmaril na mão e lançou os raios de prata contra o dragão.

Drizzt e Entreri assistiram o salto de Bruenor com total espanto. Amaldiçoando sua posição impotente, Drizzt avançou até a borda. Gritou por seus amigos remanescentes, mas no tumulto, e com o rugido do dragão, eles não puderam ouvir.

Entreri estava diretamente abaixo dele. O assassino sabia que sua última chance estava com ele, embora se arriscasse a perder o único desafio que já havia encontrado nesta vida. Enquanto Drizzt tentava encontrar o próximo apoio, Entreri agarrou seu tornozelo e o puxou para baixo.

O óleo encontrou seu caminho através das fendas nas escamas de Prefulgor Soturno, carregando o fogo para a carne do dragão. O dragão gritou com uma dor que nunca acreditou que pudesse conhecer.

O baque do martelo de guerra! A picada constante daquelas linhas riscadas de prata! E o anão! Implacável em seus ataques, de alguma forma alheio ao fogo.

Prefulgor Soturno voou ao longo do desfiladeiro, mergulhando e subindo de novo. As flechas de Cattibrie o encontravam a todo momento. E Wulfgar, mais sábio com cada um de seus ataques, procurou as melhores oportunidades para lançar o martelo de guerra, esperando o dragão desacelerar ao passar por um corte rochoso na parede, depois empurrando o monstro na pedra com a força de seu golpe.

Chamas, pedras e poeira voavam a cada impacto estrondoso.

Bruenor se segurava. Cantando para seu pai e seus parentes, o anão se absolveu de sua culpa, contente por ter satisfeito os fantasmas de seu passado e dado a seus amigos uma chance de sobrevivência. Não sentiu o calor do fogo, nem a pancada da pedra. Tudo o que sentiu foi o tremor da carne do dragão sob sua lâmina e as reverberações dos gritos agonizantes de Prefulgor Soturno.

※

Drizzt caiu na face do desfiladeiro, desesperadamente lutando para se segurar. Ele bateu em uma borda seis metros abaixo do assassino e conseguiu parar sua descida.

Entreri assentiu sua aprovação e sua mira, pois o drow tinha caído exatamente onde ele esperava.

— Adeus, tolo! — gritou para Drizzt e começou a subir a parede de pedra.

Drizzt nunca confiara na honra do assassino, mas acreditava no pragmatismo de Entreri. Esse ataque não fazia sentido prático.

— Por quê? — ele gritou de volta para Entreri. — Você poderia ter o pingente sem dificuldades!

— A joia é minha — respondeu Entreri.

— Mas não sem preço! — disse Drizzt. — Você sabe que eu irei atrás de você, assassino!

Entreri olhou para ele com um sorriso divertido.

— Você não entende, Drizzt Do'Urden? Esse é exatamente o motivo!

O assassino rapidamente alcançou a borda e olhou por cima. À sua esquerda, Wulfgar e Cattibrie continuavam atacando o dragão. À sua direita, Regis estava encantado pela cena, sem ideia do que vinha em sua direção.

A surpresa do halfling estava completa, seu rosto empalidecido de terror, quando seu pior pesadelo surgiu diante dele. Regis largou o elmo cravejado de pedras preciosas e ficou mole de medo quando Entreri silenciosamente o pegou e partiu para a ponte.

Exausto, o dragão tentou encontrar outro método de defesa. Sua raiva e dor o levaram longe demais na batalha. Foram necessários muitos golpes, e as faixas prateadas ainda o atingiam de novo e de novo.

Ainda o incansável anão se retorcia e batia com o machado nas suas costas.

Uma última vez, o dragão desacelerou no meio do vôo, tentando dar uma volta no pescoço para poder ao menos se vingar do cruel anão. Ele ficou imóvel por apenas uma fração de segundo, e Presa de Égide o acertou em um dos olhos.

O dragão rolou em fúria cega, perdido em um redemoinho vertiginoso de dor, de cabeça em uma parte saliente da parede.

A explosão abalou a própria base da caverna, quase derrubando Cattibrie no chão e Drizzt de seu poleiro precário.

Uma imagem final chegou a Bruenor, uma visão que fez seu coração saltar mais uma vez na vitória: o olhar penetrante dos olhos de lavanda de Drizzt Do'Urden se despedindo dele da escuridão da parede.

Quebrado e espancado, com as chamas o consumindo, o dragão das trevas deslizou e girou, descendo na escuridão mais profunda que jamais conheceria, uma escuridão da qual não haveria retorno. As profundezas do desfiladeiro de Garumn.

Levava consigo o legítimo Rei do Salão de Mitral.

Capítulo 24

Elegia para o Salão de Mitral

O DRAGÃO EM CHAMAS FLUTUAVA CADA VEZ MAIS baixo, a luz das chamas diminuindo lentamente para um mero pontinho no fundo do desfiladeiro de Garumn.

Drizzt subiu a borda e aproximou-se de Cattibrie e Wulfgar, ela segurando o elmo cravejado de pedras preciosas, e os dois olhando impotentes através do abismo. Os dois quase caíram de surpresa quando se viraram para ver seu amigo drow retornando da sepultura. Mesmo a aparição de Artemis Entreri não preparara Wulfgar e Cattibrie para ver Drizzt.

— Como? — ofegou Wulfgar, mas Drizzt o interrompeu. O tempo para explicações chegaria mais tarde; eles tinham negócios mais urgentes em mãos.

Do outro lado do desfiladeiro, bem ao lado da alavanca enganchada na ponte, estava Artemis Entreri, segurando Regis pela garganta diante dele e sorrindo maliciosamente. O pingente de rubi agora estava pendurado no pescoço do assassino.

— Solte-o — disse Drizzt sem rodeios. — Como combinamos. Você tem a joia.

Entreri riu e puxou a alavanca. A ponte de pedra estremeceu, depois se partiu, caindo na escuridão abaixo.

Drizzt pensou que estava começando a entender as motivações do assassino para essa traição, argumentando que Entreri havia levado Regis para garantir a perseguição, continuando seu próprio desafio pessoal com Drizzt. Mas agora com a ponte desaparecida e nenhuma rota fuga aparente aberta diante de Drizzt e seus amigos, e o latido incessante dos cães das sombras se aproximando mais de suas costas, as teorias do drow pareciam não se sustentar. Irritado com sua confusão, ele reagiu rapidamente. Tendo perdido seu arco na alcova, Drizzt pegou Taulmaril de Cattibrie e colocou uma flecha.

Entreri se moveu igualmente rápido. Ele correu para a borda, pegou Regis pelo tornozelo e o segurou com uma mão sobre a borda. Wulfgar e Cattibrie sentiram a estranha ligação entre Drizzt e o assassino e sabiam que o amigo era o mais capaz para lidar com essa situação. Eles recuaram um passo e se abraçaram.

Drizzt manteve o arco firme e armado, sem piscar enquanto procurava um único lapso nas defesas de Entreri.

Entreri sacudiu Regis perigosamente e riu de novo.

— O caminho para Porto Calim é realmente longo, drow. Você terá a chance de me alcançar.

— Você bloqueou nossa rota de fuga — respondeu Drizzt.

— Um inconveniente necessário — explicou Entreri. — Certamente você encontrará seu caminho, mesmo que seus outros amigos talvez não. E eu estarei esperando!

— Eu irei — prometeu Drizzt. — Você não precisa do halfling para me fazer querer caçar você, assassino imundo.

— É verdade — disse Entreri. Ele enfiou a mão na bolsa, pegou um pequeno objeto e jogou-o no ar. Ele girou acima de Enttreri e então caiu. Ele o pegou logo antes de ultrapassar seu alcance, e teria caído no desfiladeiro se ele não o pegasse. Ele jogou novamente. Algo pequeno, algo preto.

Entreri jogou pela terceira vez, provocativamente, o sorriso se alargando em seu rosto quando Drizzt abaixou o arco.

Guenhwyvar.

— Eu não preciso do halfling — afirmou Entreri sem rodeios e segurou Regis mais longe sobre o abismo.

Drizzt deixou cair o arco mágico atrás dele, mas manteve o olhar fixo no assassino.

Entreri puxou Regis de volta para a borda.

— Mas meu mestre exige o direito de matar esse ladrãozinho. Faça seus planos, drow, pois os cães se aproximam. Sozinho, você tem uma chance melhor. Deixe esses dois e viva!

— Então venha, drow. Termine o nosso negócio. - Ele riu mais uma vez e se afastou na escuridão do túnel final.

— Ele está fora, então — disse Cattibrie. — Bruenor disse que aquela passagem era um caminho direto para uma porta que saía dos salões.

Drizzt olhou ao redor, tentando encontrar algum meio de atravessá-los.

— Pelas próprias palavras de Bruenor, existe outro caminho — ofereceu Cattibrie. Ela apontou para a direita, em direção ao extremo sul da caverna. — Um parapeito — disse ela —, mas a horas de caminhada.

— Então corra — respondeu Drizzt, com os olhos ainda fixos no túnel do outro lado do desfiladeiro.

No momento em que os três companheiros chegaram ao parapeito, os ecos de uivos e manchas de luz muito ao norte lhes disseram que Duergar e cães das sombras haviam entrado na caverna. Drizzt os conduziu pela passagem estreita, as costas pressionadas contra a parede enquanto avançava em direção ao outro lado. Todo o desfiladeiro estava aberto diante dele, e o fogo ainda ardia abaixo, um lembrete sombrio do destino de seu amigo barbudo. "Talvez fosse apropriado que Bruenor morresse aqui, na casa de seus antepassados", ele pensou. "Talvez o anão finalmente tivesse satisfeito o desejo que ditara tanto de sua vida."

No entanto, a perda permaneceu intolerável para Drizzt. Seus anos com Bruenor haviam mostrado a ele um amigo compassivo e respeitado, um amigo em quem ele podia confiar a qualquer momento, sob qualquer circunstância. Drizzt podia dizer para si mesmo repetidamente que Bruenor estava satisfeito, que o anão havia escalado sua montanha e vencido sua batalha pessoal, mas no terrível imediatismo de sua morte, esses pensamentos fizeram pouco para dissipar a dor do drow.

Cattibrie piscou para afastar mais lágrimas, e o suspiro de Wulfgar desmentiu seu estoicismo quando atravessaram o desfiladeiro que se tornara o túmulo de Bruenor. Para Cattibrie, Bruenor era pai e amigo, que ensinou sua dureza e a tocou com ternura. Todas as constantes de seu mundo, sua família e casa, estavam queimando bem abaixo, nas costas de um dragão vindo do inferno.

Uma dormência desceu sobre Wulfgar, o frio gelado da mortalidade e a percepção de quão frágil a vida poderia ser. Drizzt voltara para ele, mas agora Bruenor se fora. Acima de qualquer emoção de alegria ou tristeza, veio uma onda de instabilidade, uma reescrita trágica de imagens heroicas e lendas cantadas por bardos que ele não esperava. Bruenor morrera com coragem e força, e a história de seu salto ardente seria contada e recontada mil vezes. Mas nunca preencheria o vazio que Wulfgar sentia naquele momento.

⁂

Eles seguiram para o outro lado do abismo e correram de volta para o norte para chegar ao túnel final e se libertar das sombras do Salão de Mitral. Quando eles voltaram a entrar na parte larga da caverna, foram vistos. Duergar gritaram e os xingavam; os grandes cães de sombra negra rugiram suas ameaças e arranharam a borda do outro lado do desfiladeiro. Mas seus inimigos não tinham como alcançá-los, a não ser chegar até aquela borda. Drizzt entrou sem oposição no túnel em que Entreri entrara algumas horas antes.

Wulfgar o seguiu, mas Cattibrie parou na entrada e olhou para o outro lado do desfiladeiro, para a multidão reunida de anões cinzentos.

— Venha — Drizzt disse a ela. — Não há nada que possamos fazer aqui, e Regis precisa de nossa ajuda.

Os olhos de Cattibrie se estreitaram e os músculos de sua mandíbula se apertaram com força quando ela colocou uma flecha no arco e disparou. O raio de prata assobiou na multidão de duergar e explodiu, arrancando a vida de um, fazendo os outros correrem para se esconder.

— Nada agora — respondeu Cattibrie sombriamente —, mas voltarei! Deixe os cães cinzentos conhecerem a verdade. Eu voltarei.

Epílogo

Drizzt, Wulfgar e Cattibrie entraram em Sela Longa alguns dias depois, cansados da estrada e ainda envoltos em uma mortalha de tristeza.

Harkle e seus parentes os receberam calorosamente e os convidaram a ficar na Mansão de Hera pelo tempo que desejassem. Mas, embora todos os três tivessem gostado da oportunidade de relaxar e se recuperar de suas provações, outras estradas os convocavam.

Drizzt e Wulfgar estavam na saída de Sela Longa na manhã seguinte, com cavalos descansados fornecidos pelos Harpells. Cattibrie caminhou até eles lentamente, com Harkle alguns passos atrás dela.

— Você vem? — Drizzt perguntou, mas adivinhou por sua expressão que ela não iria.

— Gostaria que eu pudesse — respondeu Cattibrie. — Você chegará ao halfling, não temo. Tenho outro voto a cumprir.

— Quando? — perguntou Wulfgar.

— Na primavera, eu acho — disse Cattibrie. — A magia dos Harpells pôs as coisas em movimento; eles já chamaram o clã no Vale e Harbromm na Cidadela Adbar. Os parentes de Bruenor estarão em marcha no fim da semana, com muitos aliados de Dez Burgos. Harbromm promete oito mil, e alguns dos Harpells prometeram sua ajuda.

Drizzt pensou na cidade subterrânea que vira em sua passagem pelos níveis mais baixos e na agitação de milhares de anões cinzentos, todos equipados com armas e armaduras de mitral brilhante. Mesmo com todo o Clã Martelo de Batalha e seus amigos do Vale, oito mil anões experientes em batalha de Adbar e os poderes mágicos dos Harpells, a vitória seria difícil, se fosse conquistada. Wulfgar também entendeu a enormidade da tarefa que Cattibrie enfrentaria, e surgiram dúvidas sobre sua decisão de ir com Drizzt. Regis precisava dele, mas ele não podia se afastar de Cattibrie em seu momento de necessidade.

Cattibrie sentiu seu tormento. Ela caminhou até ele e o beijou apaixonadamente de repente, depois pulou para trás.

— Conclua seus negócios, Wulfgar, filho de Beornegar — disse ela. — E volte para mim!

— Eu também era amigo de Bruenor — argumentou Wulfgar. — Eu também compartilhei sua visão do Salão de Mitral. Eu deveria estar ao seu lado quando você for honrá-lo.

— Você tem um amigo vivo que precisa de você agora — rebateu Cattibrie. — Eu posso fazer os planos seguirem. Você vai atrás de Regis! Pague à Entreri tudo o que ele merece e seja rápido. Pode ser que você volte a tempo de marchar para os Salões.

Ela se virou para Drizzt, o herói mais confiável.

— Mantenha-o seguro para mim — ela implorou. — Mostre a ele um caminho reto e mostre o caminho de volta!

Com o aceno de Drizzt, ela girou e correu de volta para Harkle e em direção à Mansão de Hera. Wulfgar não a seguiu. Ele confiava em Cattibrie.

— Pelo halfling e pela gata — disse ele a Drizzt, agarrando Presa de Égide e examinando a estrada diante deles.

O fogo repentino brilhou nos olhos cor de lavanda do drow, e Wulfgar deu um passo involuntário para trás.

— E por outras razões — disse Drizzt, sombrio, olhando a vasta região sul que continha o monstro que ele poderia ter se tornado. Era seu destino encontrar Entreri em batalha novamente, ele sabia, o teste de seu próprio valor em derrotar o assassino. — Por outras razões.

A respiração de Dendybar ficou difícil quando ele viu a cena – o cadáver de Sydney enfiado no canto de uma sala escura.

O espectro, Morkai, acenou com o braço e a imagem foi substituída por uma vista do fundo do desfiladeiro de Garumn.

— Não! — Dendybar gritou quando viu os restos do golem sem cabeça, caídos entre os escombros. O Mago Malhado tremeu visivelmente. — Onde está o drow? — ele exigiu saber do espectro.

Morkai afastou a imagem e ficou em silêncio, satisfeito com a angústia de Dendybar.

— Onde está o drow? — Dendybar repetiu mais alto.

Morkai riu dele.

— Encontre suas próprias respostas, mago tolo. Meu serviço para você acabou! A aparição se transformou em uma bola de fogo e se foi.

Dendybar saltou loucamente de seu círculo mágico e chutou o braseiro em chamas.

— Eu vou atormentá-lo mil vezes por sua insolência! — ele gritou para o vazio da sala. Sua mente girou com as possibilidades. Sydney morta. Bok morto. Entreri? O drow e seus amigos? Dendybar precisava de respostas. Ele não podia abandonar sua busca pelo Fragmento de Cristal, o poder que procurava não podia ser negado.

Respirações profundas o firmaram enquanto ele se concentrava no começo de um feitiço. Ele visualizou o fundo do desfiladeiro novamente, trouxe a imagem em um foco nítido em sua mente. Enquanto ele entoava através do ritual, a cena se tornou mais real, mais tangível.

Dendybar podia senti-la por completo: a escuridão, o vazio oco das paredes sombrias e o movimento quase imperceptível de ar correndo através da ravina, a dureza irregular da pedra quebrada sob seus pés.

Ele saiu de seus pensamentos e entrou no desfiladeiro de Garumn.

— Bok — ele sussurrou enquanto olhava para a forma retorcida e quebrada de sua criação, sua maior conquista.

A coisa se mexeu. Uma pedra rolou para longe dela enquanto se movia e lutava para se erguer diante de seu criador. Dendybar assistiu, incrédulo, espantado que a força mágica que ele tinha imbuído no golem fosse tão resistente que pudesse sobreviver a uma queda e a essa mutilação.

Bok ficou na frente dele, esperando.

Dendybar estudou a coisa por um longo momento, pensando em como ele poderia começar a restaurá-la.

— Bok! — ele o cumprimentou enfaticamente, com um sorriso de esperança vindo para ele. — Venha, minha criatura. Vou levá-lo de volta para casa e curar suas feridas.

Bok deu um passo à frente, prendendo Dendybar contra a parede. O mago, ainda sem entender, começou a ordenar o golem a se afastar.

Mas o braço restante de Bok disparou e agarrou Dendybar pela garganta, levantando-o no ar e sufocando quaisquer outros comandos. Dendybar agarrou e bateu no braço, impotente e confuso.

Uma risada familiar chegou aos seus ouvidos. Uma bola de fogo apareceu acima do toco rasgado do pescoço do golem, transformando-se em um rosto familiar.

— Morkai!

Os olhos de Dendybar se arregalaram de terror. Ele percebeu que havia ultrapassado seus limites, convocado o espectro vezes demais. Não havia realmente dispensado Morkai deste último encontro, e suspeitou, com razão, que ele provavelmente não teria sido forte o suficiente para afastar o espectro do plano material, mesmo que tivesse tentado. Agora, fora do seu círculo mágico de proteção, estava à mercê de seu inimigo.

— Venha, Dendybar — Morkai sorriu, sua força dominante torcendo o braço do golem. — Junte-se a mim no reino da morte, onde poderemos discutir sua traição!

Um estalo de osso ecoou nas pedras, a bola de fogo soprou. mago e golem caíram, sem vida.

Mais abaixo no desfiladeiro, meio enterrado em uma pilha de destroços, o fogo do dragão em chamas havia morrido e se tornado uma linha fumegante.

Outra pedra se mexeu e rolou para longe.

DRIZZT DO'URDEN VAI VOLTAR

Para acompanhar as novidades da JAMBÔ e acessar conteúdos gratuitos de RPG, quadrinhos e literatura, visite nosso site e siga nossas redes sociais.

www.jamboeditora.com.br

facebook.com/jamboeditora

twitter.com/jamboeditora

instagram.com/jamboeditora

youtube.com/jamboeditora

Para ainda mais conteúdo, incluindo colunas, resenhas, quadrinhos, contos, podcasts e material de jogo, faça parte da *Dragão Brasil*, a maior revista de cultura nerd do país.

www.apoia.se/dragaobrasil

JAMBÔ
Livros divertidos

Rua Coronel Genuíno, 209 • Centro Histórico
Porto Alegre, RS • 90010-350
(51) 3391-0289 • contato@jamboeditora.com.br